BAAS ME

EEN BAAS-ASSISTENT ROMANCE OP VAKANTIE

SYNERGY
BOEK 4

MICHELLE MCCRAW

CONTENTWAARSCHUWING

Baas me is een pikante romance met expliciete intieme scènes en grof taalgebruik. Dit verhaal bevat ook geweld en alcoholmisbruik, evenals huiselijk geweld (off page, in het verleden) en dakloosheid (off page, in het verleden).

Als dit niet het juiste moment voor je is om een verhaal met deze elementen te lezen, overweeg dan om dit boek voorlopig over te slaan. Zorg goed voor jezelf.

1

BEN

ELLENDE VERSCHEEN IN de vorm van een paar brede schouders.

Zelfs voorovergebogen, als steun voor zijn hangende hoofd, waren ze breed en gespierd. Zijn bicepsen pasten maar net in een flinterdun vintage T-shirt van de Rolling Stones dat in de smalle tailleband van zijn spijkerbroek was gestopt. Zijn belachelijke riemgesp uit Austin, Texas was zo groot als mijn hand.

Als ik in de koffiepauzes met de andere directiesecretaresses optrok, zwijmelden ze bij de onweerstaanbare looks en flirterige persoonlijkheid van Jackson Jones.

Ik niet. Dat liet ik aan mijn baas over.

Wacht, sorry, zei ik dat hardop? Hoe dan ook, ik wist dat Jackson Jones pure ellende was.

Hij sleepte zich naar mijn bureau en richtte een paar bloeddoorlopen ogen op me. 'Is hij er?'

God, ik wou dat hij er niet was. Of dat ik kon liegen en mijn baas kon redden van de nieuwe hel waar Jackson hem nu weer in zou storten.

'Kan ik iets voor u doen?' Ik stond op en streek mijn marineblauwe trui van merinowol glad. Ik ben niet lang, maar als ik stond, hoefde ik mijn nek niet te rekken om naar Jackson op te kijken.

Hij grinnikte. 'Niet tenzij je een wondermiddel hebt voor welk virusje dan ook dat mijn kind, mijn vrouw en de nanny heeft geveld.'

'Sorry, dat heb ik net niet op voorraad – o. U zou vandaag toch naar Boston gaan?'

'Ja. Wat dat betreft…'

Ik kromp ineen. Mijn baas was de week ervoor net teruggekomen van een reis naar Azië. Hij had geen tijd gehad om van de jetlag te herstellen. En Jackson stond op het punt hem te vragen om weer op het vliegtuig te stappen, het land door te vliegen en zijn bioritme opnieuw te verknallen.

Maar Jackson dacht dat Cooper Fallon Superman was, dat hij alles kon: zijn eigen werk als operationeel directeur (COO) en dat van Jackson er ook nog bij.

Het hielp niet dat Cooper niets deed om dat idee de wereld uit te helpen. Als Jackson hem vroeg te springen, vroeg Cooper hoe hoog. Volgens de directiesecretaresse die de raad van bestuur van Synergy ondersteunde en er al bijna vanaf het begin werkte, was dat hun dynamiek al sinds ze het bedrijf ruim twaalf jaar geleden hadden opgericht. Ze waren partners, maar het was allesbehalve fiftyfifty. Eerder tachtig-twintig. En Cooper trok altijd aan het kortste eind.

'Dus, kan ik naar binnen?'

Ik had niet beseft dat ik voor de glazen deur van Coopers kantoor was gaan staan, waardoor ik zijn partner de toegang blokkeerde. Ik wou dat ik hem kon weigeren om Cooper te beschermen tegen Jackson en tegen zijn eigen neiging om te veel hooi op zijn vork te nemen, maar Cooper wilde niet beschermd worden tegen Jackson.

Ook al had hij het nodig.

Bewust liet ik mijn schouders, die tot aan mijn oren waren opgetrokken, weer zakken. Ik draaide me om en klopte op de deur voordat ik hem openduwde en mijn hoofd door de opening stak. 'Meneer Fallon?'

Toen hij zich van zijn monitor afwendde, verlichtte het blauwe licht zijn gezicht, waardoor zijn normaal goudbruine huid groenig bleek werd. Zijn ogen waren ook rood. Niet zo erg als die van Jackson, maar ik kon zien dat hij te lang naar spreadsheets had gestaard. Hij legde een hand op de plek waar zijn nek overging in zijn schouder en kneedde de spier daar. Ik wou dat ik dat voor hem kon doen, maar dat zou onze onuitgesproken regel om elkaar niet aan te raken schenden.

'Ben, hoe vaak heb ik je al gevraagd om me Cooper te noemen?'

Ik liet een mondhoek opkrullen. 'Ongeveer één keer per dag sinds ik hier zes maanden geleden begon te werken, meneer Fallon.'

'Dus ongeveer honderdtwintig keer. En hoe vaak moet ik het nog zeggen voordat je luistert?'

De snauw in zijn stem had een ander misschien bang gemaakt. Cooper Fallon was beroemd om zijn onvermoeibare gedrevenheid en zijn korte lontje. Ik wist dat hij na dat geblaf nooit echt zou bijten. Misschien bij een directeur als Jackson, maar niet bij iemand van mijn niveau. Ik had hem geobserveerd, waarschijnlijk meer dan gezond was, en ik wist door vele uren zorgvuldige observatie dat, hoewel zijn toon scherp was, hij de woede die in zijn blauwe ogen flitste meestal aan de lijn hield.

'O, ik luister heus wel,' zei ik.

Achter me schraapte Jackson zijn keel en de glimlach verdween van mijn gezicht. 'Jackson is hier om u te zien. Hebt u een moment?' *Zeg alsjeblieft nee.*

Hij streek met een hand door zijn door de zon gekuste haar en stond op. Zijn iets meer dan 1,90 meter lange gestalte ontvouwde zich met atletische elegantie. 'Laat hem binnen.'

Ik onderdrukte een zucht, duwde de deur helemaal open, stapte het kantoor binnen en zei, formeler dan nodig: 'Hij kan u nu zien.'

Jackson schuifelde langs me heen. 'Hé, Coop.'

Cooper liep om zijn bureau heen en klopte op Jacksons schouder. Ze waren ongeveer even lang, twee prachtige, fysieke exemplaren, maar slechts één van hen keerde me binnenstebuiten zodra ik in zijn buurt was.

Ik bleef daar staan, tegen de deur gedrukt. 'Kan ik iets voor jullie halen? Koffie? Een broodje?' Had Cooper al geluncht? Ik was met Jacksons assistente, Marlee, naar de kantine geweest, maar ik wist niet zeker of Cooper zijn bureau had verlaten.

'Zou je een kop koffie voor me willen halen, alsjeblieft?' vroeg Jackson.

'Natuurlijk. Wat dacht u van een groene smoothie, meneer Fallon?' Hij zou de antioxidanten nodig hebben om op krachten te blijven als hij weer op reis moest.

Zijn blik schoot naar me toe en een golf van hitte spoelde over mijn huid. Maar zijn woorden waren ijzig scherp. 'Ja, graag. Dank je.'

En toen, hoe vreselijk ik het ook vond, liep ik zijn kantoor uit en sloot ik de deur, Jackson Jones en Cooper Fallon achterlatend.

———

IK WREEF OVER mijn kloppende slaap en schoof vooruit in de rij voor de koffiekiosk in de imposante lobby van Synergy. Mijn blik dwaalde langs de glazen liftschacht omhoog naar de zesde verdieping.

Als ik de spanning rond Coopers ogen goed inschatte, had hij zelf ook hoofdpijn. Niet dat hij ooit zou toegeven dat hij menselijk genoeg was om pijn te voelen. Misschien kon ik hem een pijnstiller toestoppen, samen met die weerzinwekkende groene smoothie.

Smoothies: mijn kleine, maar belangrijke bijdrage aan het bedrijf. Cooper dronk er minstens één per dag. Het was snelle, efficiënte brandstof voor zijn taken als Chief Operating Officer van Synergy Analytics. Cooper hield Synergy draaiende, en door zijn smoothies te halen, droeg ik mijn steentje bij.

Ik wreef met mijn hand over mijn gezicht en staarde de lobby in. Wie hield ik voor de gek? Ik deed het niet voor Synergy. Ik deed het voor hem.

Ik deed het voor de opvlamming in die koele, blauwe ogen als ik hem de beker overhandigde en zei: 'Uw smoothie, meneer Fallon.'

Ik deed het vanwege de verliefdheid die in mijn maag fladderde op het moment dat ik zijn hand schudde op mijn eerste werkdag, zes maanden geleden. En terwijl we samenwerkten, terwijl ik de gedreven directeur leerde kennen die alles zou doen voor zijn partner en beste vriend, die het bedrijf had laten uitgroeien van een businessplan dat hij in een spiraalblok in hun studentenkamer had geschreven, die stichtingen steunde die risicojongeren hielpen... verhuisden die fladderingen rechtstreeks naar mijn hart en zijn nooit meer weggegaan.

Mijn zus, Mimi, zei dat ik mijn hart op de tong droeg en dat ik voor iedereen zou vallen die me ook maar een greintje aandacht gaf.

Niet waar.

Cooper Fallon had me geen enkele hint gegeven. Hij was altijd koel en beleefd. Hij zei: 'Dank je, Ben,' aan het eind van elke dag. Hij had me een duur, maar onpersoonlijk kaasmandje gegeven voor de feestdagen. Hij vroeg me af en toe naar school, maar dat moest hij waarschijnlijk wel, aangezien het bedrijf mijn collegegeld betaalde.

Toch verslond ik die opflakkeringen van hitte wanneer ik hem zijn smoothies gaf.

Een vrouw pakte haar koffie en liep weg bij de kiosk, en ik deed een stap naar voren, nog twee mensen voor me in de rij. Ik keek op mijn telefoon. Tien minuten sinds ik Cooper alleen had gelaten met Jackson.

Waarom had ik geprobeerd tijd te besparen door naar de kiosk beneden te gaan? De tent verderop in de straat kende onze bestelling. Maar ik had dichtbij genoeg willen blijven om Cooper te kunnen redden als dat nodig was. Ha. Cooper Fallon zou nooit toegeven dat hij gered moest worden. Of verdomme een pauze van het redden van de wereld. Ik schoof verder in de rij en tikte met de neus van mijn chukka-laars op de vloer om de nerveuze energie te ontladen die me de drang gaf om iemand door elkaar te schudden.

Jackson, die Coopers beste vriend hoorde te zijn, flikte dit soort dingen voortdurend. Er was altijd wel een reden waarom hij een reis niet kon maken of niet voor de raad van bestuur kon presenteren.

Toen ik net aangenomen was, kon Cooper het prima aan. Geen probleem. Maar sinds de geboorte van Jacksons baby in februari leek Cooper op de een of andere manier bleker. Niet alleen zijn huid, maar zijn hele wezen. Alsof een deel van zijn levensessentie uit hem was gezogen door die machine uit *The Princess Bride*. Zijn bewegingen waren kleiner. Zijn glimlach – in de beste tijden al zeldzaam – was nu onbestaande. Zelfs dat beroemde Fallon-temperament was afgekoeld, alsof niets meer de moeite waard was om boos over te worden.

Misschien was het seizoensgebonden en zou Cooper weer tot leven komen als de dagen in de zomer langer en zonniger werden. Maar ik had het gevoel van niet. Het was een Jackson Jones-ding. Ik boorde een knokkel in mijn slaap. Klote Jackson Jones en zijn gelul.

'Hé, Ben.' De stem van de barista haalde me terug naar de realiteit. Eindelijk stond ik vooraan in de rij.

'Hé.' Ik kwam niet vaak bij de kiosk, maar ik vermoedde dat de barista er zijn werk van maakte om ieders naam te kennen.

'Het is Kris.' Hij knipoogde naar me, zijn donkere haar viel over één oog.

'O, juist, dat wist ik. Sorry, Kris.' Wist ik dat? 'Heb je bosbessen?'

Kris knipperde met zijn ogen. 'Eh, ja hoor.'

'Kun je daar een handvol van toevoegen aan een boerenkools-moothie, alsjeblieft?' Ik keek op mijn telefoon. Een kwartier, en geen SOS-berichtje. Dat moest een goed teken zijn. 'En mag ik ook een zwarte koffie en een magere latte? Plus een caramel macchiato voor Marlee. Alsjeblieft.'

'Begrepen.' Hij schepte verse koffie in een cafetière. 'Je komt hier niet zo vaak. Niet zo vaak als ik zou willen.'

Ik verplaatste mijn blik van zijn handen, die ik in gedachten aanspoorde om sneller te bewegen, naar zijn gezicht. Hij had een Harry Styles-look met dat warrige haar en die jukbeenderen om voor te sterven. Helemaal mijn type.

Behalve dat hij dat niet was. Niet meer. Mijn type was blijkbaar een emotioneel onbereikbare miljardair met blauwe ogen. Krijg de klere.

Mijn telefoon trilde in mijn hand.

MARLEE

Code rood. NU hierheen.

'Shit, sorry, laat dat allemaal maar zitten.' Ik schonk Kris een snelle glimlach. Zijn mondhoeken krulden omlaag, net voordat ik door de lobby naar de liften sprintte. Ik ramde op de knop en draaide me om de liftdeuren achter me te scannen. *Open, open, open.* Ik hupte op mijn tenen alsof de lift daardoor sneller zou komen.

Eindelijk klonk er een ping en ik haastte me om voor de deur te gaan staan. De lift was vol en het kostte me elke greintje zelfbeheersing om niet langs mijn collega's te dringen en ze er vervolgens uit te duwen.

Toen de lift eindelijk leeg was, schoot ik naar binnen en drukte op de knop voor de zesde verdieping, waarna ik mijn handpalm op de knop voor het sluiten van de deuren sloeg. Het was niet de eerste keer dat ik me moest haasten voor mijn veeleisende baas. Maar vandaag had ik een slecht voorgevoel. Verdomde Jackson Jones.

Ik keek hoe de verdiepingen oplichtten op het scherm boven de deur en ademde diep in. Misschien was ik oneerlijk tegenover Jackson. Marlee mocht hem. Iedereen mocht hem. Inclusief Cooper. Sterker nog—

Ik wreef met mijn hand over het maar al te bekende brandende gevoel in mijn buik. Ik moest stoppen met om Cooper te geven. Zoals de meeste mensen op wie ik verliefd was geworden, was hij buiten mijn bereik. Bovendien was zijn hart al bezet, en hoe eerder ik over mijn belachelijke verliefdheid heen kwam, hoe beter.

Eindelijk gingen de deuren op de zesde verdieping open en stapte ik uit, mijn hart in mijn keel.

Luide stemmen verstoorden de gebruikelijke rust op de directieverdieping. Ze kwamen uit Coopers kantoor. Een menigte had zich bij de deur verzameld.

Marlee trippelde op haar roze naaldhakjes naar me toe. Handenwringend fluisterde ze: 'Lieve help, Ben. Ze hebben ruzie. Ze schreeuwen echt tegen elkaar en ze reageerden niet toen ik klopte. Je moet naar binnen gaan en ze laten stoppen. Iedereen staat te kijken.'

'Is Weston daar binnen?' De CEO was Jacksons aartsvijand en geen van beiden nam een blad voor de mond als ze het oneens waren.

'Nee, alleen Jackson en Cooper. Maar ik weet zeker dat iemand het Weston zal vertellen.'

De spanning in mijn borst nam af. Jackson en Cooper werden soms luidruchtig, maar het duurde nooit lang. In ieder geval was de CEO er niet zelf getuige van. Cooper kon het later wel goedpraten. Hij wist zijn baas altijd om zijn vinger te winden.

Ik moest zelf ook maar eens zien hoe ik die baas-magie onder de knie kon krijgen. 'Iedereen weer aan het werk. Er is hier niets te zien,' kondigde ik aan terwijl ik naar Coopers kantoor liep. Sommige mensen keerden terug naar hun bureaus. Westons assistente, Julie, bleef, brutaler dan de rest, in de buurt hangen.

Ik trok een wenkbrauw op, en langzaam draaide ze zich om en sjokte terug naar haar bureau. Ze ging er niet achter zitten, maar bleef staren, klaar om getuige te zijn van wat er ook zou losbarsten als ik de deur opendeed.

Ik klopte, maar ze schreeuwden te luid om iets te horen. Ik duwde tegen de klink, maar die gaf geen krimp. Waarom was hij op slot?

Met tegenzin haalde ik mijn badge langs de sensor. De deur reageerde alleen op de ID van Cooper, Jackson en mij. Het lampje werd groen. Ik haalde diep adem, drukte de klink naar beneden en opende de deur.

Cooper, met een rood gezicht en uitpuilende ogen, brulde: 'Ik pik je gelul niet langer!' Hij sloeg met zijn hand op zijn bureau.

Het gebeurde allemaal zo snel. Toen ik de scène later in mijn hoofd afspeelde, dacht ik me een ping te herinneren, alsof die grote, lelijke ring die Cooper altijd droeg de glazen plaat raakte die het hout beschermde.

Wat de oorzaak ook was, er klonk een geknetter als knallend vuurwerk en daarna stilte. Na een seconde viel een scherf glas van de rand en boorde zich in het dikke tapijt. Een paar kleinere stukjes volgden. Cooper staarde naar het oppervlak van zijn bureau. Toen keek hij op en monsterde zijn beste vriend van top tot teen.

Jaloezie vlamde op in mijn buik. Waarom, zelfs nu Jackson zijn verantwoordelijkheden op Cooper afschoof, was Coopers eerste instinct om Jackson te beschermen? Wat zou ik er niet voor over hebben om die bezorgdheid, die zorg, op mij gericht te krijgen.

Shit, dit was niet het moment om over mijn baas te zwijmelen. Ik moest iets doen om dit op te lossen. Maar mijn voeten kleefden aan de vloer. Ik was intiem bekend met zijn temperament, maar voor zover ik wist, had hij nog nooit iets geslagen.

'Coop, alles goed?' Jacksons stem was zo stil als op een begrafenis. Het was de eerste keer dat ik hem onbeweeglijk had gezien.

'Ik... het spijt me, Jay. Het was een...'

Ik wilde naar hem toe rennen, controleren of hij niet gewond was, maar de spanning in de kamer was tastbaar genoeg om me aan de deur vast te nagelen. Ik trok hem achter me dicht. 'Alles in orde hier?'

Duidelijk niet. De bovenkant van Coopers bureau glinsterde van het verbrijzelde glas. Zijn gezicht was zo wit als de papieren die netjes in zijn uitbak lagen. Toen er een druppel bloed op het bureau plofte, hief hij zijn hand op en staarde ernaar alsof hij niet zeker wist of die van hem was.

'Sh… ik bedoel, hier. Laat me helpen.' Mijn voeten kwamen los van het tapijt en een seconde later stond ik naast mijn baas. Zijn handpalm was doorkruist met sneden, waaruit bloed opwelde.

Ik graaide in mijn broekzak naar mijn zakdoek en schudde de kreukels eruit. Ik aarzelde even – die-niet-aanraken-regel – maar dit was een noodgeval. Hij zou het vreselijk vinden als ik zijn werk moest onderbreken om een met bloed bevlekt tapijt te verwijderen.

Ik vouwde de zakdoek in drieën en drukte hem zachtjes tegen zijn handpalm. Zijn kaken spanden zich aan.

'Doet het pijn?' De sneden zagen er niet diep uit, maar ik had ze niet goed kunnen bekijken.

'Nee.' Het woord had niets van zijn gebruikelijke scherpte. Was hij in shock?

'Ga zitten.' Met de hand die ik niet gebruikte om druk op zijn wond uit te oefenen, strekte ik me uit en duwde op zijn schouder tot hij in zijn stoel zakte.

Eindelijk keek ik naar Jackson, die nog steeds met open mond naar zijn vriend staarde. 'Wat is er gebeurd?' Mijn toon was niet zo respectvol als het had gemoeten tegen de medeoprichter van het bedrijf, maar alles met bloed was een verzachtende omstandigheid.

Jackson sprong naar het bureau en veegde de scherven verbrijzeld glas op een hoopje. 'Cooper maakte zijn punt iets te krachtig. Ik denk dat hij beter voor het geharde glas had kunnen kiezen.'

Verdomme, als hij zo doorging, had ik straks twee bloedende

patiënten. 'Jackson, stop. Ik laat de technische dienst hierheen komen—'

'Verdomme!' Toen Jackson zijn duim in zijn mond stak, raakte zijn elleboog de schelp op Coopers bureau. Degene die ik eens per week afstofte, me elke keer afvragend waarom hij dat ene decoratieve item op zijn bureau hield. Ik hoefde het me niet meer af te vragen. Het tuimelde van het bureau, stuiterde eenmaal op het tapijt en verbrijzelde toen het op de houten vloer kapotsloeg.

De stilte die volgde was nog oorverdovender dan toen Cooper zijn bureau brak.

'Sorry, Coop, ik—'

Pijn flitste over Coopers gezicht. Het was dezelfde blik die hij had gekregen op de dag dat Jackson zijn baby in een van die omgekeerde rugzakken mee naar kantoor nam. 'Vergeet het maar. Ik… ik moet gaan.'

'Nu?' Ik tilde een hoekje van mijn zakdoek op. Het bloeden was vertraagd. 'Zo kunt u niet naar een vergadering.' Alleen Cooper Fallon zou zijn werkdag voortzetten alsof er niets was gebeurd nadat hij zichzelf had opengesneden. Ik wikkelde de uiteinden van de doek om de rug van zijn hand en legde er een knoop in over zijn handpalm.

'Men is het gewend dat ik er als een puinhoop bijloop. Jij niet.' Jackson haalde zijn hand door zijn donkere haar. 'Luister naar Ben. Ga even zitten en rust uit. Ik heb wat whisky in mijn kantoor. We kunnen—'

Zodra mijn vingers de knoop op de zakdoek loslieten, rukte Cooper zijn hand weg. Zijn blauwe ogen waren niet zo ijzig als gewoonlijk toen hij ze op mij richtte. Waarschijnlijk door het bloedverlies.

'Ik moet… weg.' Hij stond op en liep om me heen naar de deur. Met zijn hand op de klink draaide hij zich om.

Godzijdank, hij ging zitten en zou redelijk zijn. Ik deed een halve stap naar hem toe voor het geval hij zou wankelen op weg naar de stoel.

Maar hij bleef daar staan, de klink vastklemmend. 'Ben, laat de

New England Entrepreneurs' Society weten dat ik Jacksons plaats als hoofdspreker inneem. En zet zijn hotelreservering op mijn naam.'

Jackson haalde zijn duim uit zijn mond. 'Coop, dat hoef je niet te doen.'

Cooper gaf zijn beste vriend een wrange glimlach. 'Is dat niet precies wat je me vertelde dat ik moest doen voor... voordat dit gebeurde?' Hij wuifde met zijn in zakdoek gewikkelde hand naar de puinhoop in zijn kantoor.

'Maar—'

Hij hield zijn handpalm omhoog. Hij trilde. Hij moest een enorme hoeveelheid zelfbeheersing uitoefenen. 'Verplaats al mijn afspraken naar volgende week.'

Wat was hier in hemelsnaam aan de hand? 'Ja, meneer Fallon.'

Hij opende de deur en liep naar buiten, en trok hem zachtjes achter zich dicht. Geen sporttas, geen jas, geen laptop. Bleef hij in het gebouw? Had hij een geheime, oerschreeuwkamer beneden?

'Het is oké.' Jackson liet zijn hoofd hangen. 'Je mag het zeggen. Ik ben de slechtste vriend ooit.'

Ik kon het niet helpen. Ik glimlachte naar de eikel. Hij was irritant schattig. 'Dat bent u absoluut. Maar hij houdt toch wel van u.'

Hij gooide zijn hoofd op en grijnsde. 'Dat doet-ie, hè? Ik ben de grootste geluksvogel in San Francisco.'

Mijn glimlach verdween van mijn gezicht. Dat was hij verdomme ook. Wat zou ik er niet voor over hebben om de ontvanger te zijn van één procent van die liefde. Jackson was te vol van zichzelf om het te merken, maar ik had het al vanaf mijn eerste dagen bij het bedrijf gezien. Cooper kwijnde weg voor zijn beste vriend. Zijn rampzalig heteroseksuele beste vriend.

'U kunt beter gaan,' zei ik op een vlakke toon. 'Ik bel de technische dienst om dit op te ruimen.'

'Bedankt, Ben. Ik geef Coop een uurtje om af te koelen, en dan praat ik met hem.'

Als ik mijn baas een beetje kende, had hij meer dan een uur

nodig. En ik vermoedde dat hij dat wel zou krijgen op zijn lastminutereis naar Boston. Die ik nu moest plannen.

Godverdomme.

Ik zou een manier vinden om hem in de gaten te houden, zelfs in Boston. Want misschien kon het Jackson Jones geen reet schelen hoezeer hij Coopers leven had verpest, maar mij wel.

2

COOPER

TOEN IK HET ontwerp van de open kantoorruimte op de zesde
verdieping van ons gebouw had goedgekeurd, had ik nooit voor-
zien dat ik een andere plek dan mijn kantoor nodig zou hebben
om tot mezelf te komen.

Ik had er hard aan gewerkt om van mijn kantoor een oase van
rust te maken, een plek waar ik kon terugdenken aan de vrede en
veiligheid van het eiland en waar geen van de slechte herinneringen – herinneringen aan de man die me mijn naam had
gegeven – konden binnendringen.

Desondanks was mijn kantoor de plek waar ik zojuist door het
lint was gegaan.

Ondanks de pijn van de snijwonden jeukte mijn handpalm
naar een stressbal of een boksbal, een manier om de spanning uit
mijn spieren te krijgen, om de woede die in mijn aderen borrelde
te koelen. Als ik de moed had gehad om in een spiegel te kijken,
wist ik zeker dat mijn spiegelbeeld me zou herinneren aan het
gezicht van mijn vader, rood van woede.

Op de een of andere manier belandde ik voor het kantoor van
Weston. Dat was logisch, want vanaf het begin, toen we Synergy

naar de beurs brachten, had hij zich bijna als een vader voor me gedragen en me het soort advies gegeven dat mijn eigen vader niet wijs of nuchter genoeg was om te geven.

'Is hij er?' Ik bleef voor het bureau van Julie staan.

Ze staarde me met grote ogen aan, voordat haar blik afdwaalde naar de bebloede zakdoek die om mijn hand gewikkeld was.

'Hij is in gesprek.'

'Ik moet hem spreken.' Ik liep langs haar bureau en rechtstreeks het kantoor van Weston in.

'Maar...'

Ik sloot de deur en smoorde haar protest in de kiem.

Weston keek over zijn schouder. Zijn onberispelijke loafers rustten op het dressoir voor het raam. In tegenstelling tot het mijne werd zijn uitzicht op de baai niet belemmerd door het aangrenzende gebouw. Het grijze water kolkte onder de laaghangende wolken.

Hij stak een vinger op en zette zijn voeten neer. 'Ik moet je later terugbellen.' Hij trok zijn oortje uit en legde het op zijn bureau.

Zijn ogen vielen op mijn in de zakdoek gewikkelde handpalm. 'Wat is er gebeurd?'

Ik bedekte hem met mijn andere hand. 'Een ongelukje.'

'Ik begrijp het.' En dat deed hij. Zijn heldere ogen keken dwars door me heen, tot in het diepst van mijn ziel. Hij stond op en gebaarde naar de leren bank met siernagels.

Ik ging op het puntje zitten. Westons meubels waren niet comfortabel genoeg om in weg te zinken. Bovendien trilde mijn lichaam nog na van de adrenaline die door mijn bloed gierde.

Hij ging in de hoge oorfauteuil naast de bank zitten en sloeg zijn benen over elkaar. Een paar centimeter van zijn effen zwarte sokken was zichtbaar onder de zoom van zijn wollen broek.

Mijn stem klonk te kalm, zelfs in mijn eigen oren. 'Ik ga naar de conferentie van New England Entrepreneurs. Voor Jackson.'

'Heb je je vrijwillig aangeboden?' Zijn donkere wenkbrauwen

schoten omhoog boven ogen die pasten bij het diepe blauw van zijn zijden das.

'Niet bepaald. Zijn vrouw en de baby zijn ziek. Hij moet voor hen en hun andere kind zorgen.' Het klonk volkomen redelijk toen ik het zei. Waarom was ik zo tegen hem uitgevallen toen hij het me vertelde? Ik klemde mijn andere hand om mijn gehavende hand.

'Ben je niet net terug uit Azië?'

'Inderdaad. Ik neem aan dat jij geen zin hebt om naar Boston te gaan?'

Hij grinnikte. 'Sorry, Phoebe is deze week bij mij.'

Ik wierp een blik op de foto op zijn bureau. Weston stond naast zijn dochter in haar cap en rijjas, met zijn armen om haar schouders en haar kleine hand die de leren teugels van het kastanjebruine paard aan haar andere zijde vasthield.

'Je kunt altijd afzeggen,' zei hij.

Mijn kaken spanden zich. 'Synergy zegt zijn verplichtingen niet af. Niet tegenover klanten, niet tegenover onze werknemers, niet tegenover collega-ondernemers. En al helemaal niet op het laatste moment.'

'Dat zouden ze begrijpen. Laat Jones ze bellen.'

Dat was precies wat Jackson nodig had, nog een deuk in zijn toch al kwetsbare reputatie. 'Nee, ik doe het wel.'

'Je zou alles voor hem doen, hè?' De woorden waren luchtig, maar zijn blik was veelbetekenend.

Ik wou dat ik mijn hart bij hem kon uitstorten. Dat ik hem kon vertellen hoe ik me voelde over Jackson Jones, bijna vanaf het eerste moment dat hij onze studentenkamer in Stanford binnenliep. Over hoe ik mijn belachelijke verliefdheid jarenlang had opgekropt, wetende dat Jackson hetero was en ik onze vriendschap niet wilde verpesten met een bekentenis. Over hoe mijn hart in tweeën brak toen hij zich verloofde – mijn vriend met bindingsangst, die had geweigerd geld te steken in iets wat niet op wielen stond en waarmee hij weg kon rijden, verloofd! En toen verpulverde het volledig toen hij me vertelde dat zijn verloofde zwanger was.

Ik wist dat hij nooit van mij zou zijn, maar dat niervormige boontje op de echo waarmee hij in mijn gezicht zwaaide, was de genadeklap voor de waanideeën die ik mezelf al die tijd had voorgehouden.

De nacht dat ze werd geboren, was ik degene die in de ziekenhuisgang achterbleef toen de verpleegster me de weg versperde en zei: 'Alleen familie.'

Jackson was mijn beste vriend, maar hij zou nooit mijn familie zijn.

Ik had dr. Pradhi niet nodig om het voor me te psychoanalyseren. De herinnering die hij me eerder vandaag had gegeven – dat hij zijn gezin verkoos boven het bedrijf dat we samen hadden opgebouwd – was de reden dat ik ontplofte.

Alsof hij mijn gedachten van mijn voorhoofd kon aflezen, zei Weston: 'Ik denk dat je wel wat tijd weg kunt gebruiken.'

'Maar ik...'

'Denk erover na. Ik regel de zaken hier wel. Je moet nadenken over wat je wilt. Voor jezelf en voor Synergy.'

Wat wilde ik? Ik had Jackson zo lang gewild, dat er nu een leegte in me was waar al dat verlangen had gezeten. Zelfs Synergy voelde leeg. Hij had het in de steek gelaten, net zoals hij mij in de steek had gelaten.

'Wil je erover praten?' Hij leunde met zijn ellebogen op zijn knieën, zijn voorhoofd gerimpeld van oprechtheid. Hij leek op de vader die ik had gewild toen ik zo oud was als Phoebe. Op een van mijn *tíos* op het eiland.

Ik vertrouwde Weston, sinds hij Synergy had gered toen Jackson me in de steek liet. De avond voordat we een afspraak hadden met de investeringsbankiers, gingen Jackson en ik iets drinken om te vieren dat ons zevenjarige partnerschap eindelijk flink zou gaan renderen. Nadat ik terug was gegaan naar het hotel, kreeg Jackson het aan de stok met een agent. Hij verscheen op onze afspraak, verfomfaaid, een blauw oog, en hij stonk een uur in de wind.

De bankiers stonden erop dat we Jackson als CEO vervingen door Weston. En met Jackson die eruitzag als mijn vader op de ochtenden dat ik hem uit de cel moest halen, stemde ik toe. Jackson, zoals Jackson was, dumpte me voor een jacht vol bikinimodellen, maar Weston bleef. Hij loodste Synergy – en mij – door het proces om een beursgenoteerd bedrijf te worden. En hielp het uitgroeien tot de softwaregigant die het werd.

Ook al hadden we de afgelopen zeven jaar samengewerkt, ik heb Weston nooit verteld wat ik voor Jackson voelde. Ik had het niemand verteld. Nooit. Hoewel mijn andere beste vriendin, Jamila, het zelf had geraden.

'Nee, het gaat goed met me.'

'Echt? Ik maak me zorgen om je, Fallon.'

Mijn achternaam, degene die ik deelde met mijn vader, deed me met mijn ogen knipperen. Zijn naam was niet het enige wat ik had geërfd. Dat had ik vandaag bewezen.

Alsof ik het afspeelde van een video-opname, zag ik mezelf, mijn gezicht rood, spuug dat uit mijn mond vloog terwijl ik het glas van mijn bureau verbrijzelde. Ik had er niets van gevoeld, de klap niet en de snijwonden niet. Wanneer mijn vader vroeger thuiskwam, ruikend naar goedkope whisky, herinnerde hij zich nooit waarom zijn knokkels rood waren, totdat hij de bijpassende blauwe plek op mijn wang zag.

Ondanks het feit dat Weston eruitzag als een stockfoto van een dure psychiater, met het grijze haar dat fonkelde bij zijn slapen en in zijn kortgeknipte baard, kon ik hem niet vertellen wat ik had gedaan of waarom ik het had gedaan. Die blauwe ogen zouden hard worden of, erger nog, verzachten van medelijden.

'Het gaat goed,' herhaalde ik. Cooper Fallon was altijd goed. Betrouwbaar. Hardwerkend. 'Ben is mijn afspraken aan het verzetten. Kun jij een oogje in het zeil houden terwijl ik in Boston ben?'

'Natuurlijk. Gaat Ben met je mee?'

'Ben... met mij mee?' Ik knipperde met mijn ogen. Dat was een vreselijk idee. Toen hij direct na Jacksons bruiloft bij het bedrijf kwam, was ik kwetsbaar, een open wond. Dat was de enige verklaring voor de vonk die ik voelde toen ik hem voor het eerst de hand schudde. De warmte in mijn borst waar mijn hart was geweest voordat het koud en donker werd. Reizen met Ben zou een te grote verleiding zijn. 'Nee.'

'Je zou de steun kunnen gebruiken. Je hoeft niet alles zelf te doen, weet je.'

'O nee?' Ik ontblootte mijn tanden in een grimmige glimlach.

Hij spiegelde de uitdrukking. 'Je hebt gelijk. En het kan erger worden als Jones besluit eruit te stappen om zich op zijn gezin te richten.'

Mijn spieren spanden zich zo stijf aan als de leren stoel. 'Eruit stappen?'

'We zien beiden de voortekenen, Fallon. Zijn hart ligt er niet meer in. Hij heeft andere prioriteiten.'

Andere prioriteiten dan ik en het bedrijf dat we samen hadden opgebouwd. Waarom had ik het niet gezien? Misschien had ik het onbewust wel gezien, en was dat de reden dat ik in mijn kantoor de controle was verloren.

Fuck.

Zonder Jackson zou Synergy een pijnlijke herinnering zijn aan alles wat ik had verloren. Het zou niet leuk meer zijn. Het zou werk zijn.

Westons ogen boorden zich in de mijne als een drilboor, op zoek naar mijn geheimen. Toen reikte hij naar me en legde zijn hand op mijn schouder. 'Denk erover na. Neem wat tijd als je dat nodig hebt. Na Boston.'

Ik stond op. 'Zal ik doen.'

Ik liep zijn kantoor uit en rechtstreeks naar de trap, zonder iemands blik te vangen, bang dat ik het fineer van kunststeen dat ik over mijn vluchtige emoties had gepleisterd, zou laten barsten. Voor het eerst in maanden verliet ik het kantoor terwijl de winterzon nog boven de horizon hing.

———

TOEN IK MIJN VOORDEUR BINNENSTAPTE, wierp Norma één blik op me en sloeg een kruisje. Ze rolde met haar bruine ogen en mompelde iets – een gebed, wist ik zeker, want ze was altijd wel ergens voor aan het bidden – en stak toen haar hand uit.

Tegenstribbelen had geen zin, dus legde ik mijn hand in de hare, met de handpalm naar boven.

'Weer aan het boksen?'

'Jiu-jitsu,' herinnerde ik haar. 'En nee. Ik...' Ik kon het haar niet vertellen. Ze zou op zondag in de kerk iets tegen mijn moeder zeggen. 'Ik heb me op mijn werk gesneden.'

'Je werkt achter een bureau.' Ze klakte met haar tong terwijl ze de bebloede zakdoek bekeek. 'Niet in een fabriek.'

'Het is een papercut?'

Ze glimlachte niet eens om mijn flauwe grap. Maar ik zou de kordate Norma – mijn werknemer voor wie ik verantwoordelijk was – nooit vertellen dat ik met mijn hand op mijn bureau had geslagen omdat mijn beste vriend onder mijn verdediging was doorgebroken en mijn gevoelens had gekwetst. Gevoelens waarvan ik dacht dat ik ze niet meer had.

Ze boog haar hoofd over mijn hand. Geen haartje ontsnapte aan haar strakke, grijze knot, maar haar vingers waren zacht toen ze aan de zakdoek trok.

Ik balde mijn hand eromheen en klemde de stof vast. 'Het gaat wel.'

Haar lippen werden een bleke streep. 'We moeten het schoon-maken. En een nieuw verband aanleggen. Het is niet diep genoeg voor hechtingen, toch?'

'Nee.' Toch volgde ik haar naar de keuken en liet haar Bens zakdoek boven de gootsteen afwikkelen. Kordaat, en niet zachtjes, waste ze mijn hand met prikkende zeep. Ik staarde naar de met bloed bevlekte zakdoek die ze achteloos naast de gootsteen had laten vallen. Het was niets bijzonders, gewoon het soort dat je in pakjes bij een warenhuis koopt. Toch *was* hij bijzonder. Omdat hij van hem was. Ik moest hem teruggeven.

'Was je die voor me?' Ik knikte naar de doek. 'Ik heb hem van iemand geleend.'

'Ja, ja. Net als al je stinkende sportkleren en de lakens waar je nauwelijks op slaapt.'

Ze was mijn hand aan het droogdeppen, dus ze zag me niet met mijn ogen rollen. Ze liet me even los om de verbanddoos onder de gootsteen vandaan te halen. 'Als je jezelf opbrandt, kun je niet meer werken. En wat gebeurt er dan met dit huis?' Ze wuifde met haar hand naar de professionele keuken die ze gebruikte om mijn maaltijden te bereiden, naar de elegante, aangrenzende eetkamer die ik alleen gebruikte voor zakendiners met catering. 'Je moet eerst voor jezelf zorgen, Lito.'

Ik nam niet de moeite om uit te leggen dat als ik vandaag ontslag zou nemen, ik nog steeds een rijk man zou zijn dankzij mijn aandelen in Synergy en andere investeringen. Zoals alle huishoudsters, koks en tuinmannen die Mamá me vanuit de kerk stuurde – hardwerkende vrouwen die het moeilijk hadden – begreep ze cashflow, maar niet veel meer.

Norma, die zes maanden geleden haar man met wie ze vijfentwintig jaar getrouwd was bij een ongeluk had verloren, was beter dan de meesten. Ze liet mijn huis zoemen als de motor van een Ferrari, in tegenstelling tot haar voorganger die vergeten was de elektriciteitsrekening te betalen en me een koud januariweekend in het donker had laten zitten, wat toevallig mijn verjaardagsweekend was. Maar ik kon nooit een van Mamá's mensen ontslaan. In tegenstelling tot op het werk stond ik onderaan de hiërarchie van de kerkdames. Ik maakte haar verantwoordelijk voor de was en nam Norma aan als mijn huishoudster.

Nadat Norma een stuk tape over het gaasje had geplakt om het vast te zetten, pakte ze de bebloede zakdoek en stopte die in de zak van haar schort. Ik keek naar de bobbel. Het zou pas morgen schoon zijn, en dan zou ik in Boston zijn.

Wat me eraan herinnerde... 'Ik vertrek vanavond voor een reis. Ik ben pas in het weekend terug. Neem maar wat vrije dagen.'

Ze fronste, halverwege de wasruimte. 'Nog een reis? Je bent afgelopen vrijdag pas teruggekomen uit Azië.'

'Ik weet het.' Ik volgde met mijn vinger het gaasje op mijn hand en dwong de opkomende woede terug. 'Er is iets tussen gekomen.'

'Ik maak me zorgen om je, mijo. Je werkt te hard.'

Dat was wat ik tegen Jackson had gezegd toen ik het bureau brak. De woede pulseerde weer, zachtjes. Ik moest dr. Pradhi bellen.

'Ik warm je avondeten nog even voor je op voordat ik ga.'

'Bedankt, Norma. En bedankt voor dit.' Ik gebaarde met mijn verbonden rechterhand.

Ze wuifde mijn dank weg terwijl ze een van mijn vooraf geportioneerde maaltijden in de oven zette. 'Je hebt vakantie nodig, niet nog een werkreis. Een massage. Wat slaap.'

'Mamá en ik zijn met kerst naar het eiland geweest.'

'Dat is maanden geleden, en sindsdien heb je bijna elk weekend gewerkt. Avonden ook. Je hebt rust nodig.'

Ze had geen ongelijk. Vandaag was het bewijs.

'Ooit,' zei ik. Hoewel blijkbaar niet zolang Jackson een pasgeboren baby had.

Ze tuitte haar lippen en hing haar handtas over haar schouder. 'Goede reis. En vergeet niet te eten.'

Ik schonk haar een flauwe glimlach. 'Vergeet jij het ook niet. En ga je vrije dagen niet in de gaarkeuken werken.'

'Wat ik op mijn vrije dagen doe, gaat jou niets aan, Miguelito. Als ik tijd in de kerk wil doorbrengen of zelfs hier, is dat niet jouw zorg.'

Ik stak mijn handen op. 'Sí, señora. Goedenacht.'

Ze knikte eenmaal en liep de deur naar de garage uit. Haar koplampen gleden weg door de straat.

Na mijn eenzame maaltijd sjokte ik naar boven, naar mijn

slaapkamer. De kledingzak in de inloopkast was nog half ingepakt van mijn reis naar Azië.

Boston begin april. Ik rilde.

Ik schoof een paar wollen truien in de zakken en klemde
daarna mijn pakken en overhemden aan hun kleerhangers. Net
toen ik overwoog een spijkerbroek toe te voegen voor het onwaar-
schijnlijke geval dat ik na de conferentie nog energie zou hebben
om uit te gaan, zoemde mijn telefoon op de ladekast in het
midden van de kast.

Was het Ben, die belde om te vragen hoe het met me ging?
Nee, hij belde me niet na werktijd. Maar ik had mezelf nog nooit
eerder op het werk bezeerd. Een sprankje hoop fladderde door
mijn maag.

Toen ik de naam op het scherm controleerde, kalmeerde mijn
maag even en kromp toen ineen. Ze moest hebben gehoord wat ik
had gedaan.

'Jamila.'

'Hé, rustig aan. Je hoeft niet zo te snauwen. Je weet dat ik daar
niet in trap. Ik bel om te vragen hoe het met je gaat.' Haar honing-
zoete Texaanse accent verzachtte de medeklinkers.

Ik keek naar mijn rechterhand. Het verband was vrij van
bloed, ondanks het inpakken dat ik had gedaan. 'Het gaat goed
met me.'

'Weet je dat zeker? Want mensen met wie het *goed* gaat, veranderen op kantoor niet in de Hulk.'

'Wat de fuck heeft Jackson je verteld? Ik veranderde niet in de
Hulk. Ik maakte een punt en mijn ring raakte per ongeluk dat glas
op mijn bureau.' Waarom loog ik tegen haar? Ze was mijn beste
vriendin, na Jackson. Ze moest weten waarom ik het deed.

'Je bedoelt het glas dat je erop hebt gelegd nadat je ruzie had
met een van je uitzendkrachten en zij krassen op het hout had
gemaakt?'

Ik kromp ineen. Niet mijn beste moment. Maar de uitzend-
kracht was degene die het bureau had beschadigd, die keer, niet
ik. 'Je weet hoe Jay is. Hij werkte op mijn zenuwen.'

'Ik weet hoe jij bent wat Jay betreft. Sinds...'

'Het had daar niets mee te maken.' Nog een leugen. Ze bleven maar uit mijn mond vliegen. Was mijn vader gestorven en had hij bezit van me genomen als de jumbee uit de verhalen van mijn tantes? Ik kon alleen maar hopen dat Mick Fallon dood was. Zoals Jamila vaak zei, die man was te gemeen om te sterven.

'Zeker weten? Je bent al opvliegend sinds Valentine is geboren.'

'Ik heb zijn werk altijd al overgenomen, maar hij is sinds de geboorte nauwelijks op kantoor geweest. Ik doe mijn werk én dat van hem.'

Ik liep naar de ingebouwde planken waar mijn horloges lagen. Naast mijn Breitling lag het breekbare, gedroogde aronskelk-corsage dat ik van zijn bruiloft had bewaard. Toen ik het aanraakte, bladderde de rand van een bloemblaadje af. Die nacht had mijn hart in tweeën gebroken. Godzijdank was Jamila daar geweest om me te redden. Ik moest er niet aan denken wat ik had kunnen zeggen – of doen – als ik dronken was geworden.

Ik keerde terug om voor mijn kledingzak te gaan staan. 'Ik ben nu aan het inpakken om zijn toespraak te geven voor de Entrepre-neurs' Society in Boston.'

'Nee, Coop. Je bent net terug uit Singapore.'

'Iemand moet het doen,' gromde ik, terwijl ik de kast afspeurde naar mijn nette schoenen. Wat had Norma ermee gedaan?

'Er zijn andere mensen die het werk kunnen overnemen, weet je. Laat Weston het doen. De CEO zou moeten opstappen.'

'Dat kan hij niet.' Hij had me gezegd dat ik moest afzeggen. En ik was in de verleiding gekomen. Zeker nadat hij me had laten inzien hoe Jackson zich losmaakte van het bedrijf dat we samen hadden opgebouwd, het symbool van onze vriendschap.

'Niemand anders kan op het laatste moment zo snel schakelen als ik. Zij hebben partners. Kinderen. Gezinnen.' Het enige wat ik had, was een enorm, leeg herenhuis in Pacific Heights. Ik had niet eens een verdomde goudvis om voor te zorgen. En als ik die wel had, had Norma hem wel kunnen voeren terwijl ik in Boston was.

Na een moment van aarzeling zei ze: 'Het feit dat je die verplichtingen niet hebt, betekent niet dat je ieders werk kunt doen, Cooper. Jij hebt ook rust nodig. Denk je niet dat wat er vandaag is gebeurd dat bewijst?'

Ik voelde in mijn broekzak en haalde de ring tevoorschijn die alle problemen had veroorzaakt. Het was een grote, lelijke zegelring met een lichtblauwe steen in het midden. De zilveren ring was lichtjes afgeplat door de impact en de steen had nu een barst in het midden. LariMar. Voor verlichting en genezing, zei Mamá toen ze hem aan me gaf. Als het had gewerkt, betwijfelde ik of ik hem zou hebben gebruikt om mijn bureau te verbrijzelen. Dan zou ik me niet als *hem* hebben gedragen.

'Ik wil er niet over praten.'

'Je moet met iemand praten. Heb je je therapeut al gebeld?'

'Nog niet.' De woorden knarsten tussen mijn opeengeklemde tanden.

'Word nou niet meteen boos. Ik probeer je te helpen.'

'Ik weet het. Ik weet het.' Maar de wetenschap dat Jamila me steunde, doofde het vuur niet dat in me woedde. 'Ik moet naar het vliegveld. Ik bel je dit weekend.'

'Oké, schat. Pas goed op jezelf.' Bezorgdheid klonk door in haar stem. Voeg haar maar toe aan het lijstje met Norma en Ben.

Ik keek op de zware Rolex om mijn pols. De auto zou over tien minuten buiten staan. Waar waren mijn verdomde schoenen? Ik gooide de telefoon door de deuropening naar het bed, zodat ik beide handen vrij had om mijn kast uit te kammen. Ik draaide me om op mijn hak en…

Toen ik naar beneden keek, zag ik mijn schoenen. Aan mijn voeten. Ik stond op het punt mijn kast overhoop te halen voor een paar schoenen die ik vergeten was dat ik droeg.

Mijn handen trilden, en toen ik mijn spiegelbeeld ving in de spiegel aan de achterkant van de deur, waren mijn ogen wijd en wild. Mijn haar stond in zandkleurige pieken overeind.

De volgende keer zou het misschien geen bureau zijn dat ik raakte. Het zou misschien geen glasplaat zijn die ik vernielde.

Voeg mezelf maar toe aan dat lijstje van bezorgde mensen.

Ik liep de kast door, griste de corsage van de plank en verpulverde hem in mijn vuist. Ik gooide de stukjes in de prullenbak. Ik was klaar met hem. Klaar met alles.

Mijn vingers waren bijna te trillerig om het contact in mijn telefoon te vinden, maar eindelijk drukte ik op de belknop. 'Emily?' zei ik toen de piloot opnam. 'Ik wil dat je ons vluchtplan wijzigt. We gaan niet naar Boston.'

3

BEN

MARLEE GLIMLACHTE TOEN ik langs haar bureau liep. 'Jij bent in een goede bui.'

Ik bleef staan en wees omhoog naar het enorme dakraam. 'De zon schijnt en ik heb gisteravond een tien gehaald voor mijn scriptie voor economie.' Ik had het wel van de daken willen schreeuwen toen ik het zag. Ik wenste bijna dat mijn ex, Trey, en ik nog op sprekende voet waren, zodat ik het hem had kunnen vertellen.

'Goed gedaan! Maar herinner me er eens aan waarom je economie volgt?' Ze trok een vies gezicht. 'Je hebt een hekel aan spreadsheets.'

'Dit is maar een inleidend vak en het gaat meer over theorie dan over formules. Het vak accountancy dat ik vorig semester volgde?' Ik huiverde bij de herinnering. Cijfers waren altijd al zo moeilijk voor me geweest. In tegenstelling tot mijn zus, Mimi, die beneden accountant is en een kei in wiskunde. 'Alleen maar spreadsheets. Maar het is verplicht voor mijn studie bedrijfskunde.'

'Had net als ik voor programmeur moeten leren.' Ze gooide haar lichtbruine haar naar achteren.

'Ik had een heleboel dingen anders moeten doen.' Zoals naar een therapeut gaan nadat mijn vriendje het in mijn eerste studiejaar had uitgemaakt, in plaats van te stoppen met mijn studie. Misschien had ik dan wat Trey een echte baan noemde en was ik niet de oudste student in mijn economieklas die zijn diploma zo langzaam haalde dat ik van geluk mocht spreken als ik voor mijn dertigste afstudeerde.

'Hé.' Marlee reikte over haar bureau om in mijn hand te knijpen. 'Ik vind het geweldig dat je je bachelordiploma haalt.' Ze glimlachte spottend. 'Een van Coopers diploma's is in bedrijfskunde. Misschien word je ooit net zo rijk als hij.'

'Ha, ha. Tegen de tijd dat hij achtentwintig was, had hij Synergy naar de beurs gebracht en was hij al multimiljonair.' Ik keek uit gewoonte naar zijn kantoor, maar natuurlijk was het donker. Hij was in Boston. 'Ik hoop dat het goed met hem gaat na al die heisa die Jackson gisteren veroorzaakte.'

'Jackson?' Ze liet mijn hand los. 'Hij was niet degene die zijn bureau kapotsloeg.'

'Ja, maar hij... laat maar.' Marlee was de beste vriendin van Jacksons vrouw en beschouwde zijn kinderen als haar neefje en nichtje. Niemand van hen maakte zich zorgen over de lasten die Jackson op Coopers schouders legde.

'Hij is vast in orde. Cooper kan dat altijd goed aan.'

Dat deed hij. Tot gisteren. Hij was een snelkookpan die al die stoom binnenhield. We hadden gisteren wat ervan zien ontsnappen, maar wat zou er gebeuren als de druk bleef toenemen? Zou hij uitvallen tegen iemand die hem niet onmiddellijk zou vergeven? Weston, misschien? God sta ons allen bij als Weston Cooper zou ontslaan.

'Wat ga je doen met al je vrije tijd terwijl hij weg is?'

'Vrije tijd? Ik moet ervoor zorgen dat ze zijn kantoor weer in de oorspronkelijke staat herstellen.' De schoonmaakploeg had al het glas verwijderd, maar toen ik het inspecteerde, had ik kleine krasjes in de kersenhouten afwerking gevonden van het gebroken glas. Iemand als Jackson zou het nooit opmerken, maar Cooper wel. 'De meubelherstellers moeten hier elk moment zijn. Het nieuwe blad wordt morgen geleverd.' Ik had er zorg voor gedragen dat ik getemperd glas bestelde, voor het geval er nog een ongeluk zou gebeuren.

Maar wat moest ik doen zonder Cooper in de buurt? Het klonk perfect: geen spanning van het me moeten inhouden, me beheersen in zijn bijzijn. Geen verleiding om over zijn rug te aaien, door die heerlijk zacht uitziende, op maat gemaakte overhemden. Niet tot aanstaande maandag. Ik verdiende een welverdiende pauze van de dagelijkse marteling.

Ik kon alvast beginnen aan mijn volgende opdracht voor school, veronderstelde ik. Hoewel het schrijven van nog een droge scriptie voor economie een ander soort kwelling was. 'Laat me weten wat ik kan doen om je te helpen, oké?'

'Tuurlijk, tuurlijk.' Ze beet op haar lip. 'Denk je dat het nu weer goed is tussen hen? Jackson en Cooper?'

'Jij kent hen langer dan ik. Ze maken de hele tijd ruzie.' Nooit zoals gisteren, dat wisten we allebei. Ik keek om me heen om te zien of er iemand anders in de buurt was die ons kon horen. We moesten doen alsof alles normaal was, anders zou er een gerucht bij Weston terechtkomen. Er school iets sinisters net onder dat koude, stijlvolle uiterlijk.

'Maar...' Marlee leunde dichterbij en verlaagde haar stem, 'ze zijn nog nooit handtastelijk geworden. Hij was als... als het Beest.'

'Bedoel je die uit de X-Men?' Had Tyler haar een degelijke stripboekeducatie gegeven?

'Nee, uit *Belle en het Beest*. Hoewel het Beest eigenlijk heel zachtaardig was, weet je.' Marlee draaide een haarlok om haar vinger. 'Totdat Gaston hem aanviel.'

Natuurlijk dacht zij aan een van haar sprookjes. 'Heb je nooit een X-Men-strip gelezen of de films gezien? Hij is absoluut het Beest. Zijn ogen hebben dezelfde kleur als de blauwe vacht van het Beest. En ze zijn allebei genieën.'

Marlee hield haar hoofd schuin. 'Ik heb hem zelf altijd meer als een Thor gezien. Blond haar, blauwe ogen, die stoppelbaard, die spieren...' Ze rilde.

'Hé, ho.' De deur van het trappenhuis sloeg achter Tyler dicht. 'Je hebt het hopelijk wel over mij.'

'Natuurlijk.' Ze knipoogde naar me voordat ze zich omdraaide, met uitgestrekte armen, om haar verloofde op de directieverdieping te verwelkomen. Ze gaf hem slechts een kusje op zijn wang, maar ik wendde mijn gezicht af. De liefde die op Tylers gezicht straalde was te obsceen voor een kantooromgeving.

'Jay is er nog niet?' Hij knikte met zijn kin naar het donkere kantoor.

'Nee, arme Valentine heeft koorts en ze heeft hen allebei 's nachts wakker gehouden. Daarom is hij niet naar Boston gegaan. Hij werkt vandaag vanuit huis zodat Alicia kan rusten.'

En dat betekende dat Cooper niet kon rusten. Hij ving altijd het werk op dat Jackson liet liggen. Ik doofde de brandende irritatie in mijn borst met een slok van mijn lauwe latte. 'Morgen, Tyler. Tot later, Marlee.'

'Tot later,' mompelde Marlee, nog steeds glimlachend naar Tyler alsof ze dagen in plaats van uren van elkaar gescheiden waren geweest.

Die opwelling van irritatie werd een koud, zwaar gevoel. Ik zou nooit zo'n liefde ervaren. Niet zolang ik op de verkeerde mannen bleef vallen. Ik sjokte over de vloer naar mijn bureau, net buiten Coopers kantoor. Zodra ik mijn tas neerzette, trok het rode knipperende lampje op mijn telefoon mijn aandacht. Waren de meubelmakers gearriveerd? Waarom had José mijn mobiel niet gebeld? Ik pakte de hoorn en drukte op de knop om de berichten op te halen.

De eerste was van zes uur 's ochtends, negen uur 's ochtends aan de oostkust. 'Meneer Levy-Walters, u spreekt met Shauna van de New England Entrepreneurs' Society. Meneer Fallon heeft nog niet ingecheckt en ik heb hem niet kunnen bereiken. Ik hoop dat u kunt bevestigen dat hij vandaag om twaalf uur nog steeds de openingstoespraak kan geven.'

Geef die man even rust, mens. Hij kon er niet eerder dan middernacht zijn aangekomen. Hij was een man, geen machine; hij was waarschijnlijk gewoon een extra espresso aan het halen om hem door de jetlag heen te helpen. Toch... Cooper gedroeg zich meer als een machine dan als een man, en ik had hem nog nooit te laat zien komen. Op wat dan ook.

Het tweede bericht speelde onmiddellijk af, dertig minuten geleden ingesproken. 'Meneer Levy-Walters, met Shauna nogmaals. Van de Entrepreneurs' Society? Ik begin een beetje nerveus te worden. Meneer Fallon is er nog steeds niet. Kunt u me terugbellen?'

Ik pakte mijn door Synergy verstrekte mobiel en belde Cooper. Ik kreeg meteen zijn voicemail. Normaal gesproken kreeg ik knikkende knieën van het luisteren naar zijn welkomstboodschap, maar nu kromp mijn maag samen van de zenuwen. Wat kon hem overkomen zijn? Ik liet een kort bericht achter waarin ik hem vroeg zo snel mogelijk iets van zich te laten horen.

De vaste telefoon ging over met een nummerherkenning uit Boston. 'Kantoor van Cooper Fallon. Ben Levy-Walters aan de lijn.'

'Oh, meneer Levy-Walters. Ik ben zo blij dat ik u eindelijk te pakken krijg. Het spijt me dat ik zo vaak heb gebeld, maar we hebben meneer Fallon nog steeds niet gezien. Is hij onderweg?'

Als hij nog niet was aangekomen, betwijfelde ik het. Cooper Fallon kwam zijn verplichtingen na.

Er was iets mis.

'Het spijt me voor de late kennisgeving, Shauna, maar meneer Fallon is onverwachts ziek. Koorts. Koude rillingen. Overgeven.' Ik kapte mezelf af voordat ik Cooper nog meer walgelijke symptomen kon toedichten. 'Plotseling opgekomen. Hij is waarschijnlijk besmettelijk. Hij wil graag dat ik zijn excuses overbreng. Zodra hij hersteld is, zal hij een grote donatie aan de Society doen.'

'Oh. Dank u.' Ik had van het werken met Cooper geleerd dat geld altijd hielp om de boel glad te strijken. Shauna klonk niet zo gesust als ik had gehoopt. 'Maar wat doen we met de openingstoespraak?'

'Het spijt me, Shauna,' zei ik, zo zacht mogelijk. 'Daar kan ik u niet mee helpen. Maar u heeft een zaal vol ondernemers. Kan een van hen niet invallen?'

'Ik… ik denk dat ik het zal proberen…'

'Perfect. Een fantastische dag gewenst.' Ik hing snel op voordat ze het weer mijn probleem kon maken.

Mijn telefoon ging vrijwel onmiddellijk over, en ik zuchtte toen ik zag dat het de beveiliging was. Na een kort gesprek met José stapte ik in de lift om de meubelherstellers te begeleiden.

Waar was Cooper?

Nadat ik het meubelteam Coopers kantoor had binnengelaten en ze aan het werk waren gegaan, liep ik terug naar Marlees bureau. Ze tuurde naar haar scherm, waarschijnlijk bezig met haar ochtend-codecheck. Hoe open kon ik met haar zijn over mijn Cooper-probleem? We waren al vrienden sinds mijn eerste dag en we klaagden lachend bijna dagelijks bij elkaar over onze bazen. Maar dit was anders. Een heel ander verhaal, waar ik een knoop van in mijn maag kreeg.

Het was duidelijk dat wat er met Cooper aan de hand was, zijn geheim was, aangezien hij het me niet had verteld. En hij had het recht om geheimen te hebben. Tenminste in zijn privéleven. Zijn professionele leven was mijn zaak. Hij had Shauna moeten vertellen dat hij niet zou komen. En mij.

Ik had hem nog nooit een verplichting zo hadden laten schieten. Dus wat zijn geheim ook was, het moest een groot geheim zijn. Eentje waarvan hij niet wilde dat iemand het wist.

Hoewel het niet aan mij was om het te delen, moest ik het weten omdat het Synergy beïnvloedde. Cooper was het kloppend hart van het bedrijf en als geruchten de media zouden bereiken, zouden de aandelen kelderen alsof Thor er met zijn hamer op had geslagen. En dan zou het bedrijf ook ten onder gaan, net als bij mijn vorige baan.

Ik schraapte mijn keel. 'Hé, ik weet dat ik zei dat ik je vandaag zou helpen, maar Cooper heeft me een speciaal project toegewezen.' Ik observeerde haar gezicht op tekenen van herkenning of ongeloof.

Ze keek me snel aan en haalde haar schouders op. 'Geen probleem, hoor. Projecteer er maar op los.'

'Hij, eh, hij heeft niets tegen jou of tegen Jackson gezegd over… het project?'

Haar blik was alweer op het scherm gericht. 'Nee. Hulp nodig?'

'Nee. Nu even niet, in ieder geval. Bedankt.' Ik sjokte terug naar mijn bureau.

Ik belde Cooper opnieuw. Meteen voicemail.

Ik belde het hotel in Boston. Hij had niet ingecheckt.

Ik belde Emily, de pilote van de jet. Ze nam niet op, maar ik sprak een voicemail in. Waarom had ik er niet op gestaan dat Cooper me toegang gaf tot de vluchtgegevens van de jet? Dan had ik geweten of ze het vliegveld hadden verlaten.

Julie, Westons directieassistente, haastte zich voorbij, papieren tegen haar borst geklemd boven haar zwangere buik.

Misschien wist zij wat er aan de hand was. 'Hé, Julie.'

Ze draaide zich om, haar mond in een ongeduldige lijn getrokken. Zij en ik waren niet zo bevriend als Marlee en ik, maar we konden het met elkaar vinden. Normaal gesproken. Er was duidelijk iets aan de hand vandaag. 'Ja, Ben?'

'Sorry dat ik u stoor. Ik vroeg me af of meneer Weston vandaag iets van Cooper had gehoord. Ik weet dat hij in Boston is, maar ik heb een vraag voor hem.'

'Geeft hij vanochtend niet een openingstoespraak? Hij belt u waarschijnlijk daarna wel.'

Zij wist dus ook van niets. 'Dat is waar.' Ik glimlachte. 'Bedankt.'

Ze knikte en vervolgde haar sprint naar het kantoor van de CEO.

Ik pakte mijn mobiele telefoon en hield hem een minuut in mijn hand. Op mijn werktelefoon stond de tracking-app van Synergy voor het geval hij verloren of gestolen zou worden. Als COO bewaakte Cooper de bedrijfsgeheimen en de apparaten die die geheimen bevatten als een schat. Wat ze waarschijnlijk ook waren, in de verkeerde handen.

Ik beet op mijn lip. Ik was niet echt een verloren apparaat aan het opsporen. Ik was een verloren persoon aan het opsporen. Een directielid. Het was een inbreuk op de privacy. Een ongeautoriseerde.

Maar wat als hij echt ziek was? Of gewond? Wat als de jet was neergestort? Mijn hart bonkte. Iemand zou toch wel gebeld hebben als het vliegtuig was neergestort? Shit.

Ik opende de tracking-app en klikte op Coopers naam. Het wieltje draaide. Eindelijk verscheen er een bericht. *Kan apparaat niet vinden. Zie kaart voor laatst bekende locatie.* Hij moest zijn telefoon hebben uitgezet.

Mijn hart sloeg op hol terwijl ik naar de kaart tuurde. De herkenningspunten werden duidelijk. San Francisco. Wat? Was hij niet vertrokken? Ik zoomde in op het icoontje dat de laatst bekende locatie van Coopers telefoon aangaf. Zijn huis in Pacific Heights.

Ik stond zo snel op dat mijn stoel wegtolde en tegen de muur klapte. Ik greep mijn tas en mijn jas en sprintte naar de liften. Hij was niet op het vliegtuig gestapt. Was hij ziek? Echt ziek, niet het verzinsel dat ik had bedacht voor de Entrepreneurs' Society? Misschien had Jackson hem besmet met wat voor babyvirus Valentine ook had. Ik stelde me Cooper voor, alleen in zijn bed, brandend van de koorts. Of kreunend op zijn badkamervloer, de rand van de toiletpot vastklampend.

'Ik moet gaan, Marlee,' zei ik terwijl ik langs haar bureau liep. 'Projectnoodgeval.'

'Succes,' riep ze terwijl ik de lift in stapte.

Hoe lang was het geleden dat ik hem had gezien? Achttien uur? Was hij al zo lang ziek en alleen? Ik tikte met mijn laars op de vloer, helemaal tot aan de begane grond.

Ik nam niet de moeite om de bus te nemen. Ik gebruikte mijn bedrijfscreditcard – als dit geen zaak van het bedrijf was, wist ik het ook niet meer – om een taxi te nemen naar Coopers chique wijk en rechtstreeks naar zijn herenhuis op de heuvel, vol Dorische zuilen, witte steen en goed onderhouden, milieuvriendelijke inheemse planten. Ik vroeg de chauffeur op me te wachten voor het geval we naar het ziekenhuis moesten haasten. Ik wou dat ik eraan had gedacht een geheimhoudingsverklaring te pakken voordat ik het kantoor verliet, maar dat kon ik later wel regelen. Het belangrijkste was om ervoor te zorgen dat Cooper in orde was.

Ik jogde naar de chique, met houtsnijwerk versierde eikenhouten deur en belde aan. Een scherm naast de deur lichtte op en toonde het gezicht van een vrouw. Haar grijze haar was strak naar achteren gekamd in een strenge knot. Haar gezicht, goudbruin en licht gerimpeld, was een uitdrukkingsloos masker. 'Kan ik u helpen?'

'Hoi,' hijgde ik. God, als alleen al het rennen vanaf de auto me zo buiten adem had gekregen, moest ik echt aan wat cardio gaan doen. 'Ik ben Ben. De assistent van Cooper. Ik zoek hem. Is hij in orde?'

Herkenning flitste in haar bruine ogen. 'Hij is hier niet.'

'Hij is… hier niet? Hij is niet ziek?'

'Hij is gisteravond op reis vertrokken. Maar hij heeft een pakketje voor u achtergelaten. Ik was van plan het vanochtend naar kantoor te sturen, maar de was was vertraagd.' Ze fronste. 'Een ogenblik.' Het scherm werd zwart.

Een minuut later ging de deur open. Door de strakke knot van de vrouw had ik verwacht dat ze de deur zou openen in zo'n ouderwetse zwarte uniformjurk met een wit schort. Maar ze droeg een yogabroek en een met stof bespikkeld T-shirt. Ze streek de zoom van haar shirt glad. 'Ik was de kroonluchters aan het schoonmaken, nu meneer Fallon weg is. Astublieft.' Ze duwde een klein doosje naar me toe.

Ik nam het automatisch aan. 'Maar hij... hij is nooit opgedaagd. Hij is niet naar Boston gegaan.'

Haar ogen vernauwden zich. 'Hij is hier niet.'

'Alstublieft.' Ik deed een stap dichterbij. 'Heeft u enig idee waar hij naartoe zou kunnen zijn gegaan?'

Ze wist het. Ik kon het zien aan de glinstering in haar ogen. Maar ze zei: 'Nee. Sorry.' Ze aarzelde even. 'Het beste wat u voor meneer Fallon kunt doen, is hem een paar dagen met rust laten.'

'Alstublieft, ik...'

'Tot ziens. Als hij terugkomt, laat ik hem weten dat u hier was.' Ze smeet de zware houten deur voor mijn neus dicht.

Ik drukte nog een dozijn keer op de bel, maar de deur ging niet open. Uiteindelijk leunde ik achterover tegen een zuil en bestudeerde het doosje in mijn handen. Het was langer dan breed en plat, gemaakt van glanzend karton. Het voelde te licht voor een van Coopers chique zijden stropdassen.

Ik schoof mijn duim onder het deksel en opende het. Een gewone envelop van zakelijk formaat lag bovenop een strak opgevouwen witte zakdoek. De mijne? Ik streek over het gesteven katoen. Mijn zakdoek was nog nooit zo schoon of... stijf geweest. Ik snoof eraan en rook de geur van Coopers wasmiddel. Ik griste de envelop weg en drukte het doosje dicht om de geur op te sluiten. Ik klemde het onder mijn arm en richtte mijn aandacht op de envelop.

Hij had mijn naam op de voorkant gekrabbeld. *Ben.* Alleen mijn voornaam. Het was bijna intiem. Ik rilde terwijl ik hem omdraaide om de inhoud eruit te schuiven.

Een cadeaubon voor een kuuroord. Een zeer gulle, die een volledige dag behandelingen zou dekken, zelfs het decadente Dode Zee modderbad.

En een handgeschreven briefje.

Ben – Ik ben een paar dagen weg. Neem wat tijd vrij. – Cooper

Dat was het. Elf woorden, plus mijn naam en de zijne. Geen

verontschuldiging. Geen uitleg. Wat was er in hemelsnaam aan de hand?

'Ik moet hem vinden,' mompelde ik.

Maar moest dat wel?

Ik draaide me om naar de auto, nog steeds het briefje vasthoudend dat hij had geschreven. Hij was vertrokken, volgens zijn huishoudster. Hoogstwaarschijnlijk was hij niet ziek. Hij had zijn telefoon uitgezet. Dat betekende dat hij niet gevonden wilde worden. Misschien had ze gelijk en had hij van mij vooral tijd voor zichzelf nodig. Dat ik hem moest dekken tot hij gepland was om maandag weer op kantoor te zijn.

Dat kon ik. Ik kon doen wat Cooper – en het bedrijf – het meest zou helpen.

Hij zou maandag terug zijn, en alles zou weer normaal zijn.

Toch?

4

COOPER

IK HAD VIJF pogingen nodig om het berichtje naar mijn financieel adviseur te typen.

Dell 25$ Klasse A-aandelen

Normaal gesproken zou ik het met Luis hebben besproken, maar hij werkte vanavond niet. Dat was waarschijnlijk de reden dat ik het berichtje opstelde. Ik was eenzaam. Ik miste Jackson, maar was ook boos op hem. Ik zwolg in de gevoelens die ik normaal gesproken opkroop. Omringd door blije vakantiegangers. En dronken.

De barman was een of andere jongen die ik niet kende. Ik draaide me om naar de potige vent op de barkruk naast me. Hij droeg een hoed die me deed denken aan Marlon Brando in *Guys and Dolls*. Wie draagt er in hemelsnaam een fedora in deze hitte? Toch leek hij nuchterder dan ik.

'Hé. Is dit bericht te begrijpen?' Ik liet het hem zien.

Hij fronste naar het scherm. 'Ik dacht dat Dell niet meer beursgenoteerd was.'

'Dell? Wat in godsnaam?' Ik kneep mijn ogen tot spleetjes en tuurde naar het scherm. 'Oh, shit. Typfout.' Terwijl ik vocht met mijn weerbarstige vingers, veranderde ik de *D* in een *S* en hield de telefoon omhoog. 'Beter zo?'

'Wilde je voor vijfentwintig dollar aan aandelen verkopen? Of bedoel je misschien procent?'

'Godverdomme.' Ik tikte venijnig op het dollarteken, backspacete eroverheen en swipe'te toen door scherm na scherm om een procentteken te vinden. De tekens dansten voor mijn ogen.

'Wil je dat ik je help?'

'Zou je?' Ik probeerde hem een winnende glimlach te geven, maar ik had mijn gezicht met whiskey verdoofd. Jackson had dat probleem nooit. Zelfs als hij dronken was, kon zijn grijns iedereen om zijn vinger winden. Maar dat deed hij niet meer. Niet nu hij een vrouw en een verdomd kind had. En een baby. Fuck. Ik veegde mijn prikkende ogen af aan de mouw van mijn overhemd en liet een natte veeg achter op het slappe katoen.

Jackson zou nooit als een loser alleen in een bar zitten. Niet voor lang, in ieder geval.

Ik, daarentegen? Ik zou voor altijd alleen zijn.

De man stootte tegen mijn arm. 'Geregeld.'

Ik keek naar het scherm.

Verkoop 25% Klasse A-aandelen

'Bedankt, man.' Voorzichtig concentreerde ik me op het kleine pijltje en drukte erop.

'Als je het niet erg vindt dat ik het vraag,' zei de man, 'waarom doe je dat nu? Je ziet er niet uit als het type dat iets moet verkopen om op een plek als deze te kunnen verblijven.'

Ik keek neer naar mijn verkreukelde pantalon en mijn overhemd dat klam was geworden door de luchtvochtigheid van het eiland. Ik zag eruit als... als mijn vader. Ik slikte. Hij had nooit zulke dure kleren gehad als ik, maar als hij thuiskwam uit de kroeg, hadden zijn werkoverhemden de strakheid verloren die mijn moeder er zo zorgvuldig in had gestreken.

Wat had hij me gevraagd? Het scherm van mijn telefoon lichtte op. Weer een oproep van Ben. Ik drukte hem weg en herinnerde het me weer: de aandelen.

'Slechte associaties,' zei ik. Zelfs ik wist niet zeker of ik bedoelde dat de aandelen me aan Jackson deden denken of dat ze me herinnerden aan mijn eigen wangedrag op kantoor gisteren. Hoe dan ook, de herinnering moest worden uitgewist, en de drank vertelde me dat het verkopen van de aandelen daarbij zou helpen.

Ik zat een minuut lang naar het eenzame ijsblokje in mijn whiskeyglas te staren. Voelde ik me anders? Lichter, met minder banden, minder lasten?

Nee. Ik voelde me nog steeds zwaar en somber.

Het verkopen van Synergy-aandelen had niet geholpen. De whiskey had ook niet geholpen, al had de bar nu een zachte gloed zoals Carole Lombard in *My Man Godfrey*. Het was een goede bar. Ik streek met mijn hand over het glimmende houten blad. Een fijne bar. Ik zou er morgen weer naartoe gaan. Misschien zou nog een dag drinken me helpen te vergeten.

Ik gleed van mijn kruk en wankelde even.

'Gaat het, man? Hulp nodig?' De potige vent met de hoed spreidde zijn handen alsof hij me overeind wilde houden.

'Ik heb hem.' Een kleiner, stevig figuur doemde achter me op. Ramón.

'Jij bent een kruier,' zei ik, alsof dat ook maar enigszins relevant was. 'Ik heb geen tassen die je kunt dragen.'

Hij lachte. 'Ik zorg er gewoon voor dat je op je kamer komt. Veilig. En alleen.' Hij keek de andere man boos aan en pakte me bij mijn elleboog.

Nadat we de trap af waren en over het grindpad naar mijn bungalow liepen, vroeg hij: 'Hoe is het met je mama?'

'Het gaat goed met haar. Ik heb haar gebeld toen ik hier gisteren aankwam.' Een warm gevoel vervulde me toen ik me herinnerde dat ik een paar mannen aan haar beveiligingsteam had toegevoegd. Ze zou veilig zijn, ook al was ik duizenden kilometers ver weg.

'Komt ze ook?'

'Deze keer niet.' Ze mocht me niet zo zien. Zwelgend in zelfmedelijden. Dronken.

'En de rest van je familie? Ga je Isobel opzoeken?'

'Echt niet.' Mijn tía abuela was erger dan Mamá. Ze zou voor me koken en kletsen en het hele smerige verhaal uit me trekken. En het laatste wat ik wilde was herkauwen hoe ik als een Mick Fallon tekeer was gegaan tegen mijn beste vriend, en me zijn grote, angstige ogen herinneren, en de geschokte uitdrukking van Ben.

Daar wilde ik nooit meer aan denken.

'Je hebt iemand nodig,' zei hij. 'Je zou niet alleen moeten zijn.'

'Niet? om de een of andere reden verscheen het gezicht van Ben voor mijn ogen. Ik knipperde hard. Nee. Als ik mezelf niet kon vertrouwen, leek alleen zijn het beste. Misschien kon ik een hutje op de berg huren en een kluizenaar worden.

Wat ik nodig had was nog een drankje.

Gelukkig had ik een volle drankkast in mijn bungalow, en zodra Ramón me had afgezet, schonk ik mezelf nog een whiskey in.

Als ik genoeg dronk, kon ik vergeten wat ik had gedaan. Wat ik had verloren.

5

BEN

DE VOLGENDE OCHTEND, net toen ik Coopers telefoon weer wilde pingen, kwam Julie voor mijn bureau staan. Ik maakte het scherm van mijn telefoon zwart en gaf haar een snelle glimlach. 'Wat kan ik voor u doen, Julie?'

'Mr. Weston zegt dat mr. Fallon wat vrij heeft genomen. Betekent dit dat hij niet zal inbellen bij de mediaconferentie over het onderzoekspartnerschap?'

Shit, dat was vandaag. Synergy had een klein team toegewezen om onze software aan te passen voor een onderzoeksorganisatie op het gebied van klimaatverandering, net zoals ze vorig jaar hadden gedaan voor een genetische onderzoeksgroep. De hoop was dat de analyse-engine van Synergy het onderzoek kon stroomlijnen en versnellen voor snellere resultaten. Cooper had hard voor die donatie gevochten, en hij had erover moeten praten.

'Nee, sorry.'

'Ik laat het mr. Weston weten.'

Ik ademde uit. 'Bedankt, Julie.'

'Laat hem een update mailen, wilt u? Mr. Weston wacht op de

laatste cijfers voor zijn grote project. En hij wil Coopers netwerk-wachtwoord.'

'Zijn wachtwoord?'

'Aangezien Cooper een tijdje niet terugkomt, wil mr. Weston er zeker van zijn dat hij bij zijn bestanden kan. Hij heeft zijn wachtwoord nodig.'

'Ik… ik kan hem dat niet geven.' Bij mijn training voor nieuwe werknemers had ik een papier getekend dat ik nooit, maar dan ook nooit mijn wachtwoord met iemand anders zou delen, zelfs niet met mijn zus. Dat moest ook voor Coopers wachtwoord gelden.

Julie fronste. 'Natuurlijk kunt u dat. Het is niet van Cooper. Het is van Synergy. En mr. Weston is de CEO.'

Verdoofd vormden mijn lippen het woord: 'Oké.'

Nadat ze was weggelopen, liet ik mijn hoofd in mijn handen vallen.

Ik had die verdomde spadag moeten nemen.

Weston wist dat Cooper vrij had. Ik veronderstelde dat het logisch was dat Cooper het zijn baas had verteld. Had hij niet de moeite kunnen nemen om het zijn assistent te vertellen? Verdomd briefje. Verdomde cadeaubon. Mijn maag brandde.

Maar ik was een professional, ook al had Cooper besloten zich niet meer zo te gedragen. Ik zou hem mailen…

Mailen! Waarom had ik daar niet aan gedacht? Als Cooper e-mails stuurde, kon ik misschien uitzoeken waar hij naartoe was gegaan.

Ik schakelde van de kalender-app naar de mail-app en logde in om die van Cooper te bekijken. Het aantal ongelezen mails was duizelingwekkend; die zou ik later moeten triëren. Ik controleerde de map Verzonden.

Er was één e-mail verzonden sinds Cooper dinsdagavond was verdwenen. Het tijdstip was laat op de woensdag, minder dan acht uur geleden. Ik scande de mail, hongerig naar details.

Het was een bericht aan de compliance officer van Synergy, ter bevestiging van een e-mail van zijn financieel adviseur. Cooper was van plan een deel van zijn A-aandelen te verkopen.

Wat. De. Fuck.

Ik zocht naar een antwoord in Coopers inbox. Daar was het. De compliance officer stuurde een vriendelijk antwoord waarin ze Cooper eraan herinnerde dat we momenteel in een black-outperiode zaten, maar dat hij kon verkopen zodra die over een week eindigde.

Cooper verkocht aandelen. Niet zomaar aandelen. Prioriteitsaandelen, met zeggenschap over het bedrijf.

Wat de fuck betekende *dat*?

Ik wist wat het bij mijn vorige bedrijf had betekend, maar pas achteraf. De oprichters hadden hun aandelen gedumpt een paar weken voordat de boel instortte. De een zei dat hij een huis aan het strand kocht; de ander ging scheiden en had het geld nodig. Er was geen huis aan het strand. De scheiding ging wel door. En nadat ze hun geld hadden, riepen ze me het kantoor binnen, hun gezichten vol verontschuldiging en een vleugje schuldgevoel, en ontsloegen me.

Met het kleine beetje ontslagvergoeding dat ze me hadden gegeven, moest ik kiezen tussen huur en collegegeld betalen.

Toen ik mijn vriendje, Trey, vroeg of ik een maand of twee bij hem kon logeren, tot ik mijn leven weer op de rit had, kreeg hij een doodsbange blik. Oké, misschien had ik een vlek Häagen-Dazs Triple Chocolate Fudge Cookie-ijs op mijn T-shirt en had ik me een paar dagen niet geschoren. Maar toen hij smoesjes begon te verzinnen, wist ik dat het voorbij was tussen ons.

Ik verdiende iemand die me steunde als ik het nodig had. Die niet wegliep bij het eerste teken van problemen. Die bereid was om samen de problemen van het leven aan te gaan. De volgende dag trok ik bij Mimi in en stopte met het beantwoorden van Trey's nachtelijke telefoontjes en appjes.

En toen ik een geweldige baan vond bij Synergy waarmee ik mijn collegegeld kon betalen, beloofde ik mezelf dat ik me niet nog eens zou laten verrassen. De volgende keer zou ik voorbereid zijn, op mijn hoede voor problemen.

Wist Cooper iets over de toekomst van Synergy? Stapte hij eruit nu het nog kon? Zweet droop over mijn rug en plakte mijn shirt aan mijn huid vast.

Ik opende een browservenster en zocht. Het waren niet al zijn A-aandelen. Ongeveer een kwart ervan. Niet eens in de buurt van een volledige verkoop.

Toch, wat betekende het?

'Gaat het?'

Ik keek op van het scherm en knipperde met mijn ogen. Ik had Marlees hakken niet over de oude houten planken horen tikken. Een klein fronslijntje verdeelde haar wenkbrauwen.

Ik minimaliseerde het browservenster. 'Prima. Wat is er?' Ik probeerde te glimlachen, maar het mislukte.

'Je bent heel bleek. Weet je zeker dat je je goed voelt?'

Marlee werkte veel langer bij Synergy dan ik. Ze kende Jackson en Cooper beter dan ik. En ze was discreet over Jacksons streken. Ik kon met haar praten.

'Heb je even?' Ik knikte naar de lege vergaderruimte achter haar.

'Natuurlijk.' Ze liep voor me uit de kamer in, die uitkeek op de drukke straat en de hoge gebouwen rondom de verbouwde fabriek die nu Synergy huisvestte. Ik deed de deur dicht.

Ik wist iets over aandelen door mijn financiële vak vorig jaar. Het was de taak van de compliance officer om ervoor te zorgen dat wat Synergy deed koosjer was met de overheidsvoorschriften. Ze had waarschijnlijk al een openbare kennisgeving gestuurd over Coopers plan om zijn aandelen te verkopen, dus ik zou Marlee niets vertrouwelijks vertellen.

Toch kon het geen kwaad om voorzichtig te zijn. 'Wanneer heeft Jackson voor het laatst Synergy-aandelen verkocht?'

Het kleine fronslijntje was terug. 'Bedoel je, zijn aandelenopties uitgeoefend?'

'Nee, ik bedoel echt aandelen verkocht.'

'Ik werk nu vier jaar voor Jackson en ik heb nog nooit meegemaakt dat hij aandelen heeft verkocht. Niet toen hij zijn huis kocht, niet toen hij trouwde, en niet toen ze Valentine kregen. Hij en Cooper houden dit bedrijf vast tot ze het uit hun koude, dode handen moeten wrikken. Waarom vraag je dat?'

Ik controleerde of de deur achter me dicht was. 'Cooper verkoopt een deel van zijn A-aandelen. Dat is toch raar?'

Marlees ogen werden groot. 'Superraar. De A-aandelen geven ze toch extra stemrecht?'

'Precies.'

Ze rimpelde haar neus. 'Ik dacht dat die werden doorgegeven aan de erfgenamen. Zoals bij de Fords. Kan hij die überhaupt verkopen?'

'Niet op de gewone aandelenmarkt. Maar de statuten van Synergy staan houders toe ze om te zetten naar een groter aantal gewone aandelen.'

'Moet je jou zien met je chique bedrijfskundediploma.'

Mijn wangen gloeiden. 'Bedrijfskundediploma in wording.'

'Wat zei hij toen je hem ernaar vroeg?'

Ik kromp ineen. Eerder wilde ik niet laten merken dat Cooper vermist was. En hij was nog geen achtenveertig uur weg. Maar Marlee kon me helpen hem op te sporen. Bovendien wilde ik de last wanhopig graag delen.

'Cooper is weg. Verdwenen. Is niet in Boston komen opdagen.' De woorden stroomden eruit. Ik vertelde haar over Coopers telefoon, zijn huishoudster, de onbeantwoorde berichten aan de piloot, de e-mail. Zelfs over het briefje waarin stond dat ik een paar dagen vrij moest nemen, hoewel ik haar niet in de ogen kon kijken toen ik dat vertelde.

Tegen de tijd dat ik klaar was, had Marlee haar handen voor haar mond. 'Dat klopt niet,' mompelde ze tussen haar vingers door. 'We moeten hem opsporen.'

'Ik probeer het al anderhalve dag, maar zonder succes.'

Marlee liet haar handen langs haar zij vallen en streek haar rok recht. 'Het goede nieuws is dat we weten dat hij leeft en in ieder geval redelijk wel is als hij de compliance officer mailt.'

Zo had ik er nog niet over nagedacht. De spanning in mijn lichaam nam een heel klein beetje af. 'Wat een padvinder. Hij vinkt de vakjes af, zelfs als hij vermist is.'

Marlee proestte het uit. 'Padvinder. Toch moeten we hem vinden. Iemand komt er vroeg of laat achter, en het staat niet goed als je COO vermist is.'

'Oké, dus wat is het plan?' Marlee had altijd een plan.

'Ik praat met Jackson. Als Cooper iemand heeft verteld waar hij naartoe ging, dan was hij het wel. En ik zal een paar van mijn Jackson-opsporingstechnieken gebruiken om erachter te komen waar Cooper naartoe is gegaan.'

'Jackson-opsporingstechnieken?'

Ze grijnsde. 'Jacksons favoriete manier om met stress om te gaan, is verdwijnen. Ik kan je niet eens vertellen op hoeveel plekken hij zich allemaal heeft proberen te verstoppen. Laat mij er een paar dagen aan werken. Vandaag is het donderdag. Als ik niets heb ontdekt en hij is maandag niet terug, evalueren we opnieuw.'

Dat paste in de paar dagen die hij dacht weg te zijn. 'Misschien is hij naar een kuuroord.'

'Een van die stille kloosterretraites?'

Ik grinnikte bij de gedachte dat Cooper Fallon een week zou zwijgen zonder iemand de baas te spelen. 'God sta die monniken bij.'

'Maak je geen zorgen. We vinden hem wel.'

Terwijl ik de hand van mijn vriendin vastgreep, voelde ik me een heel klein beetje beter.

6

BEN

ZE WACHTTEN TOT het dessert om me in de val te lokken.

Pap had net zijn zelfgemaakte citroencake met frambozensaus tevoorschijn gehaald toen de deurbel ging.

'Moet ik even kijken wie het is?' Mimi zette de koffiekan neer.

'Nee, nee.' Mijn moeder wapperde nerveus met haar handen. Ik keek haar met samengeknepen ogen aan. Mam, een milieuadvocate, was nooit nerveus. 'Ik heb een kantoorgenoot gevraagd om vanavond wat papieren te brengen. Weet je nog, ik heb je over hem verteld. Die nieuwe. David.' Ze snelde naar de deur.

Mijn moeder snelde nooit.

Ik trok mijn wenkbrauwen op naar pap, maar hij richtte zijn aandacht op het snijden van dikke plakken cake. Dus wendde ik me tot Mimi. Ze trok haar mond scheef.

'Wat weet jij, Mimi?'

'Niets.' Ze pakte nog een porseleinen kopje uit de ouderwetse servieskast. Zelfs de achterkant van haar krullende haar zag er zelfvoldaan uit.

Mam kwam gehaast de eetkamer weer binnen, waardoor de sjabbatkaarsen flakkerden. 'David was zo aardig om de papieren die ik nodig had van kantoor te brengen, dat ik hem heb gevraagd om voor het dessert te blijven.'

Achter haar kwam een witte jongen van ongeveer mijn leeftijd de kamer binnen. Hij was niet veel langer dan mijn moeder, dus ongeveer even lang als ik. Hij had donker haar met een kortgeschoren baard en een goede, sterke neus, en hij had dat kantoorbleke uiterlijk dat al haar kantoorgenoten hadden omdat ze te veel tijd op kantoor doorbrachten.

Ik rolde met mijn ogen naar mijn zus. Mam had het weer geflikt.

'David, je hebt mijn man, Adam, vorige maand op het feest ontmoet. Dit zijn mijn dochter, Miriam, en mijn zoon, Benjamin. Ben is zijn bedrijfskundestudie aan het afronden.'

Mimi kreeg niet eens een beroep toebedeeld. Daar ging mijn laatste hoop dat dit opzetje voor haar bedoeld was. Hij was voor mij. Geweldig.

Hij schudde Mimi's hand, en daarna de mijne. Goede, stevige handdruk. Lange wimpers omlijstten zijn donkere ogen. 'Sjabbat sjalom,' zei hij.

'Sjabbat sjalom,' herhaalde ik. Joods, ook al. Mam ging met David voor het hoogst haalbare.

Ze wees hem naar de stoel naast de mijne. Onder het genot van cake en koffie praatten we over koetjes en kalfjes, over waar hij was opgegroeid, waar hij naar school was gegaan en hoe leuk hij milieurecht vond.

Mam deed alsof ze opging in het gesprek tussen pap en Mimi over het laatste beursschandaal, maar ik wist dat ze luisterde door de manier waarop ze een nerveuze trek had toen David over zijn geweldige universiteit sprak.

Uiteindelijk haakte ze in. 'Ben heeft zijn opleiding op een onconventionele manier benaderd. En nu werkt hij en studeert hij. Hij gaat zijn vader opvolgen in het bedrijfsleven.'

'O ja?' David fronste zijn wenkbrauwen toen ik hem had verteld dat ik directieassistent was, maar nu lichtten zijn bruine ogen op. Trey was precies hetzelfde geweest. Toen we elkaar voor het eerst ontmoetten, vroeg hij me waarom ik secretaresse wilde worden.

'Nou, niet precies. Mijn vader heeft twintig jaar lesgegeven voordat hij zijn bijlesbedrijf begon. Zodra ik mijn diploma heb, solliciteer ik op een andere baan bij het bedrijf waar Mimi en ik werken. Misschien bij marketing.'

'Marketing is een solide keuze, Ben.' Mam moet de manier gezien hebben waarop ik onwillekeurig mijn neus optrok toen ik over mijn carrièrepad sprak. 'Je weet dat je jezelf niet kunt onderhouden met sociaal werk.'

'Ik weet het.' We hadden het er keer op keer over gehad totdat ik van studierichting veranderde. Marketing was niet de spannendste carrière, maar het zou ervoor zorgen dat mam me met rust liet en dat ik van Mimi's bank af zou komen.

En ik zou de zesde verdieping, Cooper Fallon en zijn verleidelijke blauwe ogen achter me laten.

David hield zijn hoofd schuin. 'U klinkt niet enthousiast over marketing.'

Ik richtte mijn aandacht weer op hem. Zijn ogen waren echt mooi met die lange wimpers. Niet zo adembenemend als die van Cooper, maar mam had al die moeite gedaan. Ik zette een flirterige glimlach op. 'Waar klink ik wel enthousiast over?'

'Nou,' hij streek met zijn hand langs de scherpe vouw in zijn pantalon, 'u hebt het veel over Cooper Fallon gehad.'

Ik greep naar mijn water en wenste dat er meer ijs in zat om mijn wangen af te koelen. Ik dronk het gulzig op en zette het glas op tafel. 'Hij is mijn baas. En hij is geweldig. Hij heeft zich vanuit het niets opgewerkt om in minder dan tien jaar een Fortune 1000-bedrijf op te bouwen.'

'Stanford is niet niets.' Mijn moeder kon zich niet buiten ons gesprek houden. 'Met een diploma van Stanford kun je alles doen. Jij zou...' Ze tuitte haar lippen. 'Waarom hebben we het over Cooper Fallon? Jullie hebben zoveel gemeen! Jullie houden allebei van...'

Toen ze te lang zweeg, wisselde ik een blik uit met David. Wat hadden we gemeen?

'Goede doelen!' riep ze eindelijk het woord uit. 'David geeft om het milieu, vandaar het milieurecht. En Ben...'

Ze had zichzelf weer in een hoek gedreven. Ze wilde mijn specifieke goede doel niet ter sprake brengen, omdat het te gevoelig lag.

David had geen idee van het mijnenveld waar hij zomaar was binnengewandeld. 'Wat is uw passie, Ben?'

'Ik doe de meeste weekenden vrijwilligerswerk in het buurthuis. Met risicojongeren.'

David leunde naar voren. Zijn diepe stem en de constante focus van die bruine ogen hadden me een tinteling moeten bezorgen. Maar, verdomme, er was geen tinteling. Helemaal niets. 'Waarom het buurthuis?'

Ik wierp een blik op mijn ouders, die verstild waren. Ik kon dat duistere verleden beter niet onthullen aan een vreemde, vooral niet aan iemand die voor mijn moeder werkte. Dus haalde ik mijn schouders op alsof ik nog nooit een versleten deken in een opvangcentrum had gekregen. 'Ik zet me in voor het daklozenprobleem, vooral omdat het lgbtq-mensen onevenredig treft.'

'Oh. Dat is nobel van u.'

De schouders van mijn moeder ontspanden zich. Pap begon de lege borden te verzamelen.

Ik stond op en pakte Davids bord. 'Oh, ik ben allesbehalve nobel. Maar vaak zijn opvangcentra het enige wat tussen die jongeren en zelfverwonding of geweld door anderen in staat.'

'Nee, Ben, ik doe de afwas wel.' Mam stond half op.

Ik wuifde haar weg. 'Ik moet even mijn benen strekken. Waarom vertel je David niet over de dag vorig jaar dat het hele kantoor vrijwilligerswerk deed bij de gaarkeuken? Weet je, David, het is maar een kleine vijf kilometer hiervandaan. Honger is een reëel probleem in onze gemeenschap.'

Niet dat hij het ooit had meegemaakt. Cooper, aan de andere kant, gaf me die vibe. Hij leek de signalen van zijn maag niet te voelen. Misschien kwam het door zijn fitnessregime, maar dat was nog een teken van een moeilijk verleden: proberen controle over je eigen lichaam te krijgen. Daarom bracht ik hem al die smoothies en maakte ik ze zoet met bosbessen.

Nee, de bosbessen waren niet alleen omdat ze me aan zijn ogen deden denken.

'Ik hou van die passie, dat vuur,' zei David, en hij rukte me uit mijn overpeinzingen over Cooper Fallon.

'Dank je,' zei ik glimlachend. Wat had ik gewenst dat ik gepassioneerd kon zijn over David. Maar mijn koppige hart wilde maar één man. Eén die ik niet kon krijgen.

In de keuken zette ik de stapel borden naast de gootsteen en laadde de borden die pap afspoelde in de vaatwasser.

Pap leunde tegen de gootsteen. 'Ze probeert te helpen, weet je.'

Ik zuchtte. 'Ik weet het. En hij is heel aardig, maar...'

'Maar?'

'Ik ben er niet klaar voor.'

Hij keek me aan vanonder zijn grijze wenkbrauwen. 'Het is maanden geleden dat je het uitmaakte met die... die...'

'Trey, pap. Zijn naam is Trey.'

'Het is een eikel.' Hij fluisterde het. 'Niet goed genoeg voor jou.'

'Nee.' Ik glimlachte. Ik kon er niets aan doen bij mijn beschermende vader. 'Hij was niet de juiste voor mij. Maar dat is mijn hele datinggeschiedenis: mannen die vonden dat ik niet goed genoeg voor ze was. En dat soort mannen verdienen mij niet. Daarom las ik nu een pauze in.' Ik deed de vaatwasser dicht.

'Maar wat als...'

'Nee.' Ik sloeg mijn armen over elkaar. 'Zelfs niet als... als Jonathan Groff op mijn stoep zou staan en zou smeken om met me koffie te gaan drinken. Ik focus me op mijn studie. En mijn werk. Ik zal ervoor zorgen dat jullie trots op me zijn. Dat beloof ik.'

'Benny, je weet dat we trots op je zijn, wat er ook gebeurt. Je hebt jezelf er weer bovenop geknokt, iets van je leven gemaakt.' Hij droogde zijn handen en legde er een op mijn schouder. 'Maar je hoeft het niet alleen te doen. Ik denk dat je gelukkiger zou zijn met iemand aan je zijde. Iemand die je verdient.' Hij kneep in mijn schouder.

Ik klopte op zijn hand en knipperde de brandende tranen in mijn ogen weg. 'Ik ben niet alleen. Ik heb jullie. En Mimi. Ik heb niemand anders nodig. Ik red me prima alleen.'

'Je hoeft ons niets te bewijzen. Sterker nog, we helpen je graag...'

Ik hield een hand op. 'Nee, pap. Ik betaal alles zelf. Synergy betaalt nu mijn studiegeld en ik ben aan het sparen voor een eigen plek.'

'Benny...'

Ik schudde mijn hoofd. We hadden deze discussie al te vaak gevoerd.

'Toch,' zei hij, 'is het leven leuker met een speciaal iemand in je leven.'

Ik glimlachte. 'Misschien is dat zo. Jullie met mam zouden het moeten weten. Ik heb die speciale persoon alleen nog niet gevonden.'

'Dus het wordt niks met David?' Een mondhoek van hem trok op.

'Vandaag is het nee.'

'Je arme moeder. Ze is hier weken mee bezig geweest.'

'Ik weet zeker dat hij een leuke man zal vinden.'

'En op een dag,' hij keek me indringend aan, 'zul jij dat ook doen.'

Dat was mijn vader. Hij zag altijd het beste in mensen. Zelfs in mij. Ik was blij dat hij de echte reden niet kon zien waarom ik David niet aantrekkelijk vond. Dat was mijn hoogst ongepaste crush op mijn onbereikbare baas.

Die momenteel vermist was.

7

BEN

COOPER WAS ER maandag nog niet.

Erger nog, Weston riep me persoonlijk zijn kantoor in om me om Coopers netwerkwachtwoord te vragen. Ik had gehoopt dat hij het zou vergeten, maar dat had ik beter moeten weten. Onze intense CEO vergat nooit iets.

'Ik dien vandaag nog een IT-ticket in,' beloofde ik.

Hij fronste. 'Moeten we IT erbij halen? Weet u het niet?'

'Nee.' Zelfs als ik het had geweten, had ik het hem niet verteld. Het was moeilijk om ontslagen te worden bij Synergy, maar met de beveiliging kloten? Als Cooper daarachter kwam, zou ik zo weer in de rij voor een uitkering staan.

'Kijk op zijn bureau. Misschien heeft hij het ergens opgeschreven.'

Ik had de voorwerpen op Coopers onberispelijke bureau uit mijn hoofd kunnen opnoemen, en het was uitgesloten dat hij zijn wachtwoord op een post-it had geschreven en onder zijn telefoon had geplakt alsof hij een of andere boomer was. Maar om uit Westons kantoor te komen, zei ik: 'Zeker, ik kijk meteen.'

Ik liep Coopers kantoor voorbij en ging rechtstreeks naar

Marlees bureau. Ik keek over mijn schouder om er zeker van te zijn dat Weston niet toekeek, sleepte haar mee naar een nabijgelegen vergaderzaal en vertelde haar wat Weston me had gevraagd te doen.

Marlee knipperde met haar grote, bruine ogen. 'Je hebt hem het wachtwoord toch niet gegeven?'

'Nee, ik weet het niet eens. Weet jij dat van Jackson?'

'Niet meer. Maar ik wist het wel toen hij' – ze kromp ineen – 'zijn minder verantwoordelijke fase doormaakte. Hij had toen veel hulp nodig. Ik stelde ze vroeger voor hem in. Ik gebruikte altijd de titels van mijn favoriete romantische boeken.'

'Jij... laat maar.' Cooper had dat nooit van me gevraagd. Betekende dat dat hij me niet vertrouwde? Of dat hij zijn eigen zaakjes kon regelen, in tegenstelling tot Jackson? 'Ik denk dat ik het maar aan de IT-jongens vraag.'

'Niet doen.'

Het voelde goed dat Marlee dat knagende gevoel bevestigde dat Westons verzoek me had bezorgd. 'Dat moet ik niet doen, hè? Het is vreemd.'

'Niemand zou wachtwoorden moeten delen. Ik zou het destijds ook niet voor Jackson hebben gedaan als het geen noodsituatie was geweest. Cooper zou je kop op een staak spietsen en het als visueel hulpmiddel gebruiken in zijn volgende speech over cyberveiligheid.'

'Juist.' God, ik wou dat hij hier was om uit te leggen wat er aan de hand was. Zelfs als hij tegen me zou schreeuwen omdat ik Westons verzoek niet onmiddellijk had geweigerd. 'Nog geluk gehad met je Jackson-opsporingstechnieken?'

'Nog niet.' Ze verlaagde haar stem. 'Heb je de telefoon-trackingapp gecontroleerd?'

'Ja, elke dag, maar geen signalen.'

'Hij heeft hem waarschijnlijk uitgezet. Hij heeft hem gebouwd, weet je.'

Ik kromp ineen. 'Ah.' Ik had moeten onthouden dat Cooper een zakelijk genie en een degelijke programmeur was. 'Wat nu?'

'Nu gaan we naar fase twee van het plan.'

'Fase twee?'

'Weston weet dat hij weg is. En als hij jou om Coopers wachtwoord vraagt, is hij iets van plan. We moeten opschalen. Uitzoeken wat Weston weet.'

Ik kende Weston niet zo goed. Hij was knap op een knappe-grijze-vosmanier, maar de wrede trek om zijn volle mond vond ik totaal niet aantrekkelijk. En die saffierblauwe ogen van hem waren altijd aan het observeren. Griezelig. Ik keek weer over mijn schouder, maar er hing niemand buiten bij de glazen deur van de vergaderzaal.

'Wat denk je dat hij van plan is?'

'Geen idee, maar het kan niet goed zijn. Jackson vertrouwt hem niet.'

Daar was dat kriebelige gevoel in mijn maag weer, alsof ik in een achtbaan zat en we net van de grote heuvel af suisden. Maar Marlee zou wel iets bedenken.

'Bedankt, Marlee.' Ik omhelsde haar, gehuld in haar naar rozen geurende parfum.

'Bedank me nog maar niet.' Ze verstevigde haar greep op mijn rug en sprak in mijn oor. 'Je hebt jouw deel van het plan nog niet gehoord.'

MARLEE LIET ME de drie stappen van het bedrieglijk eenvoudig klinkende plan uit mijn hoofd leren, dat ze Operatie Finding Nemo had genoemd. Wie had gedacht dat een vrouw die eruitzag en sprak als een Disneyprinses zo'n sluw brein had?

De volgende dag, dinsdag, een week nadat ik Cooper had gezien, bleef ze bij mijn bureau staan, haar arm om Julies schouders geslagen. Ze hadden allebei hun regenjas aan, die van Julie stond open rond haar bolle buik. Wanneer zou ze ook alweer met zwangerschapsverlof gaan? Het leek al snel te zijn.

'Hé, Ben. Julie en ik gaan naar die ijscowagen verderop in de straat. Ze hebben geweldige smaken, maar hij is er nog maar twintig minuten.'

Julies ogen werden groot. 'Marlee zegt dat ze er een hebben met zoete aardappel en spek. En misschien een bolletje srirachagelato erbovenop?'

Ik onderdrukte een rilling. 'Klinkt lekker.' Terloops voegde ik eraan toe: 'Is er iets dat ik moet overnemen terwijl jullie weg zijn?'

'Oh mijn god, dat was ik bijna vergeten. Ik kan niet mee, Marlee. Mr. Weston heeft over vijf minuten een telefoongesprek met de voorzitter. Hij laat me altijd het nummer bellen en ze doorverbinden alsof het 1960 is.' Ze rolde met haar ogen.

Ik snoof gemaakt. 'Dat kan ik wel voor je doen, geen probleem.'

'Echt waar?' Haar ogen werden groot.

'Natuurlijk. Ik zou niet willen dat je die srirachagelato misloopt.'

'Oh mijn god, ik kwijl al. Ik ben je wat verschuldigd, Ben. Alle info staat in mijn agenda.'

Marlee knipoogde. *Stap één – check.*

'Ik regel het. Veel plezier jullie twee.'

'Bedankt. Je bent de beste, Ben,' riep Julie over haar schouder terwijl Marlee haar naar de lift begeleidde.

Nu stap twee. Ik opende Julies agenda en zocht de informatie voor het gesprek. Toen de klok het hele uur aangaf, belde ik de voorzitter en vroeg hem te wachten op Weston. Daarna belde ik Weston.

'Mr. Weston, ik heb de voorzitter aan de lijn.'

'Ben? Waar is...? Laat maar. Verbind hem maar door.'

Ik verbond het gesprek, maar in plaats van de verbinding te verbreken, bleef ik aan de lijn en zorgde ik ervoor dat mijn microfoon gedempt was. Marlee had me beloofd dat Weston niet technisch onderlegd genoeg was om dat te weten. Toch hield ik zijn gesloten kantoordeur vanaf mijn bureau in de gaten, mijn zweterige handpalmen lieten de hoorn in mijn greep glijden.

'Goedemiddag, Charles.' Weston begon over koetjes en kalfjes te praten en vroeg naar de nieuwe kleindochter van de voorzitter, zijn vrouw en zijn eigen zaken. In ruil daarvoor stelde de voorzitter een partijtje golf voor over een paar weken, als het weer warmer werd.

Terwijl ze over van alles en nog wat kletsten, wachtte ik, met mijn potlood in de aanslag boven mijn notitieblok, terwijl het zweet op mijn voorhoofd parelde. Ik ademde zo min mogelijk, ook al was ik gedempt en konden ze me niet horen.

Eindelijk vroeg Weston: 'Heeft u mijn voorstel gelezen?'

'Dat heb ik, en ik heb enkele bedenkingen.' De voorzitter klonk… ongemakkelijk? Dat kon niet kloppen. Ik had hem maar één keer ontmoet, en hij was één en al gemak en zelfvertrouwen geweest. 'Ik denk niet dat Cooper of Jackson akkoord zullen gaan met sommige van uw kostenbesparende maatregelen. De studiekostenvergoedingsregeling, bijvoorbeeld—'

Ik hapte naar adem. Toen controleerde ik nogmaals of ik nog steeds gedempt was. Ik zou mijn studie nooit afmaken als Synergy mijn lessen en boeken niet betaalde. Maar de voorzitter was nog niet klaar.

'De echte no-go is deze algehele personeelsinkrimping van tien procent. Geen van de oprichters heeft ooit een personeelsinkrimping gesteund, zelfs niet tijdens de laatste recessie.'

Ik verstijfde. Ontslagen? Wie zouden ze ontslaan? Iemand van een grote afdeling zoals mijn zus, Mimi, of de meest recente aanwervingen? Ik was pas zes maanden geleden aangenomen.

'Wat is de update over Cooper?' vroeg de voorzitter. 'Jackson zal niet tekenen als hij ertegen is.'

'Ik denk niet dat Fallon nog lang een probleem zal zijn.'

Toen Weston dat zei, kroop er een ijskoude rilling langs mijn ruggengraat. Hij was een lul, maar hij zou Cooper toch niets aandoen?

'Wat bedoelt u?' Ik rolde mijn ogen naar het dakraam en dankte God dat de voorzitter de vraag stelde die op het puntje van mijn tong brandde.

'Hij heeft een Class A conversiekennisgeving ingediend.'

De voorzitter zei een paar seconden niets. 'Hoeveel?'

'Ongeveer een kwart.'

'Het zou kunnen dat hij het geld nodig heeft.'

'Zou kunnen. Of het zou een teken kunnen zijn dat hij er klaar mee is. Opgebrand. Hij zou niet de eerste oprichter zijn die gedesillusioneerd raakt door zijn bedrijf. Die verder wil. Wat de kans ondersteunt waar ik u vorige week over vertelde.'

'Heeft u met uw contactpersoon gesproken?' vroeg de voorzitter.

Een kans? Een contactpersoon? Wat was er aan de hand?

'Als hij nog eens vijf procent verkoopt, verliezen hij en Jones hun stemblok. Synergy wordt dan veel aantrekkelijker.'

Aantrekkelijk voor wie? Klanten? De markt? Waar hadden ze het over? Ik was zo stil gaan zitten dat ik mijn voeten niet meer kon voelen. Ik klemde de hoorn vast als een reddingslijn.

'Dat is waar ik me zorgen om maak.' De stem van de voorzitter dreunde in mijn oor. 'Wat als er een vijandige overname komt? Gurusoft—'

'Charles, Charles,' zoemde Weston. 'Ik heb het onder controle. Ik heb met de compliance officer gewerkt. Het bedrijf is veilig voor ongewenste toenaderingen.'

De voorzitter was stil. Ik staarde wezenloos naar mijn computerscherm. Weston zei dat hij de situatie onder controle had. Hoe? En zou de verschuiving in aandelen – en macht – betekenen dat Jackson en Cooper het moeilijker zouden krijgen om zich te verzetten tegen Westons kostenbesparende maatregelen? Die maatregelen hadden direct invloed op mij.

Als ik ontslagen werd, zou ik voor de tweede keer in minder dan een jaar weer op straat staan. Geen studieplan, geen diploma. Als Mimi ook haar baan zou verliezen, zouden we allebei dakloos zijn.

Ik legde de hoorn op de haak. Ik hoefde niet meer te horen. Ik moest Cooper vinden, ervoor zorgen dat hij geen aandelen meer verkocht en alles doen wat nodig was om hem terug te laten komen.

8

BEN

DONDERDAG, tien dagen nadat ik Cooper voor het laatst had gezien, had Marlees geheime opsporingsmethode nog geen enkele aanwijzing opgeleverd. En toen ze Jackson vroeg waar Cooper zou kunnen zijn, was hij net zo in de war als wij.

Cooper had hem ook niet gebeld.

Coopers telefoon was nog steeds niet te traceren en zijn voice-mailbox zat vol. Ik ging terug naar zijn huis, maar zijn huishoudster wimpelde me weer af.

Ik ging donderdagavond naar college, maar ik hoorde geen woord van de lezing, te druk met me zorgen maken over het zomersemester. Ik kon het me niet veroorloven als Weston de studiekostenregeling zou schrappen. En als ik zou worden ontslagen, zou ik die vent zijn met weer een gat in zijn cv, logerend op de bank van zijn zus, wanhopig genoeg om te moeten vechten voor een baantje met het minimumloon.

Vrijdag nam ik in de personeelskantine op de zesde verdieping een hap van mijn broodje kalkoen. Ik slikte moeizaam om het langs de brok in mijn keel te krijgen. Hoeveel lunches zou ik nog eten in het kantoor van Synergy? Hoe lang nog tot ik weer met het UWV te maken zou krijgen?

Marlee stormde de kantine binnen, haar wangen zo roze als haar blouse. 'Ik heb nieuws!'

Ik liet mijn broodje op mijn servet vallen. 'Goed nieuws?'

Ze haalde haar schouders op. 'Is op dit punt niet al het nieuws goed nieuws?'

'Daar heb je gelijk in.' Als we een aanwijzing hadden over waar Cooper naartoe was, waren we een stap dichter bij zijn terugkeer. Ik liet mijn lunch op tafel liggen en volgde Marlee naar de dichtstbijzijnde lege vergaderruimte.

Ze deed de deur dicht en leunde ertegenaan. Met een lage stem die trilde van opwinding, zei ze: 'Weet je nog dat eiland waar hij op vakantie gaat?'

'In het Caribisch gebied, toch?'

'Ja. Hij is daar.' Ze stak haar hand in haar rokzak en haalde er een geeltje uit. Ik nam het van haar aan. In haar zwierige handschrift stonden de naam van een resort, een telefoonnummer en een adres.

Een Caribisch eiland. Hij was verdomme op vakantie, zat aan drankjes met parasolletjes te nippen en zijn huid die goudbruine kleur te geven die hem zo goed stond. Terwijl wij ons allemaal zorgen om hem maakten.

Ik negeerde het knagende gevoel in mijn maag en zwaaide met het briefje. 'Hoe heb je hem gevonden?'

Ze trok een grimas. 'Hij gebruikt zijn zakelijke creditcard niet. Ik heb misschien zijn privé-creditcardmaatschappij gebeld en gedaan alsof we dachten dat die gestolen was. Zeg het niet tegen hem, zeker niet als ze zijn kaart blokkeren.'

Sluw, zoals ik al zei.

'Je geheim is veilig bij mij.' Ik staarde naar het briefje. 'Dus ik, eh, bel ze en vraag naar Cooper?'

Ze trok een grimas. 'Sorry, al geprobeerd. Ze zijn net zo erg als zijn huishoudster. Ze wilden niet eens bevestigen dat hij daar verbleef. Je zult erheen moeten.'

'Erheen?' Ik knipperde met mijn ogen. Ik had nog nooit in een vliegtuig gezeten. Zelfs de staat Californië nooit verlaten. Het was nooit nodig geweest. Alles waar ik om gaf – mijn werk, mijn familie – was hier.

'Ja, je weet wel. Eropaf. Hem opsporen. Hem ontvoeren. Wat er ook voor nodig is.'

Wat er ook voor nodig is. Ze had gelijk. Er stond te veel op het spel om het niet te proberen. Zonder Cooper zou ik geen baan hebben en geen enkele hoop voor mijn toekomst. En Marlee ook niet. Hoewel ze een parttime lid van het ontwikkelteam was, zouden ze zijn trouwste supporter niet willen aanhouden als ze Jackson eruit werkten.

'Ik heb je vluchten voor morgenochtend al geboekt. Sorry dat ik de bedrijfsjet niet kan regelen, maar we moeten dit onder de radar houden, snap je? Je hebt je zakelijke creditcard? En een paspoort?'

'Cooper heeft me er een laten aanvragen toen ik werd aangenomen. Voor het geval ik met hem moest reizen.' Ik had een rilling gevoeld toen hij me dat vertelde, denkend aan wandelingen langs de Champs-Élysées of een selfie nemen voor de Petronas Twin Towers met Cooper. Maar hij had me nooit gevraagd met hem te reizen. En nu zou hij dat misschien wel nooit meer doen.

'Dan ben je er helemaal klaar voor. Bel me zodra je hem vindt, oké?' Ze wreef over haar ooglid en veegde mascara uit over de paarse wallen die de afgelopen week onder haar ogen hadden gezeten.

Ik haalde mijn zakdoek tevoorschijn – niet degene die naar Cooper rook, maar een gewone – en veegde de mascara weg. 'Oké. En jij belt mij als je nog iets hoort?'

'Jep.' Ze keek me indringend aan. 'Hier hangt veel van af. Ik weet dat je het kunt.'

Ik knikte, en voelde me als Spider-Man die een bevel kreeg van Iron Man. Alhoewel Iron Man meestal niet zoveel roze droeg. Het gewicht van de wereld – in ieder geval van het bedrijf – rustte zwaar op mijn schouders.

'En?' Haar wenkbrauwen gingen omhoog.

'En... wat?' Ik knipperde met mijn ogen naar haar.

'Ga naar huis! Pak je spullen. Ga slapen. Je enige taak is nu Cooper vinden. Concentreer je, Ben.' Ze zette haar handen in haar zij.

'Ja, mevrouw.'

Ze knikte, opende de deur en beende naar buiten. Ik ging terug naar de kantine en gooide de rest van mijn lunch weg. Verdoofd pakte ik mijn tas in en vertrok. Morgen om deze tijd zou ik aan mijn missie beginnen: Operatie Finding Nemo. Ik kon niet zonder hem terugkomen.

———

TOEN MIMI THUISKWAM, staarde ik in mijn plunjezak, omringd door stapels kleren op de bank die ook dienstdeed als mijn bed.

'Wat ben je aan het doen?' Ze schopte haar schoenen uit en zette haar laptoptas ernaast op de grond.

'Inpakken.'

'Dat zie ik. Waarvoor ben je aan het inpakken, Benjamin? Je gaat toch niet... Je gaat toch niet weg?' Haar stem sloeg over.

'Nee! Ik bedoel, natuurlijk ga ik *weg*. Maar niet voorgoed.'

'Gelukkig.' Ze plofte neer in de leunstoel.

'Wil je dan niet dat ik wegga?' Ik liet mijn blik door het appartement glijden dat we deelden sinds ik mijn vorige baan had verloren. Gelukkig was het een tweekamerappartement, geen studio, dus ze had nog een eigen kamer. En ik probeerde haar zo min mogelijk in de weg te lopen. Maar toen ze hier introk, had ze niet gepland het met haar broer te delen. Er was niet veel ruimte naast de kleine bank waar ik sliep, de leunstoel en wat voor een keuken moest doorgaan in Potrero Hill. Hoe netjes ik ook probeerde te zijn, hoe vaak ik ook voor ons beiden kookte, ze moest er wel aan toe zijn om haar eigen plek weer voor zichzelf te hebben.

Ze strekte haar hand uit en gaf me een tik op mijn schouder.

'Uiteindelijk wel. Maar ik vond het niet vervelend om mijn broertje in de buurt te hebben. Ik vond het fijn om je in de gaten te kunnen houden.' Ze keek naar de plunjezak en de stapels van mijn kleren die normaal gesproken in een paar verhuisdozen in de hoek lagen.

'Heb je eindelijk je crush op Cooper opgegeven en iemand ontmoet?' Haar ogen werden groot. 'Vond je David daadwerkelijk leuk?'

Mijn gezicht werd rood. 'Ik ben niet verliefd op Cooper.'

Haar lippen werden een streep. 'Jawel. Je ogen worden helemaal zacht als je over hem praat.'

'Het is een goede kerel! En mijn ogen worden niet zacht.'

'Ze zijn nu zacht. Klef, als karamel.'

'Nietes!'

'Oké, prima. Je bent niet verliefd op je baas. Je vindt hem gewoon leuk. Heel erg. Professioneel. Dus *vond* je David leuk?'

'Nee! Natuurlijk niet! Ik bedoel, hij was oké. Gewoon niet voor mij.'

'Waarom *natuurlijk niet?* Jij bent de koning van iemand ontmoeten en op slag verliefd worden. Je kunt niet naar de supermarkt gaan zonder praktisch verloofd thuis te komen.'

Ze overdreef. Grotendeels. Nou en dat ik met Trey naar bed was gegaan op de dag dat ik hem had ontmoet en dat we de volgende maand onafscheidelijk waren geweest?

Ik gooide een zwembroek in de plunjezak. 'Dit is werkgerelateerd. Ik... ik...' Ik had haar niets verteld. Ik wilde niet dat ze zich zorgen zou maken om haar baan. Maar nu, aangezien ik op het punt stond in een vliegtuig te stappen en naar een ander land te vliegen om onze COO te vinden, vond ik het tijd om het haar te vertellen. Voor het geval ik zou sterven, weet je wel.

Het hele verhaal over Coopers verdwijning en Westons mysterieuze gesprek met de voorzitter stroomde eruit.

Tegen de tijd dat ik klaar was, leunde Mimi voorover in de leunstoel, haar ellebogen op haar knieën. 'Wat ga je doen met je studie?'

'Dat komt wel goed. Ik vertrek morgenochtend vroeg, en ik kan waarschijnlijk op tijd terug zijn voor het college op dinsdag. Maar voor de zekerheid heb ik mijn professor verteld dat ik voor mijn werk moest reizen en hij zei dat ik de opdrachten op afstand kan bijhouden als dat nodig is. Maar dat zal niet nodig zijn. Ik vind Cooper, vertel hem over Westons snode plannen en kom terug. Misschien drink ik daar één drankje met een parasolletje.' Ik probeerde haar gerust te stellen met een glimlach, maar mijn wangen weigerden mee te werken.

'Benjamin.' Mimi's toon zat vol grote-zus-waarschuwing. 'Kijk me aan.'

Ik keek haar recht in de ogen. Haar ogen waren donkerder dan de mijne, de kleur van een porter in plaats van een amber ale.

'Je gaat daarheen. Je overtuigt hem om terug te komen en voor zijn bedrijf te zorgen. En dan kom je terug. Niet verliefd worden op je baas. Je bent geen Pepper Potts. Begrepen?'

Ik knikte. Cooper Fallon was precies het tegenovergestelde van Tony Stark. Hij maakte de regels en overtrad ze nooit. Hij was Captain America, die opkwam voor wat juist en goed was. En verliefd worden op zijn assistent was tegen de regels, hoe erg ik er ook naar verlangde.

Al was het wel een totale Tony Stark-actie geweest om ervandoor te gaan naar een verdomd vakantie-eiland zonder iemand iets te vertellen, en mij – ons allemaal – zich zorgen te laten maken.

'Toch,' zei Mimi, terwijl ze in de kom onder de salontafel graaide en een strip condooms tevoorschijn haalde, die ze in mijn plunjezak gooide, 'je weet nooit wat er kan gebeuren met de poolboy.'

Ik proestte het uit. Als ik haar plan zou volgen – erheen, Cooper overtuigen, wegwezen – zou er geen tijd zijn voor eiland-avontuurtjes.

Haar donkere wenkbrauwen schoten omhoog. 'Houd dat breekbare hart van je op slot, Ben. En kom snel terug, oké?'

Ik stak de ruimte tussen ons over en omhelsde haar. 'Ik beloof het, dat zal ik doen.'

9

BEN

TOEN DE STOKOUDE Ford Escort de helling van een kleine berg
in het midden van het eiland op hijgde op weg van het vliegveld
naar het resort, dacht ik even dat we het misschien niet zouden
halen. Maar het kon me niet schelen. We waren tenminste aan
land. Na de turbulente vlucht met het propellervliegtuig vanuit
Charlotte Amalie, terwijl mijn maag omdraaide en mijn vingers
trilden om het kotszakje, zou niets op het vasteland me ooit nog
bang kunnen maken.

De naar oceaan ruikende eilandbries verwarmde mijn wangen
terwijl de taxi langzaam de ronde oprit op tufte, langs palmbomen
en massa's grote, rode tropische bloemen.

De chauffeur stopte de auto voor een stel wijd openstaande,
bewerkte houten deuren. Een man in een klaproosroze guayabera
en een kaki bermuda opende mijn portier.

'Welkom in het paradijs, señor.' Zijn gebruinde gezicht plooide
zich in een glimlach, waarbij hij zijn rechte, witte tanden liet zien.
Op zijn naambordje stond *Ramón*.

Ik dook de auto uit en ging staan, me uitrekkend. Ramón

pakte mijn plunjezak van de chauffeur en maakte een zwierig gebaar met zijn hand richting de deuren van het resort.

Ik schuifelde in de richting die hij had gewezen. 'Dank u wel. Ik bedoel, gracias.'

De vochtige lucht plakte aan mijn huid en maakte de kreukels in mijn poloshirt zacht. Ik had het die ochtend thuis niet hoeven strijken. In mijn ooghoek zag ik een van mijn donkere krullen, en ik streek hem terug boven op mijn hoofd. Hij sprong onmiddellijk terug en plakte aan mijn voorhoofd. Mijn haarproduct was niet gemaakt voor dit klimaat.

Ramón volgde me naar de receptie, waar hij op discrete afstand bleef staan, met mijn tas tussen zijn voeten, terwijl ik incheckte.

Nadat de receptioniste hun accommodaties had beschreven — privébungalows aan het strand, een penthouse met een overloop- zwembad, luxe suites, spa-kamers met bubbelbaden — vroeg ik haar om haar goedkoopste kamer. Ik zou Cooper moeten vragen om mijn onkostennota goed te keuren, en ik wilde geen massage- tafel in mijn kamer hoeven te rechtvaardigen, hoe hard ik die ook nodig had na de vlucht waarbij ik me aan de armleuningen had vastgeklampt.

Ze hadden me aan de telefoon afgewimpeld, maar nu ik een gast was, hoopte ik dat ze meewerkender zouden zijn. Terwijl ik mijn bedrijfscreditcard overhandigde, boog ik me naar voren. 'Ik heb een afspraak met een andere gast. Cooper Fallon. Weet u waar hij verblijft?'

De receptioniste tuitte haar rode lippen en duwde mijn kaart in de lezer. 'Het spijt me, die informatie kan ik niet geven.'

'Hij is op het terrein... ergens', drong ik aan. Als ik een spion in een film was, zou ik haar een knisperend biljet van honderd dollar toestoppen. Maar ik had geen honderddollarbiljetten op zak en was ook geen klootzak. In plaats daarvan gaf ik haar mijn stralendste glimlach.

'Sorry, meneer. Dat kan ik u niet vertellen.'

Shit. Ik zou moeten wachten tot Marlee me liet weten dat hij geld had uitgegeven in een lokale bar of winkel. Ervan uitgaande dat ze zijn creditcard niet had laten blokkeren. Ondertussen zou ik hem opsporen in het restaurant van het resort of bij het zwembad.

Het zwembad. Ik stelde het me even voor. Cooper zou achteroverleunen in een ligstoel, de *Wall Street Journal* of de *Financial Times* lezend. Hij zou een katoenen shirt met korte mouwen dragen, aan de voorkant open, over een — ik slikte — een speedo? Nee, zoveel geluk zou ik nooit hebben. Hij zou een gewone, lange zwembroek dragen, net als degene die ik had ingepakt. Ik zou bij zijn stoel gaan staan, zoals ik vaak op kantoor deed, wachtend tot hij zijn artikel uit had en me zou opmerken. Hij zou de krant laten zakken over het wasbordje waarover ik had gefantaseerd en zijn zonnebril optillen om die boven op zijn zandblonde haar te zetten, dat wapperde in de wind. En hij zou zeggen—

'Hoeveel nachten?'

Ik richtte mijn blik weer op de receptioniste. Ze knipperde me verwachtingsvol aan.

'O, alleen vannacht, denk ik.' Hoewel het al laat in de middag was. Zou ik hem zo snel kunnen vinden? 'Weet u wat, maakt u er maar twee van.' Voor het geval ik hem niet meteen vond en hem de volgende dag moest zoeken. Bovendien had ik geen haast om weer in dat roestige propellervliegtuigje op het kleine vliegveld van het eiland te stappen. Nadat ik bijna een week lang voor Cooper had ingevallen, mijn reet door de continentale VS had moeten slepen en ongeveer mijn hele spijsverteringskanaal had uitgekotst boven de Caribische Zee, verdiende ik twee nachten in een echt bed in een chique resort. En een drankje met een parasolletje of twee.

Direct nadat ik Cooper Fallon had gevonden, hem had verteld wat er op kantoor gebeurde en hem eraan had herinnerd dat zijn plaats daar was. Ik zou hem op weg sturen met de chique Synergy-jet, en dan zou ik bij het zwembad gaan zitten, iets fruitigs drinken om een goed uitgevoerde klus te vieren, nog een nacht in een privéslaapkamer doorbrengen zonder dat mijn zus midden in de nacht langs de bank sloop voor een glas water, en naar huis gaan, mezelf op de schouder kloppend.

De receptioniste schoof me een papieren mapje met twee sleutelkaarten toe en omcirkelde het uiteinde van het hoofdgebouw met een roze stift op mijn exemplaar van het resortplan. 'Bienvenido. Geniet van uw verblijf.'

'Dank u wel.' Ik nam het mapje en het plan aan en draaide me om naar Ramón. Hij liep voor me uit naar een lange gang aan de linkerkant. Nadat we de liften voorbij waren, zei hij zacht: 'Bent u een vriend van señor Fallon?'

Een vriend? Niet echt. Maar *vriend* zou me waarschijnlijk verder brengen dan *werknemer*. 'Hij is van huis vertrokken zonder iemand te vertellen waar hij naartoe ging. Ik maak me zorgen om hem.' Dat was allemaal waar.

Ramón stopte en zette mijn plunjezak op de Spaanse tegels. Hij monsterde me, een onderzoekende flikkering in zijn donkere irissen. 'Wij zijn ook zijn vrienden. We maken ons ook zorgen. Señor Fallon is zichzelf niet sinds hij hier is.'

'Zichzelf niet?' Toen herinnerde ik me dat hij hier een of twee keer per jaar kwam. De mensen in het resort kenden hem, althans een beetje.

'Nee. Hij is—' Hij kneep zijn ogen tot spleetjes en keek me aan alsof hij dwars door me heen tot in mijn hart kon kijken. Toen knikte hij eenmaal. 'Kom. Ik zal het u laten zien.' Hij slingerde mijn tas over zijn schouder, draaide zich op de hak van zijn schoen om en beende terug de kant op waar we vandaan waren gekomen. Maar in plaats van terug te keren naar de lobby, sloeg hij een smallere gang in die eindigde bij een glazen deur. Hij trok de deur voor me open en ik stapte de bar van het hotel binnen.

De dichtstbijzijnde helft leek op een gewone bar met bamboevloeren, een laag, hellend dak met zichtbare, donkere houten balken en statafels rondom een centrale, vierkante bar. Een blender gierde achter het glimmende houten blad. Een barman met een donkere huid in een groenblauwe guayabera stak een parasolletje in een hoog glas met iets roze — het water liep me in de mond — en zette het op het dienblad van een serveerster, die het naar het uiteinde van de bar bracht.

Het uiteinde kwam uit op het strand. Het dak overschaduwde het terras, maar een paar tafels met parasols stonden direct op het strand, waar mensen met hun tenen in het zand en de zon op hun huid konden drinken. Ik wiebelde met mijn eigen tenen in mijn loafers. Misschien verdiende ik meer dan twee nachten om ten volle van de voorzieningen van het eiland te genieten. Een zachte, warme bries kietelde mijn wangen.

Ramón stootte me in mijn schouder. 'Daar.' Ik volgde de richting van zijn kin naar de dichtstbijzijnde kant van de bar, die werd bezet door een vrouw in een gebloemde zomerjurk en een enorme strooien hoed, een man die ineengezakt over zijn drankje hing en een andere man die een nabijgelegen tafel met studentes in dunne cover-ups over hun bikini's zat te begluren. Mijn maag draaide zich om, alsof ik weer in dat propellervliegtuigje zat. De man had blonde highlights in zijn haar zoals Cooper, maar hij was mijn baas niet.

Ik keek weer naar Ramón. Misschien had ik hem eerder verkeerd begrepen en hadden we het niet over dezelfde persoon. Maar hij knikte naar de bar.

Ik keek nog eens, en dit keer ving ik de vertrouwde vorm op van de onderarm die de middelste man op de bar had gelegd om zijn whisky vast te klemmen. Dezelfde met goudblond haar bedekte onderarm waarover ik had gekwijld bij de weinige gelegenheden dat Cooper de mouwen van zijn overhemd op kantoor had opgerold. Hij was gespierd en pezig en licht gesproet, vooral als hij het weekend had gefietst. En nu rustte hij op de bar, zes meter bij me vandaan, aan een man die zo dronken was dat hij van zijn kruk gleed.

'Wat de—' Ik schoot naar voren en wurmde me tussen de rand van de strooien hoed van de vrouw en mijn baas. Ik greep zijn schouder en zette hem weer rechtop. Mijn hand, plakkerig van de vochtigheid, kwam terug met kleine vezels eraan. Cooper droeg een flinterdunne antracietgrijze trui over een zwarte broek. Glimmende zwarte nette schoenen maakten zijn kantoorklare look compleet.

Hij huiverde en keek over zijn schouder — de verkeerde — en draaide zich toen naar me toe. Zijn mond viel open. 'Ben?' Een golf van alcoholadem sloeg me in het gezicht. Zijn wangen waren roze, en het zweet parelde op zijn voorhoofd.

De barman liet zijn blik van mij naar Ramón glijden. Hij knikte en deed een halve stap achteruit, deed alsof hij een margaritaglas schoonveegde, maar hield Cooper en mij in de gaten.

'Cooper.' *Meneer Fallon* leek misplaatst nu mijn baas ladderzat in een eilandbar in het Caribisch gebied was.

'Wa— Waarom—?'

Een werkgesprek — iets serieus — zou moeten wachten tot hij nuchter was. Ik liet een mondhoek omhoogkrullen. 'Je ziet er... heet uit.'

'Dankjeeee.' Zijn rode, wazige ogen ontmoetten de mijne. 'Wacht. Was dat een versierpoging? Ben zou dat nooit doen. Jij kunt Ben niet zijn. Je bent een fanta... fantas... droom.' Hij schudde zijn hoofd en een van zijn haarlokken viel tussen zijn ogen en plakte aan zijn wenkbrauw.

'Nee, ik ben echt, en dat was geen versiertruc.' Ik pakte een cocktailservetje en depte het zweet van zijn voorhoofd. 'Ik vraag me af waarom je een kasjmieren trui draagt als het vijfentwintig graden is.'

Zijn woorden kwamen er helderder uit dan ik had verwacht. 'Garderobemalheur.'

Ik trok een wenkbrauw op en hij had de vreemdste reactie: hij glimlachte. Niet de strakke glimlach die hij me op kantoor gaf nadat hij had gezegd: 'Goed werk, Ben.' Een echte glimlach met een heus kuiltje in zijn linkerwang. Ik was passend gekleed voor de hitte en toch schoot er een blos naar mijn wangen.

De glimlach was een seconde later verdwenen en hij wendde zich tot de barman. 'Nog eentje, Luis.'

De blik van de barman ontmoette de mijne. Ik schudde mijn

hoofd en hij knikte. Hij schepte ijs in een hoog glas en vulde het uit zijn sodapistool. Hij schoof het water naar Cooper, die ernaar staarde.

'Dit is geen whisky.'

'Drink op, dan breng ik je naar bed.' Shit, dat kwam er verkeerd uit. 'Ik bedoel, naar jouw bed.' Verdomme, dat was nog steeds niet goed. Ik had nog geen enkel drankje op en mijn wangen voelden als het oppervlak van de zon.

Coopers blauwe ogen werden weer wazig. 'Nu weet ik zeker dat je Ben niet bent. Wie is dit in godsnaam, Luis?'

Luis grijnsde en onthulde twee kuiltjes. 'Geen idee. Maar ik zou een vent die zo knap is wel mee naar bed nemen.' Hij knipoogde.

Wauw. Ik nam Luis' gespierde onderarmen en vlekkeloze, donkere huid in me op. Misschien zou ik Mimi's strip condooms toch gebruiken. Nadat ik Cooper naar huis had gestuurd.

Cooper staarde in zijn water. 'Je weet dat ik dat niet doe, Luis. Al heel, heel, heel, heel lang niet meer.'

'Ik weet het.' Luis' volle mond vertrok. 'Maar zoals ik je altijd zeg—'

'Ik weet het, ik weet het. Iedereen verdient liefde. Je lult zo uit je nek, Luis.' Cooper staarde weer hard naar het water, alsof hij het met pure wilskracht in whisky kon veranderen.

Ik staarde naar mijn baas. Op kantoor was hij een blok marmer, ondoordringbaar en met hoeken van negentig graden die scherp genoeg waren om je aan te snijden. Hier, in de bar, klonk hij verdacht veel als ik: zacht, kwetsbaar en smachtend naar iemand om van hem te houden.

Nee. Dat kon niet kloppen. Dat was de whisky die sprak. Mijn baas en ik hadden niets met elkaar gemeen.

'Ik, uit mijn nek lullen? Niet meer dan jij, oude vriend.' Hij strekte zijn hand uit en klopte op Coopers schouder. Cooper deinsde niet terug, niet zoals toen ik hem aanraakte. 'Ga nu maar naar huis en rust wat uit.' Luis wenkte met zijn vingers naar iemand achter me.

De volgende seconde stond Ramón aan de andere kant van Cooper. Hij had mijn tas niet meer. 'Tijd om te gaan, señor Fallon.' Hij wrong een brede schouder onder Coopers rechterarm. Ik deed hetzelfde met Coopers linkerarm, en samen tilden we hem van de kruk en op zijn voeten.

Ramón leidde ons niet door de glazen deur het hotel in, maar richting het terras en voorzichtig een paar treden af naar een pad van verbrijzelde schelpen. De zon was boven het water begonnen te zakken, de oranje gloed verblindend.

Schelpen opschoppend schuifelden we over het pad. De ondergaande zon flikkerde tussen de stammen van de palmbomen, wat de ervaring surreëel maakte, als dansen in een club met een stroboscoop. Of misschien was dat mijn jetlag.

Ik struikelde bij een kuil in het pad en Coopers handpalm, die over mijn schouder hing onder waar ik zijn arm vasthield, greep mijn linker borstspier vast. Ik rilde van de sensatie. Hoe zou het voelen als hij dat met opzet deed? Me aanraken, mijn huid strelen zoals niemand sinds Trey had gedaan?

Trey. Ik verstevigde mijn greep op Coopers arm. Hij zei dat hij van me hield, maar dumpte me toen ik hem nodig had. Voor Trey was ik alleen goed genoeg voor af en toe een onenightstand. Niets meer.

Hierin was ik het met Cooper eens. Luis lulde uit zijn nek. Liefde was niet voor iedereen weggelegd.

Ik gaf mijn liefde vrijelijk — te vrijelijk, volgens Mimi — en kreeg er nooit iets voor terug. Mijn doel hier was om Cooper terug te brengen naar San Francisco, waar hij thuishoorde. Dan zou ik mijn stomme verliefdheid op hem vergeten en een of andere willekeurige vent oppikken in een club. Honderd procent lust, nul procent liefde. Dat was wat ik nodig had. Wat ik verdiende.

Hoewel, wanneer zou ik nog een kans krijgen om zo dicht bij mijn baas te zijn? Ik draaide mijn hoofd naar zijn nek en snoof hem goed op, mijn neus openend voor de ceder van zijn dure eau de cologne en de muntachtige ondertoon waar ik van rilde als ik op kantoor te dichtbij kwam. Maar vanavond sijpelde alcohol uit zijn poriën en bedekte zijn onweerstaanbare geur met de ziekelijke geur van gefermenteerde maïs.

Cooper draaide zijn hoofd, zijn neus een paar centimeter van de mijne. 'Wat doe je?'

Fuck, ik had net mijn baas besnuffeld en hij had het gemerkt. Ik hoopte dat hij te dronken was om het zich te herinneren. Ik keek naar het pad voor me. 'Je ellendige reet naar je kamer slepen.'

Hij grinnikte. 'Kan Ben niet zijn. Ben vloekt niet.'

'Ik mag zeggen wat ik wil als ik ver buiten mijn functieomschrijving treed', mompelde ik. Serieus, Cooper was zwaar. En noch een internationale klopjacht, noch het persoonlijk uit een strandbar slepen van mijn baas stonden ergens in mijn functieomschrijving.

'Boven en buiten', herhaalde hij. 'Ben gaat altijd boven en buiten. Beste assistent die ik ooit heb gehad. Ik hou van hem.'

Ik struikelde weer en smakte bijna met mijn gezicht op het schelpenpad. Gelukkig diende het stevige gewicht van Ramón als anker en hield Cooper overeind. Grimassend wurmde ik me weer onder Coopers bezwete oksel en we vervolgden onze weg.

Hield hij van me? Hij bedoelde dat hij van mijn werk hield. Hield ervan me als zijn assistent te hebben. Dat was alles. En ik was een dwaas om te dromen dat het meer betekende.

'Hoe ver nog?', vroeg ik Ramón. We waren het hoofdgedeelte van het resort uit het oog verloren en het was al een paar minuten geleden dat we een van de bungalows aan het strand waren gepasseerd.

'Bijna daar', gromde hij. Hij nam het grootste deel van Coopers gewicht op zijn schouders.

Voor ons kwam een witte gestucte muur in zicht. Het pad boog scherp af van het strand, maar een kleiner pad leidde naar een metalen poort in de muur.

'Zijn kaart, señor.'

'Hmm?'

Toen Ramón Cooper losliet, wankelde ik onder zijn gewicht. Hij klopte op de zakken van mijn baas en haalde uit zijn rechter broekzak een sleutelkaart. Niet wit zoals de mijne, maar van goud plastic dat glinsterde in de rode stralen van de zonsondergang.

Hij hield hem voor een sensor bij de poort en we sleepten Cooper erdoorheen. Het terrein voor ons was adembenemend. De achterkant van het gelijkvloerse gestucte huis bestond volledig uit ramen met uitzicht op een aangelegd privézwembad en, achter een lage muur met een andere poort, het strand. We naderden het huis vanaf het achterterras tussen hibiscus en bougainville. Zoete jasmijn mengde zich met de zeebries terwijl we tussen een ronde terrastafel met stoelen en een rieten loungeset door slingerden.

Toen we het huis bereikten, hield Ramón de sleutelkaart voor een andere sensor en de glazen deur schoof open naar een woonkamer met meubels die naar het uitzicht op het zwembad en het strand waren gericht.

Alsof hij de plek kende, sloeg Ramón een gang naar rechts in en opende de deur van een slaapkamer. Het enorme raam gaf ons een hartverscheurend uitzicht op de zonsondergang boven het strand. Maar ik was te bezweet en uitgeput om het te bewonderen. We lieten Cooper op het voeteneinde van het bed ploffen. Hij stuiterde een keer en zakte toen op het matras, zijn donkere trui en broek een contrast met de witte lakens.

'Dit is fijn', mompelde hij. 'Ik ga jullie allemaal aandelen geven. Sssynergy-aandelen.' Zijn oogleden fladderden dicht.

Ramón en ik wisselden een blik.

'Redt u het vanaf hier met hem?', vroeg Ramón, terwijl hij het zweet van zijn voorhoofd veegde met zijn mouw.

'Ja, ik—ik denk het wel?'

Cooper zuchtte, al in slaap. Maar ik kon hem niet alleen laten nadat hij zoveel had gedronken.

'Ik heb ze uw tas naar uw kamer laten brengen', zei Ramón. 'Wilt u dat ik hem hierheen breng?'

Ik dacht aan mijn schone kleren. Mijn tandenborstel. De gezichtslotion die ik voor het slapengaan gebruikte. Maar ik stond in dienst van anderen, en ik zou niet iemand — zeker Ramón niet, die ook al zijn petje te boven was gegaan — het naar me toe laten zeulen.

'Nee, ik red me wel vannacht. Dank u wel. Voor alles.'

'De nada. Ik zie u nog wel, Ben.' Hij knipoogde en verdween toen de gang in.

Een licht gesnurk klonk van het bed en ik richtte mijn aandacht weer op Cooper. Hij zou het heet krijgen als hij in die trui sliep. En broek. Maar zelfs ver buiten mijn functieomschrijving vallen, betekende niet dat ik mijn baas moest uitkleden. Zijn blote huid aanraken. Hem bekijken in zijn boxershort... of slip? Ik rilde. Ik zou de airconditioning lager zetten, zodat hij het comfortabel zou hebben.

Zijn nette schoenen hingen over het uiteinde van het bed, stoffig van de schelpen op het pad. Ik trok de een en toen de ander voorzichtig uit, waarna ik ze meenam naar de badkamer, waar ik ze, samen met mijn Chucks, met een vochtige doek schoonveegde. Had hij geen paar slippers?

Ik ging naar zijn kast, waar Cooper, zoals ik had verwacht, zijn tas had uitgepakt en zijn kleren had opgehangen. Nog een wollen trui in zacht camel. Een trio verkreukelde overhemden, elk minstens één keer gedragen, en twee colberts en een blazer, ongedragen. Twee paar gekreukte pantalonbroeken hingen slap op aparte hangertjes. Opgevouwen op de bovenste plank van de kast lag een zijdezachte basketbalshort en een hightech trainingsshirt. Een paar sportschoenen stond er stijf naast. Geen slippers, geen T-shirts, zelfs geen spijkerbroek.

Ik vond de waszak van het resort en vulde het bestelformulier in. Ik propte de broeken en overhemden erin en volgde de instructies om de receptie te bellen en de zak buiten de voordeur te laten staan.

De kitchenette van de bungalow, uitgerust met hoogwaardige apparatuur, was open naar de woonkamer. Alles was ingericht in strandachtige neutrale tinten: wit, zand en lichtblauw met af en toe een koraalrood accent. Geen glas of bord stond verkeerd en ik kon niet zeggen of dat kwam doordat Cooper op vakantie net zo netjes was als op kantoor, of omdat hij hier alleen maar geslapen had en elk wakker uur dronken in de bar had doorgebracht.

Aan de andere kant van de woonkamer waren twee kleinere slaapkamers. De ene was ingericht in neutrale tinten zoals de rest van het huis. De andere was duidelijk bedoeld voor een vrouw. De sprei met hibiscusprint, het kanten kleedje op het nachtkastje en de stapel thrillers erop snoerden mijn keel dicht. Welke vrouw logeerde hier zo vaak dat hij het voor haar had ingericht?

Hoewel... de slaapkamer was gescheiden van die van Cooper. Had hij het ingericht voor een vrouw met wie hij niet sliep?

Ik wierp nog een verlangende blik op de andere logeerkamer en gebruikte toen de gastenbadkamer. Ik vond een nieuwe tandenborstel en tandpasta, dus dat kleine comfort had ik. Ten slotte schuifelde ik terug naar de kamer van Cooper.

Hij was op zijn zij gedraaid, zijn knieën opgetrokken en het kussen omarmend. Hij zag er vredig, onschuldig uit. Ik onderdrukte mijn drang om het vochtige haar van zijn bezwete voorhoofd te strijken.

In plaats daarvan zette ik de thermostaat lager op zestien graden, pakte de extra deken en het kussen uit zijn kast en deed het licht uit. Opgekruld op de kleine bank in de slaapkamer, liet pure uitputting me in slaap vallen.

10

COOPER

ZOALS GEWOONLIJK WERD ik wakker met een splijtende hoofdpijn, een mond die smaakte als de bodem van een kliko en een gat in het midden van mijn borst.

Aan dat gat kon ik niets doen, maar die andere twee kon ik wel aanpakken.

Ik deed één oog half open en daar, op het nachtkastje, stonden een hoog glas water en een paar aspirines. Was ik gisteravond nuchter genoeg geweest om dat daar neer te zetten? Ik probeerde het me te herinneren, maar het denken alleen al zorgde ervoor dat ik mijn eigen oog uit zijn kas wilde rukken, dus ik slikte de pillen door, dronk het glas leeg en ging langzaam rechtop zitten.

Toen mijn hoofd stopte met draaien, stond ik op en liep ik naar de badkamer. Nadat ik mijn blaas had geleegd en mijn tanden had gepoetst, maakte ik de fout om in de spiegel te kijken. Opgezwollen, bloeddoorlopen ogen. Een bleke huid. Stoppels die meer op een baard begonnen te lijken dan op een stoer, ongeschoren gezicht. En was dat een grijze streep vlak naast mijn mond? Jezus Christus, wat was ik blij dat het niemand op het eiland iets kon schelen hoe ik eruitzag. Of om mijn professionele imago. Mijn trui en broek waren volledig gekreukt omdat ik erin had geslapen. En dit was mijn laatste setje schone kleren.

Ik wreef over mijn borst waar het pijn deed. Het deed er niet toe. Dit was nu mijn leven. Rondhangen in het paradijs, waar ik niets anders hoefde te doen dan drinken tot ik vergat wat ik op kantoor had gedaan en wat ik daardoor was geworden.

Hier was er tenminste niemand van wie ik genoeg hield om te kwetsen.

Ik pakte het glas van het nachtkastje en liep door de gang naar de drankkast. Ik kon er maar beter meteen mee beginnen.

De glazen deuren stonden open, de vitrage wapperde in de warme bries. Jezus Christus. Niemand zou me iets doen op het eiland, maar moest ik het lot echt tarten door de deuren de hele nacht open te laten?

Ik liep de keuken voorbij en ging direct naar de drankkast.

En verstijfde.

De flessen waren verdwenen van de plek waar ik ze boven op de lage kast had laten staan. Er stond alleen een kan water.

Ik rukte de deurtjes van de kast open. Helemaal leeg.

Kut. Iemand had alle drank gestolen. Ironisch, aangezien ik blijkbaar te dronken was geweest om de deuren op slot te doen.

Ze hadden de drank vervangen door water. En dreven daar partjes sinaasappel in? Wat de fuck?

Ik greep mijn haar vast om het bonzen in mijn schedel tegen te gaan, draaide me om naar het achterdek en zag een gedaante op de buitenbank zitten. De wapperende gordijnen ontnamen deels het zicht, maar als ik ergens anders was geweest dan op een afgelegen, onbeduidend eiland midden in de Caraïben, vijfduizend kilometer van waar ik hem had achtergelaten, zou ik zeggen dat die tengere gestalte en die donkere krullen van Ben Levy-Walters waren.

Dat kon ik weten. Ik had de afgelopen zes maanden elke kans aangegrepen om naar hem te staren.

Ik stapte door de gordijnen naar buiten, de verblindende zon op het dek in. Ik sloeg een hand voor mijn ogen en wachtte tot de stekende pijn achter mijn oogballen afnam. Uiteindelijk spreidde ik twee vingers net genoeg om door de opening te kunnen gluren.

'Ben? Wat verdomme doe jij hier?' Ik had er alles aan gedaan om ervoor te zorgen dat hij me niet zou vinden; het briefje waarin ik opperde dat hij een paar dagen vrij moest nemen, het uitschakelen van de tracking op mijn telefoon. Want als er één ding was dat ik had geleerd over mijn assistent, was het dat hij net zo volhardend was als ik.

'Goedemorgen... ehm... -middag.' Hij stond op, zijn handen fladderden van zijn broekzakken naar zijn heupen. De felle, tropische zon glinsterde op zijn haar. Een zonnebril verborg zijn ogen, maar ik wist dat ze schitterden als single malt whisky onder barverlichting. Hij had een stoppelbaard van een dag of twee en het stond hem goed. Ik wilde er met mijn vingers overheen strijken.

Nee, dat wilde ik niet!

Dat kon ik niet.

Ik balde mijn handen tot vuisten naast mijn lichaam en hield mijn blik op zijn zonnebril gericht, het niet aandurvend mezelf te verleiden met de aanblik van de benen van mijn assistent in een korte broek.

Hij keek even naar het strand, alsof hij mijn gedachten had gelezen en weg wilde rennen. 'Wat dacht je van koffie?' Hij wees naar een thermoskan op de salontafel naast een bord met broodjes.

Mijn maag keerde zich om bij de gedachte aan wat het zuur van de koffie met mijn toch al geteisterde maagwand zou doen. 'Dat was geen retorische vraag,' gromde ik. 'Waarom ben je hier?'

'Laten we ervoor zorgen dat u wat eet voordat we daarover praten.'

'Naar de hel met eten. Waar is de whisky?' snauwde ik. Ik kon hem niet laten zien wat hij met me had gedaan, hoe blij ik was om hem te zien.

'Prima.' Hij sloeg zijn armen over elkaar. 'Die is weg. En we moeten praten.'

'Praten?' Ik gaf hem mijn meest vernietigende blik, degene die tegenstanders bij onderhandelingen deed ineenkrimpen en luierende junior medewerkers me in de gangen deed ontwijken.

Hij deed een halve stap achteruit en stootte tegen de bank. Nadat hij even met zijn armen had gezwaaid, richtte hij zich op en spande zijn kaken aan. 'Ja, praten. Over Synergy.'

Ik wreef over mijn gezicht. Al mijn boze energie vloeide weg via mijn voeten. Hij was slechts een lakei, loyaal aan iemand anders nu ik meer dan een week weg was. Ik had op meer gehoopt van Ben. Ik dacht dat we elkaar begrepen. Dat hij mij begreep.

Het was niet de eerste keer dat iemand me had teleurgesteld. Misschien was het de laatste.

'Wie heeft u gestuurd? Weston? Of Jackson?' Toen ik de naam van mijn partner noemde, kromp mijn lege maag ineen. Zijn verraad was het andere dat ik met drank probeerde uit te wissen.

Bens mond vertrok. 'Niemand heeft me gestuurd.'

Een bittere lach ontsnapte me. 'Niemand heeft u gestuurd? U bent helemaal hiernaartoe gekomen in uw eentje om... om met mij te praten over Synergy?' Hij moest voor Weston werken. Ik dacht dat Weston begreep dat ik een pauze nodig had, maar misschien had hij Ben gestuurd om me te controleren. Het kon niet anders dan dat Ben er niet voor had gekozen om hierheen te komen. Niet nadat hij me op kantoor had zien exploderen. Niet nadat hij de rotzooi had moeten opruimen die ik had gemaakt.

Ben was te aardig, te intelligent, te mooi. Hij was de zonnige, tropische, blauwe hemel voor mijn zwarte orkaanwolk. Hij was de zachte bries en het rustgevende kabbelen van het water aan de Caribische kant van het eiland. Ik was de gierende wind en de beukende branding aan de Atlantische kant. Hij koesterde; ik vernietigde. Mijn bureau op kantoor was het bewijs.

Hij moet geschokt zijn geweest om getuige te zijn van mijn controleverlies. Hij had ontslag moeten nemen. Hij hoorde daar niet op mijn terras te staan om me koffie aan te bieden.

Was hij gekomen om zijn ontslag in te dienen? Dat sloeg

nergens op. Ik schudde mijn hoofd, en dat veroorzaakte alleen maar een nieuwe pijnscheut tussen mijn ogen. Ik wreef erover met mijn vingertop.

'Ik ben hier voor u gekomen.' Zijn stem was zo zacht dat ik hem bijna niet kon horen boven de zeewind. 'Ik maakte me zorgen, meneer Fallon.'

Het voelde als een schijnbeweging gevolgd door een stomp in mijn lever. Hij maakte zich zorgen. Om mij. En toen had hij me herinnerd aan onze relatie. Ik was zijn baas. Hij werkte voor mij en dat maakte mij verantwoordelijk voor hem. Voor zijn welzijn. Wat betekende dat de aantrekkingskracht die ik voelde volkomen ongepast was. Om nog maar te zwijgen over het feit dat ik een gevaar was voor de mensen om wie ik hoorde te geven.

Ik had een drankje nodig. Een sterke. Gelukkig was mijn huis niet de enige plek op het eiland met een voorraad alcohol.

Ik draaide me op mijn blote voeten om en beende terug naar mijn slaapkamer, waar ik mijn laatste schone paar sokken vond en, in de badkamer, mijn nette schoenen. Wat verdomme deden die in de badkamer? Ze waren ook verdacht schoon, niet bedekt met stof van het schelpenpad. Had Ben...? Onmogelijk.

Ik trok mijn schoenen aan en liep naar de voordeur. Ben stond in de keuken en hield een kop dampende, zwarte koffie omhoog.

Ik wimpelde het af. 'Ik ga weg. Tot ziens, Ben.'

Zijn mond viel open en met een bevredigende klap van de deur verliet ik het huis.

11

BEN

IK STOND ALS aan de grond genageld en klemde gedachteloos het kopje koffie vast nadat Cooper was weggestormd. Toen smeet ik de mok op het aanrecht, waardoor de koffie over het gladde graniet klotste. Nu ik hem had gevonden, kon ik hem niet uit het oog verliezen. Niet voordat ik hem had gevraagd naar de aandelenverkoop. En gevraagd had naar wat ik had opgevangen van Westons gesprek met de voorzitter.

Ik haastte me naar de achterdeur, schoot mijn Converse-schoenen aan, sprong toen van de veranda af en sprintte door het achterhek. Cooper, met zijn lange passen, liep al ver op me voor. Ik liep met versnelde pas om hem in het zicht te houden.

Het verbaasde me niet dat hij regelrecht terugging naar de bar waar ik hem gisteravond had gevonden. Hij sjokte de trap op en verdween achter de muur. Ik versnelde tot een drafje – wat als er een privékamer was waar ik niets van afwist? – en stoof de trap van de bar op.

Cooper zat op dezelfde kruk als gisteravond en zei iets tegen de bartender. Het was niet Luis, maar een jonge, frisse verschijning, niet ouder dan twintig, met een pixie-kapsel en een *they/them*-speldje. In plaats van een groenblauwe guayabera droegen ze een witte tanktop, net onder hun ribben geknoopt. Ze leunden over de bar, waardoor hun welgevormde kont en dijen onder hun afgesneden broekje goed te zien waren. Verdomme, kwam Cooper hier jaar na jaar terug voor al het moois? Had hij al van de aangeboden traktaties geproefd? Het werd me heet onder de kraag van mijn poloshirt.

Toen de bartender zich omdraaide om Coopers drankje te maken, trok ik hun aandacht en schudde ik mijn hoofd. Ze beten op hun lip en knikten.

Ik liet me op de kruk naast Cooper glijden. 'U komt niet zo makkelijk van me af.'

Hij hield zijn blik op de rug van de bartender gericht. 'Hoeveel?', vroeg hij, te zacht om door hen gehoord te worden.

Had hij het tegen mij? 'Hoeveel wat?'

'Hoeveel betaalt Weston u om me terug te brengen?'

Ik deinsde achteruit. 'Weston betaalt me niet!'

'Jackson dan.' De blik die hij me gaf was een hartverscheurend mengsel van hoop en leed.

'Nee', zei ik zacht. Ik had gezien hoe hij naar Jackson keek op kantoor. Het was dezelfde manier waarop Mimi naar chocolade keek, ook al was ze allergisch. Dezelfde manier waarop ik als kind naar elke hond keek die we op straat tegenkwamen. Mimi was ook allergisch voor honden.

Het was de manier waarop ik elke verdomde dag naar Cooper keek.

Zijn kaken spanden zich aan en hij staarde naar het drankje dat de bartender voor hem neerzette. 'Wat de fuck is dit?', gromde hij.

'De dagspecial. Bananendaiquiri. Alcoholvrij.' Ze plaatsten er een klein blauw parasolletje bovenop en gaven hem een knipoog.

'Ik vroeg om whisky.' Zijn stem had een rauw gerommel aangenomen.

Ik knikte naar de bartender, en die haastte zich naar de andere kant van de bar. Ik legde mijn hand op de mouw van Coopers trui, waar die zijn onderarm bedekte. 'Ik heb u nuchter nodig. We moeten praten.'

Hij stond op. 'Ik wil geen godvergeten alcoholvrije daiquiri en ik wil niet praten.' Een man met een strooien fedora aan de dichtstbijzijnde tafel keek op door Coopers verheven stem. 'Ik wil Luis spreken', riep hij naar de bartender.

Die bleef waar die was en draaide een vinger om de knoop in hun hemdje. 'Luis is pas om vier uur ingeroosterd.'

Cooper keek boos op zijn Rolex, draaide zich op zijn hak om en stapte met grote passen de bar uit, het schelpenpad op.

Met een laatste, verlangende blik op het vrolijke blauwe parasolletje jogde ik hem achterna.

'Ik denk dat ik cardio van mijn lijstje kan afvinken', zei ik toen ik naast hem liep.

Cooper gromde en vervolgde zijn weg in hetzelfde hoge tempo. Het maakte niet uit. Ik was zijn tempo op kantoor gewend. En in tegenstelling tot hem had ik het juiste schoeisel voor een snelle wandeling over een oneffen ondergrond.

Ik aarzelde maar een moment. Ik begon het gesprek liever niet hier in de openbaarheid, waar iedereen ons kon horen, maar ik moest zijn aandacht trekken voordat hij me weer probeerde buiten te sluiten. 'Dus, hoe zit het met de verkoop van uw aandelen?'

Hij staarde recht voor zich uit. 'U hebt de compliance-publicaties gelezen?'

'Ik had niet veel anders te doen toen u verdween.'

Hij keek me aan, zijn dikke wenkbrauwen gefronst. 'Het was de bedoeling dat u vrij zou nemen. Heeft Jackson u hierheen gestuurd?'

'Nee!' Ik beet op mijn lip om hem niet te vertellen dat ik was gekomen omdat ik me zorgen om hem maakte. Ik was er vrij zeker van dat hij me nog steeds kon ontslaan, zelfs als we niet in het Synergy-gebouw waren.

Hij sprak met zijn kaken op elkaar geklemd. 'Leidinggevenden kopen en verkopen voortdurend aandelen. Weston heeft vorig jaar nog wat verkocht toen hij ging scheiden.'

'Maar u niet.' *En Jackson niet,* zei ik er niet bij. Ik kon het niet verdragen om die blik weer te zien.

'Voor alles is een eerste keer.'

'Is er'—*verman je, Ben*—'is het bedrijf in de problemen?'

Hij fronste. 'Natuurlijk niet. Hoe komt u daarbij?'

'Het is alleen dat... mijn oude bazen dat ook deden. Aandelen verkopen vlak voordat het bedrijf instortte.'

Hij keek afkeurend. 'Ik hoop dat de SEC ze in de gevangenis heeft gezet. Nee, zo is het niet.' Zijn huis – eigenlijk meer een complex – was in zicht. In plaats van rechtstreeks naar het achterhek te gaan, week hij naar links uit, naar het pad dat naar de voordeur leidde.

'Wat is het dan?' Ik versnelde mijn pas om zijn tempo bij te houden. 'Heeft het iets te maken met de—'

Cooper stoof de trap van zijn veranda op. 'Ik ben gewoon aan het vereenvoudigen. Dingen uit mijn leven schrappen die ik niet nodig heb. Tot ziens, Ben. Ga naar huis.'

En voor de tweede keer in minder dan een uur smeet hij de deur voor mijn neus dicht.

Ik had geen sleutel van zijn huis, dus bonkte ik een paar minuten op de deur. Hij reageerde niet. Ik liep om het huis heen naar het hek en tuurde erdoorheen. Hij was niet op de achterveranda.

Ik had nog geen kans gehad om hem te vragen naar Westons bezuinigingen. En ik kon niet naar huis gaan voordat ik hem had gevraagd naar wat ik had gehoord.

Het was maar goed dat ik al had besloten een extra nacht te blijven. Jammer dat ik dat drankje met dat parasolletje niet zou krijgen.

12

COOPER

EEN BELLETJE DEED me opschrikken uit een nachtmerrie.

Ik had nog nooit van mijn leven met een marionet gewerkt, maar *The Sound of Music* had ik wel honderd keer gezien. In mijn droom hield ik het speelkruis van de pop vast en liet ik hem een ingewikkelde dans uitvoeren op het podium beneden. Het publiek van kleine kinderen juichte en ik grijnsde terwijl ik aan de touwtjes trok.

Toen merkte ik een touwtje op dat aan de rug van mijn eigen hand vastzat. Ik volgde het met mijn ogen omhoog en zag dat het aan een stok was bevestigd. De poppenspeler keek grijnzend op me neer. 'Dans, Mikey!'

Het was mijn vader.

Zweterig ging ik rechtop zitten toen het belletje weer klonk. Nuchterheid was kut. Net als praten met dr. Pradhi. Ze had meteen geweten waarom ik was weggevlucht bij Synergy. Ze zei dat het vernielen van mijn bureau me niet tot mijn vader maakte. Dat het een ongeluk was. Dat ik mezelf moest vergeven, net zoals ik Jackson al die keren had vergeven dat hij me had gekwetst. Dat ik met hem moest praten en hem moest vragen of wat Weston zei waar was, of hij op zoek was naar zijn eigen ontsnapping uit Synergy.

Ik hoefde het niet te vragen. Wat Weston zei, kwam overeen met mijn eigen inschatting van de situatie. Jackson was een rijk man. Hij had de inkomsten van Synergy niet nodig. Hij was er klaar voor om zich te richten op wat belangrijk voor hem was, en dat was niet het bedrijf dat we samen hadden opgebouwd. Hij had zijn aandacht verlegd naar zijn gezin, dat hij helemaal alleen had opgebouwd. Met een hek eromheen dat mij buiten hield.

Dr. Pradhi zei dat weglopen voor mijn problemen ze niet oploste. Maar de whisky deed me ze vergeten.

Totdat Ben opdook, de drank weggooide en de herinneringen weer terugbracht.

Het belletje ging nog een keer en dit keer hoorde ik gebons aan de voorkant van het huis. De deur. Was Luis me komen controleren?

Op blote voeten liep ik naar de hal. Hoe laat was het? Ik moest een paar uur geslapen hebben nadat ik Ben naar huis had gestuurd en mijn therapeut had gebeld. Door de achterramen ging de zon onder boven het water.

Net toen de deurbel weer ging, gooide ik hem open. Daar stond Ben met een bruine papieren boodschappentas in zijn hand. Zijn glimlach was gespannen, nerveus. 'Goedenavond, meneer Fallon.'

'Waarom ben je hier nog?'

'Mag ik binnenkomen?'

'Waarom?' Hij volgde mijn bevelen altijd perfect op. Hij had nu in San Francisco moeten landen. Was er een probleem met het vliegtuig?

'Zodat we kunnen praten.'

'Ik wil niet praten.' Ik was nog steeds wankel en kwetsbaar na het gesprek met dr. Pradhi. Na de nachtmerrie. Ik zou iets kunnen zeggen wat ik niet meende.

'Wat wilt u dan?' Hij hield zijn hoofd schuin en tuitte zijn volle lippen. De roze stralen van de ondergaande zon priemden door de achterramen en gaven zijn donkere krullen een vurig rosé-gouden tint.

Dat niet. Ik kon het wel willen, maar ik kon het niet krijgen. 'Wat bedoel je?'

'Waarom bent u hiernaartoe gekomen, naar het eiland? Afgaande op de kleren in uw kast leek het niet alsof u dat van plan was. Waarom die lastminutewijziging? Waar was u naar op zoek? Of waar vluchtte u voor weg?'

Mijn hoofd tolde van zijn vragen en een paar van mezelf. 'Je was in mijn kast?'

Hij rolde, heel subtiel, met zijn ogen. 'Ramón en ik hebben u gisteravond uit de bar meegenomen.'

'O.' Ik hield mijn gezicht neutraal, maar zelfwalging kolkte net onder de oppervlakte. Hij moest me op mijn slechtst hebben gezien. 'Ik heb je toch niet... um... proberen te slaan?'

Zijn wenkbrauwen fronsten. 'Kunt u het zich niet herinneren?'

'Nee, ik...' Ik zocht in mijn geheugen, maar de afgelopen week, na mijn aankomst op het eiland, na mijn telefoontje met Mamá, was een waas van zweet en het branden van whisky en vaker wakker worden op de vloer dan in mijn bed. 'Niet.'

'U zei dat u Ramón en mij aandelen van Synergy zou geven.'

O. Hij had eerder gevraagd naar het verkopen van aandelen. Ik was dronken toen ik de eerste verkooporder had geplaatst. Ik had hem de volgende dag kunnen annuleren, maar ik had hem laten staan om te zien hoe het voelde. Tot nu toe voelde het als niets. Misschien zou ik iets voelen als de order eenmaal was uitgevoerd. Zo niet, dan zou ik over een paar dagen een nieuwe order proberen. Aandelen weggeven was hetzelfde als ze verkopen. 'Ik ben een man van mijn woord. Hoeveel had ik gezegd dat ik je zou geven?'

Ben snoof en leunde tegen de deurpost. 'U was strontlazarus... u dacht niet helder na. Geen van ons nam u serieus.'

'Is dat waar je over wilde praten?' Als Weston of Jackson hem niet hadden gestuurd, waarom was Ben dan gekomen? En waarom was hij nog steeds op het eiland? Meestal was ik degene met alle antwoorden, maar mijn hoofd deed weer pijn en mijn gedachten weigerden samen te komen.

Mijn benen voelden plotseling als spaghetti. Ik liet de deur openstaan en draaide me om naar de woonkamer. 'Ik moet even zitten.'

Het volgende moment was Ben er en wurmde zich onder mijn arm. Verdomme, ik droeg al twee dagen dezelfde kleren en ik stonk, maar ik kon de kracht niet opbrengen om hem weg te duwen. Hij leidde me naar de bank en drong erop aan dat ik erin wegzakte. Zachtjes duwde hij mijn hoofd tussen mijn knieën en wreef toen cirkels op mijn rug. Het voelde fijn, zoals wanneer Mamá me vroeger 's avonds in bed stopte.

'Wanneer heb je voor het laatst gegeten?' vroeg hij van hoog boven me.

Het bloed steeg naar mijn oren en bonkte in mijn hersenen. Nadenken was moeilijk. 'Weet ik niet.'

'Heb je vandaag iets gegeten? Ik heb de boterhammen voor je in de koelkast laten liggen.'

'Nee. Luis serveert me mijn maaltijden meestal aan de bar, maar jij liet me weggaan.'

De cirkels stopten een seconde en gingen toen weer verder. 'Eet je nu liever een boterham of ga je met me mee naar het restaurant voor het avondeten?'

Met me mee gaf de doorslag. 'Restaurant. Maar ik moet eerst douchen en me omkleden.'

'Wat dat betreft...'

'Geef me tien minuten.' Ik sprong op en wankelde even, maar dit keer hielden mijn knieën het. Ik liep de slaapkamer in, smeet de deur achter me dicht en schoof de kastdeur open. Alleen colberts en lege hangers begroetten me. Plus mijn sportkleding, ongebruikt op de bovenste plank. Net als de drankkast.

'Ben!' brulde ik.

Ben stak zijn hoofd de slaapkamer in. 'Meneer Fallon, ik...'

'Heb je mijn kleren ook weggegooid? Elk van die pakken kost meer dan wat ik je in een maand betaal.'

'Nee! Ik heb ze naar de wasserij gestuurd. Ik heb met de manager gesproken en ze hebben ze naar een zeer exclusieve stomerij in Miami gestuurd. Ze zijn overmorgen terug. In de tussentijd heb ik dit voor u gehaald.' Hij hield de boodschappentas omhoog.

Ik pakte hem met twee vingers van hem aan en keek erin. 'Is dit een grap?'

'Het is kleding die geschikt is voor het eiland. U zult zich veel comfortabeler voelen.'

Ik haalde er een overhemd met een kraag uit. Het citroengele katoen was bedrukt met roze zeeschelpen. 'Echt?'

'Dat geel zal fantastisch staan bij uw... uw huidskleur.' Bens wangen stonden in vuur en vlam, en dit keer niet van de zonsondergang. 'Er zijn ook korte broeken bij. Ik wacht wel even op het terras.' Hij was al weg voordat ik kon reageren.

Een korte broek. En een tropisch shirt. Ik zou eruitzien als een toerist. Ik staarde naar de belachelijke bedrukte stof die ik vastklemde. Toen naar de lege hangers in de kast. Ik droeg hier altijd een korte broek als ik hier kwam. En soms, in de privacy van mijn eigen zwembad, veel minder. Maar op de een of andere manier was het anders om mijn armen en benen te laten zien aan Ben, mijn assistent.

Ik streek met een vinger over een van de bedrukte schelpen. Het ongewassen katoen was stijf, het stijfsel zat er nog in. Maar hij had het voor me gekocht. Aan me gedacht.

Een paar minuten later stapte ik het terras op, mijn haar vochtig, in het zeeschelpenshirt en de kakikleurige korte broek. Toen de zeebries mijn ontblote huid raakte, kreeg ik kippenvel, waardoor de haren op mijn armen en benen recht overeind gingen staan.

Of misschien kwam dat door Ben. Opgegaan in mijn nachtmerrie en mijn door honger vernauwde blik, had ik niet eerder naar hem gekeken. Hij droeg een rozerood poloshirt en een witte bermuda. Voor gisteren had ik zijn benen nog nooit gezien. Ik had er toen niet naar gekeken, maar nu wel. Zijn olijfkleurige huid was bleek onder dik, donker haar. Zijn slanke dijen en kuiten hadden precies de juiste vorm en definitie.

Toen hij me zag, stond hij op en zijn lavendelkleurige Converse-schoenen klapten op het hout. 'Klaar?' Zijn stem was hoog en zwak. Hij schraapte zijn keel.

'Ja.' Ik gebaarde hem via de schuifdeur voor me uit te gaan en deed hem van binnenuit op slot. We gingen via de voorkant naar buiten en ik deed die deur ook op slot. Met zo veel mogelijk afstand tussen ons in liepen we over het pad naar het hoofdgebouw van het resort.

'Het is hier echt prachtig,' zei Ben, terwijl zijn sportschoenen over de schelpen knerpten. 'Komt u daarom? De... de omgeving?'

Hij is mijn assistent, herinnerde ik mezelf. Niet mijn vriend. Dus gaf ik hem een deel van de waarheid. 'Ik heb hier wat connecties op het eiland. Het voelt vertrouwd.'

'Connecties... zoals Luis?' Hij keek naar het pad voor hem. Slim, want soms dwaalde er een schildpad of een hutia op.

'Jazeker, Luis. En anderen.' Luis was mijn beste vriend op het eiland toen mijn moeder me hier als kind mee naartoe nam. En Mamá's familie – tenminste degenen die niet zoals zij naar de VS waren gegaan – woonde in de buurt. Ik kon het stadje niet inlopen zonder minstens drie neven en nichten tegen te komen en te worden uitgenodigd voor koffie of een maaltijd. Dus was ik het stadje niet in gegaan.

'Anderen?' Ben wierp een snelle blik op me. Was het de zonsondergang, of waren de puntjes van zijn oren rood? Misschien was hij verbrand.

'Anderen.' Ik sprak nooit over mijn familie. De zakenpers zou er een feest van maken, verslaggevers naar het eiland sturen om met de mensen te praten die Cooper Fallon het beste kenden. Dan zouden ze mijn vader opsporen, en dat was het soort publiciteit waar niemand behoefte aan had.

Ben beet op zijn lip en scande het donker wordende pad. We knerpten een minuut in stilte verder tot het hoofdgebouw van het resort in zicht kwam.

'Als u, um, een van die *anderen* ontmoet en wilt dat ik, um, u wat ruimte geef, laat het me dan weten. Ik begrijp dat dit geen sociale aangelegenheid is, meneer Fallon.' Hij wuifde tussen ons, maar keek me zorgvuldig niet aan.

'Ben.' Ik begreep eindelijk wat hij probeerde te zeggen. Ik stopte met lopen en na een seconde stopte hij ook en draaide zich naar me toe. 'Je hebt me welwillend uitgenodigd voor een diner. Natuurlijk is het een sociale aangelegenheid. En ik zou je niet alleen laten om met iemand anders aan te pappen.'

De gedachte aan aanpappen was al lachwekkend. Ik wist niet eens zeker of ik nog wist hoe dat moest.

Maar Ben en zijn *meneer Fallons* verleidden me om erover na te denken. Waarom was dat *meneer* in zijn mond zo verdomd sexy? Het moest stoppen, anders zou ik iets doen waar ik spijt van zou krijgen, zoals zijn hand strelen. 'Kijk, we zijn niet op kantoor. Je kunt me net zo goed Cooper noemen.'

Langzaam verscheen er een glimlach op zijn gezicht die zijn whiskybruine ogen deed oplichten. 'Oké. Cooper.'

Er stak iets in mijn borst. Misschien was het niet zo'n geweldig idee geweest om hem me bij mijn voornaam te laten noemen. Mijn naam – in welke vorm dan ook – op zijn lippen deed zenuwuiteinden oplichten waarvan ik dacht dat ze lang geleden waren afgestorven.

'Kom op.' Mijn stem was norser dan ik had bedoeld. 'Laten we gaan eten.'

Ik nam hem mee naar het minder formele van de twee restaurants van het resort, het restaurant waar families meestal naartoe gingen. Waar mijn belachelijke shirt acceptabel zou zijn. Hem meenemen naar het formele restaurant zou gevaarlijk veel als een date hebben gevoeld. En Ben en ik hadden *geen* date.

Wat duidelijk was vanaf het moment dat we naast een gezin van vijf gingen zitten.

Ben keek naar de twee peuters met kleurpotloden in hun vuistjes geklemd, en de baby die in haar draagzak dutte. 'Is dit oké?' mompelde hij.

'Prima.' Ik pakte de menukaart. Geen gevaar om verstrikt te raken in Bens whiskyogen terwijl de kinderen aan de tafel naast ons wegbrabbelden.

Ik deed niet eens de moeite om een bourbon of zelfs maar een biertje te bestellen, maar ik wou dat ik dat wel had gedaan toen er een oorverdovend gekrijs aan de tafel naast ons losbarstte. De baby was wakker geworden. De moeder probeerde haar te sussen, terwijl de peuters, niet langer vermaakt door hun kleurpotloden, naar hun vader jengelden. Het lawaai ging samen met het bonzen in mijn hoofd en ik wreef over mijn slaap.

'Kun je de aandacht van onze ober trekken? Ik moet iets drinken.'

'Nee, maar geef me een minuutje.' Ben schoof zijn stoel achteruit van de tafel en seconden later viel de stilte als een deken.

Ik keek op en zag de peuters Bens handen vasthouden terwijl hij ze van de tafel wegleidde naar de fontein in het midden van het restaurant. Hij groef in zijn broekzak en haalde iets tevoorschijn dat de ogen van de kinderen deed oplichten. Toen knielde hij naast ze neer en liet ze de voorwerpen van zijn handpalm plukken. Muntjes. Het meisje sloot haar ogen een paar seconden en strekte toen haar vuist uit over het bassin onder de fontein. Toen opende ze haar hand en het muntje viel erin. De jongen herhaalde haar acties. Ben glimlachte, verrukt.

De lichten van het restaurant glinsterden op de donkere golven van zijn haar, in contrast met de pluizige blonde krullen van de kinderen. Ze plukten meer munten van zijn handpalm en gooiden ze giechelend in de fontein. Ik had nog nooit zo'n uitdrukking van plezier op Bens gezicht gezien. Op kantoor was hij een en al serieus respect. Met die kinderen was hij vrij.

Een seconde lang stelde ik me Ben voor met een paar eigen kinderen. Duwend achter een kinderwagen in The Presidio in San Francisco. Of op het strand, hun handjes vasthoudend terwijl ze in en uit de golven dansten, zoals ik zo veel gezinnen had zien doen. Dat, daar met de kinderen, was wat Ben hoorde te doen. Niet vastzitten op een kantoor om agenda's en vergaderingen voor mij te beheren terwijl ik mijn verlangen verborg achter mijn korzelige, chagrijnige buitenkant.

Ik kneep mijn ogen dicht. Ben moest naar huis. Als – wanneer – ik de banden met Synergy zou verbreken, zou ik ervoor zorgen dat hij op een veilige en zekere plek terechtkwam. Wat zo ver mogelijk bij mij vandaan was.

13

BEN

TOEN WE HET RESORT UITSTAPTEN, riep het ritmische geluid van de branding me. 'Kunnen we over het strand teruglopen?'

Cooper fronste. 'Je hoeft me niet terug te brengen.'

Ik zag hoe zijn blik naar de bar schoot. 'Maar ik wil het wel.'

Hij bukte zich om zijn hardloopschoenen los te maken. 'Je hebt een kamer in het resort, toch?'

'Ja.' Ik zette mijn papieren zak met de restjes biefstuk neer om mijn Chucks uit te schoppen en mijn sokken uit te trekken. Ik stapte het zand op en wiebelde met mijn tenen.

Het was heel anders dan de laatste keer dat ik op een strand was geweest, toen ik met mijn vrienden naar Half Moon Bay was gereden. Warm zand strekte zich uit zover ik kon zien, en de branding murmelde als een slaapliedje. Ik keek naar Cooper en de gespierde kuiten die ik vanavond pas voor het eerst zag. Precies de juiste hoeveelheid haar. Een gladde, goudkleurige huid eronder. Ik wilde die kuit helemaal aflikken, tot achter zijn knie, en... shit! Ik moest ophouden met naar de benen van mijn baas te staren.

'Klaar?' Ik wachtte niet op zijn antwoord. Ik ploeterde door het zand, voorbij de rij loungestoelen en parasols, helemaal tot waar het zand vast en vochtig onder mijn voeten was. Ik staarde naar het donkere water. De maan was nog niet hoog genoeg gekomen om erop te schijnen, maar boven me fonkelden de sterren, meer dan ik ooit tegelijk had gezien.

'Het is vredig, nietwaar?' Cooper stond naast me, en ik voelde hoe hij de zoute lucht inademde.

Ik deed hetzelfde en zuchtte de spanning van de afgelopen twee weken uit. 'Ja.' De bries woei mijn haar van mijn plakkerige huid. Ik hief een hand op om mijn krullen glad te strijken, maar die bleef haken in de ongetemde warboel. De broeierige Caribische lucht had mijn haarproduct volledig verslagen. Maar goed dat het donker was.

Cooper draaide zich om en liep in de richting van zijn bungalow. Ik haastte me om hem bij te benen, zodat ik niet in de verleiding zou komen te kijken naar de manier waarop zijn kont in die korte broek bewoog, de spanning op zijn hamstrings terwijl hij zich een weg door het zand baande.

Maar ik kon de verleiding niet weerstaan om stiekem een blik op zijn gezicht te werpen. Ik probeerde mezelf wijs te maken dat het was om zijn kleur te controleren – hij was behoorlijk aan het afkicken – en niet om me aan de strakke lijn van zijn jukbeenderen te vergapen.

Er bewoog iets in de schaduwen achter hem.

Ik verstijfde alsof ik zijn prooi was. 'Wat is dat?'

'Wat?' Hij volgde mijn blik.

'Daar,' wees ik. 'Achter die laatste loungestoel. Er bewoog iets.'

Hij kneep zijn ogen samen. 'Er lopen mensen op het pad. Misschien heb je dat gezien.'

En jawel, er was de glinstering van iets glimmends – glas, of iemands telefoon – en geschuifel op het schelpenpad dat net door de bomen zichtbaar was. Maar ik dacht niet dat dat mijn aandacht had getrokken. Ik had iets gezien, en het was niet menselijk.

'Leven hier wolven? Coyotes? Rode lynxen?'

'Nee. Het kan een knaagdier zijn geweest. Of een pekari.'

'Een pekari?'

'Dat is een soort wild zwijn.'

Ik tuurde de duisternis in, maar zag niets. Ik keek naar mijn handen. In de ene hield ik mijn schoenen, in de andere de afhaalzak. Geen van beide zou een goed wapen zijn tegen een eh... dinges. Een wild zwijn. Had het slagtanden?

Nu klonk zelfs de branding dreigend. 'Laten we gaan.' Ik zou het goed verlichte schelpenpad terug naar mijn kamer nemen nadat ik Cooper had afgezet.

Ik liep zo snel als ik kon over het ongelijke oppervlak van het strand. Cooper hield met zijn langere benen gemakkelijk gelijke tred. Ik keek een paar keer achterom, maar zag niets. Ik was bijna ontspannen toen Cooper sprak.

'We worden gevolgd.'

'Door een van die zwijnen? Of een Bigfoot? Hebben ze die hier?' Mijn hart sloeg al een slag over in mijn borst, maar toen begon het pas echt te racen.

'Nee.' Hij grinnikte. 'Door een kokoshond.'

'Is dat zoiets als de *Hond van de Baskervilles*?'

'Zo noemen ze hier op het eiland gewoon zwerfhonden. Loop door en kijk achterom. Op acht uur.'

Ik vertraagde net genoeg om over mijn schouder te kijken. Een hond sloop achter ons aan, in de schaduw blijvend, maar zijn ogen schitterden in het sterrenlicht.

'Hij ruikt waarschijnlijk je eten.'

De hond was niet eens zo groot. Hij was kleiner dan een labrador, de hond die ik altijd had gewild. Hij had een lichte kleur in het sterrenlicht, geel of bruin, met een donker gezicht. Toen ik stopte en me omdraaide, stond hij stil.

'Hé daar,' zei ik zacht. Ik hurkte neer en liet mijn schoenen in het zand vallen. Toen zette ik de zak met mijn restjes neer.

De hond hief zijn neus op om te snuffelen. Door zijn enorme oren leek hij op een uit de kluiten gewassen, vleugelloze vleermuis. Hij zette een aarzelende stap in onze richting, en toen pas merkte ik hoe mager hij was. Zijn ribben waren zelfs in het sterrenlicht te zien. Hij was ongeveer zo groot als een beagle, maar kon niet meer dan tien kilo hebben gewogen.

Langzaam reikte ik in de zak en haalde het in aluminiumfolie gewikkelde pakje eruit. De keuken had het in de vorm van een zwaan gedraaid, met een lange foliehals die boven het bundeltje biefstuk uitstak. De folie ritselde toen ik het begon uit te pakken.

'Wat ben je aan het doen?' Coopers stem deed de hond schrikken, en hij glipte terug de schaduw in.

'Sst. Ik geef die arme hond te eten.'

'Het is een zwerfhond. Wild. Hij zou een ziekte kunnen hebben. Hij zou je kunnen bijten.'

Ik sprak de hond met zachte stem toe. 'Jij gaat me niet bijten, lieverd, hè?' Toen ik het pakje opende, steeg de geur van het vlees op. Ik legde het op het zand en schoof een paar stappen achteruit.

De hond zette een gebogen, aarzelende stap naar het eten, en toen nog een.

'Goed zo, schat. Kom op, neem wat te eten.'

'Je leert hem alleen maar om toeristen lastig te vallen, en dan zal iemand hem opsluiten omdat hij overlast veroorzaakt.'

De hond verstijfde weer bij het horen van Coopers stem.

'Sst. Loop een paar stappen weg. Je maakt hem bang.'

Ik hoefde niet te kijken om te zien dat Cooper deed wat ik had gevraagd. Ik voelde zijn afwezigheid achter me. 'Kom op, lieverd. Niemand zal je pijn doen.'

De hond sloop dichter en dichterbij tot hij een stukje vlees greep en terugrende naar de schaduwen.

'Goed zo. Brave hond. Kom nu nog wat halen.'

Hij herhaalde dit, een hapje grabbelend en weer weghollend, tot alles op was. Ik wilde mijn hand uitsteken en die enorme, driehoekige oren aaien, maar ik wilde hem niet afschrikken. Ik frommelde de folie op en stopte het in de zak. 'Alles op,' riep ik.

Die grote, donkere ogen schitterden naar me vanuit de schaduw.

'Blij nu?' zei Cooper. Maar zijn stem had geen sarcastische ondertoon. Hij was zachter dan ik hem ooit had gehoord.

Hij stond lang en recht op het zand tegen de klotsende branding. Zijn haar viel in perfecte, nonchalante golven over zijn voorhoofd. Hij hoefde waarschijnlijk niet eens product te gebruiken om de perfectie van zijn haar te bereiken. En vanavond was hij helemaal van mij om te bewonderen. 'Ja, dat ben ik.'

Alsof hij op de een of andere manier mijn gedachten had gelezen, boog hij zijn hoofd. 'Laten we gaan voordat andere hongerige honden erachter komen wat een week hart je hebt.'

Ik pakte mijn schoenen op en samen liepen we verder naar zijn huis. Er waren zoveel dingen die ik hem wilde vragen, die ik hem moest vragen. Over de aandelenverkoop. Over waarom hij naar het eiland was gekomen. Over waarom hij niet naar Boston was gegaan. Maar elke keer als ik naar hem keek en de zachtheid in zijn ogen zag, zijn kaak ontspannen en los op een manier die ik op kantoor nooit had gezien, vergat ik wat ik op het punt stond te vragen. De maan steeg boven de bomen uit en hulde hem in zilver, en de enige gedachte die in mijn hoofd overbleef, was het willen volgen van die lijnen van maanlicht met mijn vingers.

Maar dat kon niet. Ik was zijn assistent, en hij was mijn kille, strenge baas. Cooper Fallon zou nooit een relatie hebben met een werknemer, en zeker niet met zijn directe ondergeschikte. Bovendien was mijn hart nog steeds bont en blauw van Trey. Ik kon het niet aan iemand als Cooper geven. Verdorie, ik wist niet eens zeker of hij uit de kast was. Volgens de roddelbladen had hij afspraakjes met vrouwen. De meer-dan-vriendschappelijke gevoelens die ik meende te bespeuren bij hem voor Jackson waren misschien een schaamtevol geheim. Misschien had hij zijn biseksualiteit niet geaccepteerd; niet iedereen deed dat. Ik had me de tederheid die ik in zijn hoekige gezicht had menen te zien toen hij naar me keek, kunnen inbeelden.

Tegen de tijd dat we zijn poort bereikten, had ik een emotionele orkaan in mijn borst opgebouwd. Ik moest bij Cooper vandaan en afkoelen. Ik had de dag verspild; ik kon het me niet veroorloven nog een dag te verspillen. Ik zou in een echt bed slapen en 's ochtends zou ik voorbereid zijn om Cooper de vragen te stellen die ik moest stellen. Ik zou niet afgeleid worden door zijn jukbeenderen of de aanraakbare golven in zijn haar of de genegenheid in zijn stem.

'Welterusten,' zei ik, me al omdraaiend naar het schelpenpad.

'Welterusten, Ben.'

Alles in mij verstilde bij de lage trilling in zijn stem. Ik durfde op te kijken naar zijn gezicht.

Dat was een fout. Een of andere speling van het maanlicht verwarmde zijn blauwe ogen. En toen hij zijn tong over zijn onderlip liet gaan om die te bevochtigen, proefde hij gewoon de ziltige smaak van de zeenevel. Iets raakte mijn knokkel, en ik keek naar beneden toen Coopers hand de mijne schampte en vervolgens in de zak van zijn korte broek verdween.

Mijn knieën werden week. 'Welterusten.'

'Dat zei je al.' De glinstering van zijn tanden – een ware glimlach van Cooper Fallon – was het laatste wat ik zag voordat de poort achter hem sloot.

Ik bleef daar een moment staan, happend naar de zeelucht. Toen trok ik mijn schoenen aan en liep krakend terug naar het resort over het schelpenpad. Eigenlijk zweefde ik.

Toen mijn telefoon ging, keek ik niet eens naar de nummerweergave, nog steeds gevangen in Coopers dromerige glimlach.

'Hallo?'

'Ben, alles goed met je?' Marlees stem haalde me uit de droom.

Ik schraapte mijn keel. 'Prima. Wat is er?'

'Wat is er met jou aan de hand? Nog vooruitgang?'

Ik kromp ineen. 'Nog niet. Ik probeer het rustig aan te pakken.'

Haar stem kraakte. 'Je hebt geen tijd meer om het rustig aan te doen. Die verkooporder wordt morgen uitgevoerd.'

14

COOPER

TOEN IK MAANDAG weer nuchter wakker werd, propte ik de tas met de T-shirts die Ben voor me had gekocht achter in de kast en trok ik mijn sportshirt en -short aan. Ik was niet van plan om te gaan sporten, maar ik wilde ook geen kleren dragen die me aan Ben deden denken.

Ik was net zo dwaas geweest wat Ben betreft als hij gisteravond met die hond. Ik had hem dichtbij laten komen, ook al wist ik dat we samen geen toekomst hadden. Ik had met niemand een toekomst. Beter alleen zijn dan iemand kwetsen om wie ik gaf.

Ik moest er resoluut een punt achter zetten.

Ik negeerde Bens geklop, zijn appjes en zijn telefoontjes. Toen hij via de intercom riep, ging ik naar binnen. Als ik niet opendeed, zou hij weggaan. Dan zou hij naar huis gaan.

Op de bank las ik de e-mail van mijn financieel adviseur met een samenvatting van de aandelenverkoop. Ik controleerde mijn rekeningsaldo. De directeur van mijn stichting zou dolblij zijn. En elk van de ongeveer vijftig vrouwenopvangcentra in de Bay Area zou een aanzienlijke maar anonieme gift ontvangen. Ze zouden in de wolken zijn.

En hoe voelde ik me?

Leeg.

Ik had gehoopt iets te voelen. Opluchting dat ik me eindelijk losmaakte van Jackson. Spijt dat ik mijn belofte aan mijn vriend had gebroken. Opwinding over de mogelijkheid om iets nieuws te doen, iets waarvoor ik niet met Weston hoefde te vechten, iets waartoe ik Jackson niet het gevoel had te dwingen.

Het enige wat ik voelde, was vermoeidheid.

Dus, net als een van de hagedissen op het eiland, deed ik een dutje op de bank in de warme zon die door de ramen scheen.

Felle stralen op mijn gesloten oogleden maakten me wakker. De zon, die naar de horizon zakte, glinsterde op de oceaan en op het zwembad en wierp gouden lichtvlekjes op het plafond van de woonkamer. Ik ging rechtop zitten en wreef over mijn gezicht.

Ik was minder moe… en uitgehongerd. Mijn maag rammelde.

Maar ik kon niet naar de bar of het restaurant. Ben zou me daar opwachten. Dus ik belde de roomservice.

Een halfuur later ging mijn deurbel, één korte bel zoals Ramón altijd deed. Op blote voeten liep ik naar de deur en zwaaide hem open. Maar het was Ramón niet.

Het was Ben.

En hij had het karretje van Ramón.

'Wat heb je met Ramón gedaan?', was het slimste wat ik kon bedenken. Ik trok een grimas.

Ben duwde het karretje over de drempel tot ik aan de kant ging. 'Ik denk dat we op het terras moeten eten, vind je niet? Het is een prachtige avond.'

'We?', Ik liep achter hem aan door de schuifpui het terras op.

Hij zette het karretje stil en draaide zich naar me om, zijn handen in zijn zij. 'Ik heb eten voor je meegebracht.' Hij gebaarde naar het karretje. 'Het minste wat je kunt doen, is het met me delen.'

'Waarom ben je hier nog?', Iedereen zou naar huis zijn gegaan. Zonder leidinggevende om te ondersteunen, kon Ben de hele dag

Animal Crossing spelen aan zijn bureau. Of een week vrij nemen, zoals ik had voorgesteld. Niemand die er iets van zou zeggen.

'Echt waar?', Zijn kaak, weer gladgeschoren, stak naar voren. 'Je bent hierheen gekomen om te rusten en te ontspannen, maar je weet niet hoe. Volgens mij is het vrij duidelijk dat je depressief bent. Je hebt iemand nodig om mee te praten. Om ervoor te zorgen dat je eet. Misschien wil je niet dat ik diegene ben, maar op dit moment heb je niemand anders.'

Hij draaide zich om naar het karretje. Met schokkerige bewegingen gooide hij een kleed over de terrastafel en zette hij vakkundig maar niet bepaald zachtjes de borden en het bestek erop.

Was ik depressief? Misschien verklaarde dat de leegte in me. Ik zou het volgende week aan Dr. Pradhi vragen.

Terwijl hij het karretje weer naar binnen rolde, keek ik naar de tafel. Er stonden schalen met vis en groenten. Een kom salade en nog een kom met een graangerecht. Het was precies wat ik zou hebben gegeten als ik voor een van mijn normale bezoeken naar het eiland was gekomen, totaal anders dan de rotzooi die ik in de bar had gegeten. Er stond zelfs een klein bloemstukje met inheemse orchideeën. En een drietal kaarsen in het midden.

Met de roze zonsondergang boven de oceaan die de golven in gesmolten goud veranderde en het ritmische breken van de golven op het strand, leek het allemaal zo... romantisch.

'Wat is er?', Ben stapte het terras weer op.

'Ik voel me niet gepast gekleed.' Ik probeerde al mijn dankbaarheid, mijn verontschuldiging, in de snelle glimlach te leggen die ik hem toewierp.

Hij liet zijn blik over mijn compressieshirt en sportshort gaan en schraapte toen zijn keel. 'Je ziet er prima uit.' Zijn stem klonk schor, en ondanks de gloeiende zonsondergang kreeg ik kippenvel op mijn armen.

Ik wreef het weg. 'Zullen we eten?'

Ik wist niet wat me bezielde, maar ik trok de dichtstbijzijnde stoel naar achteren en wachtte tot hij ging zitten. Toen nam ik de stoel aan de andere kant van de tafel.

'Dit is fijn. Dank je.' Ik maakte een gebaar naar de tafel. 'Maar je hebt Ramón niet in een hinderlaag gelokt, toch? Hij ligt niet ergens in de bosjes?'

'Nee.' Zijn wangen werden roze terwijl hij de schaal met vis pakte en aan mij doorgaf. 'Ramón heeft me een gunst bewezen.'

Ik pakte een stuk vis en gaf de schaal aan hem terug. Een gunst? En dat gebloos. Ik wist maar al te goed wat voor een flirt Ramón was. Hadden hij en Ben een eilandavontuurtje? Ik keek naar Bens hals, maar zag geen van Ramóns kenmerkende zuigzoenen. Hoewel hij ze misschien op een plek had gezet die door Bens polo en short verborgen werd.

Ik trok de kraag van mijn shirt van mijn verhitte huid, plotseling minder hongerig dan ik eerder was geweest.

Ben liet zijn blik even naar het hek gaan en richtte hem toen weer op mij. 'Hoe voel je je?'

'Je bedoelt, heb ik vandaag gedronken?' Ik liet een mondhoek opkrullen.

'Nee, ik bedoel, je ziet er goed uit vandaag.' Hij maakte een cirkel met zijn vork in de richting van mijn gezicht. 'Hoewel je er altijd goed uitziet. Meer uitgerust.'

Ik liet het compliment op me inwerken en mijn buik verwarmen. Het was bijna net zo goed als bourbon. 'Ik heb een dutje gedaan.'

'Dat is geweldig. Heb je, eh, gesport?' Hij staarde naar mijn strakke shirt.

'Nee. Dit was wat ik bij me had.'

Hij beet op zijn lip, en toen hij hem losliet, was hij glanzend en rozer dan voorheen. Ik wilde over de tafel leunen en hem proeven. Maar die verrukkelijke lip behoorde toe aan Ben, mijn assistent, dus ik bleef netjes op mijn stoel zitten.

'We zouden je meer moeten laten bewegen. Dat zal je goeddoen. Hoe sport je normaal gesproken als je hier bent?'

Meestal hoefde dat niet. Tussen alle wandelingen naar het

stadje en de bouwprojecten door verbrandde ik genoeg calorieën. Maar ik was niet van plan mijn echte band met het eiland met Ben te delen. Hij zou een manier vinden om de mensen om wie ik gaf als drukmiddel te gebruiken om me te laten doen wat Weston hem ook had opgedragen. En als ik naar het stadje zou gaan, zou mijn familie zich met mijn zaken bemoeien, vooral als Ben hun zou vertellen dat ik depressief was.

'Ik heb jou niet nodig om mijn trainingen te managen', gromde ik.

Hij liet zijn blik even naar het hek gaan, maar concentreerde zich toen weer op mij. 'Oké, dan gaan we ter zake. Ik begrijp dat je door bent gegaan met de verkoop van je Synergy-aandelen.'

Teleurstelling verpletterde het kleine vlammetje dat in mijn hart was opgelaaid. Het eten, de kaarsen, de bloemen, het was allemaal een list. Niet waar ik op had durven hopen: een romantische avond met Ben. Hij wilde over Synergy praten. Prima. Ik ging rechterop zitten. 'Dat klopt. Hoewel het je niets aangaat.'

'Niet mijn zaken?' Zijn dikke wenkbrauwen verdwenen onder de krullen die op zijn voorhoofd vielen. 'Cooper, als je weggaat…'

Ik prikte in mijn vis. 'Ik ga nergens heen.' *Nog niet.* Als ik dat wel zou doen, zou ik een andere functie voor Ben binnen Synergy zoeken, zodat hij zijn studie kon afmaken.

'Hm… ik heb wat dingen gehoord. Op kantoor.'

Toen hij niet verder praatte, vroeg ik: 'Wat heb je gehoord?'

'Weston heeft wat ideeën over het bedrijf. Ideeën voor bezuinigingen.'

Ik snoof. 'Weston wil altijd wel ergens op bezuinigen. Hij is een cijferman.'

Ben legde zijn vork neer. 'Personeelsbezuinigingen. En… en het collegegeldprogramma.'

'Belachelijk.' Ik leunde achterover in mijn stoel. 'Dat zou Weston niet doen. En zelfs als hij het zou willen, zou iemand het wel uit zijn hoofd praten.'

'Wie, Cooper?' Ben hield zijn hoofd schuin. 'Wie gaat het uit zijn hoofd praten? De CFO? Jackson? Jij bent er niet om het te doen.'

Jacksons naam en de herinnering dat ik mijn bedrijf had verlaten, raakten mijn borst als een paar kogeltjes. Maar Weston had beloofd dat hij voor alles zou zorgen. 'Weston wil wat het beste is voor het bedrijf. Ik vertrouw hem.'

'O ja? Want hij zei een paar dingen waar ik me zorgen over maak.'

'Echt waar?' Ik wreef over de zere plek op mijn borst. 'Wat?'

'Ik hoorde hem de voorzitter vertellen dat je je aandelen verkocht. En daarna had hij het over een kans.'

Plotseling, door het feit dat Charles wist dat ik mijn aandelen had verkocht, voelde het allemaal echt. Charles, de stiefvader van Jackson, had ons altijd gesteund, dus het was logisch dat we hem vroegen om voorzitter van de raad van bestuur te worden in de begindagen van Synergy. En nu had ik mijn aandelen verkocht zonder hem te waarschuwen. Mijn eigendom van Synergy verminderen was niet langer een concept zo licht en doorzichtig als de eilandbries, maar werd een concrete, schuldige realiteit. Het voelde alsof ik een deel van mezelf was verloren. Een deel van mijn ziel.

Maar dat was egoïstisch van me. Ben maakte zich zorgen om zijn baan en zijn opleiding.

'Weston maakt al de helft van het bestaan van Synergy deel uit van het bedrijf. Hij zal doen wat juist is voor het bedrijf. En voor de werknemers.'

Bens lippen trokken scheef, alsof hij niet geloofde wat ik zei. 'De voorzitter zei iets over een vijandige overname?'

'Ik weet zeker dat Weston stappen onderneemt om dat te voorkomen. Hij heeft het beste met het bedrijf voor. Dat beloof ik.'

Bens ogen vernauwden zich even, maar toen knikte hij. 'Oké. Als jij het zegt.'

'Dat zeg ik.'

'Maar hoe zit het met Jackson?'

Mijn longen verkrampten, waardoor ik moest hoesten. Ik nam

een slok water. 'Wat is er met Jackson?' Mijn stem klonk als een grom door mijn samengetrokken keel.

'Hij staat er alleen voor om het tegen Weston op te nemen. Als het nodig is om het tegen Weston op te nemen.'

Toen zag ik het. 'Heeft Jackson je hiertoe aangezet?' Typisch Jackson om iemand in zijn plaats te sturen om me te smeken terug te komen naar mijn werk. Verdomde Jackson, die altijd iets van me wilde, iets van me nodig had. De kruimels vriendschap die ik ervoor terugkreeg, waren niet meer genoeg.

Bovendien had ik dwaas genoeg gehoopt dat Ben hier voor mij was gekomen. Hij was slechts een stuk gereedschap dat Jackson had opgepakt, zich er niet van bewust dat het precies het juiste was om mij te breken.

'Nee!' De zonsondergang flitste in zijn ogen. 'Ik ben hier gekomen omdat ik me zorgen maakte. Om jou.'

'Ik heb het verdomme niet nodig dat jij je zorgen om mij maakt. Het gaat prima met me!' Ik hoorde dat mijn stem luider was geworden, maar ik leek boven mijn eigen lichaam te zweven, los van de rood aangelopen klootzak die schreeuwde tegen de aardige man die hem eten had gebracht. De aardige man wiens gezicht van lachend naar versteend was gegaan.

Tijdens de stilte die tussen ons in hing, hoorde ik een geritsel bij het zwembad en mijn bewustzijn schoot terug in mijn lichaam, zwemmend in de vloeibare hitte die het vulde. Wie de fuck had Ben meegenomen? Wie kwam er nog meer naar het zelfmedelijdenfeestje? Ik duwde me van de tafel, de poten van mijn stoel schraapten over de terrasplanken, en stampte naar het hek. Toen ik het openrukte, schoot er een bruine flits langs me heen.

Ik draaide me om en zag een 'Coconut Hound' op zijn achterpoten staan die Bens gezicht likte. Een verdomde hond. Was het dezelfde als gisteravond, degene die hij zijn overgebleven biefstuk had gevoerd? Of had hij een hele kolonie aangetrokken terwijl ik had gedut? Was ik gewoon weer een zwerfhond voor hem, eentje die eten en wandelingen nodig had?

Bens ogen werden groot toen hij de uitdrukking op mijn

gezicht zag, een fractie van een seconde voordat de woede uit me barstte.

Toen ik dichterbij kwam, draaide de hond zich om en gromde, zijn tanden ontblotend.

'Ik kwam hier voor mezelf. Omdat ik dat wilde. Het is verdomme niemands zaak wat ik doe.' Wild wees ik naar het zwembad, het huis, het strand. 'Dit is voor niemand een verdomde vakantie behalve voor mij. Je blijft hier niet. Je gaat morgen naar huis of je bent ontslagen.' Ik keek de hond door een rode waas aan. Hij ontblootte zijn tanden en gromde luider. 'En je kunt die verdomde zwerfhond niet blijven voeren. Het is geen huisdier. Hij zou je kunnen bijten!' Ik sloeg met mijn hand op tafel, waardoor het servies opsprong. Een glas water viel met een klap om.

Ik verstijfde. Dat was waar deze hele puinhoop mee was begonnen. Mezelf losmaken van Jackson, mezelf verdoven met drank en mijn hart luchten bij mijn therapeut – niets had iets opgelost.

Ben stond op. Ik legde mijn hand over mijn ogen zodat ik hem niet door het hek zou zien wegrennen. Mijn keel was rauw en strak, en zelfs slikken bracht geen verlichting.

Een vederlichte aanraking landde op mijn arm, net onder mijn T-shirtmouw. 'Ik... ik ga niet weg.'

De woede vloeide weg, waardoor ik wankel op mijn benen stond, alsof de gloed ervan het enige was geweest dat me overeind had gehouden. Tegen mijn wil in leunde ik in Bens aanraking. Hij wreef over mijn arm, op en neer, zoals hij een hond zou aaien.

Maar op dat moment maakte het me niet uit. Het kon me niet schelen dat ik voor hem gewoon weer een zwerfhond was, die zorg en genegenheid nodig had. En dat hij me, wanneer hij het eiland zou verlaten, net zo zou achterlaten als die verdomde hond.

'Het spijt me. Sorry dat ik schreeuwde', mompelde ik. Het was lang niet genoeg, maar het was alles wat ik kon bedenken. Als ik mijn mond weer opendeed, zou ik misschien iets zeggen waar ik nog meer spijt van zou krijgen. Hem smeken om te blijven. Bij mij. Dat kon ik niet willen. Kon ik niet hebben. Zelfs niet wanneer er vonken door me heen schoten telkens als hij me aanraakte, zoals vanaf die eerste dag, die mijn hart in een nieuw ritme schokten: *Ben-Ben, Ben-Ben.* Ik wreef met mijn andere hand over mijn borst.

'Het is oké. Wil je een toetje, of ga je liever naar bed?'

Ik wist dat hij niet met hem bedoelde, maar mijn hart was lang niet zo slim. Het bonkte, en Ben zag het waarschijnlijk door mijn spandexshirt. 'Bed.'

'Oké.' Hij aaide nog een keer over mijn arm, en toen hij stopte, voelde mijn arm koud aan. 'Ik ruim hier op. Ik zie je morgenochtend.'

'Oké', mompelde ik, nog steeds in zijn ban.

Pas toen ik naar binnen was gestapt, besefte ik dat hij me erin had geluisd. Wat de fuck gingen we morgenochtend doen?

Ook al had ik een dutje gedaan, mijn voeten sleepten. Ik had meer slaap nodig. Het laatste wat ik hem hoorde zeggen voordat ik mijn slaapkamerdeur dichttrok, was: 'Coco, wat dacht je van een lekker stukje vis?'

15

BEN

TOEN IK DE volgende ochtend op Coopers deur klopte, met de stomerij in de ene hand en een dienblad met koffie in de andere, wist ik dat het te vroeg was. Althans, het had te vroeg moeten zijn. Maar ik wist twee dingen: mijn baas was een vroege vogel – als hij niet dronken was of een kater had – en hij moest bewegen. Gisteravond, toen ik zijn arm had aangeraakt, had ik de overtollige energie praktisch door hem heen voelen gieren.

En jawel, hij deed de deur open. Ik had geen idee of hij er verfrommeld van de slaap uitzag of al wakker was, want ik kon. Niet. Stoppen. Met staren. Naar zijn borst. Zijn naakte borst. Gespierd, helemaal vanaf zijn brede, platte borstspieren tot aan zijn sixpack. Een tropische wildernis van donkerblond haar over zijn bovenlichaam die naar beneden, beneden, beneden liep, tot onder die sportshort. Mijn vingers jeukten om zijn gouden huid te strelen, de moedervlek op zijn linkerborst, net boven zijn tepel. Die gebronsde tepel spande zich naar me toe alsof hij dat idee ook wel zag zitten. Godzijdank had ik zijn nette pakken in de ene hand en de koffie in de andere. Het zou niet de bedoeling zijn dat ik mijn bijna naakte baas aanraakte.

Hij schraapte zijn keel. 'Wat is dit nu, Ben? Het is amper zeven uur.' Maar hij nam de zware stomerij van me aan en stapte opzij toen ik naar voren bewoog.

Ik zette de koffie op het aanrecht en richtte mijn blik op de in plastic verpakte kleding in zijn hand. 'Wil je die wegleggen en een... een shirt aantrekken? Je moet bewegen, dus ik dacht dat we samen konden gaan hardlopen.' Ik probeerde niet te krimpen. Ik haatte hardlopen. Te veel herinneringen aan rondjes op de atletiekbaan van de middelbare school, met de coach die riep: *'Vooruit, Walters!'*

Net als de coach, mat Cooper me van mijn *Guardians of the Galaxy*-T-shirt tot mijn paarse Converse. 'Op die schoenen kun je niet hardlopen.'

'Dit zijn de enige sportschoenen die ik heb. Ze zijn prima. Het zijn zaalschoenen.'

'Zaalschoenen', snoof hij. 'Daar ga je niet op hardlopen. We gaan wel wandelen.'

Wandelen klonk veel fijner dan hardlopen. 'Een wandeling zou geweldig zijn. Ramón zei trouwens dat we naar het dorp moeten lopen om Tía's Garden te zien. Wat is dat? Ik zag het niet op de lijst staan met dingen die je hier kunt doen.'

'Ramón', gromde hij. Eindelijk nam hij de stomerij van me over. 'Dat is zo'n plek die alleen de lokale bevolking kent.'

'Oeh! Neem je me mee? Ik vind het fantastisch om plaatsen te zien zoals een local dat doet.'

'Geef me een minuutje.'

Het duurde langer dan een minuutje. Ik was halverwege mijn koffie toen hij uit de slaapkamer tevoorschijn kwam, gedoucht en geschoren, gekleed in het tweede shirt en de short die ik voor hem had gehaald. Het shirt was wit met groene hagedissen die erop lagen te zonnen. Ik had het schattig gevonden, maar aan Coopers donkere blik te zien, was hij het daar niet mee eens.

Ik hield zijn koffie voor hem, mijn ogen zorgvuldig afwendend van zijn gladde, kale, strakke kaaklijn die op de een of andere manier nog sexyer en aanraakbaarder was dan zijn naakte borstkas was geweest. 'Klaar om te gaan, of wilde je eerst nog iets eten?'

'Laten we gaan. We vinden in het dorp vast wel iets te eten.'

'Oeh, nog zo'n geheime, lokale plek?'

Cooper gromde slechts.

Het was maar goed dat ik de helft van mijn koffie al op had, want een volle beker had ik gemorst door het drafje dat ik moest aanhouden om Coopers lange passen bij te benen. We namen het schelpenpad naar het hoofdgebouw van het resort en een geasfalteerd pad eromheen tot we bij de rotonde kwamen die naar de weg leidde. Ik wist dat het niet ver was naar het dorp, iets meer dan anderhalve kilometer, maar ik was bijna te buiten adem om te praten. En we moesten praten.

'Kunnen we wat langzamer?', pufte ik.

Hij stopte zo plotseling dat ik bijna tegen zijn rug op botste. Hij keek achterom en zei: 'We worden gevolgd.'

Ik draaide me om en zag Coco, die zo'n zes meter achter ons door de bosjes sloop. 'Het is oké. Het is alleen Coco maar.'

Coopers zware wenkbrauwen gingen omhoog. 'Coco? Je hebt hem een naam gegeven?'

'Het is een mannetje, en natuurlijk heb ik hem een naam gegeven.' Ik floot, en Coco kwam naar ons toe draven. De laatste meters sloop hij en verschool zich achter me.

Cooper trok zijn neus op. 'Is dat… kamille?'

'Het is beter dan hoe hij eerst rook. Het is gewoon de shampoo uit mijn kamer. Ik heb de hele fles voor hem gebruikt.' Ik reikte naar beneden en woelde door Coco's vacht.

'Hij was in je kamer? En vlooien dan?' Cooper trok zijn lip op.

'Hij had inderdaad genoeg vlooien. En ook een paar teken. Maar Ramón heeft me geholpen hem een vlooienbad te geven in een van de buitendouches. Dat rook absoluut walgelijk, en daarom heb ik hem met de kamilleshampoo gewassen. Maar hij hield niet van de föhn en ik kon hem niet buiten laten slapen terwijl hij nog nat was.' Ik hield abrupt mijn mond en zette me schrap voor Coopers woede-uitbarsting over dat ik niet zou blijven en dat het nergens op sloeg om vrienden te worden met een zwerfhond.

Maar dat deed hij niet. Hij keek alleen een minuut lang toe hoe ik door Coco's gele vacht aaide, voordat hij zich omdraaide en verder marcheerde richting het dorp.

'Brave hond', mompelde ik. Toen jogde ik om mijn baas in te halen, met Coco in mijn kielzog.

De eerste huizen die we zagen waren klein, niet groter dan mijn bescheiden kamer in het resort, maar ze zagen er stevig uit en waren in sorbetkleuren geschilderd. Hoe vroeg het ook was, een paar mensen scharrelden in hun tuin en plukten rijpe, rode tomaten en goudgele courgettes.

Een jongetje rende uit een turkoois geschilderd huis en knalde tegen Coopers benen. Zijn dunne armpjes klemden zich om Coopers middel en hij begroef zijn gezicht in Coopers heup. Een zwangere vrouw kwam langzaam van de veranda, slenterde het pad af en plantte een kus op Coopers wang. Het Spaans dat ze op Cooper afvuurde was allesbehalve langzaam. Het enige wat ik opving waren de woorden voor *bouwen* en *school*.

Cooper mompelde een antwoord in het Spaans.

De vrouw plaatste haar hand in haar zij, bekeek me en stelde Cooper toen een vraag. Hij antwoordde niet, maar reikte naar beneden om het kind voorzichtig van zijn benen los te maken. Toen knikte hij met zijn kin in de richting waar we vandaan kwamen en zei iets over de tuin die we van plan waren te bezoeken.

Nadat Cooper het kind een aai over zijn hoofd had gegeven en de vrouw een kus op haar rechterwang, keek ze me nog eens van top tot teen aan. Ze liepen terug naar het turquoise huis zonder een blik op Coco te werpen. Cooper hervatte zijn lange passen.

'Wie was dat?', vroeg ik toen ik hem had ingehaald.

'Gewoon iemand die ik ken.'

'Je kent haar?' Ik draaide me om om het turquoise huis opnieuw te bekijken. 'Hoe? Werkt ze in het resort?'

'Je stelt veel vragen', mopperde hij.

'Dat was geen antwoord.' Ik stapte voor hem zodat hij moest stoppen en sloeg mijn armen over elkaar.

Hij slaakte een gefrustreerde zucht. 'Prima. Ze is een vriendin van de familie. Ze wilden me bedanken voor wat werk dat ik de letzte keer dat ik hier was in de gemeenschap heb gedaan.'

'Werk? Zoals, een softwareprogramma?'

'Nee.' Hij knikte met zijn kin naar iets achter me. 'Dat.'

Ik draaide me om en zag een klein, gestuukt gebouw, geschilderd in een vrolijke zonnebloemgele kleur. 'Wat is dat?'

'Een school. Voor de kinderen uit het dorp.'

'Heb je er geld voor gedoneerd?'

'Ja.' Hij hervatte zijn mars naar het dorp. 'En ik heb ze geholpen hem te bouwen.'

Ik rimpelde mijn neus. 'Zoals, met een hamer?' Voordat ik hem op het eiland had gevonden, had ik me Cooper in niets anders kunnen voorstellen dan in gesteven business casual, met zijn telefoon tegen zijn oor gedrukt. Ik had moeite me hem voor te stellen terwijl hij handarbeid verrichtte.

'Ik heb wel talenten, hoor. Ik ben niet altijd COO geweest. Ik heb ooit zomerbaantjes gehad.' Zijn kaak spande zich aan, en ik wist dat ik niet naar die zomerbaantjes moest vragen.

We liepen verder over de weg, langs de school, een supermarkt, een drogist. Een paar mannen hingen voor de tabakswinkel te praten, hun rookwolken dreven de helderblauwe lucht in.

Steegjes takten af van de hoofdweg en leidden naar meer huizen. Cooper sloeg er een in, omzoomd door een wit geverfd hek. Klimplanten kropen eroverheen, hun violette knoppen ontvouwden zich net in de ochtendzon. Op andere plaatsen bogen hoge bloemen over het hek, hun bloesems dobberden in het lichte briesje alsof ze ons goedemorgen wilden wensen. Zonnebloemen bogen naar de straat, hun koppen te zwaar van de zaden om op te tillen.

Aan de andere kant van het hek gebruikte een kleine vrouw met een hoed zo groot als een fietswiel een gevaarlijk scherpe schaar om een zonnebloemkop af te knippen en in haar mand te laten vallen. Ze schrok op van het geschuifel van mijn sneaker op de stoep. 'Lito?'

Ik keek op naar Cooper, die... grijnsde. 'Tante Camelia.'

De vrouw trok Cooper naar beneden om zijn wang te kussen en sprak zo snel dat mijn Spaans van de middelbare school het niet kon bijbenen. Cooper probeerde haar niet te onderbreken. Ik ving de woorden op voor *bezoek* en *te lang* en *honger*. Mijn maag knorde.

'¿Y él, quién es?', vroeg ze.

'Tante Camelia, dit is Ben, mijn assistent.'

Ze vuurde nog een reeks Spaanse woorden af die Coopers wangen rood deden kleuren.

'También es un amigo.'

Amigo. Die verstond ik. Noemde hij me zijn vriend? Mijn wangen werden ook warm.

Eindelijk sprak ze Engels. 'Kom binnen. Voor het ontbijt.' Zonder op antwoord te wachten, tilde ze haar mand op, draaide zich om en liep naar binnen.

'Dus het is niet Tía's Garden, een geheime plek voor de lokale bevolking. Het is de tuin van *jouw* tía.'

De grijns verdween van zijn gezicht, en hij was weer mijn kaakklemmende baas. 'Inderdaad. Herinner me eraan dat ik later even met Ramón moet praten.'

'Komt voor elkaar. Baas.'

Hij kneep zijn ogen tot spleetjes en keek me aan. En toen naar Coco. Hij hield het hek open om ons erdoor te laten.

We hoefden niet naar binnen in Camelia's huis. Een met wijnranken begroeide pergola overschaduwde haar veranda, waar een lange houten tafel stond met niet bij elkaar passende stoelen, elk in een andere felle kleur geschilderd. Ik nam de paarse, en Cooper de blauwe die paste bij de lucht en zijn ogen. Coco vleide zich neer op de onderste trede, met één oog op Cooper en het andere op zijn ontsnappingsroute.

Camelia had al vers brood, plakjes mango en een stamppot die ze mangú noemde op tafel gezet. De koffiekopjes waren net zo'n allegaartje als de stoelen, en ze schonk koffie in een Delfts blauw kopje dat zo dun was dat ik er praktisch doorheen kon kijken. Ze gaf het aan mij.

Toen ze in een oranje stoel tegenover ons ging zitten, bracht ik het kopje naar mijn lippen. De robuuste geur krulde mijn neusgaten in. Hij was heet en bittersterk met een lichte zoetheid. Ik nipte ervan en mijn ogen werden groot.

'Tante Camelia maakt de beste koffie van het eiland', zei Cooper, terwijl hij zijn eigen kopje terug op het schoteltje zette.

'Je zou het zelf ook kunnen maken', zei ze, terwijl ze de broodmand doorgaf. 'Alfonso verderop in de straat brandt de bonen. Hij geeft je zoveel zakken als je wilt.'

Hij wuifde met zijn hand. 'Ik heb het geprobeerd. Maar als ik het in mijn huis in Californië maak, smaakt het niet zoals hier, met jouw bloemen en de zeebries.'

Alsof hij ervoor betaald had, woei er een briesje door de tuin dat zijn zonovergoten haar in de war bracht. Dat wilde ik ook doen. Met mijn vingers door die zacht uitziende golven gaan. Zijn hoofdhuid masseren en kijken of hij zijn ogen zou sluiten, genietend van de sensatie zoals hij van zijn koffie had genoten.

Fuck. Ik staarde in mijn kopje. Wat zat hier in hemelsnaam in, dat me deed denken dat ik Cooper, mijn stijve baas, zo maar kon aanraken? Ik nam een homp versgebakken brood uit de mand die Cooper me gaf en besmeerde die met boter en jam. Ik had nog niet gegeten, dus het was niet de koffie, maar een lage bloedsuikerspiegel die me die volkomen onwelkome gedachte had bezorgd.

'Dus, Ben, bent u Miguelito's assistent, of zijn vriend?' Ze trok haar wenkbrauwen op, waardoor de rimpels op haar voorhoofd dieper werden. Nu ze haar hoed had afgezet, kon ik zien dat haar diepbruine ogen helder en scherp waren.

Wauw. Tante Camelia nam geen blad voor de mond. En waarom noemde ze hem Miguelito? Was dat een bijnaam? 'Geen vriend. Ik mag hem graag, natuurlijk.' Ik zette mijn koffie neer. Te heet. Overal. 'Hij is een geweldige baas.' Ik wilde onder de tafel glijden.

Tante Camelia kneep haar ogen tot spleetjes en keek me aan, daarna Cooper. 'En jij mag hem ook graag.'

Ik ging rechtop zitten en keek hem aan alsof hij op het punt stond de geheimen van het universum te onthullen. Maar hij keek me niet aan. Hij staarde naar Coco op de verandatrede. 'Ben is erg sympathiek. En de beste assistent die ik ooit heb gehad.'

Mijn borst zwol op van het compliment. Toen herinnerde ik me de reeks werkelijk vreselijke uitzendkrachten die me waren voorgegaan. De beste assistent die hij ooit had gehad, was geen al te hoge lat. En hij had me sympathiek genoemd. Als een concept. Niet dat hij me daadwerkelijk sympathiek vond. Ik zakte in elkaar.

Tante Camelia's ogen werden spleetjes. 'Ben is u hierheen gevolgd. Hij maakt zich zorgen om u.' Toen hield ze haar hoofd schuin naar mij. 'En u bent er nog steeds.'

Uiteindelijk landde haar blik op Coopers shirt met hagedissen-print. Ze klapte in haar handen. 'I see! Tendrás la boda aquí ¿sí?'

Cooper schudde zijn hoofd, maar zijn lippen trokken samen alsof hij probeerde niet te glimlachen. 'Tante, je bent onverbeterlijk.'

Ik wenste dat mijn Spaans van de middelbare school beter was blijven hangen. Misschien zou tante Camelia me haar grapje later in het Engels vertellen. Wat was la boda?

'Miguelito, waarom ben je hier op het eiland? We verwachtten je pas in juli.'

Ik hield me bezig met het besmeren van een ander stuk brood.

Ik voelde Coopers blik op me rusten voordat hij zachtjes zei: 'Ik heb een incident gehad op het werk. Ik wist dat ik een pauze nodig had.'

Ze knikte. 'En hoe lang duurt deze pauze?'

Ik verstijfde, het stuk brood halverwege mijn mond.

'Zolang als nodig is. Misschien lang. Misschien voor altijd.' Hij mompelde het laatste deel, maar ik hoorde het.

Tante Camelia ook. 'Je kunt niet weglopen voor je problemen. Zeker niet als ze vanbinnen zitten.' Ze reikte over de tafel en pakte zijn hand. 'Maar dit is precies waar je moet zijn om dingen uit te zoeken. Omringd door la familia.' Ze hief beide armen op alsof ze in een groepsknuffel zat.

Ik keek om me heen, half verwachtend een familie Fallon om ons heen verzameld te zien. Maar er waren alleen de zoemende bijen, de bloemen en de zoute bries. Ze moet het figuurlijk bedoeld hebben. Tenzij... ze mij als deel van Coopers familie beschouwde? Warmte vulde mijn buik. Ik gaf echt om hem. Niet omdat hij mijn salaris betaalde. En niet alleen omdat ik al sinds mijn eerste werkdag een oogje op hem had. Hij was een goed man. Hij hielp mensen thuis in Californië via zijn stichting, en hij hielp mensen in zijn geheime vakantieoord door scholen te bouwen met zijn verdomde *handen*. Ik zou hem helpen zijn shit op een rijtje te krijgen als ik kon.

Cooper zei niets. In plaats daarvan staarde hij naar zijn handen en wreef over de korst op zijn handpalm van toen hij het bureau had gebroken.

Coco gromde, de haren op zijn rug stonden overeind. Hij staarde door het dichte groen naar het steegje daarachter.

'Wat is er, Coco?'

Zonder zijn blik af te wenden, gromde hij luider. Een schoen schuifelde in het steegje en voetstappen verwijderden zich richting de straat. Met een laatste kuchje schudde Coco zich uit en ging weer op de trede liggen.

'Ik hoor dat er vreemden vragen hebben gesteld.' Tante Camelia stond op, de koffiekan in haar hand.

'Het zou niet de eerste keer zijn', mopperde Cooper. 'En het zal ook niet de laatste zijn.'

'Toch bevalt het me niet. Wees voorzichtig, Miguelito.'

'Ik ben altijd voorzichtig.' Ze wisselden een blik uit en ik vond het niet leuk hoe zijn kaak zich spande of hoe zij zich schrap zette. Waar moest hij voorzichtig voor zijn in dit eiland-paradijs?

Cooper reikte naar Camelia's lege bord en stapelde het op het zijne. 'Klaar, Ben?'

Ik propte de laatste, heerlijke hap brood in mijn mond en gaf mijn bord aan. Ik stond op en verzamelde de jampotten en de lege broodmand.

'Lieverds, maak u geen zorgen. Ik ruim wel op', zei Camelia.

'Ik doe het wel', zei Cooper met zo'n krachtige blik dat ik bijna weer ging zitten.

Ik stak mijn kin vooruit. 'Ik help.'

Jarenlang opruimen in de keuken van mijn ouders hadden me tot een kampioen afwassen gemaakt, en Cooper verraste me als een bekwame afdroger. De keuken was klein, but alles had zijn plek en Cooper leek die net zo goed te kennen als wanneer hij er woonde.

Onder het gerammel van het schrobben van het bestek vroeg ik: 'Wil je erover praten? Over de pauze van je werk?'

Hij droogde een koffiekopje af. 'Je was erbij. Je hebt het gezien. Ik moet mijn…'

'Je shit?'

Een mondhoek van hem trok omhoog. 'Mijn shit.'

'Ben je…' God, ik beukte door die professionele muur als een rambam, '…met iemand aan het praten?'

Zijn glimlach verdween en hij wreef een onzichtbaar vlekje van het kopje. 'Jazeker.'

'Goed. Dat is goed.' Hoewel ik wenste dat hij ook met mij zou praten. En toen herinnerde ik me waar ik het met hem over moest hebben. 'Ik weet dat je zei dat er niets aan de hand was bij Synergy. Maar ik maak me zorgen. Over Westons plan. Over dat je je aandelen verkoopt. Over deze pauze die je neemt. Ga je… ga je permanent weg bij Synergy?'

Hij zette het kopje neer en beantwoordde de vraag die ik niet durfde te stellen. 'Ben, er zal jou niets overkomen. Zelfs als ik besluit weg te gaan bij Synergy, is jouw baan veilig. Dat beloof ik.'

Mijn maag ontspande een beetje. Maar nicht helemaal. Want als Cooper *weg zou gaan*, wilde ik dan wel een zekere baan bij

Synergy? Zeker, het salaris en de secundaire arbeidsvoorwaarden, vooral de vergoeding voor mijn studie, waren geweldig. En ik mocht Marlee heel graag. Ik was zelfs van plan om na het behalen van mijn diploma naar een andere functie te solliciteren. Maar na een paar dagen met de ongedwongen Cooper op het eiland, wist ik dat als Cooper er nicht was, het nicht hetzelfde zou zijn. Het zou… leeg zijn.

Ik zat in de problemen. Zo. Erg. In de problemen. Mijn hart ging tekeer.

'Ben, gaat het?' Cooper legde zijn hand om mijn schouder. Ik verstijfde, nog steeds het bestek vasthoudend. 'Je bent bleek. Moet je even gaan zitten?'

'Nee, het gaat goed.' Mijn stem was te hoog en ik schraapte mijn keel. 'Het gaat prima.' Ik spoelde het bestek af en legde het op de theedoek zodat Cooper het kon afdrogen. Ik trok de stop eruit en liet het water uit de gootsteen lopen.

'Misschien heb jij ook een pauze nodig. Je zou… je zou moeten blijven.'

Ik moest echt gaan zitten. Ik greep de rand van de gootsteen vast. Adem in, adem uit. Ik probeerde het af te wimpelen met een grapje. 'Je zei dat ik ontslagen was als ik bleef, dus ik zit toch al in de blessuretijd.'

Hij kneep in mijn schouder en liet met een grinnik los. 'Je zou onderhand moeten weten dat ik niet altijd meen wat ik zeg.'

Mijn hart stopte en de woorden buitelden eruit. 'Dus je meende het niet daarnet? Over blijven?'

Zijn blauwe ogen werden zacht. 'Natuurlijk wel. Je moet van de vakantie genieten.'

Hij pakte het bestek niet op om het af te drogen. Hij staarde me alleen maar aan, alsof hij meer bedoelde dan hij had gezegd. Wat was de betekenis achter die ondoorgrondelijke blauwe ogen? Bedoelde hij dat ik een pauze nodig had na zes maanden keihard voor hem te hebben gewerkt? Of dat hij wilde dat ik bleef omdat hij mijn gezelschap waardeerde? Of dat… ik slikte langs mijn plotseling droge keel... ik van *hem* kon genieten, in deze tijdelijke onderbreking van de echte wereld?

'O—oké.'

'Goed.' Hij pakte een lepel en wreef hem droog.

'Ah.' Tante Camelia stond in de deuropening, haar handen in haar zij. 'Ik wist wel dat jullie een manier zouden vinden om het te laten werken. Samen.' Ze wuifde met haar hand naar haar schone keuken, alsof ze dat bedoelde.

Ik kneep mijn ogen tot spleetjes en keek haar aan. Tante Camelia's onschuldige acteerwerk hield niemand voor de gek.

Toch praatte ik, toen we terug waren bij het resort, met Maria bij de receptie en verlengde ik mijn verblijf met een week.

16

BEN

DE OCHTEND NADAT ik Coopers tía Camelia had ontmoet, stonden Coco en ik al vroeg bij hem op de stoep. Nou en, dat ik het twee dagen op rij deed? Cooper was een ochtendmens. Het betekende niet per se dat ik mijn dag wilde beginnen met het zien van zijn gezicht... en misschien weer zijn ontblote borst. Bovendien leek Coco het geweldig te vinden om weer op bezoek te gaan, ondanks het gebrek aan enthousiasme van mijn baas voor mijn viervoetige metgezel.

Bovendien achtervolgde het telefoontje van Marlee van gisteravond me. Blijkbaar waren er, terwijl ik zat te smullen van mangú, vreemden verschenen in de bestuurskamer van Synergy voor een vergadering met Weston. Vreemden met die gluiperige Gurusoft-uitstraling, althans, volgens Jackson en Marlee. Komen bedrijfs-plunderaars de doelwitten van hun vijandige overnames opzoeken?

Ik moest er een schepje bovenop doen. Dus had ik een zak gebakjes meegenomen waarvan Luis zei dat het Coopers favorieten waren. Ik kon me niet voorstellen dat Cooper iets met zoveel koolhydraten zou eten, maar ze roken zo hemels dat als ik hem was, ik er een jarenlang dieet voor zou verbreken.

Ik klopte op de deur. Geen reactie.

Ik bonsde harder. Alleen de stilte van een leeg huis gaf me antwoord.

Coco volgde me langs de zijkant naar het hek aan de achterkant en ik gluurde erdoorheen. Geen rimpeltje verstoorde het water van het zwembad. De stoelen waren allemaal leeg.

Was hij vertrokken? Was Cooper naar huis gegaan, naar Californië? Hoezeer dat ook overeenkwam met wat ik hem probeerde te laten doen, voelde ik een steek van teleurstelling. Hij zou toch niet vertrekken zonder het me te vertellen?

Hij had het al eens eerder gedaan.

Ik sjokte naar het strand en speurde het af. Geen Cooper. Alleen een paar joggers en een gezin met een goudharige peuter die in de branding speelde.

Ik liet me in het zand vallen. Met een meelevend jankje kwam Coco naast me zitten.

'Hij is me niets verplicht', zei ik.

Coco pootte tegen mijn korte broek.

'Hij hoeft aan mij geen verantwoording af te leggen. Weston is zijn baas en dat is de enige aan wie hij uitleg verschuldigd is.'

Coco schoof wat dichterbij.

'Ja.' Ik kon het zware gevoel in mijn buik niet negeren. 'Je hebt gelijk. Ik lul maar wat. Ik wist dat hij niet om iemand zoals ik kon geven.' Ik opende de zak met gebak en haalde er een van de kleverige, bolvormige gebakjes uit. Toen ik het in mijn mond stopte en door de gefrituurde buitenkant kraakte, smolt de luchtige binnenkant op mijn tong.

'O.M.G., Coco. Waar zijn deze dingen mijn hele leven geweest?' Ik nam een hap van een tweede en gaf de helft aan Coco. Hij schrokte het naar binnen en likte de siroop van zijn snuit.

De derde was helemaal voor mij. 'Ik denk dat we hier de hele dag kunnen zitten en ons volproppen. Hoewel deze beter zouden smaken met een kopje—'

'Koffie?' De stem achter me was pijnlijk bekend en nors geamuseerd.

Ik krabbelde overeind en draaide me om en daar stond Cooper, weer in zijn nauwsluitende sportkleding, met twee meeneembekers in zijn handen.

'O, hé. Ik bedoel, goedemorgen.' Ik hield mijn ogen op zijn gezicht gericht. De zon schitterde erop, waardoor zijn stoppels goudkleurig werden. En hoe onweerstaanbaar ik zijn kaaklijn ook vond, dat was niets vergeleken met de spieren die zijn compressieshirt onthulde. *Niet. Kijken.* Ik zou zo in het zand smelten als ik dat wel deed.

'Ik was op weg naar... naar buiten... en toen dacht ik dat je misschien hierheen zou komen.' Hij schraapte zijn keel. 'Dus heb ik een latte voor je gekocht.' Hij gaf hem aan.

Ik nam hem aan, voor een keer sprakeloos.

'Dat is wat je lekker vindt, toch? Met magere melk?'

'Hoe wist je dat? Ik haal koffie voor *jou*. Het staat zo'n beetje in mijn functieomschrijving.'

Hij sleepte met zijn hightech sportschoen door het zand. 'Ik let op.'

'O, juist.' Natuurlijk. Een van de geheimen van het succes van Cooper Fallon was zijn oog voor detail. Hij moest er op dat moment wel een miljoen door zijn geniale brein hebben flitsen. 'Dank je.'

'Je hebt, eh, iets op je shirt.'

Ik keek naar beneden. Shit, er zat een streepje siroop op mijn rechterborstspier. Ik kon niet eens mijn gevoelens weg-eten zonder er als een peuter uit te zien. Ik hield de zak omhoog. 'Ik heb deze voor jou gehaald.'

'Voor mij.' Zijn lippen trilden alsof hij wilde glimlachen. Hij pakte de zak aan en keek erin. 'Buñuelos! Dit zijn mijn favor—' Hij stopte midden in zijn zin toen hij naar me opkeek en zijn ogen werden zo vurig als wanneer ik hem op kantoor 'meneer Fallon' noemde. 'Je hebt wat miel... wat siroop... op je lip.'

Toen ik mijn mondhoek likte en daar de zoetigheid proefde, vloog mijn gezicht in brand. Dat kwam niet alleen door de zon die steeds hoger aan de hemel klom. Het was deels te danken aan die blauwe laserstralen van zijn ogen die het pad van mijn tong volgden.

Ik rolde mijn lippen tussen mijn tanden. Als ik niets zei, niets at of dronk, kon ik misschien mijn waardigheid nog redden.

Hij schraapte zijn keel. 'Ik moet ergens zijn. Je zou vandaag de spa hier moeten proberen. Of ontspannen bij het zwembad.' Hij knikte in de richting van het resort.

Ik kneep mijn ogen samen. Nu weer? 'Je komt niet van me af met je verleiding van een hotstonemassage. Ik ga waar jij gaat. Totdat je naar huis gaat.'

Hij keek niet boos. Hij leek bijna... verheugd? Hoewel zijn blik een beetje verkoelde. 'Goed dan. Kom mee.' Zonder op mijn antwoord te wachten, draaide hij zich om en liep terug naar het resort.

TEGEN DE TIJD dat we op de bouwplaats aankwamen, waren de buñuelos op en had ik een steek in mijn zij van Coopers stevige tempo.

Het gebouw stond op een open plek met pick-uptrucks die er lukraak omheen geparkeerd stonden. Het was bedekt met dat plasticfolie dat ik ook had gezien op aanbouwen in de buurt van mijn ouders. Het dak was van kaal multiplex. Een paar dappere zielen met oranje helmen stonden op het dak en een machine op de grond tilde materialen naar hen op. God, het leek wel alsof mijn favoriete Village People-fantasie tot leven kwam.

'Wat zijn ze aan het bouwen?' vroeg ik.

'Dit wordt het nieuwe gemeenschapscentrum. Het oude is

beschadigd door de orkaan.' Cooper zette een hand op zijn heup en hield de andere boven zijn ogen om naar het dak te turen.

'¡Oye!' schreeuwde Cooper naar de mannen op het dak. In het Spaans vroeg hij iets over metaal.

De kerels knikten en een van hen riep iets terug en wees naar de materialen die langzaam naar hen toe omhoogkwamen.

Cooper liep naar de dichtstbijzijnde ladder en was al een kwart omhoog voordat ik besefte wat er gebeurde en me naar hem toe haastte. Coco volgde me en blafte zich de longen uit het lijf. Hij was misschien net zo bezorgd als ik, of hij dacht dat het achtervolgen van Cooper een leuk spelletje was.

De mannen op het dak schudden hun hoofd, en de man die met Cooper had gepraat, wuifde met zijn handpalmen in een duidelijk kom-hier-niet-omhoog-signaal. Eén man, gekleed in een spijkerbroek en met een witte helm, bereikte de ladder op hetzelfde moment als ik.

'¡Lito, no!'

Cooper stopte en keek naar beneden. Hij vuurde een reeks Spaanse zinnen af en wuifde naar het dak. De man met de witte helm zette zijn handen in zijn zij, schudde zijn hoofd en antwoordde. Mijn lessen op de middelbare school hadden me geen bouwvocabulaire opgeleverd, maar ik ving wel het woord *peligroso* op — gevaarlijk. Daar was ik het mee eens.

De man tikte op zijn helm en wees naar Coopers handen. Cooper rolde met zijn ogen en gebaarde toen naar de hoed van de man. Hij schudde zijn hoofd, zijn uitdrukking ernstig, afgezien van de trilling in zijn mondhoek.

De man met de witte helm, blijkbaar een opzichter, riep naar een andere man op de grond die een paar werkhandschoenen en een paar metalen troffels bracht. Met een zucht die zijn hele lichaam schokte, klom Cooper de sporten van de ladder weer af tot hij naast me stond. Met tegenzin nam hij de troffels en de hand-schoenen aan. De opzichter bewoog zich niet tot Cooper de hand-schoenen aantrok en ermee wuifde in een 'tevreden nu?'-gebaar.

Hij keek Cooper met samengeknepen ogen aan en wees hem toen naar de zijkant van het gebouw, waar een paar mannen metaalgaas over het plastic nietten. Daarna draaide hij zich om en liep weg.

'Waar ging dat over?' vroeg ik.

Cooper staarde naar de mannen op het dak alsof hij wenste dat hij vleugels had. 'Ik was degene die het metalen dak aanraadde. Het is beter bestand tegen harde wind. En ik wilde helpen met het installeren. Maar' — zijn wangen werden rood — 'de voorman laat me niet. Hij zegt dat hij geen reservehelmen heeft en dat mijn hersenen en mijn handen te waardevol zijn om een val te riskeren. Jezus Christus! Ik werkte in de bouw toen hij nog zijn ABC's aan het leren was!'

'Hé, rustig maar.' Ik wreef over zijn biceps. 'Het is geen afspiegeling van je capaciteiten. Maar je bent hier op de grond waardevoller. Iedere sukkel kan een dak leggen. Jij bent de enige die Synergy kan leiden en cheques kan blijven uitschrijven om de wederopbouw hier te steunen.'

Hij ontkende het niet. Toch staarde hij strak naar de dakdekkers terwijl ze een donker materiaal op het dak uitrolden en het vastzetten met spijkerpistolen.

'Heb je echt in de bouw gewerkt?'

'Ja. Toen ik op de middelbare school zat. Zelfs daarvoor al. Mijn pa—' Hij huiverde en keek naar mijn hand, die nog steeds op zijn mouw rustte.

Ik trok mijn hand terug alsof ik me verbrand had. Ik was de niet-aanrakenregel vergeten.

'Laat maar', zei hij. 'Zet die hond daar onder de bomen. Ik wil niet dat hij in de weg loopt. En kijk uit waar je stapt. Dakspijkers zijn een hel als je geen werklaarzen draagt.'

'Ik kan helpen', protesteerde ik. Zwakjes. Ik was de zoon van een advocaat en een lerares. Als er dingen in huis gerepareerd moesten worden, huurden zij een aannemer in. Ik had nog nooit een vogelhuisje getimmerd in mijn korte carrière bij de welpen. Ik stopte met het programma nadat ik tijdens ons eerste kamp een spin zo groot als mijn hand in mijn slaapzak had gevonden.

'Je kunt helpen door die hond uit de weg te houden. En zorg ervoor dat je gehydrateerd blijft. Ik ga je niet terugdragen.'

Hij beende weg naar de zijkant van het gebouw, schepte een troffel vol met een modderachtige substantie en smeerde het over het gaas alsof het zijn moeder had beledigd.

En ik? Ik deed wat hij me opdroeg. Ik zat met Coco in de schaduw. Nou ja, en ik bracht de rest van de mannen flesjes water uit de koelbox toen de zon hoog aan de hemel kwam te staan. En wie kan het me kwalijk nemen dat mijn blik niet van Coopers gebeeldhouwde spieren afweek terwijl hij boog en de zware modder optilde, terwijl zijn armen over de zijkant van het nieuwe gemeenschapscentrum bewogen, terwijl hij hurkte om de metalen staaf te schrapen die het oppervlak van het stucwerk gladstreek?

17

COOPER

IK ZWOEGDE OP het buurthuis tot mijn spieren pijn deden en de ploeg een koelbox vol feestelijke biertjes tevoorschijn haalde.

Ik kon de bittere koelte die de achterkant van mijn keel verdoofde praktisch proeven. Maar ik bedankte de mannen en vertrok, zeggend dat ik een hete douche nodig had.

Maak daar maar een koude douche van. Ik had de hele dag Bens blik op me voelen rusten als een streling en had mezelf praktisch tegen de plakkerige zijkant van het gebouw gedrukt om de bobbel in mijn basketbalshort te verbergen.

Ik had hem naar de bar van het resort gestuurd met het verzoek om iets verfrissends. Wat hij ook mee terug zou nemen, het zou vast en zeker teleurstellend alcoholvrij zijn, maar het zou me de tijd geven om tot rust te komen en te onthouden dat Ben nog steeds mijn assistent was en niet iemand die ik wilde proeven.

Maar toen ik terugkeerde naar het huis, was het niet leeg. Er was iemand op mijn terras. Een lang iemand.

Ik rolde met mijn schouders, deed de poort naar de achtertuin van het slot en stapte erdoorheen. 'De beveiliging is hier kut.'

Jamila draaide zich om van waar ze de bougainvillea op het latwerk had bestudeerd, haar witte rok zwiepte om haar bruine dijen. Een brede grijns verscheen op haar gezicht.

'Je hebt gelijk. Er was maar een beetje van dit voor nodig' – ze demonstreerde het met een heupwiegend pasje mijn kant op – 'en een van deze' – ze gaf een knipoog – 'en ik was in je vesting. Met lunch.' Ze wees naar de uitgestalde maaltijd op de terrastafel. Twee borden voor een tête-à-tête. 'Of misschien is het avondeten. Na een hele dag reizen heb ik geen idee hoe laat het is.'

Ik kromp ineen. Ze maakte zich zorgen om me. Ik wist maar al te goed wat een CEO allemaal had moeten verzetten om een dag weg te kunnen van haar bedrijf. 'Mila, dat had je niet hoeven doen—'

'Echt wel. De laatste keer dat we elkaar spraken, was je op weg naar Boston. Mijn vriend Cooper gaat in de vijftien jaar dat ik hem ken precies nul keer op een ongeplande vakantie. Ik moet controleren of je niet door aliens bent ontvoerd. Wat is iets dat alleen de echte Cooper zou weten?'

Ik snoof. 'Dat je een tatoeage van een gele roos aan de binnenkant van je—'

'Oké, prima. Hoewel verrassend veel mensen van die tatoeage weten.'

'Verrassend?' Ik trok mijn wenkbrauwen op. 'Dat zegt de vrouw die, de eerste keer dat ik haar ontmoette, in haar ondergoed in mijn studentenkamer zat?'

'Toen wist ik nog niet dat Jackson kaarten kon tellen.'

Jackson. Mijn gezicht moet iets verraden hebben van de somberheid die mijn binnenste zwart had gekleurd, want ze maakte een U-bocht, weg van Memory Lane.

'Zeg me dat je niet blij bent me te zien.'

Ik kuste haar op haar wang en haar vertrouwde jasmijngeur stroomde mijn neus binnen. 'Natuurlijk wel. Maar ik heb je geappt, het gaat goed met me.'

'Goed?' Haar wenkbrauwen schoten omhoog. 'Ik vermoed

eerder allesbehalve. En nu. Ga zitten en vertel je BFF Mila er alles over.'

Ik keek naar de poort. Ben zou elk moment kunnen arriveren met drankjes en die flirterige glimlach van hem. En Jamila zou alles zien. Ik hoefde haar niet nog meer munitie te geven voor de preek die ik in mijn nabije toekomst zag aankomen.

'Normaal gesproken zou ik—'

'Normaal gesproken? Wat is er aan de hand? Je bent toch niet weer aan het drinken?' Ze snoof aan me, rimpelde haar neus en schudde toen haar hoofd. 'Een geheim dus.' Ze tikte op haar lippen, donker door dieppaarse lippenstift. 'Een geheime affaire! Waar is ze? Of hij? Of hen?'

Ik negeerde haar torenhoge wenkbrauwen. 'Ik bedoelde alleen dat ik wel een waarschuwing had kunnen gebruiken. Een beetje vooruit plannen.'

'Waarvoor dan? Je weet dat je de boel niet voor mij hoeft op te ruimen.' Onder haar geflirt, onder de zachtheid van het Texaanse accent dat als honing aan haar kleefde en het Californische accent dat ze had aangenomen, verknoeide, observeerde ze me met die donkere ogen. Scannend. Catalogiserend. Beoordelend, zoals ze zou doen met een losgeslagen stukje code.

'Laat me me even opfrissen. Ik stink.' Dan kon ik Ben bij de voordeur onderscheppen en wegsturen. Hij zou gekwetst zijn, maar het was beter dan een uur lang onder Jamila's kritische blik te moeten zitten.

'Cooper?' Te laat.

Jamila gluurde langs me heen naar de poort. 'Nou, wat hebben we hier?', mompelde ze.

'Gedraag je', waarschuwde ik haar voordat ik me omdraaide en naar de poort liep om Ben binnen te laten. Hij hield een kan in de ene hand en een stapel plastic bekertjes in de andere.

Ik opende de poort. 'Jamila Jallow is voor een verrassingsbezoek langsgekomen. Als je niet wilt blijven—'

'Natuurlijk wil hij blijven.' Jamila stond vlak achter me. 'Ben. We hebben elkaar eerder ontmoet op Coopers kantoor.'

Legde ze net iets meer nadruk dan nodig was op *Coopers kantoor?* En wierp ze die grote, donkere ogen naar mij? Of zag ik dingen die er niet waren?

'Klopt', zei Ben. 'U maakt daar ook geen afspraken.'

Jamila's ogen vlamden even op, toen gooide ze haar hoofd achterover en lachte. 'Niet zo precies buiten kantoor, hè?' Ze stak haar hand uit. 'Leuk je weer te zien.'

Ben, die nog steeds bij de open poort stond te dralen, stopte de bekertjes onder zijn arm en schudde haar hand. 'Goede vlucht gehad?'

Verdomme, was dit wat we nu gingen doen? Doen alsof het volkomen normaal was dat ik in een Caribisch resort was *met mijn assistent?* Ik trok mijn compressieshirt van mijn plakkerige huid. Dat was een fout. De geur van zweet en limoen steeg op in mijn neus.

Jamila monsterde Ben van de roze verbrande plek op zijn neus tot aan zijn stoffige Converse-schoenen. Toen richtte ze haar blik als een pijl op mijn met stuc besmeurde sportkleding. God mag weten wat ze dacht dat die korrelige witte vlekken waren. Een glimlach krulde haar paarse lippen. 'Honger, Ben?'

'N—ik—Heb ik? Honger?' Hij knipperde naar me.

Ik sloot mijn ogen en zuchtte door mijn neus. 'Kom binnen, Ben. Laten we in ieder geval iets drinken.' Ik keek naar het fruitige brouwsel in de kan. Ik durfde mijn moeders favoriete rozenkrans – degene die paus Johannes Paulus II zelf had aangeraakt – erom te verwedden dat er geen druppel alcohol in zat.

Maar Ben was niet de eerste die door de poort kwam. Die hond, degene die hem overal volgde, sloop erdoorheen, laag bij de grond, recht op Jamila af.

'En wie hebben we hier?' Ze hurkte gracieus neer, als een neerdalend veertje, en stak haar hand uit. De hond snuffelde eraan en duwde er toen zijn kop tegenaan, op zoek naar haar aanraking. Jamila krabde zijn kin en achter zijn oren voordat hij op zijn rug plofte zodat ze zijn buik kon krabben.

'Ik noem hem Coco', zei Ben.

'Coco', kirde Jamila. De hond kwispelde met zijn staart.

Terwijl Jamila de hond overlaadde met aandacht, nam ik de kan van Ben over en trok hem een paar meter verder weg. 'Sorry, ik—ze blijft meestal niet lang.' Waarom verontschuldigde ik me bij Ben? Jamila was mijn vriendin en had meer recht om hier te zijn dan hij. Toch zei ik: 'Je kunt weggaan wanneer je wilt.'

Hij boog zijn hoofd. 'Wil je dat ik ga?'

Wilde ik dat? Jamila had al meer gezien en geconcludeerd dan me lief was. Waarschijnlijk meer dan er was. Het kon niet erger worden als hij bleef. En zodra hij wegging, zou Jamila een ondervraging starten waar ik niet klaar voor was. 'Dat moet je zelf weten.' Ik kruiste één arm, degene die niet de kan vasthield, over mijn borst.

'Ze heeft hier een kamer in jouw huis, hè?'

Hij had de kamer met ruches gezien. 'Soms logeert mijn moeder daar, maar het is voornamelijk die van Jamila.'

'Heeft—' Hij perste zijn lippen op elkaar en schudde zijn hoofd. 'Ik blijf wel. Voor een drankje. Ik heb dorst.' En hij stak zijn kin vooruit. Om de een of andere reden wilde ik die tussen mijn vingers knijpen en zijn lippen naar de mijne trekken. Maar dat kon niet. Niet voor Jamila's neus. Verdomme! Ik kon Ben niet zoenen, ongeacht wie erbij was. Hij was mijn assistent. Verboden terrein.

Hij liep langs me heen en die terloopse aanraking van zijn blote onderarm tegen de mijne zette me in vuur en vlam. Ik wreef erover en toen ik opkeek, keek Jamila me aan, met een veelbetekenende glimlach op haar gezicht. Zei ik net dat het niet erger kon? Ik had het mis.

'Cooper', zei Ben, 'kun je me de kan aangeven, alsjeblieft?'

'O ja. Sorry.' Ik liep snel naar de tafel en zette hem neer.

Ben haalde het plastic van de bovenkant en schonk de inhoud in de bekers die hij uit de ijsemmer had gevuld. Hij gaf er een aan Jamila, een aan mij, en hief de zijne. 'Op verrassingsbezoeken.'

'Op vrienden, oude en nieuwe', antwoordde ze.

Ik kon haar niet aankijken. In plaats daarvan gooide ik het

mierzoete drankje achterover. Ik ging met mijn tong over het plakkerige laagje dat het op mijn tanden achterliet. 'Wat is dit?'

'Guavepunch. Lekker, hè?' Ben likte een druppel uit zijn mondhoek en ik moest wegkijken voordat ik te diep nadacht over hoe guavepunch op zijn huid zou smaken.

Jamila nam een voorzichtige tweede slok. 'Misschien kan ik het aanlengen met een beetje thee. Hoewel ik denk dat het dan nog steeds te zoet voor je is, Coop.'

Ik voelde Ben ineenkrimpen, ook al zat hij aan de andere kant van de tafel. 'Het is prima.' Ik nam nog een slok en probeerde niet te grimassen. De hoofdpijn en misselijkheid van de suiker zouden later komen, maar ik kon de schijn wel een uurtje ophouden.

'Ik weet niet hoe het met jullie zit, maar ik verga van de honger. Je gelooft nooit op welk onmenselijk tijdstip ik uit Californië moest vertrekken.' Ze toverde een bord tevoorschijn van ergens op de overladen tafel en zette het voor Ben neer. Toen vulde ze haar eigen bord met fruit en een gebakje. 'Hebben jullie geen honger?'

'Ik niet. Cooper, en jij? Je hebt de hele dag gewerkt met nauwelijks een pauze.' Ben nipte van zijn drankje.

'Nee.' Ik wist niet wat ik met mijn handen moest doen, dus ik pakte een stukje kaas van de schaal.

'Wat hebben jullie hier allemaal uitgespookt op het eiland?' Jamila schepte fruit op een bord en gaf het aan Ben.

Ik antwoordde voor hem. 'O, je weet wel. Parapluutjesdrankjes op het strand. Lessen op de steeldrum. Linedancen met de andere toeristen.'

Jamila negeerde mijn spottende opmerking. 'Hoe vordert het buurthuis?'

'Prima.' Ik pulkte aan een vlek stucwerk op mijn korte broek.

'Hij heeft zich hier op het werk gestort, net als op kantoor, of niet?' Jamila tikte met haar korte, gelakte vingernagels op de tafel.

'Eh—ik denk het?' Er verschenen twee rode vlekken op Bens jukbeenderen. Hij schepte een plakje banaan van zijn bord en gooide het naar Coco, die het in één keer doorslikte.

Op kantoor en op het eiland beschermde Ben me. Hij dacht dat hij me een gunst deed door Jamila niet te vertellen wat een zielig hoopje mens ik al een week op het eiland was. Hij was zo aardig. Zo zorgzaam. Zelfs nadat ik twee nachten geleden bijna weer de controle had verloren, was hij teruggekomen. Dat had hij gemeen met de hond Coco.

Jamila kende mijn overlevingsmechanismen te goed om zich voor de gek te laten houden. Ze hield haar hoofd schuin naar me.

'Niet de eerste paar dagen', gaf ik toe. 'Maar Ben heeft me overgehaald om mijn hoofd uit mijn reet te trekken. Je weet dat ik altijd iets te doen moet hebben. En er zijn hier genoeg bouwprojecten om me een tijdje bezig te houden.'

Ze besmeerde een broodje met boter. 'Of' – ze rekte het woord uit – 'je zou kunnen ontspannen, wat tijd op het strand doorbrengen. Je hoeft niet altijd je waarde te bewijzen aan mensen.'

Ik snoof. Dr. Pradhi vertelde me dat minstens één keer per maand. 'Niet?'

Jamila legde het broodje neer en pakte mijn hand. 'Nee. Dat hoeft niet. Mensen geven om je.' Haar diepbruine ogen stonden fel. 'Ík geef om je. En Ben ook.' Het kneepje dat ze in mijn hand gaf, garandeerde dat ze meer te zeggen had als we alleen waren.

Ik keek vluchtig naar Ben en verstijfde. Zijn lichtere bruine ogen waren niet fel zoals die van Jamila, maar de uitdrukking erin maakte me nog banger. Ze waren zacht, kalmerend en vol heerlijke belofte. Een aanbod dat ik wanhopig wilde accepteren. Maar dat kon ik niet.

'Ben kwam hier om te kijken hoe het met me ging. Net als jij. Ik wou dat jullie allemaal wilden geloven dat het goed met me gaat. Ik kan voor mezelf zorgen. Ik had gewoon een pauze nodig.' En bij gebrek aan iets beters om met mijn handen te doen, nam ik nog een slok van de punch. Ik trok een grimas.

'We zouden je eerder hebben geloofd als je die verdomde telefoon van je had aangezet en met ons had gepraat.' Jamila's lippen vormden een dunne, paarse streep.

De hele puinhoop begon toen ik met Jackson praatte. Ik was

tegen hem uitgevallen. Ik had eergisteren hetzelfde bij Ben gedaan. Ik kon mezelf niet vertrouwen om de mensen om wie ik gaf geen pijn te doen. Toen niet. Misschien wel nooit.

'Wilt u mijn nummer?', vroeg Ben. 'Ik blijf een paar dagen en dan kan ik u laten weten of het goed met hem gaat.'

De grom ontsnapte me, ongevraagd. 'Wat ben je, mijn verdomde babysitter?'

Met een koele blik mijn kant op, gaf Ben zijn telefoon aan Jamila, die zichzelf als contact toevoegde en vervolgens haar eigen telefoon belde om Bens nummer te krijgen.

Ik gooide mijn guavepunch in de pot van de hibiscus achter me en vulde het glas met water uit de andere kan. De ijskoude vloeistof doofde de opvlammende woede in mijn borst.

'Ik denk dat ik nu ga. Laat jullie tweetjes maar bijpraten.' Ben stond op, en er trok iets samen in mijn buik. *Nog niet.*

Ik had hem moeten laten gaan. Hem zo uit mijn leven laten lopen. Maar mijn verraderlijke knieën dwongen me overeind.

'Ik loop met je mee naar de poort. Hij klemt soms.' Een leugen. Luis' personeel zorgde ervoor dat de poort nooit klemde.

We liepen in stilte naar de poort, de hond dribbelde aan Bens hielen. Toen we er waren, legde ik mijn hand op het metaal. Mijn stem klonk mokkend en nors. 'Je zou later kunnen langskomen. Voor het avondeten. Als je wilt.'

'Ze blijft niet?' Hij liet zijn blik vluchtig over het terras en Jamila glijden.

'Nee. Ze kwam alleen maar kijken hoe het met me ging.'

'Dat was aardig van haar. Maar echt, zet haar niet voor mij buiten. Ik moet wat werk doen. Voor school. Ik heb een paar dagen vrij genomen, en nu moet ik dat inhalen.'

'Neem het mee?' Waarom kon ik hem niet gewoon laten gaan, hem een avond voor zichzelf gunnen? De verleiding vermijden?

Omdat hij me hiernaartoe gevolgd was. Voor me gezorgd had. Me niet behandeld had als het monster dat ik was. En omdat ik hem wilde. Hem nodig had. Ook al maakte dat me tot een beest.

Er verscheen een kleine frons tussen zijn wenkbrauwen. 'Oké. Zie ik je rond negen uur?'

'Acht uur. Ik stuur haar vroeg weg.'

Een kleine glimlach. 'Tot dan.'

Hij slenterde terug naar het resort, met Coco dravend aan zijn hielen.

Toen ik terugkeerde naar de tafel, had Jamila haar bord wegge-schoven. 'Dus, hoe gaat het echt met je?'

'Beter.' Mijn borstkas voelde niet meer de hele tijd beklemd en ik had de vorige nacht bijna acht uur achter elkaar geslapen.

'Goed. Je weet dat we ons allemaal zorgen om je maken. Vooral Jay.'

Mijn mond verstrakte. 'En toch ben jij degene die kwam kijken hoe het met me ging.'

'Ik heb geen baby thuis en een vrouw die haar bedrijf draai-ende probeert te houden. Jay heeft nieuwe verantwoordelijkhe-den. Daar zul je aan moeten wennen, weet je.' Haar stem was zacht als de verre branding.

'Dat weet ik niet.' Ik probeerde door de beklemming te ademen die weer in volle hevigheid terug was. 'Weston zei dat Jay overweegt om uit te stappen.'

Ze hield haar hoofd schuin. 'Weston zei dat? Niet Jay?'

'Dat hoefde hij verdomme niet te zeggen', snauwde ik. 'Hij staat al met één been buiten de verdomde deur sinds hij getrouwd is.'

Jamila sprak nog langzamer dan normaal, haar weg zoekend door mijn emotionele mijnenveld. 'Ik weet dat zijn huwelijk afge-lopen herfst voor jou moeilijk te accepteren was, gezien hoe je je voelt.'

'Voelde. Ik... niet meer.'

'Zeker weten?'

'Natuurlijk wel! Hij heeft een verdomd gezin. Ik zou nooit—' Ik probeerde te slikken, maar mijn keel was kurkdroog. Ik nam een grote slok uit mijn glas water.

'Ik weet het, schat. Ik weet het. Maar.' Ze nam de tijd om haar servet naast haar bord te vouwen. 'Ik dacht dat misschien, toen je tegen hem schreeuwde, het betekende...'

'Het betekende dat ik mijn beste vriend mis.'

Haar ogen werden waterig. 'Coop, hij—'

'Nee. Zíj is nu zijn beste vriendin. Hij is verdergegaan. Hij is in de eerste plaats een echtgenoot en een vader. En dat is... dat is hoe het hoort.' Ik stond op en liep naar de rand van het zwembad om weer op adem te komen.

'En je denkt dat de verkoop van je aandelen je beter zal doen voelen?' Ze streek over het midden van mijn rug en staarde met me mee in de blauwe diepten van het water.

'Ik weet het niet. Ik deed de verkoop toen ik dronken was. Het voelde niet vreselijk toen het rond was.' Het voelde als helemaal niets. Ben had waarschijnlijk gelijk over mijn depressie.

'Als je van plan bent meer te verkopen, moet je het hem eerst vertellen. Jullie hadden die afspraak.'

Ik stapte buiten haar bereik. 'Ik—ik kan niet. Met hem praten.' Elke keer als ik dat deed, veranderde het ijs binnenin me in vuur. Toen ik bijna twee weken geleden op het bureau had geslagen, had ik hem eigenlijk willen slaan, recht in zijn solar plexus, zodat hij net zoveel pijn zou hebben als ik.

'Heb je de laatste tijd met dr. Pradhi gesproken?'

'Ja. Eerder deze week.'

'Oké. Ik weet zeker dat ze heeft gezegd dat je moet doen wat goed voor je is. Voor je mentale gezondheid. Als dat betekent met de noorderzon vertrekken bij Jackson en Synergy, het zij zo.'

Ik liet mijn blik afdwalen naar het strand en de oceaan voorbij mijn omheinde zwembad. Zou ik op het eiland kunnen blijven? Mijn verantwoordelijkheden in Californië laten varen? Het werk aan het buurthuis voelde goed. Bevredigend. En er was nog genoeg te doen.

Zou ik mamá kunnen overtuigen om terug te verhuizen? Ze zou hier, zo ver weg van mijn vader, veiliger zijn. Ze zou haar vrienden in de kerk en in het seniorencentrum missen, maar op het eiland had ze familie.

Ik ademde diep de zoute lucht in. Liet die weer los. Als Jamila er niet was geweest, was ik door de poort het zand op gelopen en had ik mijn tenen erin begraven. Het eiland voelde altijd als thuis, het kalmeerde me, stelde me gerust, omhelsde me op een manier die mijn ouderlijk huis nooit had gedaan en op een manier die ik nooit kon nabootsen in Californië, in die grote, koude villa in Pacific Heights.

'Hoewel, die Ben—' Jamila gaf me een sluwe blik. 'Het zou zonde zijn om hem gedag te zeggen.'

Mijn gedachten tolden en voor een keer kwamen er geen woorden.

'Dacht ik al. Een kleine eiland-affaire zou je misschien goed doen. Je voorbij al dat gedoe met Jay helpen. Je verder laten gaan.'

Ik snoof. 'Een affaire met mijn assistent? Dat zou een vreselijk idee zijn. Dan zou ik mezelf een berisping moeten geven.'

'Lieve hemel, Cooper. Iedereen neukt op vakantie. Jij en ik hebben potverdorie—'

Ik kapte haar af met een kort hoofdschudden. 'De COO neukt zijn assistent niet.'

'Wat als Ben de hete man wil neuken waar hij zijn ogen niet van af kan houden, die toevallig zijn baas is als ze een heel continent van elkaar verwijderd zijn? Zolang het met wederzijdse instemming is, lijkt het me geen probleem.'

'Dus als ik aan het eind van het jaar zijn functioneringsgesprek schrijf, moet ik hem dan beoordelen op hoe goed hij neukt, naast zijn andere verantwoordelijkheden?' Maar het was niet alleen een affaire met mijn assistent waar ik tegen protesteerde. Het was een affaire met Ben. Ben, redder van kinderen en dieren. Ben, met zijn zachte bruine ogen en nog zachtere huid. Ben, die helemaal naar dit kleine eiland was gekomen om voor me te zorgen. Ben verdiende zoveel meer dan een affaire. Zoveel meer dan mij.

Ze zette haar vuisten in haar zij. 'Jullie zijn beiden volwassen. Ik denk dat jullie hier wel uitkomen. Het is duidelijk dat jullie het uit jullie systeem moeten krijgen.'

'Nee, dat hoeft niet. Ik heb er zes maanden mee gedeald, en—'

'Zes maanden? Je bedoelt sinds hij bij Synergy begon?'

Ik kromp ineen. 'Ja?'

'O, schat.' Ze legde haar hand op mijn arm, en het tintelde niet zoals toen Ben het gisteravond had gedaan. 'Je moet dit uitwerken. Bovendien…'

Ik hapte toe, hoop flikkerde in mijn buik. 'Bovendien?'

'Als je niet teruggaat, is hij je assistent niet meer.'

Holy fuck.

18

COOPER

HET WAREN ZIJN POLSEN. De delicate kromming ervan boven het toetsenbord van zijn laptop terwijl hij typte, een meter of twee bij me vandaan op de hoekbank. De botjes en pezen die bewogen als zijn vingers dansten. Dat was het deel van hem dat ik het liefst wilde aanraken, wilde verkennen.

Na zijn lippen, natuurlijk.

Zoals hij al een dozijn keer had gedaan, spande hij zich aan en draaide zijn hoofd om naar me te kijken, op de een of andere manier aanvoelend dat ik staarde. Hij zat rechtop, met zijn voeten op de grond en zijn laptop op zijn knieën, puur zakelijk. Zijn uitdrukking zei: *Waarom probeer je me af te leiden van mijn werk?*

Of misschien: *Stop met naar me te staren, engerd.* Ik was zijn baas en ik moest stoppen met het begluren van de polsen van mijn werknemer.

Ik lag half onderuitgezakt in de hoek van de bank, mijn benen naar hem uitgestrekt. Mijn blote voeten hingen over de rand van de zitting. Ik begroef mijn neus in mijn afgelezen paperback en deed alsof ik de thriller las. Toen ik de bladzijde omsloeg, wapperde die los van de rug. Boeken hielden zich niet goed in de

Caribische vochtigheid, zeker niet de boeken die ik zo vaak had gelezen als deze. Ik streek de bladzijde weer glad en keek toen, zonder mijn hoofd te bewegen, steels naar Ben.

Hij keek nog steeds naar me. 'Is het een goed boek?'

'Ja, dit is een van mijn favorieten. Verrassend.'

Waarom had ik in godsnaam 'verrassend' gezegd? Want nu kon ik alleen nog maar denken aan de krul midden op Bens voorhoofd die ik om mijn vinger wilde draaien. Ik was nog nooit zo blij geweest met de vochtigheid van het eiland. Die had Bens haarverzorgingsroutine volledig de baas geweest en zijn krullen sprongen aan het eind van de dag vrij en los.

Hij haalde een hand door zijn haar, maar de voorste krul viel weer over zijn voorhoofd. Ik balde mijn hand om te voorkomen dat ik ernaar zou reiken. Ik mocht hem niet aanraken. Ik was zijn baas. Wat Jamila zei over samen op het eiland blijven was een droom. Hij gaf om me, maar niet op die manier.

Ik streek de bladzijde glad en deed alsof ik las. 'Lukt het een beetje met je werk?'

'Ja, ik ben bijna klaar met het concept voor deze paper voor mijn economievak.'

Economie? Ben leek me niet het zakelijke type. Hij was een fantastische assistent, maar hij leek nooit nieuwsgierig naar de interne werking van Synergy. Ik had gedacht dat hij iets studeerde wat meer op mensen gericht was. 'Is dat je hoofdrichting?'

De bovenkant van zijn wangen kleurde roze en hij sloeg een paar toetsen aan op het toetsenbord voordat hij de laptop op de salontafel zette en zich naar me omdraaide, met één knie gebogen op het zitkussen. 'Mijn hoofdrichting is bedrijfskunde. Vanwege de baankansen.' Hij staarde naar zijn knieën.

'Vanwege de baankansen?' herhaalde ik. 'Het is een geweldig vakgebied. Maar het is niet waar je hart ligt, of wel?'

Hij keek niet op. 'Niet echt.'

Ik leunde naar hem toe. 'Wat dan, Ben? Waar ligt je hart?'

Ik zag hem slikken, zijn adamsappel bewoog op en neer. 'Ik hou van… werken met kinderen. Ik wil ze helpen. Ik zal het nooit kunnen doen zoals jij, met je stichting en je programma's en zo. Maar misschien heb ik wel wat extra geld dat ik kan geven. En tijd om vrijwilligerswerk te doen. Ik werk in het weekend in de opvang, maar...' Hij schudde zijn hoofd. 'Ik werk graag met individuele kinderen. Kinderen die in de problemen zitten, net als ik vroeger.' Hij klemde zijn lippen op elkaar, alsof hij dat niet had willen zeggen.

'Zat jij in de problemen?' Ik kon me de coole, beheerste, stijlvolle Ben niet voorstellen als iemand die ooit in de problemen zat. Toen herinnerde ik me mijn eigen jeugdproblemen, de blauwe ogen die ik aan mijn leraren had moeten uitleggen, de blauwe plekken die ik tijdens de gymles had verborgen door me in een wc-hokje om te kleden. Er steeg een hitte op in mijn borst. Niemand had Ben toch zo pijn gedaan? Mijn hart begon sneller te kloppen en mijn hand balde zich tot een vuist.

'Ik...' Hij grinnikte nerveus. 'Mijn zus zegt dat ik mijn hart buiten mijn lichaam draag, waar iedereen het pijn kan doen. En in mijn eerste jaar op de universiteit liet ik me door iemand – mijn vriendje – kwetsen. Emotioneel,' haastte hij zich te zeggen, terwijl hij zijn hand op mijn vuist legde.

Zijn aanraking verkoelde mijn bloed en stuurde het terug naar mijn hart, waar het het woedende bonzen vertraagde. Ik ontspande mijn vingers onder de zijne.

'Ik zakte voor al mijn vakken en toen was ik te beschaamd – te naar de klote – om naar huis te gaan en het mijn ouders te vertellen. Dus sliep ik een tijdje op verschillende banken, maar toen belandde ik op straat. En ik... shit, waarom vertel ik je dit?'

Ik draaide mijn hand om en pakte de zijne vast. 'Ik wil het horen, Ben. Als je het niet erg vindt om het me te vertellen.'

Hij staarde naar onze ineengestrengelde handen. Verdomme, ik hield de hand van mijn assistent vast. Ik liet hem los, maar hij verstevigde zijn greep.

'Ik kwam in de problemen. Met de politie. Maar in plaats van me naar de gevangenis te sturen, stuurde de rechter me naar een programma. Ik mocht daar wonen en zij – nou ja, de directeur, een man genaamd Victor – hielpen me er weer bovenop. Hij vond een baan voor me in een eetcafé. Zonder hem weet ik niet wat er met me gebeurd zou zijn. Ik bedoel,' hij keek me aan, zijn ogen groot, 'ik heb geweldige ouders. Ze steunen me. Ze wilden dat ik naar huis kwam. Maar ik – ik kon het niet. Toen niet. Hoe dan ook, ik wou dat ik zoals Victor kon zijn. En andere kinderen helpen die in de problemen zijn gekomen en een steuntje in de rug nodig hebben.'

'Dat is…' Ik staarde naar onze ineengestrengelde handen, zijn blekere, kleinere hand in de mijne. 'Dat is…' Mijn brein stond in zijn vrij. Ik hoorde elk woord, maar zijn greep op mij maakte alles langzaam. Simpel. Vreedzaam.

'Dat is prachtig.' Ik meende alles wat hij me vertelde. En meer. Het lamplicht dat in zijn donkere lokken glansde. De ernst in die goudbruine ogen die al mijn zorgen opslorpten en deden verdampen. Het enige wat ik wilde was Ben vasthouden, met mijn handen, met mijn blik, voor altijd.

Maar dat kon niet. Hij was zoveel meer dan ik had geweten. Veerkrachtig. Sterk. Te sterk voor mij om hem pijn te doen? Nee. Mijn kapotgeslagen bureau was het bewijs.

Bovendien was hij nog steeds mijn werknemer.

Ik rukte mijn hand los van de zijne. 'Ik – ik ga zwemmen.'

Ik liep het terras op en haalde een paar keer adem in de plakkerige lucht. Het zwembad zag er koel en uitnodigend uit.

Verdomme, ik was hierheen gekomen zonder zwemkleding. De mijne lag in huis. Maar ik kon niet langs Ben lopen. Ik zou de verleiding nooit kunnen weerstaan om hem in mijn armen te nemen en hem vol op zijn mond te zoenen.

'Flikker op,' mompelde ik. Ik stapte uit de lichtkring die uit het huis kwam en trok mijn T-shirt en korte broek uit. In mijn boxershort dook ik het zwembad in en bleef zo lang als ik kon onder water. De druk van het water, de koelte tegen mijn huid, zelfs het branden in mijn longen hielden me met beide benen op de grond. Herinnerden me eraan dat ik Cooper Fallon was en dat ik niemands liefde verdiende. Zeker die van Ben niet. Jezus Christus, hij wilde met kwetsbare jongeren werken. Zelfs die verdomde hond wist dat Ben zachtaardig en goed was, niet gevaarlijk zoals ik.

Eindelijk dwong de druk in mijn longen me naar de oppervlakte. Naar adem happend, schudde ik het water uit mijn ogen en draaide me om op mijn rug te drijven. Ik keek omhoog naar de maan, wit en sereen. Zo moest ik ook zijn. Koud. Hard. Gescheiden van het leven door duizenden kilometers en de leegte van de ruimte.

'Vind je het erg als ik erbij kom?'

Ik kromp ineen en draaide me om naar Ben, die aan de rand van het zwembad stond.

'Wat?' Ik schudde water uit mijn oor.

Hij frunnikte aan de zoom van zijn poloshirt. 'Vind je het erg als ik bij je in het zwembad kom?'

'Maar je hebt geen...' Ik gebaarde naar zijn shirt en korte broek. 'Je hebt geen zwembroek aan.'

Eén mondhoek van hem krulde omhoog. 'Jij ook niet.'

Verdomme, ik stond hier in mijn ondergoed. Ik veronderstelde dat deze situatie onder de uitzonderingen van de kledingvoorschriften van Synergy voor zwembadfeestjes viel. Ik zou het voor vrijwel elke andere werknemer door de vingers hebben gezien. Behalve voor mezelf. 'Ik – ik denk niet dat...'

'Denk niet na,' zei hij. Hij trok zijn shirt uit en ik kon er niets aan doen. Ik staarde. Naar het donkere haar dat over zijn borst verspreid was, de bleekheid van de huid die zijn shirt bedekte en de donkerdere huid op zijn armen waar de Caribische zon hem had gekust.

Toen gingen zijn vingers naar de knoop van zijn korte broek en ik draaide me om om voorbij het hek naar de oceaan te staren. Ik ademde uit toen ik de plons hoorde waarmee hij het water inging.

Plotseling leek het zwembad te klein. Ik zwom met de schoolslag naar het diepe waar een onderwaterzitje was en plofte erop neer. Ik greep de rand vast. Niets zou me van deze plek krijgen. Niet totdat Ben wegging.

Hij peddelde naar me toe, maar stopte waar de bodem begon weg te vallen. 'Heb ik je daarbinnen ongemakkelijk gemaakt?' Hij knikte met zijn hoofd naar het huis.

'Nee.' Het enige ongemakkelijke was de druk in mijn boxershort. Maar hoe zag het eruit dat ik wegliep net nadat hij die zeer persoonlijke informatie met me had gedeeld? Jezus, ik had me als een klootzak gedragen. Ik wreef met een koele, natte hand over mijn gezicht. 'Bedankt dat je je verhaal met me wilde delen. Ik vind het fijn dat je je op je gemak genoeg voelt om met me te praten.'

Zijn schouders zakten in en hij peddelde van me weg naar de treden in het ondiepe. Hij ging op een lage trede zitten, het grootste deel van zijn lichaam onder water.

'Ik dacht dat we aan het praten waren. Ik dacht dat je misschien met mij zou praten.' De woorden waren nauwelijks hoorbaar over de lengte van het zwembad.

Mijn maag kromp ineen. 'Ik – Ben, ik...' Shit. Ik kon dit niet over het zwembad schreeuwen.

Ik zwom naar hem toe en stopte een paar meter van de treden. Nee, het voelde nog steeds verkeerd. Ik duwde me door het water en ging aan het uiteinde van zijn trede zitten. Er had een luchtbed tussen ons gepast.

'Ik was ontroerd door wat je zei. Ik had niet de beste tienerjaren. Ik wou dat ik een Victor had waar ik naartoe kon gaan.' Niet dat ik dat gedaan zou hebben. Fallons vroegen niet om hulp. Ze worstelden tot ze verdronken – of leerden zwemmen.

Ben schoof dichterbij. 'Echt?'

Ik dwong mijn blik van hem af en staarde over het hek naar de oceaan. Hier op het eiland erodeerden de tijd en het getij altijd mijn problemen. En ik wilde hem hier niet oproepen. Mijn vader had geen plaats in dit prachtige toevluchtsoord. 'Als je het niet erg vindt, praat ik er liever niet over.'

'Oké. Maar als je er ooit over wilt praten...'

Dat zou ik niet doen. Maar ik knikte eenmaal.

Een koele, natte hand landde op mijn schouder en het deed me zo schrikken dat ik hem aankeek. Ben was dichtbij, te dichtbij, zijn bruine ogen donker en die volle lippen verleidelijk. Ik verlangde ernaar om een vinger uit te steken en ze aan te raken. Maar ik kon het niet. Ik...

'Fuck it,' mompelde Ben.

Toen hij over de afstand die ons scheidde leunde, kabbelden er rimpels tussen onze blote borsten. Ik staarde ernaar. Ze hadden zijn huid aangeraakt en nu raakten ze de mijne. Waar eindigde hij en waar begon ik? Het water had onze barrières weggespoeld. Mijn barrières. Zijn blik brandde in de mijne en ik was verloren.

Na een uiterst korte aarzeling streek hij met zijn lippen over de mijne.

Dat glijden van zijn lippen was alles wat ik me had voorgesteld en meer. Zijn huid was zacht en rook naar de lippenbalsem met honinggeur die hij in zijn bureaula bewaarde. Zijn warme adem streek over mijn wang. Ik hield mijn ogen open – ik moet op een instinctief niveau hebben geweten dat ik geen enkel detail van deze ervaring mocht missen omdat het nooit, maar dan ook nooit meer kon gebeuren – maar zijn donkere wimpers fladderden neer over zijn jukbeenderen. Zo dichtbij rook ik zijn aftershave en het deed me denken aan lome ochtenden, zonlicht dat over het bed stroomde, het puntje van zijn heupbeen net zichtbaar boven de rand van een verfrommeld laken.

Ik moet een geluid hebben gemaakt, want hij verstijfde. Ik hield me ook stil, hopend dat als ik niet bewoog, ik de betovering niet zou verbreken.

Hij bleef daar, zijn lippen op drie van mijn onregelmatige ademhalingen afstand van de mijne. De rimpels streelden mijn borst toen hij zich aanspande, klaar om zich terug te trekken.

Dat kon ik niet laten gebeuren. Nu ik hem geproefd had, had ik meer nodig. Zoals die verdomde hond die onder de patiotafel lag, wist ik, toen ik eenmaal Bens zorgzame vriendelijkheid had gevoeld, dat ik hem beter niet uit het oog kon verliezen.

Ik wilde het al de afgelopen vier dagen doen – verdomme, al sinds hij de zesde verdieping van mijn gebouw was binnengelopen – dus begroef ik mijn hand in zijn haar om hem stil te houden terwijl ik mijn lippen op de zijne drukte.

Onze tweede kus was niet zo vederlicht als de eerste. Nee, deze was van mij, en hij droeg mijn behoefte, mijn verlangen, zelfs mijn nauwelijks bedwongen geweld jegens iedereen die Ben ooit pijn had gedaan. Ik duwde mijn tong tegen de naad van zijn lippen tot hij openging. Ik nam en plunderde alles. Ik verslond de avondstoppels rond zijn mond. Ik schraapte met mijn tong tegen zijn scherpe tanden. Ik greep zijn krullen vast en trok eraan.

Ben trok zich niet terug. In plaats daarvan zakte hij tegen me aan, zijn blote borst gleed tegen mijn huid. Hij beantwoordde elke aanval op zijn mond met een moeiteloze tegenaanval, zijn tong tegen de mijne glijdend, knabbelend aan mijn onderlip, en rustte zijn handpalm op het midden van mijn borst, niet om me weg te duwen, maar alsof hij moest voelen hoe mijn hart voor hem tekeerging.

Eindelijk, zoals ik wist dat hij zou doen – zoals hij zou moeten doen, voor zijn eigen behoud – trok hij zich terug, met zware ademstoten in mijn oor. 'God. Verdomme.'

Ik woelde, probeerde rechtop te gaan zitten, maar toen hij mijn kaak kuste, verstijfde ik.

'Je bent zo heet,' mompelde hij, 'en wild.' Zijn lippen daalden af naar mijn nek en rillingen gaven me kippenvel.

Ik liet zijn haar los en klemde mijn vingers om de rand van het zwembad.

'Nee, nee.' Hij likte aan mijn oorlel en zoog eraan. De sensatie ging rechtstreeks naar mijn ballen en trok ze strak. 'Trek weer aan mijn haar. Ik vond het lekker.'

Ik tilde mijn trillende handen naar zijn haar en streek door de krullen. 'Ik – ik zou dat niet moeten doen.'

'Zou je dat niet moeten doen?' ademde hij in mijn oor.

Mijn lul werd keihard.

'Zou je niet – in plaats van altijd te doen wat juist is, gewoon voor één keer doen wat goed voelt?' Hij nestelde zich tegen mijn nek en zoog zachtjes op mijn polsslagader.

Ik kon er niets aan doen. Ik krulde mijn vingers in zijn haar. Zijn mond op mij, het gewicht van zijn lichaam op het mijne, het voelde zo verdomd goed. Ik was de controle aan het verliezen en het was geweldig.

Zijn adem stokte toen ik mijn greep verstevigde en hij verschoof naar mijn schoot, zijn heup schampte net het puntje van mijn lul in mijn boxershort. Een wanhopige drang overviel me en mijn vingers trokken hem al opzij zodat ik onze posities kon omdraaien, zodat ik de controle kon hebben, zodat ik hem net zo goed kon laten voelen als hij mij liet voelen.

Toen hapte ik naar adem en de zuurstof bereikte eindelijk mijn hersenen, en herinnerde me eraan dat Ben mijn assistent was en dat ik niet met hem zou moeten zoenen. Zelfs niet op vakantie.

'Cooper?' Zijn stem klonk net zo verdoofd als ik me een seconde geleden had gevoeld.

'We moeten stoppen.'

'Je moet stoppen met denken. Gewoon voelen.' Hij wiegde naar me toe.

'Dat kan ik niet.' Zo zacht als ik kon, verschoof ik hem opzij en schoof een paar meter verderop op de trede. Ik leunde met mijn ellebogen op mijn knieën en wreef over mijn gezicht. 'Ik moet...'

'Dit verwerken?' Zijn stem streelde mijn gespannen zenuwen.

Met mijn handen nog steeds voor mijn gezicht, schudde ik mijn hoofd. 'Ik moet HR bellen.'

'Echt niet.'

Had Ben ooit tegen me gevloekt? 'Natuurlijk wel. Ik heb net mijn assistent gezoend.'

'Nee. Je hebt mij gezoend. Ben.' Hij raakte mijn hand aan.

Rillingen schoten door me heen. Ik stond op het punt hem weer te zoenen. En dat kon ik niet. Om meer redenen dan ik hem kon vertellen. Ik moest dit stopzetten.

Ik hief mijn gezicht op om hem aan te kijken en gaf hem mijn hardste blik. 'Dit is een gedragspatroon waarvoor ik gestraft zou moeten worden.'

'Een patroon?' Hij rimpelde zijn neus.

Ik hield mijn stem zo hard als de glinsterende sterren boven ons. 'Heeft Marlee je verteld dat ik haar vorig jaar heb gezoend?'

Dat was de dag dat ik me realiseerde dat Jackson niet meer van mij was. Hij en ik waren dronken op zijn jaarlijkse Halloweenfeest, dat anders was dan alle andere omdat hij het samen met Alicia had georganiseerd, niet met mij. En toen had hij me verteld dat hij meer van zijn ongeboren foetus hield dan van mij.

Toen Marlee over mijn rug had gewreven en me probeerde te troosten, had ik misbruik gemaakt van haar goede hart en geprobeerd de troost die ik nodig had van haar te nemen.

Ik was een verdomde klootzak.

En hier was ik weer, en deed ik het opnieuw.

Bens gezicht werd komisch slap. Ik zou gelachen hebben als ik niet verdronk in een teerput van mijn eigen zelfhaat.

'Ik ben een roofdier, Ben. Ik bel morgen HR. Ze hebben ook een verklaring van jou nodig.'

Zijn weelderige mond werd dun en hard. 'Ik geef mijn verklaring persoonlijk als we terug zijn op kantoor.'

'Prima. Je kunt morgenochtend vroeg vertrekken.' Ik stond op en het water stroomde van me af. Ik hoefde me geen zorgen te maken over hoe ik eruitzag in mijn klamme ondergoed. Mijn lul was slap geworden, het tegenovergestelde van mijn hart.

Ben stond ook op. 'Ik verlaat dit eiland niet zonder u, meneer Fallon.'

Zei ik dat ik slap was? Want zodra het woord *meneer* zijn lippen verliet, werd ik hard. Ik ploeterde het zwembad uit en hield mijn rug naar hem toe. 'Ik ga niet terug. Ik – ik kan het niet. Ik mail een verklaring naar HR. De jet staat morgenochtend om acht uur klaar om je terug te brengen.'

'Is dit vanwege Jackson?' Zijn stem brak op de naam van mijn vriend.

'Inderdaad.' Synergy zou niet hetzelfde zijn zonder mijn beste vriend. Wat was het nut van al de rijkdom die ik had vergaard als ik elke dag met een hekel naar mijn werk ging? 'Ik zal ervoor zorgen dat je baan veilig is.' *En dat je veilig bent voor mij.*

'Prima.' Zijn stem trilde van woede. Ik hoorde zijn gefluisterde: 'Flikker op, Cooper Fallon,' net voordat zijn voeten wegsloften over het terras.

Goed.

Perfect.

Precies wat ik wilde.

En de volgende dag, om te voorkomen dat ik zou denken aan wat ik had verloren, zou ik naar het volgende stadje gaan, waar ze niet wisten dat ze me geen whisky mochten verkopen.

19

BEN

VERDOMDE COOPER FALLON.

Hoe durfde hij? Hoe durfde hij me verdomme te kussen en dan die prachtige mond van hem te gebruiken om over zijn gevoelens voor Jackson Jones te praten? Ik sleepte met mijn Converse en een schelp schoot tegen een boomstam.

Verdomde Jackson Jones. Hij had een briljante vrouw en twee geweldige kinderen, een shitload geld, een baan waarin hij precies kon doen wat hij wilde. En hij had Coopers hart.

Hij wilde het verdomme niet eens.

Maar ik wel.

Kutzooi.

Mijn natte onderbroek zat vast in mijn bilspleet. Ik had het niet gemerkt toen ik in Coopers zwembad dreef, zijn zachte lippen kuste en de lichte aanraking van zijn erectie tegen mijn heup voelde. Hij smaakte naar mint en hij rook naar de vervulling van al mijn wensen. Maar ik merkte de irritatie wel toen ik over het schelpenpad sjokte, de vernedering mijn longen samendrukte en mijn natte kleren aan mijn huid plakten.

Hij had me gekust. En het betekende niets, net als toen hij Marlee had gekust.

Hij had *Marlee* gekust? Ik wist toen ik hieraan begon dat ze dacht dat ze verliefd op hem was. Ik wist ook dat hij totaal niet in haar geïnteresseerd was.

Ik hield van Marlee, maar, god, wat kon ze soms toch ontzettend dom zijn. Cooper was helemaal verkeerd voor haar. En nu was ik net zo dom geweest. Ik dacht dat het hem iets kon schelen. Hij had mijn ongelijk bewezen.

Ik was er klaar mee om mezelf voor schut te zetten. Ik zou mijn spullen pakken en op het vliegveld gaan wachten. Zodra Emily klaar was om te gaan, zou ik weer terug naar Californië gaan. Waarom kon het me verdomme schelen wat Cooper met zijn aandelen deed? Hij was een volwassen vent en kon voor zichzelf zorgen.

En hoewel ik me had gedragen als een tiener met een zielige verliefdheid, was ik ook een volwassen vent. Ik zou mijn gekneusde hart oppakken, er wat zand op wrijven en dan zou het wel weer gaan.

Uiteindelijk.

Coco gromde.

Ik stopte op het pad omdat hij ook was gestopt en terugkeek naar Coopers huisje. 'Nee, vriend. We gaan daar niet naar terug. Je hoeft niet meer naar hem te grommen. We zijn klaar met hem.'

Sterker nog… kut. Ik hurkte op het pad en aaide Coco's vacht, die nog steeds naar kamille rook, hoe vaak hij ook had geprobeerd de geur eraf te rollen in het zand. 'Ik kan je niet meenemen. Er is vast allemaal papierwerk en injecties en zo, en bovendien is Mimi allergisch en zijn huisdieren in haar appartementencomplex niet toegestaan.' Ik schraapte mijn keel en wreef achter zijn oren, zoals hij het fijn vond. 'Je kunt maar beter weggaan nu.'

Coco deed alsof hij me niet had gehoord en staarde terug naar Coopers huisje. Ik had niet moeten verwachten dat hij het zou begrijpen.

Ik scande het donkere pad en zag niets. Toen ik luisterde,

hoorde ik alleen het geluid van de branding. Zelfs de kikkers waren stil geworden. Ik pakte mijn telefoon en zette de zaklamp-app aan. Niets dan het pad en de struiken erlangs.

'Zie je, Coco, niets om bang voor te zijn… o.'

Er was een sms-melding. Ik deed de zaklamp uit en opende het bericht.

MIMI

Hoe gaat het?

Verdomd slecht, vooral nadat ik hem heb gekust. Maar dat kon ik niet zeggen. Dan zou ze flippen. Me herinneren aan alle redenen waarom ik hem niet naar het zwembad had moeten volgen, hem niet had moeten begluren in zijn onderbroek en dan *daadwerkelijk bij hem* in het zwembad had moeten gaan. Laat staan hem kussen. Ze hoefde me er niet op te wijzen dat ik weer mijn hart had verloren. Aan mijn baas. Ik kromp ineen.

Ik was niet naar het eiland gekomen om Cooper te kussen; ik was gekomen om hem te overtuigen terug te keren naar Synergy, zodat mensen als Mimi hun baan konden behouden. En ik had gefaald. Mijn maag kromp ineen.

Niet zo goed. Ik ben onderweg naar huis.

Maar Mimi kende me al mijn hele leven.

JE BENT VERDOMME VOOR JE BAAS GEVALLEN, OF NIET?

Het was een ongelukje. Maar het is nu voorbij.

WAT is er voorbij?

Alles

Ik kon de 'zie je wel' bijna voelen in haar typ-bubbeltjes. Maar uiteindelijk was ze de grote zus op wie ik altijd had kunnen vertrouwen.

Zelfs superheldenfilms konden hier niet tegenop. Ik had van Cooper Fallon een superheld gemaakt, maar hij had laten zien dat hij precies was zoals alle andere gewone mannen aan wie ik mijn hart had gegeven en die het rechtstreeks naar me hadden teruggegooid.

Ik was alles vergeten toen ik zo dichtbij leunde dat ik de mint en zijn ceder-cologne kon ruiken, de stoppelbaard op zijn kin zilver zag oplichten in het maanlicht. Zijn blauwe ogen waren niet ijzig geweest. Ze hadden de kleur van het ondiepe water aan de rand van het zand, waar kleine visjes wegschieten. Het water dat warm was tegen mijn huid, dat me naar de diepte zoog.

Ik had hem nooit moeten volgen naar het zwembad. Ik had moeten weten dat hij ijskoud tegen me zou worden. Het was duidelijk dat ik het niet waard was om de regels van personeelszaken voor te overtreden. Ik wist het al sinds de eerste dag dat ik Synergy was binnengelopen en zijn hand had geschud. Die blauwe gloed die in zijn ogen was geflikkerd voordat hij me buitensloot. Als hij eindelijk terugkwam naar Synergy, zouden we weer normaal doen en doen alsof ik niet wist dat hij naar mint smaakte en naar de zoete restjes van mijn verliefdheid.

Als ik thuiskwam, zou Mimi me dicht tegen zich aan trekken en me zout, suiker en tissues geven. Voor iemand die zichzelf nooit zoiets belachelijks als verliefd worden toestond, had ze een griezelig goed gevoel voor wat mijn gebroken hart zou genezen. Ik kon niet wachten om haar te zien.

Nog voor ik de sms-app had weggeveegd, begon Coco woest te blaffen, een seconde voordat iets zwaars tegen me aan botste.

Mijn enkel verdraaide, wankelde en begaf het, en ik stortte in, mijn wang schurend over het schelpenpad met mijn aanvaller op mijn rug. Hij – het was absoluut een man, geen extra grote leguaan of een pekari – hield me met zijn armen vast.

Ik was erin geslaagd om boven op mijn tas te vallen. Was mijn laptop oké? Zou ik het studiemateriaal van een heel semester kwijtraken? Mijn hart sloeg op hol. Wat als hij hem wilde stelen? Dan zou ik nooit voor mijn vak slagen, en als ik niet slaagde, zou Synergy niet betalen. *Kut.* Ik probeerde de tas af te schermen van de grote vent.

Toen hij sprak, hing de geur van rum als een nat washandje om mijn wang. 'Ga naar huis', gromde hij.

Wat in hemelsnaam?

Ik kon nauwelijks praten, niet in staat om volledig adem te halen met die enorme vent boven op me. 'Ik was... onderweg naar huis.' Ik probeerde met mijn kin te wijzen naar de andere vleugel van het resort, voorbij het drukke restaurant dat nog te ver weg was om me te horen schreeuwen en te luid om Coco's panische geblaf te horen.

'Nee.' Hij ging langs mijn arm naar beneden naar mijn pols en greep die vast, hem achter mijn rug draaiend. Pijn schoot door mijn schouder en mijn pols. 'Ga terug. Naar Californië. Anders...'

Hoe kon hij in hemelsnaam weten dat ik in Californië woonde? Mijn hartslag versnelde tot het tempo van een kolibrie. Wat wist hij nog meer over me? Wist hij dat Mimi nu alleen in haar appartement was? Wist hij dat Cooper terug was in zijn bungalow met zeer dure technologie en een horloge dat meer kostte dan een auto? Plotseling leek mijn laptop een eerlijke ruil om deze vent van me af te krijgen en terug te laten strompelen naar welke bar hij ook vandaan kwam.

Hij verdraaide mijn arm opnieuw en ik hapte naar adem door de stekende pijn.

Maar hij ook. En toen schreeuwde hij het uit, en het gewicht op mijn rug rolde opzij, een laatste pijnscheut die mijn schouder doorboorde voordat hij zijn greep losliet.

Ik krabbelde overeind – of probeerde het. Mijn enkel vloog in brand toen ik er gewicht op zette. Ik leunde tegen een boom voor verlichting, maar de pijn schoot door mijn schouder. Kut!

Toch was ik er beter aan toe dan de kerel op de grond. Hij zwaaide met zijn armen naar Coco, die zijn been in een houtgreep had. Een van zijn kolenschoppen sloeg tegen de achterkant van Coco's kop, maar de hond gaf geen krimp. Als we daar niet weggingen, zouden we allebei ernstig gewond raken.

Ik duwde me van de boom af en hinkte een paar meter in de richting van Coopers bungalow. 'Coco, loslaten. Kom.'

Kenden zwerfhonden commando's? Sprak Coco Engels? Ik strompelde nog een stap en gebaarde met mijn niet-pijnlijke arm. 'Kom, Coco.'

Hij liet het been van de man los, sprong over hem heen en rende voor me uit op het pad naar Cooper, al blaffend alarm slaand. De man kreunde, maar ik ging absoluut niet terug om te kijken hoe het met hem ging. Ik hinkte zo snel als ik kon achter Coco aan. Waarom had ik er niet aan gedacht om wat pepper-spray te kopen nadat de douane de mijne op het vliegveld in beslag had genomen?

Het eiland had zo veilig geleken. Het personeel van het resort lette op me. En ik had sinds mijn vertrek uit de stad met het vlieg-veld nog geen bedelaar gezien. Dit prachtige eiland waar zelfs de wilde honden vriendelijk waren, had me in een vals gevoel van veiligheid gesust.

Of ik had niet beseft hoe ver ik al van Coopers huisje was, of mijn langzame tempo liet het pad tot in de eeuwigheid uitrek-ken. Het leek uren te duren om terug te komen bij zijn huisje. Om de paar stappen draaide ik mijn hoofd om over mijn schouder te kijken of de aanvaller me volgde, maar ik zag niets. Hoorde niets dan het geluid van de branding en het getjirp van de coqui's.

Eindelijk kwam Coopers huis in zicht. Coco krabde aan de voordeur en die ging open net toen ik mijn pijnlijke been de trede op sleepte.

'Ben!' Cooper had een pyjamabroek aangetrokken, waardoor

de gouden huid en het donkerblonde haar van zijn borst ontbloot waren. 'Wat is er aan de hand?'

Ik keek nog een laatste keer achter me en, aangezien ik geen beweging op het pad zag, strompelde ik de laatste paar stappen naar Cooper. Mijn enkel, die me tot hier had gebracht, gaf het eindelijk op en ik viel voorover tegen hem aan. Hij ving me op, schoof een arm onder mijn knieën en droeg me naar binnen.

Het zou kunnen dat ik zwijmelde.

20

COOPER

'BEN!' Mijn hart bonkte in mijn borst, het probeerde door mijn ribben heen te breken om bij de man op de bank te komen. 'Ben!' Ik knielde op de grond naast hem neer.

'Ik ben hier,' zei hij, alsof ik degene was die geruststelling nodig had.

Ik had die geruststelling ook nodig. Toen hij zijn ogen openknipperde, begon ik weer adem te halen.

Zijn wang was rood en geschaafd, en er plakten stukjes verbrijzelde schelp aan zijn huid. Toen ik zijn schouder aanraakte, kromp hij ineen. Ik duwde mijn beide handen tussen mijn knieën. 'Wat is er gebeurd?'

'Een grote, potige kerel heeft me besprongen. Geen idee waarom. Mijn laptop?'

'Die is hier.' Ik knikte naar de salontafel waar hij lag.

'En Coco?'

Die verdomde hond was naar binnen geglipt en zat nu aan de andere kant van me, met zijn kin op Bens knie. 'Hij is hier ook.'

'Hij heeft me gered. Heeft die vent gebeten.' Bens oogleden gleden dicht.

Ik keek naar de hond. Hij had het lef om zijn wenkbrauwen op te trekken, alsof hij me beschuldigde van nalatigheid terwijl hij Ben te hulp was geschoten.

'Brave hond,' mompelde ik.

'IJs?' vroeg Ben.

'Natuurlijk.' Ik stond op en liep naar de keuken, blij dat ik iets kon doen. 'Doet je gezicht pijn?'

'Niet zo erg als mijn enkel of mijn schouder.'

Ik verstijfde terwijl ik een theedoek zocht. 'Je enkel en je schouder?'

'Verzwikt.'

Fuck. Al mijn aandacht was op Bens gezicht gericht geweest. Haastig wikkelde ik ijs in twee handdoeken en bracht ze terug naar de bank. Ik trok voorzichtig Bens sportschoen uit. Zijn rechterenkel was gezwollen. Ik legde een ijspakking erop en de andere op de schouder die pijn had gedaan toen ik hem had aangeraakt.

'Oké? Heb je zo even iets anders nodig?'

Zijn ogen fladderden open en hij kneep ze samen in het lamplicht. Jezus, had hij een hersenschudding?

'Nee, het gaat wel.'

'Ik moet heel even een paar telefoontjes plegen.' Ik durfde hem niet alleen te laten. Wat als hij flauwviel en van de bank rolde? Wat als hij moest overgeven? Ik ijsbeerde een paar meter verderop en belde Sara.

Ze nam in het Spaans op. 'Lito! Tía Camelia vertelde Mamá dat je er was! Waarom ben je ons niet komen opzoeken? Zondag. Na de kerk – je komt toch wel naar de mis, hè? – kom je eten. Papa wil je vragen—'

'Luister, Sara.' Mijn Spaans was zacht en dringend. 'Ik heb je nodig. Mijn vriend is gewond. Kun je naar hem komen kijken?'

'Gewond? Hoe?' Op de achtergrond hoorde ik geritsel. Als ik mijn nicht Sara een beetje kende, was ze haar dokterstas al aan het pakken.

'Schouder- en enkelletsel. Ik heb er nog niet naar gekeken. En snijwonden in zijn gezicht.'

'Oké. Ik ben er over tien minuten.'

'Dank je.'

Ik liep terug naar Ben. De hond kwam dichterbij en snuffelde aan zijn gezicht. Net toen ik bij hen was, schoot de roze tong van de hond naar buiten en likte Bens wang.

'Gadver!' Ik gaf de hond een duwtje met mijn knie tot hij een paar meter opschoof. 'Ik pak een washandje om je schoon te maken.'

Bens lippen persten op elkaar. Fuck, hij had pijn, en het was mijn schuld. Ik had hem in het donker alleen naar buiten gestuurd. Ik wierp de hond een waarschuwende blik toe en liep naar de badkamer voor een washandje. Ik liet het water lopen tot het warm werd en dacht na over mijn volgende telefoontje.

Een minuut later duwde ik de hond weer van Ben af en knielde naast hem. Zo zacht als ik kon, depte ik de snijwonden op zijn wang. 'Heb je die vent goed kunnen zien?'

'Nee. Hij viel me van achteren aan. Hij had wel gedronken. Rum. En hij klonk Amerikaans. Ik kon geen accent horen. Maar hij zei niet veel. Hij was groot. Hij moest wel twee keer zo groot zijn als ik.'

'Lang?'

'Niet zo lang als jij, gewoon log. Ik was buiten adem toen hij op me viel.'

'Denk je dat je met Luis kunt praten? Misschien herinnert hij hem zich uit de bar.'

'Oké, zeker.'

Ik belde Luis. Toen hij opnam, hoorde ik gepraat en muziek op de achtergrond.

'Nee, Cooper, ik kom je geen drank brengen.'

'Dat wilde ik niet vragen. Kun je ergens rustig gaan staan? Dit is belangrijk.'

Ik kon me de verbazing op zijn gezicht voorstellen, maar na een paar minuten klikte een deur dicht en werd het achtergrond-geluid gedempt.

'Bedankt, Luis. Iemand heeft Ben vanavond aangevallen op

weg naar zijn kamer. Ik zet je op de luidspreker, zodat hij je erover kan vertellen.'

Ik legde de telefoon op de salontafel. Terwijl Ben zijn verhaal deed, balde ik mijn vuisten strakker, tot mijn vingernagels rode halvemaantjes in mijn handpalmen achterlieten.

'Wacht,' zei ik. 'Hij zei dat je terug moest naar Californië?'

'Ja, dat is raar, hè?' zei Ben. 'Hoe wist hij dat ik daarvandaan kom?'

Ik keek boos naar de telefoon. 'Misschien werkt hij voor het resort.'

'Zonder een omschrijving is dat moeilijk te zeggen,' zei Luis. 'Ik heb veel grote, potige kerels in dienst. Luister, ik bel Mateo wel.'

'Niet Mateo,' gromde ik. 'Stuur Ramón. Of kom zelf.'

'Cooper, het is vrijdagavond. We hebben twee vrijgezellen-feesten en een bende overgeprivilegieerde studenten. En Ramón heeft een avondje vrij. Mateo zal voor jullie zorgen.'

Ik snoof. Het was niet om mezelf dat ik me zorgen maakte. Het was om Ben. Ik wilde Mateo niet in zijn buurt hebben. 'Hij blijft buiten. Uit de weg.'

'Natuurlijk. Ben, komt u er wel uit?'

Er werd op de deur geklopt. Ik pakte de telefoon op en zette de luidspreker uit terwijl ik naar de deur liep om open te doen. 'Sara is er. Het komt wel goed met hem. Maar laat iemand zijn spullen naar mijn huis brengen. Morgenochtend is prima.'

'Hij blijft bij jou?' Een glimlach sloop in zijn stem.

'Hij blijft bij mij.'

'Gracias a Dios.'

'Rot op.' Ik verbrak de verbinding.

Toen ik de deur opendeed, kwam Sara met haar tas binnen. Ze kuste mijn wang terwijl ze naar de bank liep.

Ze hurkte naast Ben. 'Goedenavond. Ik ben dokter Sara Castillo.'

'Ben Levy-Walters.' Hij stak zijn hand uit en ze schudde die.

'Ik ga mijn handen wassen en dan, als u het goed vindt, zal ik uw verwondingen controleren terwijl u me vertelt wat er is gebeurd.'

Ben knikte.

In plaats van direct naar de badkamer te gaan om te wassen, greep Sara me bij mijn arm en leidde me naar de glazen schuifdeur naar het terras. 'Cooper, wacht hier buiten.'

'Wacht, wat?' Ik keek achterom naar Ben.

'Ik wil dat hij zich veilig voelt.'

'Maar ik—' Ik rukte de schuifdeur open en trok haar met me mee naar buiten. Toen de deur dicht was, zei ik: 'Je denkt toch niet dat *ik* hem dit heb aangedaan?'

'Partnergeweld is heel reëel, Cooper.'

Wist ik dat maar al te goed. Mijn stem werd luider. 'Hij is aangevallen. Hij kwam hier voor hulp. En hij is *niet* mijn partner. Hij is mijn werknemer. Je denkt toch niet dat ik ooit—'

'Ik wil naar hem luisteren. En jij moet hier buiten wachten. Met je hond.'

Ik keek naar beneden en ze had gelijk. De hond zat aan mijn voeten. 'Oké.' Ik liet me in een terrasstoel vallen. 'Zorg gewoon... zorg gewoon voor hem. Goed?'

'Natuurlijk. Hij betekent veel voor je, hè?'

Ik keek door het glas. Ben zag er klein en breekbaar uit op de bank. Zijn wang was gezwollen. De leugens die ik hem eerder had verteld, deden er niet meer toe. 'Ja, dat doet hij.'

'Ik zal uitstekend voor hem zorgen.' Ze draaide zich om en liep weer naar binnen.

Nadat ze was vertrokken, kon ik niet stilzitten. Ik ijsbeerde rond het zwembad en staarde boos naar de glinsterende weerspiegeling van de maan in het water. Mijn eigen nicht dacht dat ik Ben iets had kunnen aandoen. Absurd. Hoewel... had ik hem niet precies om die reden proberen weg te duwen? Uit angst dat ik hem pijn zou doen?

Ik zou hem geen pijn doen. Of toch wel? Hij was bij me gekomen voor bescherming. Dat zou hij niet doen als hij dacht dat ik een gevaar voor hem was.

Natuurlijk kende hij mijn vader niet. Niemand dacht dat Mick Fallon ooit iemand pijn zou doen.

'Psst. Lito.'

Ik draaide mijn hoofd abrupt naar het hek, waar mijn neef Mateo zijn gezicht tegen de metalen spijlen drukte.

Mijn spieren spanden zich aan. Ik dwong mijn voeten me naar het hek te dragen.

'Luis gaf me een sleutelkaart' – hij zwaaide ermee in de hand die geen koffer vasthield – 'maar ik wilde je niet verrassen. Alles goed met je?'

'Met mij gaat het prima.' Ik duwde het hek open en stak mijn hand uit voor de koffer.

Mateo had het lef om gekwetst te kijken. 'Geen knuffel voor je neef?'

'Nee.'

Hij gaf de koffer aan. 'Je bent toch niet nog steeds boos over—'

'Nee.' Natuurlijk was ik dat wel. Alleen al het zien van zijn knappe gezicht en die Caribisch blauwe ogen herinnerde me eraan hoe hij altijd met mijn date danste telkens we samen uitgingen.

'En wat dacht je van—'

'Nee. Jij blijft buiten. Bel me als je iemand verdachts ziet.'

'Buiten? Mag ik niet eens op je terras zitten?'

'Nee.'

'Hij is speciaal voor je, hè?' Die blauwe ogen glinsterden in het maanlicht.

'Ja. Blijf uit zijn buurt.'

'Cooper, ik ben geen zestien meer. Ik zou nooit—'

Ik draaide me om en hees Bens koffer richting het huis. Had ik niet hetzelfde gezegd? *Ik zou hem nooit pijn doen.*

Ik vertrouwde Mateo niet, maar misschien kon ik mezelf wel vertrouwen. Ik zou Ben beschermen met alle middelen die ik op het eiland tot mijn beschikking had. Tot mijn laatste ademtocht.

21

BEN

NADAT IK MIJN laatste paper voor economie naar mijn professor had gemaild, zuchtte ik en klapte ik mijn laptop dicht.

Ik pakte mijn telefoon van de salontafel. Ik kon het lezen van Marlees berichtjes niet langer uitstellen.

MARLEE

Morgen, Ben

Wat is het laatste nieuws over Cooper?

Serieus, wat is er aan de hand?

Is hij oké? Wanneer komt hij terug? Iedereen valt me erover lastig, omdat Weston niets wil zeggen.

Er gaan geruchten, Ben. Er worden personeelslijsten rondgestuurd. Ik maak me zorgen.

HOU OP MET ME TE NEGEREN

Ik kromp ineen toen ik dat las. Arme Marlee hield de boel

draaiende op kantoor terwijl ik op Coopers extreem comfortabele bank lag.

Ze had gelijk. Ik moest hem vragen wanneer hij terug zou gaan. Het was onvolwassen van me geweest om te overwegen zonder hem naar huis te gaan, of op zijn minst om de einddatum van deze vakantie van hem te weten te komen. Het werk moest zich voor hem wel opstapelen. Mijn gekwetste gevoelens mochten me er niet van weerhouden mijn werk te doen.

> Ik beloof je dat ik vandaag nog met hem praat

Bovendien, personeelslijsten? Wat voerde Weston in zijn schild?

Voorbij de kussens die Cooper die ochtend had gebruikt om mijn ingetapete enkel hoog te leggen, door de achterramen en de spijlen van het hek, lichtte Mateo's sigaret op. Hij zou wel met me praten. In tegenstelling tot Cooper, die verdwenen was. Alweer.

Ik was al twee dagen in Coopers bungalow. Drie nachten. En als ik zeg *in Coopers bungalow,* dan bedoel ik ook *binnen* in zijn bungalow. Geen uitstapjes naar het restaurant, geen wandelingen op het strand. Zelfs geen diner op het terras.

Het was alsof ik in de gevangenis zat. Een prachtige gevangenis met een vriendelijke bewaker die me water en guavesap bracht terwijl ik op zijn bank lag, die me pijnstillers overhandigde met de precisie van een lid van de Queen's Guard.

En elke avond, nadat hij me naar bed had geholpen in zijn logeerkamer, klopte hij me op de schouder, deed hij het licht uit en liep weg.

Niet eens een vaderlijke kus op mijn slaap.

Hij had tenminste zijn belofte om HR te bellen nog niet waargemaakt. En hij had de jet weggestuurd.

Ik brandde vanbinnen op doordat ik zo dicht bij hem was en toch… niet. Het was net als op kantoor, totaal niet zoals de nabijheid die we hadden gedeeld toen we op zijn terras aten of toen we zijn tía Camelia bezochten. Voordat we in zijn zwembad hadden gezoend. Behalve wanneer hij per ongeluk mijn huid schampte bij het intapen van mijn enkel, was onze niet-aanrakenregel weer van kracht.

Het was beter zo als ik voor hem gewoon een tweede Marlee was, een vluchtige, slechte beslissing omdat hij Jackson niet kon krijgen.

Toen Mateo's sigaret weer rood opgloeide, duwde ik mezelf van de bank en strompelde naar de glazen schuifdeur. Ik schoof hem open en, zoals altijd, zat Coco binnen het hek, Mateo aanbiddelijk aankijkend. Hij was nog steeds pissig op me omdat ik had gezegd dat ik hem hier zou achterlaten. Hij was nog pissiger op Cooper omdat hij me die avond had weggestuurd.

Maar Coopers neef Mateo was zijn nieuwe favoriet. En waarom ook niet? Mateo was in bijna elk opzicht aan Cooper gewaagd. Ze waren ongeveer even lang, al was Mateo wat steviger gebouwd. Zijn blauwere ogen en donkerder haar waren als Cooper, maar dan een tandje hoger. Iemand anders zou Mateo misschien aantrekkelijker vinden. Voor mij zag hij eruit als een Instagrampost waarvan de kleurverzadiging te hoog was opgeschroefd. Ik gaf de voorkeur aan het meer ingetogen, knappe uiterlijk van Cooper. Coco daarentegen was dol op Mateo omdat hij altijd een stukje ham in zijn zak had.

Ik strompelde naar het hek. Mateo drukte zijn sigaret uit tegen het metaal. 'Je vertelt het niet aan Cooper, hè?'

'Dat gerook? Dat hangt ervan af.' Ik leunde met mijn schouder – degene die geen pijn deed – tegen het hek.

Ik had de dynamiek tussen de neven nog niet door. Hij was ergens in de nacht van mijn aanval verschenen. Hij kwam nooit het huis binnen. Elke keer als Cooper koel en afwijzend tegen hem was, zag Mateo eruit als een geslagen hond. Maar als Cooper weg was, flirtte Mateo op een manier zoals Cooper dat nooit deed.

'Heb je hem gezien? Die vent?' vroeg ik.

'Moeilijk te zeggen.' Eén mondhoek van hem trok omhoog. 'Er zijn veel grote, potige kerels op dit eiland met een Amerikaans accent.' Hij gebaarde naar zichzelf.

Ik beet op mijn lip. 'Als jij me had besprongen, denk ik dat ik het wel zou weten.'

'O ja, denk je?' Hij deed een stap dichterbij, maar herpakte zich toen en stak zijn handen in zijn zakken.

Ik zuchtte. Waarom kon ik niet vallen voor iemand die lief en flirterig was zoals Mateo? Hij zou me nooit de koude schouder geven. 'Waar is Cooper naartoe?'

'Buurthuis.'

Natuurlijk. Beter zwoegen en zweten op de bouwplaats dan in mijn aanwezigheid blijven. Nou, bekijk het maar. Ik was het zat om als een invalide rond te zitten. Mijn enkel deed nauwelijks nog pijn, en het was tijd om me te vermannen en mijn verdomde werk te doen.

'Rij me erheen.'

'Gaat niet gebeuren. Cooper heeft gezegd dat je hier moet blijven.'

Ik trok mijn wenkbrauwen op. 'En als ik hem nou vertel dat je op zijn terrein stond te roken?'

Zijn flirterige glimlach verdween. 'Dat zou je niet doen.'

'Niet als je me naar hem toe brengt.'

'En ik maar denken dat je aardig was,' mopperde hij. Hij haalde een autosleutelbos uit zijn zak. 'Doe de schuifdeur op slot en kom naar de voordeur. Ik rijd de auto voor.'

Ik verborg mijn grijns. 'Tot zo aan de voorkant.'

Ik strompelde terug naar binnen, deed de achterdeur op slot en propte mijn licht gezwollen voet in mijn sneaker. De andere schoen gleed er zo in. Toen liet ik Coco via de voordeur naar buiten en deed die achter me op slot. Mateo hield de achterdeur open van een grote, zwarte SUV die op de cirkelvormige oprit geparkeerd stond.

Het was niet ver naar het buurthuis, maar Mateo liet me drie keer beloven dat ik tegen Cooper zou zeggen dat ik hem gedwongen had me mee te nemen. Ik klopte op zijn schouder. 'Ik neem alle schuld op me. Hij zal alleen maar boos op mij zijn.'

'Boos op jou?' snoof hij. 'Nooit. Je bent su novio.'

'Novio? Ik ben zijn vriendje niet.' Maar mijn gezicht werd heet.

'Mij had je voor de gek kunnen houden.' Hij manoeuvreerde langs de geparkeerde busjes op het terrein, tot vlak voor het gebouw.

Mijn blik schoot rechtstreeks naar Cooper. Ze hadden hem een nieuwe laag stucwerk laten aanbrengen. Hoe ongelukkig hij er ook uitzag over het stucwerk, zijn ogen werden nog donkerder toen hij zag dat Mateo in de auto reikte om me te helpen uitstappen.

'Wat flik je nou, Mateo?' Zijn troffels kletterden op het gras terwijl hij op ons af kwam lopen.

Ik klampte me vast aan Mateo's schouder tot ik stabiel stond. Toen sloeg ik mijn armen over elkaar en keek Cooper recht in de ogen. Er zat roze stof op zijn shirt en in zijn haar, het kleefde zelfs aan de stoppels op zijn wangen. 'Dit is mijn schuld, niet de zijne. We moeten praten.'

Cooper kneep zijn ogen tot spleetjes en keek zijn neef aan. Mateo's wangen kregen rode vlekken. 'Ik, ah, maak dat stucwerk wel voor je af,' zei hij. 'Dat moet in één keer gebeuren.' Hij sloop naar het gebouw en stroopte de mouwen van zijn linnen overhemd op.

'Laten we in de schaduw gaan zitten,' zei ik, wijzend naar de bomen waar ik de vorige keer had gezeten. 'Je hebt vast de hele dag nog geen pauze gehad.'

Hij schudde zijn hoofd, en ik wist dat hij niet toegaf dat hij geen pauze had gehad. Hij ontkende dat hij menselijk genoeg was om er een nodig te hebben.

'Gaat het?' Hij bekeek me van het midden van mijn borst tot aan mijn voeten, en vermeed mijn ogen zoals hij al deed sinds we die avond hadden gezoend.

'Met mij gaat het prima. Met Synergy niet.' Ik strompelde een paar stappen richting de bomen – mijn enkel was stijf na het zitten in de auto – maar Cooper schoof zijn schouder onder de mijne en ondersteunde me tot we in de schaduw zaten. Hij pakte een flesje water uit de koelbox en gaf het aan mij, en pakte er toen een voor zichzelf.

'We moeten het over het bedrijf hebben. Ze hebben je daar nodig.'

Hij dronk een paar flinke slokken, terwijl hij zo intens naar het gebouw staarde dat hij er een gat in het stucwerk had kunnen branden. Hij veegde zijn mond af met zijn vingers. 'Wie heeft me nodig?'

'Nou, Marlee, om te beginnen.' Maar ik moest alles op alles zetten. 'En J-Jackson.'

'Jackson heeft me niet nodig.' Zijn kaak trok samen.

'Natuurlijk wel. Hij kan niet op tegen Weston zonder jou.'

'Hij hoeft niet tegen Harris op te kunnen. Hij stapt eruit. Trouwens, Harris kan de zaken wel afhandelen tot ik klaar ben om terug te gaan. En ik ben nog niet klaar.'

'Weet je dat zeker?' Hoewel Harris Weston me de kriebels bezorgde, liep hij er al veel langer rond dan ik. Cooper keek tegen hem op. En Cooper was een slimme man.

'Zeker weten. Hij is al sinds het begin de leider die Synergy nodig had. Hij heeft me nog nooit op het verkeerde pad gebracht.'

'Maar Marlee heeft niets gezegd over dat Jackson het bedrijf verlaat.' Wat zou ze doen als hij dat deed? Waarschijnlijk al haar tijd besteden aan coderen in plaats van op die verdomde Jackson Jones te passen. Ze zou het nooit toegeven, maar ze zou beter af zijn zonder hem.

Hij haalde zijn schouders op. 'Ze weet het misschien niet. Ik heb jou ook niet verteld dat ik mijn aandelen verkocht. Er zijn regels over wat insiders mogen onthullen.'

Een kleine pijnscheut barstte los in mijn borst. Het was waardeloos geweest om erachter te komen door in zijn verdomde e-mail te neuzen. 'Zou je het me vertellen als je besloot er meer te verkopen?'

Hij draaide zijn hoofd om me aan te kijken. Onder de spikkels roze stof in zijn wenkbrauwen werden zijn ogen zachter. 'Ik denk niet dat ik je van tevoren zou kunnen waarschuwen. Niet zonder een paar federale wetten en onze eigen ethische code te schenden.'

'O.' Ik schaafde met mijn sneaker over het stekelige gras. 'Zou je het Jackson vertellen?'

Hij snuifde een lach. 'Misschien had ik dat moeten doen, aangezien hij mijn zakenpartner en mijn vriend is.'

'Maar dat is niet alles.' Ik kromp ineen, en wenste dat ik de woorden kon terugnemen.

'Wat is niet alles?'

Waarom had ik dat gezegd? Ik had ongeveer een miljoen grenzen overschreden. Hij kon me ontslaan voor wat ik had geïmpliceerd.

Hij wachtte.

'Ik bedoelde gewoon…' Verdomme, er was geen goede manier om het te zeggen. Ik kon net zo goed mijn cv gaan opstellen. Maar ik was te ver gegaan. 'Ik bedoelde dat je om hem geeft.'

Zijn gezicht werd uitdrukkingsloos. 'Natuurlijk geef ik om hem. Hij is mijn beste vriend.'

De pijn in mijn borst liet datgene knappen wat mijn woede binnen had gehouden. 'Vrienden? Ik denk dat het meer is dan dat.' Als mijn enkel sterker was geweest, was ik opgesprongen en weggestormd. In plaats daarvan zat ik woedend naar mijn Chucks te staren.

Coopers stem was zachter dan ik hem ooit had gehoord. 'Vind je dat erg, Ben?'

Hij probeerde het niet eens te ontkennen. 'Ja, dat vind ik erg! Hij heeft alles! Een vrouw en een gezin en jou. Geluksvogel.' Het laatste siste ik. Ik was zo goed als ontslagen, maar ik kon er niets aan doen. Ik had mijn hart weer eens laten spreken.

'Ben je… ben je jaloers, Ben?'

'Natuurlijk ben ik dat, verdomme! Ik geef meer om jou dan hij ooit zal doen! Waarom denk je anders dat ik je laatst zoende? Dacht je dat ik zo'n carrièrebeëindigende zet zou doen als ik niet smoorverliefd op je was?'

'Smoorverliefd?'

Nu lachte hij me uit. Cooper Fallon was veel dingen, maar wreed was hij meestal niet. Ik vermoedde dat een ongewenste liefdesverklaring dat met een mens deed. Ik zou hem nooit meer in de ogen kunnen kijken.

Ik zou ook nooit meer met hem op kantoor kunnen werken. Niet met het woord *smoorverliefd* dat tussen ons in zweefde als een van Coco's kaasscheten.

Ik krabbelde overeind, negeerde de pijnscheut in mijn enkel. 'Weet je wat? Vergeet het. Ik neem ontslag.'

Ik zette twee wankele stappen richting de SUV. Niet dat ik de sleutels had, of een manier om terug te komen bij Coopers huis. Of naar het vliegveld, waar ik eigenlijk naartoe moest.

'Ho.' Met twee gezonde enkels was hij een stuk sneller dan ik, en hij greep mijn armen stevig maar ook zacht vast. Hij kwam voor me staan om me de weg naar de auto te blokkeren.

'Ik ben niet goed voor je, Ben. Dat weet je.'

'Dat weet ik niet. Of ik wist het niet voordat je… jij…'

'Je pijn deed?' Zijn ogen schoten heen en weer tussen de mijne.

'Meer dat ik mezelf pijn heb gedaan.' Ik zakte in elkaar. 'Door iets te willen wat ik nooit zou kunnen hebben.'

'Nooit kunnen? Nee, Ben. Ik geef om je. Meer dan zou moeten. Je verdient zoveel meer dan ik.'

Ik keek hem recht in zijn ogen. 'Vind je niet dat ik zelf mag bepalen wat ik verdien en wat ik wil?'

'I-ik denk het wel.'

'Dan wil ik jou.' Tijd om alles op het spel te zetten. Ik richtte me op. 'Ik verdien jou.'

'Ben, ik…' Hij verstevigde zijn greep op mijn armen en liet me toen los. 'Was je echt serieus over ontslag nemen?'

'Absoluut.' Wat er nu ook gebeurde, ik kon niet terug naar mijn beleefde *meneer Fallon* en de niet-aanrakenregel. Niet sinds ik hem had gezoend. Niet nadat ik hem had verteld dat ik zijn genegenheid verdiende.

Mijn baan opzeggen betekende dat er geen barrières meer

tussen ons waren. 'Ik zou makkelijker een andere baan kunnen vinden dan een andere Cooper Fallon.'

'Neem je officieel ontslag?'

Hoop laaide op in mijn borst. 'Ik stel een e-mail op zodra ik weer bij mijn laptop ben.'

'Dus, aangezien je niet langer mijn werknemer bent...' Hij sloeg één arm om mijn rug, woelde zijn hand door mijn haar en drukte toen zijn lippen op de mijne.

Mijn polsslag raasde zo luid in mijn oren dat ik het gejoel van de ploeg en Mateo's 'Eindelijk!' bijna niet hoorde.

Maar zij interesseerden me niet. Het enige wat me interesseerde was de man die me in zijn armen hield en de ziel uit mijn lijf zoende.

22

COOPER

TOEN BEN UIT zijn kamer kwam, kon ik er niets aan doen. Mijn mond viel open. Zodat zelfs mijn verstandskiezen hem konden aanstaren, denk ik.

Hij droeg een zwart T-shirt dat elke afgetrainde spier benadrukte. Zijn spijkerbroek? Ik slikte. Als hij zijn shirt had opgetild, had ik je kunnen vertellen of hij besneden was. Hij had gezegd dat zijn familie joodse tradities in ere hield, dus dat moest wel.

Niet dat ik het had gezien. We hadden veel gezoend sinds gisteren op de bouwplaats, tot diep in de nacht, tot we knuffelend op de bank in slaap vielen. Na het ontbijt volgde er nog een zoensessie. Maar elke keer als zijn hand naar mijn broeksband afdwaalde, haalde ik die voorzichtig weg. Elkaar naakt zien was een punt waarop er geen weg terug meer was. Waren we daar klaar voor?

Toen hij me zijn ontslagbrief mailde, voelde het niet goed. Hij leek er zelf blij genoeg mee, maar ik maakte me zorgen. Wat zou er gebeuren als dit, wat we samen uitprobeerden, niet zou standhouden? Dan zou hij zowel zijn relatie als zijn baan kwijt zijn. Zou hij daarna geld van me aannemen om er weer bovenop te komen?

Ik vermoedde van niet. Hij had geen geld van zijn ouders aangenomen toen hij met zijn studie was gestopt. Ben Levy-Walters was een trotse man.

Ik had degene moeten zijn die het offer bracht, die ontslag nam. Hoewel ontslag nemen voor mij een grotere stap was. Dat vereiste opvolgingsplannen en overdrachten. Hoe graag ik het ook had willen doen toen ik voor het eerst op het eiland aankwam, ik kon niet zomaar weglopen. De mensen die voor Synergy werkten – en als COO mijn verantwoordelijkheid waren – verdienden beter.

Ik wou bijna dat Ben nog steeds een van die mensen was. Hij zou als werknemer zo veel makkelijker te beschermen zijn dan als mijn minnaar.

En daarom, hoewel ik enorm verlangde elke centimeter van zijn huid te verkennen, zijn smaken te leren kennen, zijn geuren, en te horen welke geluiden hij zou maken als hij wanhopig was van opwinding, had ik twee barrières tussen ons in stand gehouden, en een daarvan was onze kleding.

Toen zijn ogen vanochtend gesmolten goud werden en hij zijn hand over mijn dij omhoog liet glijden, ging ik hardlopen waar hij me met zijn verstuikte enkel niet kon volgen. Na de lunch ging ik naar de fitnessruimte.

Maar nu had hij me op de bank gevonden. En hij zag er *zo* uit.

'Kleed je aan.' Het was dat ietwat bitsige stemmetje dat hij op kantoor gebruikte als ik achterliep op schema en een vergadering of een vlucht moest halen. De stem die ervoor zorgde dat ik het nog wat langer wilde rekken, zodat hij hem nog eens zou gebruiken.

'Gekleed?' Ik zette mijn laptop opzij, die met de tweede verkooporder open. Zodra ik die zou uitvoeren, zou ik nog steeds een belangrijke aandeelhouder zijn, maar Jackson zou alle controle hebben. Hij kon beslissen of hij wilde blijven of zijn handen van het bedrijf – en van mij – aftrekken. Ik had nog niet op de knop kunnen drukken om de transactie uit te voeren. Elke keer als mijn vinger boven het trackpad zweefde, begon hij te jeuken.

'We gaan uit. Doe je pantalon aan en dat antracietkleurige overhemd. Geen das.'

Mijn adem stokte. 'Uit?'

'Je houdt me al drie dagen in dit huis. Hoe leuk ik je ook vind, ik moet andere mensen zien.'

'Maar wat als die vent…'

'Mateo heeft niemand gezien. Het was een willekeurige aanval en die vent is allang vertrokken. Kijk.' Hij zette zijn handen in zijn zij. 'Ik heb je de tijd gegeven om het te verwerken. En als je hebt besloten dat je dit niet met mij wilt doen, is dat prima. Zeg het dan nu maar gewoon.'

'Nee, ik… ik wil het wel. Je hebt in godsnaam ontslag genomen.'

'Dat weet ik.' Zijn volle mond trok samen tot een dunne lijn. 'Zorg er niet voor dat ik er spijt van krijg.'

Ik stond op en ijsbeerde naar de schuifpui, met als voorwendsel Coco naar buiten te laten. Braaf draafde hij door de deur om de bougainvillea te bezoeken.

Met mijn rug naar Ben toe, vroeg ik: 'Heb je er spijt van? Want ik heb je ontslagbrief nog niet naar personeelszaken doorgestuurd.' De andere barrière.

'Waarom in hemelsnaam niet? Ik ga er volledig voor. Tenzij jij dat niet doet?'

Ik draaide me om en keek hem aan. Ik haatte de onzekerheid in zijn stem. Een onzekerheid die ik daar had gebracht. 'Ik ga ervoor.'

'Kleed je dan aan. We gaan dansen. Met Ramón en een paar van de andere jongens hier in het resort.'

'Dansen?' Ik staarde naar zijn enkel. Zijn superstrakke spijkerbroek vloeide er soepel overheen en verborg elke zwelling. 'Je kunt nauwelijks lopen. Hoe ga je dansen?'

De twinkeling in die whiskykleurige ogen was ondeugend. 'Ik dans niet met mijn voeten, Cooper.'

Verdomme. Nu kon ik me alleen nog de golvende heupbewegingen van Ben voorstellen. Mijn keel werd droog en als een robot marcheerde ik naar mijn kamer en trok precies aan wat hij me had gezegd. Ik poetste mijn tanden en scheerde me voor de tweede keer die dag.

Ik sneed me in mijn kaak toen ik de fout maakte me te herinneren hoe Ben eruitzag in zijn spijkerbroek. Hij hoefde die strakke kleren niet voor mij te dragen. Ik kwijlde al over hem in zijn felgekleurde golfshirts en bermuda's. Ik depte de snee met een tissue. Bovendien danste ik alleen als het moest. De laatste keer was op de bruiloft van Jackson in de herfst. Met Marlee, na onze toost. En met Jamila. Ik kon me niet herinneren wanneer ik voor het laatst had gedanst met iemand die ik wanhopig graag wilde neuken.

Ik maakte mijn scheerbeurt af en deed wat crème in mijn haar om het glad te strijken. De snijwond van het scheren was dicht en ik zag eruit alsof ik klaar was voor een casual-friday-vergadering op kantoor. Totaal niet als een man die naar clubs ging en verdomme danste. Waren dat *grijze haren* bij mijn slaap? Godzijdank had ik dit... dit wat-het-ook-was niet verder laten gaan. Ben kon zich nog bedenken.

Ik stampte de hoofdslaapkamer uit om voor Ben te gaan staan, die op een barkruk aan het aanrecht zat en door zijn telefoon scrolde. Toen hij opkeek, hield ik mijn armen gespreid. 'Voldoe ik aan je goedkeuring?' Ik draaide een rondje.

Toen ik weer naar hem toe draaide, beet hij op zijn lip. 'Absoluut, meneer Fallon.'

Ik veronderstel dat dat een voordeel was van Bens strakke broek. Een strakkere pasvorm van de mijne zou hebben voorkomen dat mijn lul van mijn been af stond. Ik draaide me om om mijn reactie te verbergen en stuurde Mateo een sms om de auto voor te rijden.

Ben moest het al geregeld hebben, want toen Mateo een minuut later in een van Luis' SUV's aan kwam rijden, zat Ramón al op de passagiersstoel voorin. Hij stapte uit de auto en bood Ben zijn plaats aan. Ik wrong mijn lange benen op de derde zitrij naast

Ramón. De middelste rij werd bezet door een trio dat ik herkende als twee van Luis' obers en een barman.

Mateo ving mijn blik in de achteruitkijkspiegel en trok zijn wenkbrauwen op. Ik vond het hele idee niets – Ben naast mijn flirterige neef, naar een club gaan waar ik niet zou drinken, en Ben zien dansen – maar ik knikte toch. Als dit was wat Ben wilde, zou ik het hem geven.

Twintig minuten later stopte Mateo voor een club in de stad en we volgden Ben allemaal naar binnen. Ik was al jaren niet meer in een club geweest, niet sinds Jackson me niet meer uitnodigde, maar het was hetzelfde als ik me herinnerde. Luide muziek en lichten die op de maat flitsten, die zich precies in mijn slapen nestelde. Ramón liep voorop naar een gereserveerde tafel bij de dansvloer. Een bank vormde een boog om de ronde tafel en Ben wurmde zich tussen Mateo en mij in.

De ober bracht een ijsemmer met flesjes water, een fles rum en zeven glazen. Toen hij de fles naar het glas voor me kantelde, legde ik mijn hand over de rand. 'Voor mij niet, bedankt.'

Mateo grijnsde en riep: 'Betekent dat dat jij de BOB bent?'

Mijn flirterige neef, rum en Ben? Nee, bedankt. Ik fronste. 'Nee. Jij rijdt.'

Toen hij pruilde, voegde ik eraan toe: 'Dit is voor Isaac.'

'Isaac.' Hij leunde achterover en staarde naar het patroon van gekleurde lichten op het plafond. 'Die kleine, gele Speedo.'

'Dat is hem.' Ik tikte met een flesje water tegen het zijne en hij tikte terug. We dronken op de eerste date die hij van me had gestolen.

Ben volgde de uitwisseling met grote belangstelling. Toen grijnsde hij. 'Nee, ik ga niet tussen twee nuchtere mannen zitten.' Hij stond half op en wurmde zich over mijn schoot.

Mijn vingers strekten zich uit naar Bens heupen alsof ze hem op mijn schoot wilden vastpinnen. En voor een hoopvolle seconde dacht ik dat hij daar even bleef zitten. Maar de volgende seconde plofte hij op de bank tussen barman Bobby en mij in.

Hij bleef daar niet lang. Nadat hij een glas rum had leeggedronken, begaf Ben zich naar de dansvloer. En hij had gelijk. Zijn voeten bewogen nauwelijks. Zijn schouders, buikspieren en heupen deden al het werk, een hypnotiserende rotatie die meer dan één persoon in een baan om hem heen trok.

Lange, slungelige jongens en stevige. Met een lichte huid en een donkere. Jongens die zich netjes kleedden in dichtgeknoopte overhemden zoals ik en jongens die zich casual kleedden in T-shirts en strategisch gescheurde spijkerbroeken. Zelfs een paar jongens zonder shirt met harnassen over hun borst en piepkleine latex shortjes. Ben danste met ze allemaal, maar nooit langer dan een nummer of twee.

Jezus, wat wou ik dat ik een van hen kon zijn. Dat ik achter hem kon staan en mijn heupen met de zijne kon wiegen. De contouren van zijn borst kon volgen.

Maar dat was ik niet. Ik was de beschermer, niet het feestbeest. En de persoon tegen wie Ben het meest beschermd moest worden? Ikzelf.

Ik haalde een koud flesje water uit de emmer en hield het tegen mijn kloppende slaap.

Ramón gleed weer op de bank. Ik had niet gemerkt met wie hij had gedanst; mijn blik was – nog steeds – alleen op Ben gericht, die een limoengroene bolhoed van zijn huidige danspartner had geleend en hem van onder de rand aankeek.

Ramón schonk een vinger rum in een glas en nam een slokje. 'Ik heb nog geen kans gehad om je te bedanken. Voor de aandelen.'

Ik rukte mijn blik los van Ben om naar Ramón te kijken. 'Graag gedaan. Ik houd me aan mijn beloftes, zelfs die ik maak als ik dronken ben.'

Hij knikte en nam weer een slok van zijn drankje. 'Hij wacht op je, weet je.'

'Wie wacht er op me?'

Hij wees met zijn kin naar de dansvloer. Ben staarde me aan vanonder de groene hoed. Zijn heupen cirkelden, en in mijn verbeelding pompten ze tegen de mijne. Het benam me de adem.

Zonder ons staren te verbreken, tilde hij de hoed van zijn hoofd en gooide hem naar de andere man. Zijn donkere krullen reflecteerden het rood en blauw van de veelkleurige lichten in de club. Ben tilde zijn kin op en daagde me uit om met hem mee de dansvloer op te gaan.

Ik liet mijn blik over hem glijden. Zijn shirt plakte nu aan hem en de voorkant was opgekropen, waardoor een strookje van zijn platte buik boven de tailleband van zijn superstrakke spijkerbroek te zien was. De spotlights van de club flitsten over hem heen en onthulden flitsen van zijn strakke dijen, de ronding van zijn kont, en voor een tergende seconde zelfs de omtrek van een welving die zich uitstrekte van zijn kruis tot aan zijn heupbeen.

Hulpeloos om weerstand te bieden, gleed ik naar de rand van de bank en zwom als een vis aan een haak door de dansers naar hem toe. Ik stapte zijn ruimte binnen, dichtbij genoeg zodat hij zijn nek boog om naar mijn gezicht op te kijken. Ik stond stil terwijl hij voor me wiegde.

'Ga je niet dansen?' Hij moest schreeuwen om me boven de muziek uit te kunnen horen en zijn stem was al schor.

'Ik dans niet.'

'Natuurlijk wel. Ik hoorde dat je een keer met Marlee hebt gedanst.'

'Niet zo.' Ik gebaarde met mijn hand naar de massa wervelende dansers.

'Het is niet ingewikkeld. Ik leer het je wel.' Hij legde zijn handen op mijn heupen en probeerde ze heen en weer te wiegen. Ik gaf geen krimp. Ik was daar veel te solide voor.

Hij trok zijn wenkbrauwen op. 'Nee?'

'Nee.'

Zijn ogen glinsterden goudkleurig. 'Dan proberen we het zo.'

Hij draaide zijn rug naar me toe en duwde zijn kont in mijn kruis, waardoor ik net genoeg uit balans raakte dat ik instinctief zijn heupen vastgreep. Ze wiegden en, alsof we aan elkaar gelijmd waren, volgden de mijne.

Hij keek me over zijn schouder aan. 'Zie je? Rustig en makkelijk.'

Er was niets rustigs aan de manier waarop mijn lul hard werd tegen zijn strakke spijkerbroek. Of makkelijks aan de manier waarop mijn vingers zich in zijn heupen groeven, op zoek naar een houvast in de wervelende, verwarrende club.

Het maakte niet uit dat er nieuwe zilveren draden in mijn haar zaten. Dat ik stijf en nors was en verdomme business casual droeg in een club. Onverklaarbaar genoeg wilde Ben me. Dat was duidelijk in elke keer dat hij met zijn kont tegen me schuurde, in de manier waarop hij met zijn rug tegen mijn borst leunde. In de beet van zijn tanden op zijn lip. Toen ik zijn heupen strakker vastgreep, stootte mijn rechter middelvinger tegen iets hards en zwaars aan de voorkant van zijn spijkerbroek. Ben hapte naar adem.

Hij legde zijn bezwete handen over de mijne en krulde zijn vingers. De volgende seconde deed hij een vloeiende beweging alsof hij het al duizend keer had gedaan. Hij tilde mijn handen van zijn heupen en draaide zich om zodat we tegenover elkaar stonden, onze handen hoog boven ons hoofd geklemd.

Zijn borst stootte tegen de mijne en mijn tepels werden hard van de aanraking. Mijn buikspieren drukten tegen zijn buik op een manier die ik wenste dat mijn vingertoppen konden. De bobbel aan de voorkant van zijn spijkerbroek schuurde tegen mijn erectie terwijl zijn heupen kantelden en ik huiverde ondanks de hitte van de club. Zijn heupen tegen de mijne schurend, kwam hij dichterbij en dichterbij tot zijn gezicht slechts een paar centimeter onder het mijne zweefde.

'Zullen we hier weg?' Hij sprak zacht. Zelfs onder het bonkende ritme van de muziek hoorde ik elk woord.

Mijn keel was te droog om te spreken, dus ik knikte.

Een taxirit en een sms naar Mateo later, stapten we mijn huis binnen, mijn oren nog steeds suizend van de club.

Ondanks Bens bewering dat zijn enkel een avond dansen wel zou doorstaan, trok hij een grimas toen hij zijn nette schoenen losmaakte en ze naast de deur zette.

'Ga op de bank zitten en leg je voet omhoog. Ik pak een ijspakking voor je.' Ik waste mijn handen in de gootsteen in de keuken.

'Ik wil mijn voet niet omhoog leggen. Ik wil...'

Ik doorboorde hem met de blik die betekende dat mijn woord de wet was. 'Je gaat op de bank zitten en je enkel laten rusten.'

'Ja, meneer Fallon,' zei hij ademloos.

Toen hij op de bank zat, zijn voet op de salontafel, gaf ik hem een glas water. Ik trok zijn sok uit en zag dat het verband in zijn gezwollen voet sneed. 'Vind je het goed als ik het verband van je voet haal?'

'Raak mijn voet niet aan. Hij is bezweet.'

'Jouw zweet maakt me niet uit.' In feite wilde ik mijn neus in zijn borst begraven en de scherpe geur ervan inademen. Me met een laatste restje zelfbeheersing vasthoudend, trok ik voorzichtig de tape van zijn voet en legde de gel-ijspakking die Sara had gebracht over zijn enkel.

'Beter?' vroeg ik.

Een mondhoek van hem krulde omhoog. 'Beter.'

Ik verfrommelde de tape en nam het mee naar de keuken om het in de prullenbak te gooien. Ik waste mijn handen opnieuw en pakte mijn eigen glas water.

In de woonkamer aarzelde ik. Ik moest mezelf uit de verleiding verwijderen. Ik moest naar mijn kamer gaan en de deur op slot doen.

Maar wat als Ben hulp nodig had om naar zijn kamer te hinkelen? Ik kon hem niet alleen laten.

Ben nam de beslissing voor me. 'Kom hier. Vertel me wat je van de club vond.'

'Het was een club, net als elke andere.' Ik haalde mijn schouders op, probeerde er nonchalant over te doen terwijl ik op de salontafel voor hem ging zitten.

'En het dansen?'

De herinnering aan hoe hij me de vloer op wenkte, hoe onze heupen tegen elkaar schuurden, hoe hij me bijna kuste, daar onder de draaiende lichten, maakte mijn broek ongemakkelijk strak. Ik schraapte mijn keel. 'Ik vond het leuk.'

'Ik vond het ook leuk.' Hij leunde naar voren en legde zijn hand op mijn knie. Lust reisde via mijn dij rechtstreeks naar mijn kruis en bleef daar hangen, heet en zwaar. Mijn adem werd oppervlakkig.

'Die jongens in de club waren behoorlijk heet. Vooral die met de hoed.'

Hij snoof geërgerd. 'Cooper Fallon, je bent niet zo slim als je denkt als je denkt dat ik in iemand anders dan jou geïnteresseerd was. Ik ben met precies degene naar huis gekomen met wie ik wilde.' Hij liet zijn hand hoger over mijn dij glijden tot hij slechts een centimeter van mijn kruis verwijderd was. 'Jij niet?'

De laatste draad van mijn zelfbeheersing knapte. 'Jawel.' Ik sprong naar voren, plantte mijn handen op het rugkussen van de bank en drukte mijn mond op de zijne. Het was niet zacht of mooi. Onze kus was vol verlangen, van het ketsen van tanden, van het worstelen van onze tongen, van het branden van zijn stoppels tegen mijn lippen. Ik gooide een knie op de bank naast zijn ongedeerde been en wreef mijn erectie overal tegenaan – zijn dij, zijn heup – op jacht naar de sensatie van onze dans.

Hij greep de voorkant van mijn shirt en trok mijn borst dichter naar zich toe. 'Heb je nodig,' mompelde hij tussen het zuigen aan mijn tong door.

Ik verstijfde. Ik had sinds de middelbare school niets meer met een andere man gedaan. Sinds ik Jackson had ontmoet. Wist ik nog hoe het werkte? Ik had geen glijmiddel of condooms of...

'Sst.' Hij verliet mijn mond om naar mijn oor te kussen. 'We doen het rustig aan. Ik zorg ervoor dat je je goed voelt.'

Ik onderdrukte een rilling die begon op de plek waar hij had gekust en helemaal naar de basis van mijn ruggengraat kroop. 'Je bent gewond. Ik wil niet...'

'Er is niks mis met mijn mond.' Ik voelde de ondeugende krul ervan tegen de huid van mijn nek. Toen trok hij zich terug. 'Tenzij je niet wilt?'

'Nee, natuurlijk wil ik dat wel. Ik...' Ik moest stoppen met praten, anders zou ik iets zeggen wat ik niet terug kon nemen. In plaats daarvan ging ik op mijn knieën tussen zijn benen zitten. Ik wreef mijn gezicht over zijn bezwete shirt en ademde diep in om mijn longen te vullen met zijn geur. Met mijn neus trok ik een lijn langs zijn buik naar zijn broeksband. Hij rook daar ook naar zweet, vermengd met een muskusachtige opwinding. Ik maakte de knoop van zijn spijkerbroek los en keek op naar zijn gezicht. 'Mag ik?'

Hij grinnikte. 'Ik weet niet of je het kan. Het kost misschien wel het zwaarste geschut om me uit deze spijkerbroek te krijgen.'

Ik volgde de welving van zijn erectie met een vinger. Die trilde onder mijn aanraking.

'Sorry.' Hij hapte naar adem. 'Ik bedoelde, ja, graag.'

Ik trok de rits naar beneden en vond niets anders dan Ben eronder. 'Ik meen me te herinneren dat gepast ondergoed deel uitmaakt van de kledingvoorschriften, meneer Levy-Walters.' Maar mijn hese stem ondermijnde de strengheid van mijn woorden.

'Er is niets werkgerelateerds aan mijn outfit vanavond, meneer Fallon.'

Ik trok de zijkanten van zijn spijkerbroek uit elkaar tot ik zijn pik bevrijdde, donkerrood en besneden, zoals ik al wist dat hij zou zijn. Ik drukte mijn tong er plat tegenaan en likte van waar hij uit zijn broek tevoorschijn kwam helemaal tot aan het donkere topje.

'Als dit is hoe je iemand straft voor het schenden van de kledingvoorschriften, dan wou ik dat ik elke verdomde dag zonder ondergoed op kantoor was verschenen,' kreunde hij.

Mijn vingers verstrakten zich om zijn broek. *Het kantoor.* Er was geen weg meer terug na het pijpen van zijn pik.

Alsof hij mijn gedachten had gehoord, krulde Ben zijn vingers in mijn haar en richtte zachtjes mijn blik op hem. 'Sorry. Geen gepraat meer over werk. Ik heb mijn ontslag ingediend. Vanavond ben je mijn... minnaar.'

'Minnaar?' Elke centimeter van mijn huid tintelde.

'Het lijkt me dat je op het punt staat mijn pik te pijpen. Dus ik denk dat de term gepast is, vind je niet?'

'En we zijn exclusief?'

Zijn voorhoofd fronste. 'Natuurlijk. Ik danste alleen met die andere jongens omdat jij niet met me wilde dansen.'

'Maar dat deed ik wel. Met je dansen.'

'Dat deed je.' Zijn uitdrukking werd even zacht, maar toen vernauwden zijn ogen. 'En nu?'

'Nu ga ik je pik pijpen.'

Goud vlamde in zijn ogen. 'Ja, graag.'

Het kostte wat gemanoeuvreer om de spijkerbroek van zijn benen en over zijn gezwollen voet te trekken zonder hem pijn te doen, maar het lukte me, en al snel lag Ben languit op de bank, naakt op zijn strakke T-shirt na. Ik begon bij het topje van zijn pik, likte met mijn tong langs zijn spleetje en zoog aan het topje tot ik de smaak van zijn voorvocht proefde. Ik nam hem dieper, maakte hem goed nat en zoog langdurig aan zijn schacht. Hij gooide zijn hoofd achterover tegen de kussens en kreunde daarvan.

Kracht brulde door me heen, beter dan toen we een miljard dollar omzet hadden gehaald. Beter dan toen we de vijf miljard haalden. Allemaal door een kreun.

Ik likte naar beneden naar zijn ballen, woog ze met mijn tong. Ik greep zijn lengte met mijn hand, schoof mijn vuist omhoog naar het topje, draaide aan de bovenkant en daalde weer af. Zijn scherpe ademhaling liet zien dat ik iets had gevonden wat hij lekker vond.

Ik likte zo ver naar beneden als ik kon, maar de bank verhinderde me om verder te gaan. De volgende keer zou ik meer ontdekken. Verdomme. De volgende keer. Ik schuurde mijn eigen erectie tegen het bankkussen. Ik zoog aan zijn ballen tot ze strak trokken.

'Kom, kom…' kraakte Ben.

'Nog niet.' Ik kneep in de basis van zijn pik en hield zijn orgasme tegen.

Hij stootte met zijn heupen. 'Ik moet...'

'Ik weet het. Je gaat in mijn mond klaarkomen.' Ik wilde hem proeven, hem in me voelen pulseren. Hem slopen zoals hij mij al aan het slopen was.

Ik verving mijn mond voor mijn hand en nam zo veel van zijn lengte als ik kon. Met mijn hand masseerde ik zijn ballen. Toen gaf ik hem een lange, harde zuigbeweging.

'Ja, zo,' hijgde hij, zijn rug gekromd.

Ik holde mijn wangen om hem heen en liet hem tegen mijn keel stoten tot ik kokhalsde. Toen zoog ik opnieuw en opnieuw. Hard, dan weer zacht, dan weer hard. Hij jankte diep achter in zijn keel en dat gaf me de neiging om te brullen. In plaats daarvan klampte ik me vast aan zijn heup en pinde hem vast aan het kussen.

Zijn ballen trokken samen net voordat mijn mond zich vulde met zijn zaad. Ik steeg op langs zijn lengte, zoog elke druppel van zijn ontlading op, tot hij eruit schoot en ik hem doorslikte.

'Verdomme,' kreunde hij. Een pols bedekte zijn ogen. Hij zag er volledig gesloopt uit, zijn pik werd slap tegen zijn dij, zijn T-shirt was opgestroopt tot boven zijn navel. Ik wilde mijn tong in het kuiltje dopen. Elke centimeter van zijn borst proeven. De volgende keer.

'Kom op.' Ik kwam overeind, stak een arm onder zijn knieën en de andere achter zijn rug.

Zijn ogen vlogen open. 'Wacht! Wat doe je?'

'Ik breng je naar bed. Je ziet er' – ik grijnsde – 'uitgeput uit.' Ik tilde hem op tegen mijn borst.

'Nee, het gaat goed. Geef me een minuutje. Dan beurtel ik je.'

'Nee.' Ik liep om de salontafel heen en droeg hem zijwaarts door de gang om te voorkomen dat ik zijn voet zou stoten. 'Je laat je enkel rusten. In bed.'

Zijn rilling bij het laatste woord ontging me niet. 'Maar ik wil...'

'Alles op zijn tijd.' Ik legde hem op zijn bed en trok het laken over hem heen. 'Welterusten.'

Ik was van plan hem een kuise kus op zijn lippen te geven, maar hij greep de achterkant van mijn hoofd en trok me naar zich toe. De smaak van hem, vermengd met de nasmaak van zijn zaad, verleidde me om hem te berijden. Om om te rollen en hem over mijn gezicht te trekken en te zien of ik hem zo snel weer kon laten klaarkomen. Om zijn lippen op me te voelen.

Maar ik trok me terug. Zijn oogleden hingen zwaar en ik wist dat zijn enkel moest kloppen.

Ik tikte zijn dosis pijnstiller uit het flesje naast het bed en gaf hem de tablet. 'Tot morgen.'

Hij kreunde, maar slikte gehoorzaam de pil door en draaide zich op zijn zij. 'Nacht, Cooper. Bedankt voor… voor de dans.'

Grijnzend slenterde ik naar buiten. Dansen was een perfecte manier geweest om de avond door te brengen. En op dat moment kon het me niet schelen welke veranderingen de ochtend zou brengen.

23

BEN

TOEN IK MIJN ogen openknipperde en het zonlicht door de vitrage naar binnen zag stromen, wist ik dat ik het verknald had.

Het was mijn bedoeling geweest om bij het krieken van de dag op te staan, Coopers kamer binnen te glippen en hem wakker te maken met de pijpbeurt waar ik gisteravond te moe voor was geweest. Dan – ik glimlachte bij de gedachte – zouden we weer in slaap vallen, met hem lepeltje-lepeltje achter me.

Waarom had mijn wekker me niet gewekt? Ik keek naar het nachtkastje, dat leeg was op het flesje pijnstillers en een glas water na.

O, ja. Mijn telefoon zat in de zak van mijn spijkerbroek, en mijn spijkerbroek lag nog steeds verfrommeld op de vloer in de woonkamer, daar waar Cooper Fallon me de kop op hol had gebracht. Ik rilde toen ik me herinnerde hoe zijn blauwe ogen eruitzagen tussen mijn dijen, hoe perfect zijn sexy lippen hadden gevoeld, gespannen rond mijn pik.

Het was het absoluut waard om mijn baan op te zeggen.

Nadat ik hem eindelijk had overtuigd om terug te gaan naar

San Francisco, terug naar Synergy, zou ik wel een andere baan vinden. Die zou niet zo goed zijn als die bij Synergy – hoewel werken voor Cooper Fallon ook geen pretje was geweest – maar ik had alleen een inkomen nodig om mijn studie af te ronden en...

Shit. Het collegegeld. Ik zou in dezelfde situatie belanden als toen ik mijn vorige baan verloor. Collegegeld of huur. Hoewel Mimi had gezegd dat ze het niet erg vond als ik op haar bank sliep. Misschien kon ik een paar nachten bij Cooper logeren? Of liet ik nu weer het achterste van mijn tong zien?

Moest ik het nog langer voor me houden?

Cooper had mijn enkel verbonden en het verband er weer afgehaald. Hij had mijn bezwete voet aangeraakt en ervoor gezorgd dat ik mijn pillen nam en water dronk. Hij was met me gaan dansen, en hij *danste echt,* iets wat ik niet had durven hopen. En toen bracht hij me thuis en gaf hij me een geweldige beurt, zonder erom te malen of hij zelf klaarkwam of niet.

En wat had ik gedaan? Ik had hem meegesleurd naar een club waar hij niet eens dronk – waarschijnlijk omdat hij me een plezier wilde doen – en met een dozijn mannen gedanst, in de hoop dat hij het zou zien, als een holbewoner op me af zou stampen, me een donker hoekje in zou sleuren en me de adem zou benemen met zijn zoenen.

Ik was een snotaap geweest.

Cooper had geen snotaap nodig. Hij had iemand nodig die voor hem zou zorgen, die hem in evenwicht zou houden, zodat hij niet alles liet vallen en wegliep.

Dat kon ik doen. Vanaf vandaag. En de eerste stap was hem terugkrijgen naar kantoor, waar hij thuishoorde. Zodat hij voor mensen als Mimi en Marlee en alle anderen kon zorgen.

En Jackson Jones? Ik voelde mijn mondhoeken omhoogkrullen. Hem had Cooper nooit gepijpt. Tuurlijk, ze waren vrienden, en dat zou ik hem nooit misgunnen, maar Cooper was nu van mij.

Van mij.

Ik kneep mezelf en grijnsde om de pijn.

Nadat ik had gedoucht en mijn enkel had verbonden, strompelde ik het terras op, waar hij met zijn tablet zat. Coco sprong op van de plek waar hij aan Coopers voeten lag en rende naar me toe, zijn nagels tikkend op het houten terras.

Toen Cooper opkeek van zijn tablet, wedijverde zijn glimlach met de helderheid van de ochtendzon. Hij legde de tablet neer en sprong op – nee, hij schreed; Cooper Fallon *sprong* nergens naartoe – en liep naar me toe. Zijn vingers krulden zich om mijn gespannen kaak en tilden die op, net voordat hij een zachte, naar koffie smakende kus op mijn lippen drukte. 'Goedemorgen.'

'G-goedemorgen.' Ik smolt van zijn aanraking. Ik drukte me tegen zijn borst en ademde hem in. Sterke eilandkoffie, het kraakheldere katoen van het schelpenoverhemd dat ik voor hem had gekocht en een vleugje groene munt.

'Blijf, Coco!' Coco begreep Coopers toon, stopte met tegen mijn knieën opspringen en ging aan mijn voeten zitten.

'Hoe gaat het met je enkel?' Cooper pakte mijn schouders vast en leunde achterover om ernaar te kijken.

'Goed. Ik… ik heb hem verbonden.'

'Goed.' Hij kuste mijn slaap – God, ik was een hoopje ellende – en leidde me, met een hand om mijn elleboog, naar de tafel waar een keur aan fruit en gebak ons verwelkomde. Hij liet me op de stoel naast de zijne plaatsnemen en schonk een kop koffie voor me in met room en een flinke schep suiker.

'Na het ontbijt moet ik naar de stad. Ik zou het fijn vinden als je meegaat, als je je daartoe in staat voelt.'

'O?' Ik nipte van de perfect gezoete koffie. 'Wat gaan we doen in de stad?'

Hij schepte wat fruit uit de kom op mijn bord voordat hij zichzelf bediende. 'Winkelen. Hoe leuk ik de kleren die je voor me hebt gekocht ook vind, ik kan wel een paar extra overhemden gebruiken.'

Ik plukte aan zijn mouw. 'Houd me niet voor de gek. Je haat dit overhemd.'

Zijn lippen krulden omhoog. 'Ik vind dit overhemd leuk. Ik haat dat met die hagedissen.'

'Die vind ik ook leuk.' Ik trok zijn kraag recht en streek met een hand over zijn borst. Winkelen was iets wat vriendjes samen deden. Waren we dat nu? 'Oké, ik doe mee.'

Na het ontbijt reed Mateo ons naar de stad en volgde op discrete afstand terwijl we langs de toeristenwinkels liepen die T-shirts en schelpenkettingen verkochten, langs de grote juwelier die de larimar verkocht waar het eiland beroemd om was, langs de slijterij die rum verkocht die geïmporteerd was uit Puerto Rico en andere nabijgelegen eilanden. Coco maakte zich geen zorgen om discretie; hij draafde aan onze hielen en haalde zijn neus op voor de andere Kokoshonden die in de steegjes rondscharrelden.

In plaats van een van de eilandkledingwinkels in te lopen, sloeg Cooper een zijstraat in. Het trottoir was hier ruwer, opge-duwd door de wortels van de enorme bomen die de straat in de schaduw zetten, en toen hij mijn hand pakte, ging mijn hart tekeer.

Er waren geen toeristen in deze straat met hun tropische-print overhemden, verblindend witte sportschoenen en baseballpetten. Hier trokken mensen in gehavende strohoeden en witte linnen guayabera's boodschappenkarretjes achter zich aan of droegen ze touwtassen. Winkeliers leunden in deuropeningen en riepen de voorbijgangers in het Spaans na.

En ze kenden Cooper. Sommige mensen knikten verlegen. Anderen liepen op hem af en knoopten een gesprek met hem aan. Hij glimlachte – niet de zonnige glimlach die hij me die ochtend had gegeven, maar een beleefde – en praatte terug. Toen een oudere dame in een verschoten bloemetjesjurk in zijn wang kneep en haar wenkbrauwen naar me optrok, pakte hij mijn hand en noemde me zijn novio. Zelfs mijn middelbareschool-Spaans kende dat woord. Hij had me niet voorgesteld als zijn amigo, maar als zijn vriend. Een grijns verscheen op mijn gezicht.

Toen ze zijn wang kuste en verder liep, kneep ik in zijn hand. 'Dus ik ben je novio?'

Zijn jukbeenderen kregen een roze blos. 'Hoe zou je liever genoemd worden? Er is hier een woord voor "friends with benefits", maar ik...' Hij kromp ineen. 'Dat was mijn oudtante.'

Hij had gelijk. We waren nooit vrienden geweest. En ik betwijfelde of dat woord beleefd was. 'Novio is perfect.' Ik trok hem naar me toe zodat ik zijn wang kon kussen, en hij deinsde niet terug. Hij legde zijn arm om mijn middel. Hij keek achterom naar Mateo, die met zijn oudtante praatte, en wierp hem een strenge blik toe.

We passeerden een kruidenierswinkel, een schoenmakerij en een kapperszaak. Aan de andere kant van de bakkerij opende Cooper een deur en rammelde er een bel boven ons.

'¡Tío! es Miguel,' riep hij.

Het gezoem van een naaimachine stopte en een man met dun grijs haar en een keurig sikje stond op van een tafel achter in de winkel. Hij zette zijn bril boven op zijn hoofd en kneep zijn ogen samen. 'Lito!' Hij boog zijn rug tot die kraakte en schuifelde toen naar ons toe.

Hij omhelsde Cooper en deed een stap achteruit om zijn bril weer op te zetten en naar Coopers overhemd te turen. Hoofdschuddend klakte hij met zijn tong. Hij zei iets in het Spaans, en ik ving de woorden *camisa fea* op. Hij had het overhemd lelijk genoemd. Cooper antwoordde kort in het Spaans en schakelde toen over op langzaam Engels.

'Tío, dit is mijn vriend, Ben.'

'Buenos dias,' zei ik en stak mijn hand uit.

Coopers oom negeerde mijn hand en omhelsde me. 'José María, maar u kunt me tío noemen.'

Hij deed een stap achteruit en bekeek me van top tot teen, van mijn poloshirt tot mijn bermuda. 'Jullie hebben kleren nodig.'

Ik was met een volle koffer tropenbestendige kleding gekomen. 'Nee, ik...'

Coopers zware hand landde op mijn schouder. 'Ja, alstublieft, tío. Vrijetijdskleding.'

'Iets voor op zondag?'

'Nee, dank u wel, we...'

'Sí, sí. Jullie komen bij je tía eten.'

Cooper kromp ineen, maar hij protesteerde ook niet. Zondagsdiner bij zijn familie? Zijn *familie?*

José María snelde door de winkel en haalde kledingstukken van hangers. Hij gaf de helft aan mij en de helft aan Cooper, en duwde ons toen naar twee pashokjes aan de zijkant van de winkel. Het gordijn schoot achter me dicht.

'Trek het aan en kom dan naar buiten,' zei José María.

Ik stapte uit mijn korte broek in een loszittende, ecrukleurige linnen broek. Ik trok mijn polo uit en knoopte een baksteenrode guayabera dicht. Ik keek in het kleine spiegeltje. Hoewel ik normaal zwart en grijs droeg, stond het rood goed bij mijn huid, en de broek voelde koel en licht aan, zelfs in de winkel zonder airconditioning.

Ik glipte door het gordijn naar buiten. José María knikte goedkeurend. 'Draai je om,' blafte hij.

Ik draaide me om en voelde hem de stof bij mijn kont vastpakken. 'Ik neem het hier een beetje in. Het zou zonde zijn om deze... wat zeggen de jonge mensen in het Engels? Booty?'

Ik grijnsde naar hem over mijn schouder. 'Bedankt.'

'Ah,' zei hij, zijn blik langs me glijdend. 'Een ogenblik.'

Cooper kwam uit zijn pashokje. Net als ik droeg hij een linnen broek en een guayabera, een hemelsblauwe die bij zijn ogen paste. Er was geen overtollige stof rond zijn heupen; de broek leek voor hem gemaakt, strak langs zijn smalle heupen en gespierde dijen en hij viel precies op zijn enkel, zonder onderaan te lubberen zoals de mijne.

'Ik zie dat u mijn maat nog steeds heeft,' zei hij.

En of hij die had. Mijn ogen gleden over Coopers brede schouders en smalle taille.

'Niet zo gek doen. Toen ik hoorde dat je hier was, heb ik deze voor je gemaakt, Lito.'

Coopers wangen werden rood, maar hij glimlachte. 'Gracias, tío.'

José María speldde mijn broek af, en ik keerde terug naar het pashokje om de volgende outfit aan te trekken, die vergelijkbaar was, maar het overhemd was een bleek oesterroze. José María speldde die ook af. De laatste keuze was een slank gesneden, steengrijze pantalon, een Frans blauw overhemd en een seersucker colbert.

Terwijl José María de broek afspeldde, verscheen Cooper in een adembenemend strakke kaki pantalon, een blauwgeruit overhemd en een marineblauw linnen colbert met een parmantig, rood-patroon pochet. 'Tío, ik weet het niet met deze broek... Ik denk dat u hem voor een van mijn neven heeft gemaakt.'

'Nee,' zuchtte ik.

'Nee,' zei José María tegelijkertijd. 'Die zijn perfect. Draai je om.'

Cooper draaide zich om, en ik moest op mijn tong bijten om te voorkomen dat hij als die van een wolf in een oude tekenfilm uit mijn mond zou hangen. De broek omsloot en definieerde zijn kont, en als José María er niet was geweest, had ik mijn handen de rondingen laten volgen die mijn blik aftekende. *Verdomme.*

José María grinnikte met zijn mond vol spelden. 'Zie je? Perfect. Ben keurt het goed.'

Ik kromp ineen. Ik had het hardop gezegd.

Cooper leek het niet erg te vinden. Hij draaide zich langzaam naar me toe, en het blauwe jasje maakte zijn blauwe ogen fel. 'Dan neem ik het. Precies zoals het is.'

'Helemaal klaar.' José María stond op, zijn knieën krakend. 'Ik laat een van de jongens de kleding bij je huis bezorgen. Behalve de eerste outfit. Die dragen jullie vandaag. Ben, jij kunt het rode shirt dragen. Dat hoeft niet vermaakt te worden.'

'Ja, meneer.' Ik stapte weer achter het gordijn en trok de rode guayabera aan met mijn kaki korte broek. Ik droeg het niet zo natuurlijk als Cooper zijn blauwe overhemd, maar ik zag er iets minder als een toerist uit.

Toen ik met mijn arm vol afgespelde kleren naar buiten liep, tikte Cooper op zijn telefoon. Hij kuste de wang van zijn oom. 'Gracias, tío.'

Ik zocht naar mijn portemonnee. Ik had onmogelijk genoeg contant geld om handgemaakte kleding te betalen.

'Laat mij maar.' Cooper hield mijn hand tegen en hield zijn telefoon omhoog met zijn betaalapp op het scherm. 'Het is mijn beurt om kleren voor jou te kopen.'

Ik had zijn camisas feas op mijn bedrijfscreditcard gezet, dus eigenlijk had hij ze al betaald. Maar ik maakte geen ruzie. Mijn novio had kleren voor me gekocht. Mijn hart struikelde in mijn borst. Ik had de strijd verloren. Niet alleen met Cooper over geld. Maar ook die met mijn al te gewillige hart. 'Dank je wel.'

Buiten stond Mateo met gekruiste armen in de schaduw naast Coco, die een vreugdevol blafje gaf toen we uit de winkel van José María kwamen. Hij had een riem. Geen gloednieuwe nylon riem die we op het vasteland in een dierenwinkel hadden kunnen kopen. Het was zacht leer, versleten door de jaren. Alsof het vele Kokoshonden had gediend die besloten hadden zichzelf te domesticeren. Mateo gaf me het uiteinde van de riem, en Coco draafde heel natuurlijk aan mijn zijde.

We slenterden terug naar de hoofdstraat, in de richting van de geparkeerde auto. Toen we langs de vlekkeloze ramen van de juwelier liepen, ving ik onze weerspiegeling op. We zagen er niet uit als een stel Amerikanen die wat aan het winkelen waren in het schattige Caribische dorp. We zagen eruit als een paar expats, volledig aangepast aan de eilandstijl. Met een hond aan de lijn als bewijs.

Toen we bij de auto aankwamen, trilde mijn telefoon in mijn zak. Ik haalde hem tevoorschijn om het bericht te lezen.

MARLEE

Weston heeft vanmorgen weer een vergadering met mensen van Gurusoft. Waar ben je in hemelsnaam mee bezig?

Mijn ogen werden groot. Waar was ik in hemelsnaam mee

bezig? Kleren kopen alsof we langer dan een paar dagen zouden blijven. En compleet vergeten waarvoor ik naar het eiland was gesleept.

Ik moest weer op het juiste spoor komen. Ervoor zorgen dat Cooper geen Synergy-aandelen meer verkocht. En hem terug laten gaan naar Californië, waar hij thuishoorde. Waar we allebei thuishoorden.

24

COOPER

OP DE TERUGWEG van ons dagje winkelen keek ik toe hoe Bens duimen over zijn telefoon vlogen.

Het was een fijne dag geweest, met hem door de stad slenteren, kleren voor hem kopen zodat hij eruit zou zien alsof hij op het eiland thuishoorde.

Zou het zo erg zijn als we niet teruggingen? Jamila zei dat ik moest doen wat het beste was voor mijn mentale gezondheid, dus ook Synergy en Jackson achter me laten als het te klein geworden huisje van een heremietkreeft.

Ben had vrienden en familie in San Francisco. Het zou moeilijk voor hem kunnen zijn om hen achter te laten. Maar ik was een rijk man en had veel onderhandelingstactieken tot mijn beschikking.

Terwijl hij op zijn telefoon tikte, plande ik mijn strategie.

Hij had zijn baan opgezegd zodat we samen konden zijn. Daarna was hij gaan blozen toen ik me had versproken en hem mi novio had genoemd. Hij leek van het leven op het eiland te genieten. Hij was bevriend geraakt met Ramón en de anderen. Misschien wilde hij wel overgehaald worden om te blijven. Maar dit was te belangrijk om aan het toeval over te laten.

Een van de regels bij onderhandelen is de omgeving beheersen. Ben zou het meest beïnvloedbaar zijn in een romantische setting. Ik stuurde Luis een berichtje om een diner voor twee te regelen, net buiten mijn terrein op het strand, waar Ben direct in contact zou zijn met de schoonheid van het eiland. En hoewel hij veiliger zou zijn achter het afgesloten hek, zou het belangrijk zijn om hem een gevoel van vrijheid te geven, zodat hij wist dat hij weg kon lopen als hij dat wilde. Mijn borstkas brandde bij de gedachte dat hij weg zou lopen.

Hoewel ik in mijn carrière tal van deals had gesloten – bedrijfsleningen, overnames, baanaanbiedingen – had ik nog nooit een persoonlijke onderhandeling met zo'n hoge inzet gevoerd. Zeker, ik had met tal van vrouwen onderhandeld om mijn tijdelijke vriendin te zijn voor een of ander evenement. Een of twee keer zelfs voor alle evenementen van een heel seizoen. Als ze niet akkoord gingen met de voorwaarden, kon ik ofwel iemand anders zoeken – er leek altijd wel iemand te popelen om in te springen – of alleen gaan en de geruchten over mijn status als meest begeerde vrijgezel aanwakkeren.

Maar dit was anders. Ik kon niet weglopen van Ben. Als ik dat deed, zou ik mijn hart achterlaten. Voor het eerst in jaren was ik gelukkig. En ik zou bijna alles doen om dat zo te houden.

Ben was nog steeds met zijn telefoon bezig, dus ik strekte me uit over de stoel en legde mijn hand op zijn knie. Hij keek geschrokken op, maar gaf me een snelle glimlach. Hij ging door met typen met zijn linkerhand en legde zijn rechterhand over mijn vingers.

De spanning verdween uit mijn borst. Ben gaf om me. Op die laatste dag op kantoor had hij zijn bloedende hand met zijn zakdoek verbonden. Toen kwam hij naar het eiland om te kijken hoe het met me ging. Om me over te halen terug te gaan. Hoewel ik het niet verdiende, gaf hij om me.

Nu we samen waren, moest hij beseffen dat hier blijven de beste keus voor mij was. Desondanks zou ik het zware geschut inzetten. Bloemen. Champagne. Dat driedubbele chocoladedessert dat ze in het restaurant van het resort maakten waar Jamila van in zwijm viel.

Zodra we bij het huis stopten en de deuren openden, snoof Coco in de lucht en gromde.

'Wat is er aan de hand, Coco?' vroeg Ben alsof de hond in het Engels zou antwoorden.

'Cooper.' Mateo's toon was waarschuwend.

Ik liep naar hem toe waar hij stond, met zijn hand op de klink van de voordeur.

'De deur is niet op slot,' zei hij. 'En ik weet zeker dat ik hem gecontroleerd heb toen we weggingen. Gaan jullie twee maar terug de auto in en doe de deuren op slot.'

Coco blafte uit volle borst toen ik Ben terug in de SUV duwde. Ik schoof achter hem aan en reikte naar de bestuurdersstoel om op de knop van de deurvergrendeling te drukken.

'Wat is er aan de hand?' Ben trok Coco op zijn schoot en aaide over zijn flanken tot hij kalmeerde. De hond staarde naar de voordeur alsof hij erdoorheen kon kijken.

'Mateo denkt dat er misschien iemand binnen is. Hij kijkt het na.'

'Gaat het wel goed met Mateo?'

'Als hij er binnen vijf minuten niet is, ga ik naar binnen.'

'Dan ga ik met je mee.'

'Nee.' Ik legde een hand op zijn schouder en staarde in zijn geschrokken ogen. 'Jij blijft hier buiten. Waar het veilig is.'

'Neem Coco mee.'

Ik kriebelde de hond achter zijn oren. 'Oké. Dan kan hij weer de held uithangen door in de enkel van de slechterik te bijten.'

Mateo kwam uit het huis en jogde naar de auto. Ik deed hem van het slot en hij stak zijn hoofd naar binnen.

'Alles veilig,' zei hij. 'Een misverstand met de schoonmaak. Een nieuwe man dacht dat hij jouw huisje moest doen.'

Een schoonmaakkarretje hobbelde door de voordeur. De man die het duwde was bijna te log voor zijn uniform. De knopen stonden op springen. Hij strompelde achter het karretje aan over het pad en zwaaide verlegen naar ons. Coco gromde.

'Luis moet dit weten. En hij moet hem een beter passend uniform geven.' Ik pakte mijn telefoon.

'Niet doen.' Ben legde een hand op de mijne. 'Het was een eerlijke vergissing. En hij is nieuw. Ik zou niet willen dat hij hierdoor zijn baan verliest.'

Ben was altijd zo attent voor dienstverlenend personeel. Ik stopte mijn telefoon terug in mijn zak. 'Oké.'

'Bedankt.' Hij kuste me op mijn wang. 'Ik denk dat ik naar binnen ga om een dutje te doen.'

Ik tilde mijn hand op naar zijn wang en verplaatste de kus naar mijn lippen. 'Klinkt goed. Ik heb een speciaal diner gepland.'

'Mmm.' Het geluid schoot rechtstreeks naar mijn kruis. 'Dat klinkt goed.'

Het was lang geleden dat ik in een auto had staan zoenen, maar als Mateo er niet had gestaan en als Coco niet grommend aan het raam had gekrabd, had ik het misschien geprobeerd. Maar gezien de omstandigheden opende ik de deur en pakte Coco om zijn middel zodat hij de schoonmaker niet achterna zou gaan. Ik klemde hem onder mijn arm en hielp Ben uitstappen. Onze wandeling door de stad vanochtend moest zwaar zijn geweest voor zijn enkel.

Terwijl Ben een dutje deed, ging ik naar de fitnessruimte en daarna haalde ik een paar benodigdheden bij de afdeling voor persoonlijke verzorging van de cadeauwinkel. Benodigdheden die ik later met Ben hoopte te gebruiken. Ik sprak met Luis over de plannen voor het diner, maar zoals ik Ben had beloofd, zei ik niets over de verdwaalde schoonmaker.

Luis sloeg me op mijn rug. 'Veel succes, mijn vriend. Ik ben blij dat je eindelijk de liefde hebt gevonden.'

Mijn ogen moeten groot geworden zijn, want Luis lachte. 'Vertel me niet dat je hem nog niet hebt verteld wat je voelt.'

'Ik… nee. Wat voel ik dan?' Behalve godsgruwelijk bezitterig wanneer Mateo lachte om een van Bens grapjes. Dolgelukkig als

Ben me kuste. Ik hield er zelfs van om dat spuuglelijke iguana-shirt te dragen dat hij voor me had uitgekozen.

'Ik denk dat je het wel weet. Je hoeft het alleen maar aan jezelf toe te geven. En aan hem.'

Had Luis gelijk over wat ik voelde? Ik dacht erover na terwijl ik terugjogde naar de bungalow, mijn tas met spullen in mijn hand. Ik was nog nooit verliefd geweest op iemand, behalve op Jackson. En zelfs toen het gebeurde, wist ik dat mijn gevoelens niet gezond waren. De druk op mijn borst als ik bij Jackson was, was niet warm en bruisend zoals het met Ben voelde. Met Jackson was het altijd pijnlijk, omdat ik wist dat hij niet hetzelfde voor mij voelde. Ook al had hij me een paar keer gekust als hij dronken was, Jackson was volkomen hetero. Ik had vanaf bijna de eerste dag dat ik hem ontmoette geweten dat ik geen schijn van kans bij hem maakte.

En toch had ik over hem gedweept als een tiener over een rockster. Waarom? Waarom had ik dat vijftien jaar lang gedaan? Ik had gedacht dat het was omdat we zo hecht waren als broers. Beste vrienden die slechts een klein stapje van geliefden verwijderd waren, als hij maar wakker werd en zag hoe ik over hem dacht.

Toen hij met Alicia trouwde, dacht ik dat het niet kon duren. Hij had nog nooit een serieuze relatie gehad. Bovendien had ik, ondanks al zijn gebreken, nog steeds gehoopt dat hij en ik voor elkaar bestemd waren. Daarom had ik al het werk opgepakt dat hij had laten vallen. Zodat hij zou weten dat ik er zou zijn als alles in duigen viel. Maar de nacht dat hun baby werd geboren, toen ik de opgetogenheid in zijn ogen had gezien terwijl hij zijn nieuwe gezin vasthield...

Misschien had dr. Pradhi al die jaren gelijk gehad.

Wat ik voor Ben voelde, was anders. Ik kende niet al zijn geheimen. Ik kende hem pas zes maanden. Maar als ik bij hem was, voelde ik me heel.

Ik belde de cateringafdeling en vroeg ze het bloemstuk twee keer zo groot te maken.

Terug in de bungalow nam ik een douche en besteedde ik extra tijd om de slag in mijn haar precies goed te krijgen. Ben was gefixeerd op mijn haar. Hij raakte het graag aan. Ik was nog nooit nerveus geweest over mijn uiterlijk, zeker niet op het eiland waar iedereen me accepteerde. Maar vanavond moest alles perfect zijn. Voor Ben.

Toen hij de woonkamer binnenliep, sprong ik op van de bank, waar ik had gezeten met een onaangeroerd glas spuitwater op de salontafel voor me. Ik verslond hem met mijn ogen. Hij zag eruit als op kantoor, met een grijsgeruit overhemd en een donker gewassen spijkerbroek die losser zat dan de broek die hij in de club had gedragen. Zijn voeten waren bloot en zijn haar was nog vochtig van zijn douche.

Ik ademde de honing van zijn lippenbalsem en de warme geur van pas gestreken katoen in. Hij had zich ook voor mij opgetut.

'Honger?' Ik kuste hem, slechts een nerveuze druk van mijn lippen op de zijne.

'Uitgehongerd. Ik dacht niet dat ik zo lang zou slapen.' Hij greep mijn hand om me vast te houden en beantwoordde mijn kus, langer en met een glijdende beweging van zijn tong die mijn tenen in het tapijt deed krullen.

Toen we elkaar loslieten, leunde ik met mijn voorhoofd tegen het zijne. Ik hoopte dat ik genoeg had gedaan om ervoor te zorgen dat we nog lang samen op het strand zouden dineren. Dat ik zijn kussen elke avond zou kunnen krijgen.

'Het eten is klaar. Al fresco.' Ik leidde hem aan de hand via het terras en door het achterhek dat direct op het strand uitkwam. Mijn voeten zakten weg in het warme zand en ik stopte even om mijn broekspijpen op te rollen.

Ben deed hetzelfde, en toen hij zich oprichtte, zag hij de tafel. Of wat hij ervan kon zien onder het enorme arrangement van tropische bloemen. Hij hapte naar adem.

'Vind je het mooi?' Misschien was het te veel. De champagne. De bloemen. De ober die naast een voorbereidingstafel met warmhoudschalen stond.

'Maak je een grapje? Een romantisch diner op het strand bij zonsondergang? Ik wist niet dat je het in je had, Cooper. Ik vind het geweldig.'

Mijn maag maakte een sprongetje en ik wilde mijn vuist ballen zoals ik op de middelbare school deed als ik een examen had gehaald. Maar ik bleef koel, hielp hem over het ongelijke zand naar de tafel en schoof zijn stoel naar achteren. Ik liet mijn hand over zijn schouders glijden terwijl ik achter hem langs liep naar de stoel naast de zijne, en hij rilde.

'Heb je het niet koud?' Er waaide een licht briesje vanaf het water.

'Nee, gewoon… gewoon gelukkig.' Hij grijnsde en er viel iets op zijn plek in me. Ik greep zijn hand en bracht die naar mijn lippen. Ik was ook gelukkig.

'Señores, zijn jullie klaar voor het voorgerecht?' De ober was geruisloos achter me komen staan.

'Sí, por favor.'

Hij zette onze voorgerechten voor ons neer. Bens ogen werden groot toen hij het eten zag. 'Het is prachtig. Te mooi om op te eten.'

Mijn blik verliet zijn gezicht niet. 'Nee, dat is het niet.'

Bens wangen werden roze. 'Wel, meneer Fallon. Ik geloof dat dat een seksuele toespeling was. Wat moet ik toch met je doen?'

Ik kon een heleboel dingen bedenken die ik hem met me zou laten doen. Maar we moesten eerst praten. En ik wilde dat hij in een goed humeur was als we dat deden. Ik liet een mondhoek omhoog krullen. 'Eerst eten. En dan kunnen we erover praten wat je met me gaat doen.'

Zijn ogen fonkelden goud in de zonsondergang. Hij keek over zijn schouder naar de ober, die zich bezighield met de inhoud van de warmhoudschaal. Toen voelde ik een streling van huid langs mijn wreef. Zijn voeten waren zanderig, en de mijne ook, maar het deed me voorstellen hoe onze lichamen zouden voelen, glijdend tegen elkaar. De ruwe krullen op zijn borst. Mijn stoppels die tegen zijn binnenbeen schuurden. Ik rilde. 'Eet.'

Ben begon aan het voorgerecht. Mijn maag was een harde knoop, zenuwen omwikkeld met lust, dus ik bood hem mijn bord aan toen hij het zijne op had.

'Eet je niet?'

Ik trok weer een mondhoek op. 'Ik heb honger naar iets anders.'

Hij trok zijn wenkbrauwen op. 'We zijn nog maar bij het voorgerecht.'

'Misschien wacht ik op het dessert.'

Hij verhief zijn stem. 'Señor, ik denk dat we klaar zijn voor het hoofdgerecht.'

De ober nam onze voorgerechtborden weg en diende het hoofdgerecht op. Hij zette er een voor Ben neer en de andere voor mij.

'Gracias, señor,' zei Ben. 'Ik denk dat we het vanaf hier wel redden.'

De ober keek me aan en ik knikte. Hij stapelde de borden van het voorgerecht op een dienblad en droeg ze weg over het pad richting het resort.

'Cooper, dit is te lekker om te laten staan. Probeer een hapje.' Ben reikte over de tafel en hield zijn vork bij mijn lippen. Zonder te kijken, sloot ik mijn mond eromheen. Een soort vis, licht en schilferig. Ben trok de vork weg. 'Lekker, hè?' Zijn stem was hees geworden.

Misschien hoefde ik niet te wachten. Misschien was dit moment, heerlijk eten delend, de wind die door ons haar woei, het geluid van de golven op de achtergrond, het juiste.

'Ben, ik… ik wil dit blijven doen.'

'Samen romantisch dineren? Daar ben ik zeker voor te vinden.' Hij knipoogde en nam nog een hap van de vis.

'Ja, en… en de rest. Samen gaan winkelen. Je mee uit nemen op dates. En ik wil dat je in mijn slaapkamer trekt.'

Hij gleed met zijn voet in mijn schoot en drukte zijn hiel in mijn kruis. 'Echt? Dat klinkt goed.'

Ik mompelde een vloek en nam zijn plagende voet in mijn hand. Ik kneedde zijn zanderige wreef.

'Ik wil dat je' – ik slikte – 'deel van mijn leven wordt.'

Zijn voet schoot uit mijn hand en de lome waas verdween uit zijn ogen. 'Deel van je leven?'

Ik reikte over de tafel, met mijn handpalm omhoog, en hij legde zijn hand in de mijne. De aanraking stelde me gerust, gaf me de moed om verder te gaan. 'Ik wil je.' Ik schraapte mijn keel. 'Permanent.'

'Permanent?' Hij kneep in mijn hand. 'Voor altijd?'

Ik haalde diep adem, niet langer beklemd door een druk op mijn borst. 'Voor altijd.'

Hij liet zijn grip wat losser en tekende een cirkel op mijn pols die me deed rillen. 'Zelfs nadat je weer aan het werk gaat?'

De rilling veranderde in een ijzige stroom door mijn lichaam. Werk? Wilde hij het daar nu over hebben, nu ik me voor hem openstelde? 'Rot op met werk. Rot op met Synergy.' *Rot op met Jackson.* 'Ik wil jou, Ben. Zie je dat dan niet?'

'Ook al werk ik daar niet meer, ik geef wel om de mensen die dat wel doen. Je kunt Synergy niet opgeven. Niet voor mij.'

Te laat. 'Ik heb me hier, op het eiland met jou, nog nooit zo vrij gevoeld. Ik wil niet terug. Niet snel. Misschien wel nooit.'

Zijn ogen werden zacht, maar zijn stem niet. 'Ze hebben je nodig bij Synergy. Marlee. Mijn zus, Mimi. En Jackson. Je vriend.'

Ik klemde mijn kaken op elkaar. 'Synergy – en Jackson – zullen het wel overleven, of ik er nu ben of niet. Zelfs als ik tot mijn aller- laatste aandeel verkoop. Maar het kan me geen reet schelen wat daarginds gebeurt. We hoeven niet terug naar San Francisco. We kunnen hier blijven. Ben je hier niet gelukkig?' Het eiland deed hem goed. Zijn olijfkleurige huid was goudkleurig geworden in de zon, en zijn donkere haar had roodgetinte strepen van de zons- ondergang. Maar Ben was zelfs onder het tl-licht op kantoor prachtig.

Hij trok mijn reddingslijn weg en haalde beide handen door

zijn haar. 'Ik kan hier niet blijven. Ik heb een leven. Familie. School.'

'Daar kunnen we allemaal een oplossing voor vinden. Online studeren. Bezoekjes aan het vasteland. Zelfs onze families hierheen halen.' Mamá zou het geweldig vinden om weer bij familie te zijn. Soms dacht ik dat ik – en haar kerkdames – het enige waren wat haar in de VS hield.

'Ik weet niet of je dit weet' – ik gaf hem mijn winnende glimlach – 'maar ik ben schathemeltjerijk. Geen van ons beiden hoeft ooit nog een dag in zijn leven te werken.'

Ik had verwacht dat zijn gezicht zou oplichten bij die gedachte, bij de gedachte om alles te delen wat ik had, maar zijn lippen werden een strakke streep. 'Ik wil niet afhankelijk van je zijn, Cooper. Niet op die manier.'

Er schoot een kou door me heen. 'Je was vroeger afhankelijk van mij voor een salaris. Hoe is dit anders?'

Hij knipperde en keek naar zijn bord. 'Ik… ik weet het niet. Zelfs toen ik aan de grond zat en mijn ouders wilden helpen, wilde ik hun geld niet. Ik denk dat ik moest bewijzen dat ik het op eigen kracht kon redden. Ik heb hard gewerkt om een leven voor mezelf op te bouwen. Misschien is het niet geweldig, maar het is van mij, weet je?'

Het beeld van Ben alleen in een daklozenopvang deed mijn bloed van ijskoud naar kokend heet gaan. 'Waarom de fuck zou je dat willen? Ik heb alles, en ik bied het je aan!'

Zijn ogen schitterden in de ondergaande zon. 'Je biedt me niet alles aan, of wel? Ik heb je alles verteld over wat er met mij is gebeurd toen ik opgroeide. Maar jij hebt me geen enkel ding verteld over je leven vóór Jackson Jones.'

Mijn maag keerde zich om. Als ik het hem vertelde, zouden die vriendelijke ogen van hem hard worden van oordeel. Of erger nog, van medelijden. 'Dat wil je niet weten.'

'Natuurlijk wil ik dat,' snauwde hij.

Ik stond op, mijn handen trillend. 'Ik heb zojuist mijn aderen voor je opengesneden. Ik bloed voor je leeg. Ik bied je mijn verdomde leven aan!' Ik sloeg met de zijkant van mijn vuist tegen het hek, en het galmde als een klok.

Ben stond langzaam op. 'Ik denk niet dat dat waar is. Je hebt jezelf helemaal niet opengesteld. Niet naar mij, niet naar iemand anders. Ik hou van de glimpen die je me deze week hebt gegeven. Maar ik wil alles.'

'Alles?' Ik voelde mijn ogen uitpuilen en het kon me niets schelen. Mijn stem scheurde door mijn borst. 'Niemand wil alles wat er in mij zit.' Iemand zo mooi en perfect als Ben kon de lelijkheid die ik elke dag bestreed niet verdragen. Ik was gewend het te verbergen. En heel even had ik gehoopt dat wat ik bereid was hem te laten zien, genoeg zou zijn.

Bens ogen werden hard en schitterend als topaas. 'We moeten even afkoelen. We kunnen praten als je niet zo bent.' Hij draaide zich om op zijn blote voetzool en strompelde om de zijkant van het hek heen naar het pad richting het resort.

'Wacht.' Hoe had ik het zo kunnen verpesten? Ik sprintte naar de hoek van het hek en liep tegen een massieve muur aan.

'Ga uit mijn verdomde weg, Mateo,' gromde ik.

'Nee, Lito. Je kunt niet met hem praten als je boos bent.'

'Waarom in godsnaam niet?'

'Omdat je me hebt gezegd hem te beschermen. En nu bescherm ik hem tegen jou.'

Alle hitte stroomde uit me weg als het terugtrekkende tij. 'Ik zou niet... ik zou nooit...'

Hij kruiste zijn armen.

Hij had gelijk.

De zijkant van mijn handpalm deed pijn van waar ik hem tegen het metalen hek had geslagen. Shit. Ik wreef met mijn andere hand over mijn ogen. 'Ga hem alsjeblieft achterna. Zorg ervoor dat hij veilig is.' Ik voegde er niet aan toe: *voor mij.*

Het volgende moment was hij weg.

Ik draaide me weer om naar de tafel. De schreeuwerige bloemen. Bens half opgegeten diner. Mijn onaangeroerde bord. De koelbox met het te zoete chocoladedessert waar hij dol op zou zijn geweest. Ik legde mijn handen boven op mijn hoofd en trok aan mijn haarwortels. Ik had alles verpest. En nu was hij weg.

Ik wilde tegen de tafel schoppen. De bloemen met mijn blote handen verscheuren. De borden kapotsmijten. Het zou voor even goed voelen. Alle spanning die zich in mijn spieren had opgebouwd, loslaten.

Maar het zou hem niet terugbrengen.

Ik liet mijn haar los en mijn handen vielen langs mijn zij.

Er klonk een gejank van beneden, en toen ik naar beneden keek, keek Coco me aan, knipperend met zijn grote, bruine ogen.

'Wat de hel doe jij hier? Waarom ging je niet met Ben mee?'

De hond gaapte en wreef toen met zijn gezicht tegen mijn been.

'Hersenloos beest. Iedereen weet dat Ben een beter mens is dan ik. Ik zal je vast vergeten te voeren. Je moet hem volgen. Ga.'

Hij plofte met zijn kont in het zand en staarde me aan.

'Goed dan. Jouw fout.'

Ik zette mijn bord met vis en groenten in het zand. Terwijl Coco het naar binnen schrokte, spoelde ik mijn voeten af met koud water uit de kraan en sjokte toen terug het huis in. Ik vond een handdoek en droogde Coco af. Toen hij schoon was, liet ik hem me het huis in volgen. Ik deed de slaapkamerdeur voor zijn neus dicht – ik had mijn grenzen – en kroop alleen onder de dekens.

25

BEN

IK WERD WAKKER door de geur van rijke eilandkoffie.

'Mmm, Cooper.' Ik rekte me uit en toen mijn handen het kussen van de bank raakten, maakte mijn maag een sprongetje alsof ik een trede had overgeslagen op de trap.

Ik sloeg mijn ogen open en staarde naar het onbekende plafond, waarop geen licht danste dat weerkaatst werd door Coopers zwembad.

En een paar bruine ogen, geen blauwe, keken me aan over de rugleuning van de bank.

Ik kwam zo snel overeind dat er zwarte vlekken voor mijn ogen dansten.

'Morgen,' zei Ramón. 'Koffie?' Hij stak een witte mok naar me uit.

'Graag.' Ik nam hem van hem aan en nam een slok. Hij had er room en flink wat suiker in gedaan, en ik leunde weer achterover in de kussens van de bank. 'Bedankt dat ik hier mocht crashen.'

'Geen probleem. Maar je gaat vandaag terug, toch?'

'Ik weet het niet.' Gisteren, toen ik door het stadje liep en Coopers tío ontmoette, was pure vreugde geweest. De toekomst had zich voor mij ontvouwd en ik had ons tweeën gezien, Cooper en ik, zij aan zij, de uitdagingen en de beloningen van het leven tegemoet tredend. Samen.

Toen probeerde hij mijn leven te herschikken en, erger nog, toen hij dat deel van zichzelf achterhield, kropen de bekende gevoelens van twijfel, zelfhaat en jaloezie weer naar binnen. Had hij zijn waarheid met Jackson gedeeld? Alweer was ik goed genoeg voor een scharrel, maar niet voor de serieuze zaken.

'Vandaag.' Ramón knikte, alsof we het hadden afgesproken. Hij had gisteravond geen vragen gesteld toen ik op zijn deur klopte. Hij liet me gewoon binnen en ging weer op de bank zitten om honkbal te kijken. Ik kreeg het gevoel dat hij geluisterd zou hebben als ik had willen praten. Maar hij leek te weten wat ik niet had gezegd. Dat ik Cooper Fallon net zomin kon opgeven als dat ik ademhalen kon opgeven.

'Je hebt gelijk. Ik moet met hem praten. Ik ben een volwassen vent.'

Hij grinnikte. 'Ja, dat ben je. Ga nu maar je man halen.'

Ik dronk de laatste slok koffie op en probeerde mezelf toonbaar te maken in Ramóns badkamer. Mijn ogen waren pafferig en mijn overhemd was gekreukt omdat ik erin had geslapen. Maar ik hoefde mijn zware nacht niet voor Cooper te verbergen. Laat hem maar zien wat hij had aangericht. Hoe hij me had gekwetst. Zodat hij het niet nog een keer zou doen.

Twintig minuten later haalde ik diep adem en stapte van het pad af bij Coopers achterpoort. Nadat ik gisteravond bij hem was weggelopen, voelde het niet goed om de keycard te gebruiken die hij me had gegeven. Het voelde ook niet goed om bij de voordeur aan te bellen.

Vanaf het strand klonk een bekend geblaf. Ik zette twee stappen in die richting voordat Coco naar me toe sprintte, zijn slappe oren flapperend. Ik knielde, opende mijn armen en hij wurmde zich erin, en likte elk deel van me dat hij kon bereiken.

'Stop, Coco,' zei ik lachend. 'Ik heb jou ook gemist.'

Hij pauzeerde even om over zijn kwispelende staart heen te

kijken. Cooper stond zes meter verderop met een tennisbal in zijn hand.

Toen ik opstond, draafde Coco terug naar Cooper en ging aan zijn voeten zitten.

'Hoi,' zei Cooper. Hij droeg de korte broek en een van de guayaberas die we tijdens ons winkeluitje hadden gekocht. Zijn zonnebril weerkaatste de bewolkte hemel.

'Hoi.' Ik overbrugde de helft van de afstand tussen ons.

'Ik ben blij dat je oké bent. Mateo zei dat je naar Ramón was gegaan?'

'Ja. We hebben honkbal gekeken en ik heb op zijn bank geslapen.'

'Het is een goede man, Ramón.'

'Ja.' Ik liet een grijns mijn gezicht breken. 'Hij zet betere koffie dan jij.'

Hij spande zijn kaak en staarde naar de golven die het strand streelden.

Langzaam liep ik naar hem toe tot ik dichtbij genoeg was om hem aan te raken. Ik reikte naar zijn hand en pakte de walgelijk vochtige tennisbal. Ik gooide hem richting het strand en veegde mijn hand af aan mijn spijkerbroek. Toen liet ik mijn hand in de zijne glijden. Ik wachtte.

'Kijk, het spijt me dat ik gisteravond tegen je uitviel. Als je je veiliger voelt bij Ramón—'

Ik kneep in zijn hand om hem te stoppen. 'Jouw geblaf maakt me niet bang. Dat zou je nu toch moeten weten.'

Coco racete over het zand en liet de bal in Coopers hand vallen. Hij gooide hem met zijn rechterhand weg en Coco scheurde ervandoor.

Ik trok mijn schouders naar achteren. 'Toen je je voor me afsloot, raakte dat een gevoelige snaar, weet je? Ik heb veel relaties gehad, maar niemand blijft hangen. Ik begin te denken dat het niet aan hen ligt, maar aan mij.'

Hij kwam dichterbij tot onze schouders elkaar raakten. 'Ben, het ligt niet aan jou. Je bent—'

'Laat me even uitpraten, oké?' Ik wou dat hij die zonnebril niet droeg, zodat ik hem in de ogen kon kijken. 'Mimi—mijn zus— zegt me constant dat ik mijn hart op mijn tong draag. Ik vraag niet van jou om dat ook te doen, maar ik heb wel nodig dat je je een beetje openstelt. Dat je deelt wat er in je omgaat. Als je gevoelens hebt, praat er dan over in plaats van me proberen af te leiden met een van je uitbarstingen. Oké?'

Onder de zonnebril vertrok zijn mond. Na een paar seconden stilte zei hij: 'Het spijt me, Ben. Dat ik tegen je uitviel en dat ik me afsloot. Ik zal proberen het beter te doen. Als… als je maar blijft.'

Ik stapte dichterbij, klaar om hem in mijn armen te nemen, maar hij hield een handpalm omhoog en greep met zijn andere hand naar zijn broekzak. Terwijl hij op zijn telefoon tikte, gooide ik de bal weer over het strand voor Coco, die over het zand sprintte.

'Kijk.' Cooper hield zijn telefoon naar me toe.

Ik scande het scherm. 'Een verkooporder voor aandelen?' Ik fronste mijn neus. 'Ik dacht dat we hier een momentje hadden, en jij denkt aan je portefeuille?'

'Geen verkoop. Een overdracht. Aan jou.'

'Aan mij? Zijn dat Synergy-aandelen?'

'Ja. Word maar niet te enthousiast. Het is slechts ongeveer vijf procent van mijn aandelenbezit.'

Ik keek beter naar het getal. Dat waren een hoop nullen. 'Voor… voor mij? Weet je het zeker?'

'Ik verbreek het partnerschap met Jackson. Ik wil jouw partner zijn.'

Ik kromp ineen. 'Cooper, dat klinkt niet als de gezondste manier om—'

'Sst. Ik ga er vol voor, Ben. Met jou. Is dat niet wat je wilde?'

Ik keek naar de man die op het zand stond, de zon die de gouden golven van zijn haar en de gebruinde huid op zijn jukbeenderen streelde. Er vol voor gaan was precies wat ik wilde. Wat ik nodig had na de lange rij mannen die me nooit goed genoeg hadden gevonden. Ik knikte.

Hij opende zijn armen en ik stapte erin, mijn gezicht nestelend in de holte tussen zijn nek en zijn schouder.

Geborgen in zijn omhelzing die aanvoelde als de keuken van mijn ouders met Rosj Hasjana, een warme slaapzak in een kille nacht, en een latte met precies de juiste hoeveelheid schuim, wilde ik nooit meer weg. Als hij bereid was om het te proberen, om me een glimp te geven van de echte Cooper Fallon, degene die niemand, zelfs Jackson Jones niet, ooit zag, dan zou het de moeite waard zijn.

'Oké,' zei ik met een zucht.

Hij boog zijn hoofd om me te kussen, zijn lippen trokken aan de mijne alsof hij niet dichtbij genoeg kon komen. Ik opende me voor hem en liet hem plunderen met zijn tong. Hij moest me opeisen, op dezelfde manier als hij de machtigste stoel opeiste voor een kamer vol directieleden. *Van mij,* zei zijn kus.

En omdat we gelijkwaardige partners waren, beet ik zachtjes op zijn tong. *Van mij.*

Toen ik geen adem meer kon halen, trok ik me terug. Ik liet mijn lippen krullen om de manier waarop ook zijn borstkas op en neer ging, om de wanhopige blik op zijn gezicht. 'Zullen we dit binnen voortzetten?'

Zonder een woord te zeggen, loodste hij me door de poort en het huis in. Recht door de gang naar zijn slaapkamer. Hij deed de deur dicht. Coco jankte een keer en plofte er toen tegenaan.

Cooper legde een hand op de voorkant van mijn broek terwijl hij me nog een bestraffende kus gaf. God, ging hij me eindelijk neuken? Ik moest eerst douchen. Ik moest—

'Stop met denken. Laat mij hier tenminste voor je zorgen,' gromde hij tegen mijn lippen. Hij ritste mijn broek open en duwde mijn broek en ondergoed naar beneden. Toen leidde hij me naar de rand van het bed en knielde voor me neer.

'O, God,' fluisterde ik.

Zonder het oogcontact te verbreken, bracht hij zijn lippen naar mijn pik. Hij likte de top. Toen opende hij zijn mond en sloot die om de eikel. Die blauwe ogen, doorlopen van lust, zeiden, *Jij bent van mij. Dit is van mij.*

Ik sloot mijn ogen, overweldigd door de intensiteit. Cooper Fallon had me veroverd.

Hij zoog me naar binnen. Het was niet de meest vakkundige pijpbeurt die ik ooit had gekregen, maar hij maakte het goed met zijn gretigheid. De druk in mijn ballen bouwde zich op en de bekende tinteling verspreidde zich door mijn ruggengraat. Ik raakte zijn hoofd aan, als waarschuwing. 'Cooper, ik—'

Hij kwam overeind, frummelde aan zijn broek en liet die vallen. Fuck, ik kwam toen bijna klaar, starend naar zijn pik. Hij was langer en dikker dan de mijne, met een opwaartse kromming. Onbesneden. En hard, alleen voor mij. Dat zou ongelooflijk gaan voelen in mij. Ik leunde naar voren, gretig om de glinsterende top te likken, maar hij trok me overeind en nam ons beiden in de hand. Hij deed geen moeite met glijmiddel maar gebruikte zijn duim om ons voorvocht te verzamelen en verdeelde het over zijn handpalm.

Zijn grote hand omvatte ons beiden en hij trok ons tegen elkaar aan. Mijn pik gleed tegen de zijne. De tinteling in mijn onderrug werd intenser. Ik leunde naar hem toe en nam zijn onderlip tussen mijn tanden. Toen omvatte ik zijn ballen met mijn hand, en hij kreunde, zijn hand sneller bewegend.

Ik stond op het punt om als een vulkaan uit te barsten, dus ik reikte lager en streek met een vinger van zijn perineum naar zijn kontgaatje. Zonder glijmiddel deed ik niets meer dan de top van mijn vinger erop leggen. Wat konden we later met elkaar doen, als we niet zo wanhopig op zoek waren naar verbinding, als de goed-maakseks voorbij was? Hield hij ervan om daar aangeraakt te worden?

Dat deed hij. Hij schokte tegen me aan en bespoot mijn shirt, zijn shirt en mijn kin met zijn zaad. Ik beefde en kwam ook klaar, spuitend over ons beiden. Hij hield me de hele tijd stevig vast. Uiteindelijk zakte ik tegen hem aan. Hij liet me los en legde een plakkerige hand op mijn rug om me overeind te houden.

Ik grinnikte. 'Hoezeer ik ook van goedmaakseks hou, laten we niet meer zo ruziemaken, oké?'

Zijn lach wapperde door mijn haar. 'Oké. Al was het best geweldig.'

Ik kuste zijn wang en leunde toen achterover. 'Ik zal je geweldig laten zien. Nadat we ons hebben schoongemaakt. En een dutje hebben gedaan.'

Hij knipperde met zijn bloeddoorlopen ogen. 'Ik hou van hoe je denkt.'

En alsof we het al een eeuwigheid deden en niet slechts tien dagen in het paradijs, volgde hij me naar de badkamer en stapte met me onder de douche.

26

COOPER

'JULLIE HEBBEN HET WEER GOEDGEMAAKT, zo te zien.'

Ik gromde en hield mijn ogen strak op de hacky sack gericht die Mateo mijn kant op schopte. Ik kon niet geloven dat hij dat oude ding in het schuurtje van tía Camelia had gevonden. Ik had er geen meer gezien sinds we tieners waren. Ik was een beetje roestig, maar ik kon mijn neef niet laten winnen. Ik ving hem op met mijn wreef, tikte hem een paar keer op en schopte hem terug naar Mateo.

'Toen hij naar Ramón ging, dacht ik, tja, misschien is het over tussen jullie en is hij klaar voor iemand' – hij knikte met zijn kin naar achter me en ik hoorde Ramóns diepe buiklach en daarna de hogere lach van Ben – 'die eenvoudiger is.'

Ik brandde van verlangen om te zien wat ze aan het doen waren. Bens lach had zijn eigen sleutel tot mijn hart, en als hij met me lachte – vaker nog om me – wilde ik het geluid oppotten als een schat.

Ik schopte de bal hoog, maar Mateo kopte hem met gemak terug naar mij. Ik ving hem op met mijn borst, liet hem naar mijn teen vallen en stuurde hem vliegensvlug terug richting Mateo's kruis.

Hij stapte opzij, tikte hem aan met zijn heup en daarna met zijn hak, een regenboog over zijn schouder, en tikte hem met de punt van zijn voet terug naar mij. 'Ik denk dat Ben gewoon van nature aanhankelijk is.'

De bal raakte me op mijn kont, omdat ik me had omgedraaid om boos naar Ben te kijken. Maar hij aaide Coco over zijn oren en Ramón stond twee meter verderop nog een van tía abuela Isobels rumpunches in te schenken. Als Ben daar te veel van dronk, zou ik hem naar buiten moeten dragen. Mateo en ik hadden ons deel ervan al in Camelia's struiken uitgekotst.

'Klootzak,' gromde ik.

'Kun je het me kwalijk nemen?' Mateo haalde zijn schouders op, met zijn handpalmen omhoog. 'Je bent veel te leuk om op te naaien.'

Ik raapte de hacky sack op en smeet hem in zijn handpalm. 'Ik ben er klaar mee. Ga maar met de andere kinderen spelen.'

Hij stopte hem in de zak van zijn korte broek. Toen legde hij zijn hand op mijn schouder. 'Het is goed om je zo te zien. Ik ben blij voor je, primo.'

Een onbekend gevoel, mijn wangen die breed trokken van een glimlach, trok aan spieren die ik al een tijdje niet had gebruikt. 'Ik ben ook blij voor mezelf.' Ik sloeg een hand over de zijne en hield die daar een seconde vast. Toen sloeg ik zijn hand van me af. 'Ik zoek je wel als we klaar zijn om te gaan.'

Hij salueerde me met twee vingers voordat hij wegdribbelde om mee te doen met zijn neefjes en nichtjes die aan het voetballen waren op het kleine grasveldje van tía Camelia.

Ik draaide me weer om naar Ben, die onderuitgezakt in een lage Adirondackstoel zat en een beker van Isobels roze punch achterover sloeg. Hij was degene die me had meegesleept naar de zondagse brunch met mijn familie. En hij leek het naar zijn zin te hebben, terwijl hij het eenvoudige eten verslond en zijn gebrekkige Spaans oefende met mijn familieleden. Hij voelde zich thuis bij mijn familie. Bij mij.

Zijn geluk, zijn gemak, was het allerbelangrijkste voor me geworden.

Hij vond me leuk zoals ik was, met al mijn belachelijke woede-uitbarstingen en al. Hoewel ik hoopte dat ik niet zoveel uitbarstingen zou hebben met Bens kalmerende invloed in mijn leven. En met de nieuwe vrijheid die ik voelde nu ik minder betrokken was bij Synergy.

Zodra ik mijn ontslag als COO had ingediend en mijn verantwoordelijkheden had overgedragen, hoefde ik niet meer de perfecte directeur te zijn. Dan hoefde ik niet meer naar Singapore, Mumbai of Londen te vliegen. Of met een dag van tevoren naar Boston. Ik kon me concentreren op mijn familie op het eiland. Op hen helpen. Ik hoefde me geen zorgen te maken over de mensen van een wereldwijd bedrijf, plus alle aandeelhouders en zakenpartners. Alleen de mensen die om me gaven.

Inclusief Ben.

Ik kon hem gelukkig maken. Hij zou wel een baan vinden, waarschijnlijk weer in Californië, want zijn familie – en zijn onafhankelijkheid – was belangrijk voor hem. Maar we konden het eiland zo vaak bezoeken als hij wilde. Mijn familie had hem al in hun hart gesloten. Een van mijn jonge neefjes gaf hem een mantecadito en hij propte het boterachtige koekje in zijn mond. Het kind lachte toen Ben zijn ogen wegdraaide en deed alsof hij in zwijm viel.

Hij hoefde de andere kant van mijn familie nooit te leren kennen. Over mijn vader met zijn alcoholisme, zijn woede en zijn slaande vuisten. Ik zou hem wel over Mick vertellen zodat hij het gevaar zou kennen, zowel van Mick als van mij als zijn zoon. Als Ben dan nog steeds bij me wilde zijn, zou ik een firewall om hem heen optrekken, net zoals ik bij Mamá had gedaan.

Mamá zou dol op hem zijn. Ze zou zijn zorgzaamheid, zijn vriendelijkheid, zijn onbewustheid dat iemand hem pijn zou kunnen doen, herkennen.

Onze blikken kruisten elkaar aan de andere kant van de tuin, en plotseling wilde ik de zoetheid van de punch op zijn lippen proeven. Ik sloop op hem af, terwijl ik mijn weg zocht over het pad tussen Camelia's bloembedden. Zijn ogen werden groter en een glimlach speelde om de hoeken van zijn mond.

Mijn jonge neefje huppelde weg. Ik kon niet zien wat Ramón aan het doen was of dat hij er überhaupt nog was met Ben. Mijn blik verliet zijn helderbruine ogen niet. Toen ik bij hem was, boog ik voorover en plantte mijn handen op de brede armleuningen van de stoel. Door deze houding was mijn gezicht precies voor het zijne. Zijn adem kwam snel door zijn halfgeopende lippen.

Langzaam overbrugde ik de afstand tot mijn lippen de zijne raakten, die plakkerig waren van de suikerige punch. Ik likte een koekkruimel weg en duwde toen mijn tong in zijn mond. Een of twee van mijn familieleden joelden naar ons, maar het kon me niet schelen. Alles wat ik wilde was mijn Ben en de vrijheid om naar hem toe te lopen en hem te kussen wanneer ik maar wilde.

Toen ik me terugtrok, fladderden zijn ogen open. 'Waar was dat voor?'

'Waarvoor? Nergens voor. Ik deed het omdat het kan.' Ik liet mijn blik dwalen van zijn glazige ogen naar zijn door het kussen roodgekleurde mond, helemaal tot aan de bobbel in zijn korte broek. Ik bleef daar hangen, en toen ik mijn blik weer op Bens gezicht richtte, waren zijn ogen scherper geworden.

Hij likte zijn lippen. 'Klaar om te gaan?'

'Reken maar van yes,' gromde ik, te zacht voor iemand anders om te horen.

Hij draaide zich ongemakkelijk in de stoel en streek steels met zijn hand over zijn korte broek voordat hij zijn arm naar me uitstak. 'Help je me hieruit?'

Ik greep zijn hand en trok hem uit de lage stoel, helemaal omhoog tot zijn borst de mijne raakte. Hij wankelde en ik greep zijn schouders vast. 'Gaat het?'

'Ja.' Hij knipperde met zijn ogen. 'Die punch is sterk.'

'Zeker weten. Ik werd bijna zelf dronken van je te kussen.'

'Gelukkig hebben we een rit naar huis.'

Huis. Ik glimlachte.

Afscheid nemen gaat in mijn familie nooit snel. Of nuchter. Bijna een uur later gooide ik Bens laatste beker punch weg en volgde hem naar de achterbank van de SUV. Mateo keek over zijn schouder om te controleren of we onze gordels hadden omgedaan. Ik hielp Ben met de zijne.

Hij liet zijn hoofd tegen de hoofdsteun hangen. 'Heb je het leuk gehad, Mateo?'

'Natuurlijk. Het is altijd goed om mijn primo weer thuis te hebben. Dan kan ik hem plagen zoals vroeger, toen we kinderen waren.'

'O, echt waar?' Ben keek me ondeugend van opzij aan voordat zijn blik die van Mateo in de achteruitkijkspiegel ontmoette. 'Waar plaagde je hem dan mee?'

'Meisjes. En jongens. En sport. Maar nooit met school, want dat was het enige waarin hij me de baas was.'

'Het enige?' Ik trok een wenkbrauw op.

'Het enige. Ik heb je net verslagen met hacky sack. En laten we het maar niet over Isaac hebben.'

'Oké, oké.' Ik stak mijn handen op. 'Jij wint.'

'Ik heb vandaag een interessant verhaal gehoord,' zei Ben. 'Van Luis.'

'O?' Ik wreef over de wijzerplaat van mijn Rolex.

'Hij zei dat je mede-eigenaar bent van het resort. Dat jij hem het startkapitaal hebt gegeven.'

Luis. Geef hem een beker punch en hij zingt als een kanarie. Ik spande mijn kaken aan. 'Het was een goede investering.'

'En Isobel zei dat je jouw deel van de winst terug in de gemeenschap stopt.'

'Ik weet zeker dat ze dat niet heeft gezegd.' Tía abuela was geen dronkenlap die haar mond voorbij praatte.

'Ze zei dat je de bouw van het nieuwe gemeenschapscentrum financiert. En ik herinner me dat die familievriend van je zei dat je hetzelfde met de school hebt gedaan. Dat je hem zo'n beetje met je eigen handen hebt gebouwd.'

'Isobel is dol op het gemeenschapscentrum,' mompelde ik. 'Dansen is goede lichaamsbeweging voor iemand van haar leeftijd.'

Mateo snoof. 'We zouden willen dat hij zich bij de fondsenwerving hield. Om te voorkomen dat hij met die waardevolle handen van hem gaat timmeren.'

Ik keek hem boos aan in de spiegel. 'Iedereen moest meehelpen na de orkaan. Ik wilde mijn familie helpen.'

'Is iedereen hier op het eiland je familie?' Ben draaide zijn hoofd naar me toe en knipperde langzaam.

'Niet iedereen. Niet in de stad. Maar in dit deel ervan, zo'n beetje wel. Mamá en ik woonden in de VS, maar ze nam me mee terug wanneer ze maar kon.' Wanneer Mick het haar toestond, of wanneer hij te dronken was om er iets om te geven. Hoewel hij er meestal wel iets om gaf als we terugkwamen. Toch waren die paar dagen of weken van rust het waard geweest. En investeren in het resort hielp niet alleen mijn vriend, maar was ook een manier om de kleine gemeenschap te bedanken voor wat ze voor me hadden gedaan.

'Zelfs de burgemeester is onze achterneef in de derde graad. We zijn allemaal familie en nu hoor jij er ook bij, Ben.' Mateo knikte instemmend met zijn eigen uitspraak terwijl hij de SUV voor de bungalow parkeerde.

'Wacht hier,' zei hij. Hij deed de deur van het slot en ging naar binnen. Ik had niet gedacht dat hij zijn taak als bodyguard zo serieus zou nemen. De neef die ik me herinnerde, lachte zich door het leven en liet anderen de verantwoordelijkheden opknappen. Het leek erop dat hij veranderd was. Kon ik in de tegenovergestelde richting veranderen, zorgelozer worden en daadwerkelijk van mijn pensioen genieten?

Ik wierp een blik op Ben. Zijn ogen waren dichtgevallen. Ik streek een verdwaalde krul van zijn voorhoofd en hij glimlachte. Wat had ik gedaan om het recht te verdienen om hem hier bij me te hebben, en om hem leuk genoeg te vinden om met me mee te gaan naar een van mijn familiebijeenkomsten? Om bereid te zijn een huis met me te delen, en een bed?

Niets. Ik had niets gedaan. Ben, met zijn hart zo open en bloot, smachtend naar liefde, had het allemaal gedaan. En als hij zijn eigen hart niet kon beschermen, zou ik het voor hem doen.

Mateo opende mijn portier. 'Alles veilig.'

Ik stapte uit, liep om de SUV heen en opende Bens portier. Nadat ik zijn gordel had losgemaakt, dook ik onder zijn arm en tilde hem half uit de auto. Hij knipperde zijn ogen open toen zijn voeten de oprit raakten. 'Thuis?'

'Ja. Thuis.' Ik ondersteunde hem naar de deur. 'Bedankt, Mateo. Welterusten.'

'Buenas noches, Lito. Tot morgen.'

Ik deed de deur dicht, deed hem op slot en sjokte met Ben door mijn slaapkamer naar de badkamer, waar ik hem tegen het aanrecht liet leunen. 'Heb je hulp nodig?'

Zijn oogleden hingen nog steeds, maar hij stond stabiel genoeg. 'Ik red me wel.'

Tegen de tijd dat ik de badkamer in de gang had gebruikt en me had omgekleed in een lichte pyjamabroek, kwam Ben uit de badkamer, nog volledig gekleed maar naar tandpasta-munt ruikend.

'Die punch heeft me echt te pakken genomen,' zei hij met een verontschuldigende glimlach.

'Ik had je moeten waarschuwen. Isobel heeft er grotere mannen mee vernietigd.' Ik sloeg een arm om zijn middel en ondersteunde hem naar het bed. 'Heb je je ondanks de punch vermaakt?'

'Ja. Ik vond het fijn om deel uit te maken van je familie.'

Mijn knieën knikten en ik liet hem minder gracieus op het bed vallen dan ik had gepland. Hij lachte en veerde op.

'Echt?' Ik ging naast hem zitten. Ik bukte me om zijn schoenen en sokken uit te trekken.

Hij wreef over mijn rug. 'Ja.'

Nadat ik zijn shirt over zijn hoofd had getrokken, liet ik hem op het matras zakken. Ik ritste zijn korte broek open en trok hem van zijn benen, zodat hij alleen nog zijn onderbroek aanhad. Toen vouwde ik zijn shirt en korte broek op en legde ze op het nachtkastje voordat ik naar de andere kant van het bed liep en onder de dekens kroop.

Ben kwam me in het midden tegemoet. Hij kuste me en draaide zich toen om de kleine lepel te worden en duwde zijn kont tegen me aan. Hij had dan misschien geen stijve van de drank, maar ik wel. Ik verschoof me, in een poging mijn erectie minder duidelijk te maken.

'Ik snap wel waarom je het hier zo fijn vindt.' Bens stem was slepend en langzaam.

'O ja?' Ik kuste zijn schouder. 'Wat is er niet fijn aan? Zachte lakens, een prachtige man in mijn armen...'

'Ik bedoelde mezelf niet. Hoewel ik zowel prachtig als geweldig ben.' Hij gaapte. 'Ik bedoel hier, het eiland. Je familie.'

Ik mompelde instemmend. Nu, terwijl Ben slaperig en dronken was, was niet het juiste moment om weer te beginnen over hier permanent wonen. Maar de mogelijkheid dat hij zich niet zou herinneren wat ik zei, maakte me stoutmoedig. 'Mijn familie – mijn eilandfamilie – is geweldig. Maar een deel van mijn familie is dat niet.'

'Ja?' Hij verschoof zijn gewicht, maar ik hield hem stil. Dit gesprek zou makkelijker zijn zonder in zijn prachtige ogen te hoeven kijken.

'Ik ben je nog wat geschiedenis verschuldigd.' Ik rustte met mijn neus tegen zijn schouderblad. 'Mijn vader had een opvliegend karakter. Nee, ik ga het niet verbloemen. Hij was gewelddadig. Eerst tegen mijn moeder en daarna tegen ons beiden.'

'Cooper.' Hij probeerde weer om te rollen, maar ik hield hem op zijn plek.

Ik kneep mijn ogen dicht. 'En ik – ik ben zoals hij. Ik ben zelfs naar hem vernoemd. Ik ben Michael Cooper Fallon. Daarom noemen de mensen hier me Miguelito of Lito. Het betekent kleine Michael.'

'Je bent niet zoals hij. Cooper, laat me...' Toen hij zich omdraaide om me aan te kijken, raakte een van zijn scherpe ellebogen mijn buik, en ik kreunde. 'Dat ben je niet.'

Ik staarde naar het midden van zijn borst alsof ik erdoorheen kon kijken, naar zijn zachte hart. 'Weet je niet meer waarom ik hierheen kwam? Ik heb verdomme mijn bureau kapotgeslagen.'

'Het glas verbrijzelde omdat het niet het juiste soort glas was. Een van die vreselijke uitzendkrachten die je voor mij had, moet het verkeerde besteld hebben.' Hij doorboorde me met zijn blik. 'Ja, je hebt een kort lontje. En daar zou je waarschijnlijk aan moeten werken. Maar je bent geen misbruiker. Je zult me geen pijn doen.'

Hij begreep het niet. Hij was nog nooit in de buurt van een misbruiker geweest. 'Ik sloeg met mijn hand tegen het hek die avond dat je wegging.'

'Je sloeg tegen het hek, niet tegen mij. Ik ging weg omdat we allebei moesten afkoelen. Dat deden we, en ik kwam terug.'

'Maar ik...'

'Sst.' Hij kuste het midden van mijn borstkas. 'Je zult me geen pijn doen.'

Dat kon hij niet weten. Zelfs ik wist dat niet. Mick was nooit op het eiland geweest, maar die avond was hij in mijn slaapkamer, zwevend vlak achter me. Het kort lontje, de bonkende vuisten, de spijt achteraf. Al mijn sessies met dr. Pradhi hadden me er niet van overtuigd dat hij niet diep in mij zat, zijn tijd afwachtend tot hij zou uitbarsten en ik iemand zou slaan van wie ik hield.

En ondanks mijn toespraak aan Ben laatst over er helemaal voor gaan, was dat een risico dat ik niet zou nemen. Ik zou dat laatste stukje van mezelf, dat van hem hield, opsluiten.

Grote emoties zoals liefde waren gevaarlijk. Ze deden pijn.

'Ga maar slapen,' fluisterde ik in zijn haar.

'Mm-hmm,' mompelde hij tegen mijn borstbeen.

Ik rolde op mijn rug en trok hem met me mee, zodat zijn hoofd op mijn borst rustte. Zijn ademhaling werd gelijkmatiger en langzamer.

Dit soort intimiteit kon ik aan. Het romantische-diners, de-familie-ontmoeten, knus-in-bed-liggen spul waar Ben van hield. Dat laatste deel van mij had hij niet nodig. Als hij wist hoe gevaarlijk ik was, zou hij het niet willen.

Zelfs als hij het wilde, zou ik het hem nooit kunnen geven.

27

COOPER

BEN SLIEP NOG en snurkte zachtjes toen ik me de volgende ochtend vroeg uit zijn armen losmaakte. Ik rende naar het naburige stadje en terug, terwijl de broeierige lucht mijn longen vulde en de zon fel aan de hemel verscheen, wat me deed verlangen naar de koele, mistige ochtenden in San Francisco.

Ik zou de stad die ik altijd mijn thuis had genoemd, missen. Maar Synergy zou ik niet missen. De rusteloosheid die de afgelopen dagen in me was opgekomen, betekende niet dat ik de uitdaging, het gevoel van voldoening aan het eind van een lange dag of de mensen die ik ooit mijn werkfamilie noemde, miste. Ik had het buurthuis om aan te werken, en dat was genoeg.

Ik had alles wat ik nodig had op het eiland. Heerlijk eten, een comfortabel huis, wifi wanneer ik dat wilde, een liefhebbende – hoewel ietwat opdringerige – familie, en Ben. Ben maakte me gelukkig. We zouden wel een gezamenlijke hobby zoeken. Golf. Potjes voetbal met de tieners uit de buurt. Misschien kon ik mijn bouwvaardigheden wat opfrissen en echt van waarde zijn voor de lokale gemeenschap. Zelfs twee jaar na de orkaan was er nog meer wederopbouwwerk te doen.

Ik moest Ben alleen nog overtuigen om te blijven. Dat hij mij net zo hard nodig had als ik hem.

Terwijl ik de weg naar huis op denderde, bedacht ik een plan. Met mijn steun kon Ben zijn opleiding op afstand volgen of overstappen naar de universiteit op het eiland. Als hij voltijds zou studeren, kon hij zijn diploma binnen een semester halen. Er waren genoeg kinderen op het eiland die hulp nodig hadden. Hij kon vrijwilligerswerk doen of een betaalde baan zoeken bij een lokale organisatie. En we zouden wel iets regelen zodat hij zijn vrienden en familie in Californië zo vaak als hij wilde kon zien. Tevreden met mijn argumenten vertraagde ik mijn pas en liep ik terug naar het huis.

Nog druipend van het zweet deed ik mijn sportschoenen uit en sloop ik stilletjes naar de slaapkamerdeur. Ben was op zijn buik gerold en omklemde mijn kussen. Ik keek hoe zijn rug op en neer ging. Ik had de hele dag naar hem kunnen kijken, maar ik plakte en stonk naar het zweet.

Zo zachtjes mogelijk pakte ik schone kleren en ging ik naar de badkamer op de gang om te douchen.

Twintig minuten later had ik net een kop koffie voor mezelf ingeschonken toen mijn telefoon op het aanrecht zoemde. Toen ik vooroverboog om hem op stil te zetten, zag ik een gezicht waarvan mijn hart in mijn keel schoot. Dat van Jackson.

Ik was er niet klaar voor om met hem te praten. Nog niet. Ik had al drie weken niet op zijn telefoontjes of appjes gereageerd, sinds ik die dag mijn kantoor was uitgedropen met mijn bloed dat in Bens zakdoek trok. We waren al vijftien jaar beste vrienden, en we waren nog nooit zo lang zonder contact geweest. Zelfs toen hij op huwelijksreis was, stuurde hij me foto's van het strand, van hagedissen en vogels, een gekke selfie waarop hij een kokosnoot naast zijn hoofd hield.

De telefoon stopte met zoemen. Ik kon weer ademhalen. Ik zoog een ademteug van de airconditioning naar binnen en keek op toen Coco's nagels op de tegels klikten.

De hond liep voor Ben uit de woonkamer in. Coco nam zijn

post in en bewaakte de schuifpui. Bens haar was verward en een van mijn T-shirts hing om zijn slankere lichaam. Zijn wangen waren roze, en in een ervan zat een vouw van het kussen. Hij liep naar me toe en kwam op zijn tenen staan om me een kus op mijn wang te geven.

'Morgen.' Zijn adem rook naar tandpasta.

'M-morgen.' Ik probeerde te glimlachen.

Maar Ben liet zich niet voor de gek houden. 'Wat is er mis?'

'Niks.' Maar ik kon het niet laten om naar mijn telefoon te kijken.

Ben volgde mijn blik, en de melding op het vergrendelscherm verraadde mijn geheim.

'Je moet met hem praten.' Hij liep langs me heen naar de koffiepot. Zijn stijve schouders logenstraften zijn achteloze woorden.

Mijn maag draaide zich om. Deze kille versie van Ben beviel me niet. Ik pakte zijn hand. 'Wat is er?'

Hij zweeg zo lang dat ik dacht dat hij geen antwoord zou geven. Maar nadat hij een kop voor zichzelf had ingeschonken en er melk en suiker in had gedaan, nam hij mijn hand en leidde hij me naar de bank.

'Hoelang ben je al verliefd op hem?' Hij keek me niet aan toen hij het vroeg; hij staarde gewoon over het zwembad naar het strand.

'Wat? Ik ben niet—'

Hij draaide zich om, en een treurige glimlach trok zijn mond in het midden omlaag, maar in de hoeken omhoog. 'Natuurlijk wel. Iedereen die een beetje heeft opgelet, kan het zien. Jammer dat Jackson het nooit doet.'

'Wacht even.' Ik trok mijn schouders naar achteren, geconditioneerd door jarenlange verdediging van mijn beste vriend.

'Zet je stekels niet op. Het is een feit. Jackson is te veel met zichzelf bezig om ooit aan jou en wat jij nodig hebt te denken. En je hebt hem er jarenlang mee weg laten komen.'

Hij had gelijk. Ik had Jackson verdedigd, hem gepest om beter zijn best te doen, zijn rotzooi opgeruimd, bijna sinds de eerste dag dat we elkaar ontmoetten. Maar pas die laatste dag op mijn kantoor had ik hem ooit laten zien hoe ik me daardoor voelde.

'Hij zet de eerste stap.' Ben kneep harder in mijn hand. 'Je zou moeten luisteren naar wat hij te zeggen heeft.'

Ik keek weer naar mijn telefoon op het aanrecht alsof het Jackson zelf was. 'Ik kan mijn excuses wel aanbieden, denk ik.'

Ben wachtte tot ik weer naar hem keek. 'Of je kunt hem aanhoren.'

Ik ademde diep in en zuchtte uit. 'Oké.'

Ben stond op van de bank. 'Ik ga wel—'

'Blijf.' Ik pakte zijn hand. 'Het is niet zo. Niet meer. Al een tijdje niet meer. Ik geef niet om hem op de manier waarop ik om jou geef. Blijf. Alsjeblieft.' Ik wist niet zeker of ik het zonder hem kon.

Hij glimlachte, dit keer niet verdrietig maar geruststellend. 'Oké.' Hij trok zich los uit mijn greep, liep om de bank heen en gaf me mijn telefoon. Toen ging hij naast me zitten en draaide zich zo dat onze knieën elkaar raakten.

Het contact vertraagde mijn hartslag. Het verlichtte de tintelingen in mijn vingertoppen. Mijn hand trilde niet toen ik op de terugbelknop drukte en het toestel naar mijn oor bracht.

'Coop.' Mijn naam klonk als een zucht en mijn hart kromp ineen.

'Hoi, Jay. Hoe is het?'

'Doe verdomme niet alsof we elkaar al drie weken niet gesproken hebben. Gaat het goed met je?'

Ik had gedacht dat ik me door dit gesprek heen kon bluffen. Ik had het mis. 'Het gaat prima.'

'Jamila zegt dat Ben bij jou op het eiland is. Ik ben blij dat iemand op je let.'

'Heeft Jamila je gebeld?' Ik had niet gedacht dat ze me zou verlinken.

'Ik heb haar gebeld, eikel. Aangezien jij mij niet belde.'

'Kijk, ik—'

'Nee. Luister.' Zijn stem was bot als de kop van een hamer.

'Het spijt me. Ik heb het moeilijk met... met alles. En ik denk dat ik misbruik van je heb gemaakt. Van onze vriendschap. Ik dacht dat je altijd wel beschikbaar zou zijn om mijn rotzooi op te ruimen. Maar dat is niet eerlijk, en het spijt me.'

Mijn adem stokte in mijn borst. Hij had zich voor veel verontschuldigd, maar nooit daarvoor. 'Het is – bedankt?' Het was niet oké. Ik had genoeg sessies met dr. Pradhi gehad om dat te weten. Maar ik kon zijn excuses accepteren.

'Ja?' Ik kon hem voor me zien, met die hoopvolle uitdrukking op zijn gezicht.

'Ja.' Ben legde een hand op mijn knie, en ik legde de mijne eroverheen.

'Goed, want ik – ik moet je om een gunst vragen. Een grote.'

Er lag weer een steen in mijn maag. 'Wat is het?'

'Ik haat het om je te storen terwijl je op vakantie bent. Zeker nadat je alles hebt geregeld toen ik met vaderschapsverlof was. En daarvoor voor onze huwelijksreis. Fuck, wat ben ik toch een klootzak...'

Ik snoof. 'Eens. En?'

'Het gaat niet goed op kantoor. Er zijn hier mensen geweest. Van Gurusoft.'

Ik kromp ineen. Niet Gurusoft. En Jackson had het alleen moeten doorstaan. Vijftien jaar geleden hadden ze zijn vader lastiggevallen om zijn startup te verkopen. Jasper Jones had zich kapot gewerkt en weigerde te verkopen tot de dag dat hij stierf. Toen had zijn weduwe het bedrijf, zijn trots en zijn vreugde, aan Gurusoft verkocht. Jackson koesterde veel gecompliceerde gevoelens over dat bedrijf.

Hij sprak snel verder. 'Weston dacht dat ik ze niet zou herkennen, maar dat deed ik wel. Ik heb een van die klootzakken ontmoet op die conferentie waar ik vorige zomer was. Weet je nog, ik vertelde je dat hij drankjes voor me kocht en me probeerde over te halen zijn assistente mee te nemen naar mijn kamer?'

Verdomme ja, dat herinnerde ik me. Hoewel hij verloofd was, had het me verbaasd dat die list niet had gewerkt. Ik knorde.

'Hoe dan ook, nu heeft Weston een spoedvergadering van de raad van bestuur bijeengeroepen. Ik denk dat ze een bod hebben gedaan om ons uit te kopen.'

'Wat?'

'Ik neem aan dat geen van jullie zijn e-mail heeft gecheckt.'

'Eh... nee.' We waren met veel aangenamere dingen bezig geweest. Ik had de werknotificaties op mijn telefoon uitgezet.

'Weston zei dat je een deel van je aandelen hebt verkocht.'

Dat zal hij vast gedaan hebben, die klootzak. Hoewel, wie was de grotere klootzak: Weston omdat hij mijn geheimen verklapte of ik omdat ik het mijn vriend niet had verteld? 'Ja, ik—'

'Echt? Dus het is waar?' Zijn stem brak.

'Het is waar. Ik heb – ik heb nagedacht over het bedrijf.' Ben bewoog zijn hand over mijn onderarm en aaide hem. Ik ademde wat rustiger door zijn aanraking. 'Over hoeveel van mezelf ik eraan geef. Of ik ermee door wil gaan.' Dat zou hij begrijpen. Zeker gezien wat er met zijn vader was gebeurd.

'En jij dacht dat de beste manier om ermee om te gaan was om af te stoten zonder met mij te praten? We hadden een afspraak, Coop.'

Zelfs Bens aanraking kon de zwaarte niet wegnemen die zich van mijn buik naar mijn borst verspreidde. 'Ik – ik kon niet met je praten. Niet na—' Mijn keel kneep zich samen, en ik had moeite om erlangs te slikken.

'Oké. Oké. Maar kun je terugkomen? De vergadering is over-morgen. Als je er eerder kunt zijn, kun je Weston tot rede brengen. Misschien kan Synergy je geen reet meer schelen, maar mij wel.'

'Echt? Weston zei dat je overwoog om eruit te stappen.'

'Godverdomme. Weston zou echt van alles zeggen. Natuurlijk geef ik om Synergy. We hebben het samen opgebouwd.'

Alle redenen waarom ik niet kon – waarom ik niet zou moeten – drongen zich in mijn hoofd op. Jackson had zich niet gedragen alsof ons bedrijf hem iets kon schelen. Het zou mij niets moeten kunnen schelen. En hij ook niet.

Bovendien, als ik terugging, wat zou er dan tussen Ben en mij gebeuren? Onze relatie was zo nieuw. Ik had die op het eiland willen verstevigen voordat we terugkeerden naar de druk van San Francisco.

Wat als de woede terugkwam? Wat als de stress van het werk dat deel van mij dat Mick Fallon had gecreëerd, weer zou activeren? Wat als ik geen bureau of een tafel of een hek zou slaan, maar Ben?

Ik keek in zijn ogen, vol standvastige steun. Kon ik hem overtuigen om op het eiland te blijven, om op mij te wachten tot ik dit had afgehandeld en terugkwam?

Ik verstrengelde mijn vingers met de zijne. Ik kon het vragen.

En nu vroeg mijn vriend om hulp. Ik kon nooit nee tegen hem zeggen.

'Oké. Ik ben er morgen.'

Zijn zucht kraakte door de telefoon. 'Dank je. En we praten daarna? Over jou en Synergy?'

We wisten allebei dat hij het niet over Synergy en mij had. Hij bedoelde dat we het over ons tweeën zouden hebben.

'Dat zullen we doen.'

'Oké. Zie je morgen. Hou van je, man.'

Het was zijn standaardafscheid. Maar deze keer draaide het zich niet als een mes in mijn maag.

'Ik ook van jou.'

28

BEN

COOPER HIELD MIJN vingers stevig vast, terwijl ik het liefst op de loop was gegaan. Hij had met zijn beste vriend gepraat en onze relatie niet genoemd. En toen zei hij dat hij terugging naar San Francisco. Niet *wij* gaan terug. *Ik* ga terug.

Als Cooper Fallon dacht dat hij me op het eiland kon achterlaten als een soort stoplap, dan had hij het goed mis.

Hij legde zijn telefoon op tafel en draaide zich naar me toe, zodat onze knieën elkaar raakten. Toen keek hij op, met een verontschuldiging in zijn ogen, en zei: 'Ik moet terug.'

Ik probeerde mijn toon licht te houden. 'In welke ramp heeft Jackson zich nu weer gestort?'

'Het is het hele bedrijf.' Hij pakte mijn andere hand. 'Jay gaf niet veel details – hij en Weston zijn niet bepaald vertrouwelingen – maar er zijn mensen van Gurusoft in het gebouw geweest en Weston heeft voor overmorgen een spoedvergadering van de raad van bestuur bijeengeroepen. Misschien hebben ze een vijandig overnamebod in elkaar geflanst.'

Arme Marlee. Mijn telefoon had getrild terwijl Cooper met Jackson praatte, maar ik was te geboeid door het luisteren naar

Cooper om op te nemen. 'Denk je dat Weston een overname steunt?'

'Nee. Hij is een goede kerel. Hij is waarschijnlijk zo in beslag genomen door het werk dat ik had moeten doen, dat hij...' Hij fronste.

'Het is niet jouw schuld, Cooper.' Ik strekte mijn hand uit en raakte zachtjes de plooi tussen zijn wenkbrauwen aan.

Die verdween niet. 'Eigenlijk wel. Ik heb die aandelen verkocht.'

'Dan moeten we maar uitzoeken wat er aan de hand is en hoe we moeten reageren. Hoe zou een overname werken?' Ik wou dat ik alles voor hem kon laten verdwijnen, maar Cooper leefde op van het oplossen van problemen. Het beste voor hem was om zich erdoorheen te werken. Daar kon ik bij helpen.

Hij cirkelde met zijn duim over de rug van mijn hand en staarde ernaar alsof het een van zijn spreadsheets was. 'Ze kunnen onmogelijk genoeg aandelen hebben gekocht voor een volledige overname. Ik heb nog steeds een flinke hoeveelheid en Jay heeft de zijne. Weston heeft ook een sterke positie. Het is mogelijk dat ze een aanzienlijke minderheid hebben vergaard, genoeg om de beslissingen van de raad te beïnvloeden. Ik gok dat Weston de raad proactief bijeen wil brengen om onze reactiestrategie te bepalen.'

Ik kneep harder in zijn vingers. 'Ik ga met je mee.'

'Ik beloof dat ik niet lang weg zal zijn. Hooguit een paar dagen. En het is makkelijker als je dat niet doet.' Hij keek naar onze ineengestrengelde handen.

Ik verstijfde. We hadden onze toekomst nog niet uitgestippeld, maar ik dacht dat we op weg waren naar iets blijvends. 'Waarom zou het makkelijker zijn?'

'Het is zo'n korte reis. Dan hoef jij niet met de jetlag om te gaan. Je kunt gewoon hier blijven en ontspannen zonder enige afleiding.' Hij boog voorover voor een kus, maar ik draaide me om zodat hij alleen mijn mondhoek raakte.

'En jij dan?' Deze keer was mijn toon bits. 'Zal Jackson Jones een afleiding zijn?'

Hij deinsde achteruit en hoewel ik woedend was, miste ik het contact met zijn handen. Hij streek de pijpen van zijn korte broek glad. 'Zo is het niet. Zo is het nooit geweest.'

'Je bedoelt dat jouw aantrekkingskracht eenzijdig is? Want zo is het zeker wel.'

'Jay is hetero', zei hij met een vlakke stem. 'Hij heeft nooit zo over me gedacht. En ik heb onze vriendschap nooit in gevaar willen brengen door hem te vertellen hoe ik me voelde. Dr. Pradhi zei dat ik die gevoelens voor hem had omdat hij veilig was. Onbereikbaar. Misschien had ze gelijk.'

Veilig? Jackson Jones was het tegenovergestelde van veilig. Hij was prachtig en rijk en Coopers beste vriend sinds ze tieners waren. Het enige waarop je bij Jackson kon rekenen, was dat hij de boel zou verpesten en deze keer zou zijn rotzooi misschien wel vernietigen wat Cooper en ik aan het opbouwen waren.

Jackson Jones had brede schouders en ik voelde ze zich tussen ons in wringen. Ik voelde Coopers genegenheid voor mij al afnemen terwijl hij al probleemoplossend zijn weg terug naar Synergy baande.

Ik had precies gedaan wat ik Mimi had gezegd dat ik niet zou doen. Ik had hem mijn hart gegeven. Maar nu ik ontslag had genomen, zou Jackson bij Cooper op kantoor zijn in plaats van ik. Ik kende hem pas zes maanden en onze relatie was nog geen twee weken oud. Hij en Jackson hadden een heel verleden waar ik nooit tegenop zou kunnen. Als hij het zou bijleggen met zijn vriend, zou er dan nog ruimte zijn voor mij?

Niet als ik hem niet vertelde wat ik wilde. Wat ik nodig had. Wij hadden ook iets speciaals opgebouwd. Het was misschien nieuw, maar het was het waard om voor te vechten.

'Luister naar me.' Ik wachtte tot hij mijn blik ving. 'We gaan samen terug. Ik ben je directieassistent niet meer, maar ik wil hierbij helpen. Omdat ik om je geef. Omdat ik... ik hou van je.'

Mijn hart stopte, want ik had het van buiten mijn borstkas gerukt en neergelegd voor de man waarvoor het klopte.

Hij knipperde met zijn ogen. 'Echt?'

Niet de reactie waar ik op hoopte. Toch zette ik door. 'Ja.'

'Ben, ik...'

'Shit.' Ik sprong op van de bank en staarde naar het zwembad. Ik had dit script al eerder gehoord. Vele malen. En het was beter als ik niet in hun ogen keek wanneer ze mijn hart op de grond gooiden en erop stampten.

'Nee, Ben, ik...'

Ik voelde zijn massa achter me, maar hij raakte me niet aan. 'Het is goed.' Ik probeerde mijn stem luchtig te laten klinken, alsof het me niet kon schelen, maar hij brak en verraadde me. Ik schraapte mijn keel. 'Het is goed.'

Zijn grote hand landde op mijn schouder en hij probeerde me naar zich toe te draaien. Ik verzette me.

Hij stapte om me heen, maar ik weigerde op te kijken naar zijn prachtige gezicht, dat alleen medelijden zou tonen voor mij en mijn belachelijke gevoelens.

'Ben.' Zijn stem brak en eindelijk keek ik op. Zijn lip trilde. 'Door wat mijn vader mijn moeder en mij heeft aangedaan, heb ik wat problemen met liefde. Met wat het betekent. Met mezelf openstellen voor een ander. Nadat hij haar had geslagen, verontschuldigde mijn vader zich altijd bij mijn moeder en vertelde hij haar hoeveel hij van haar hield.'

'Holy shit.' Ik volgde de strakke lijn van zijn kaak. 'Daar zou iedereen van naar de klote gaan.'

'Ik werk eraan', zei hij. 'In therapie. En ik denk dat het me kan lukken. Als je geduld met me hebt.'

Mijn hart begon weer te kloppen en de warmte keerde terug in mijn vingers. 'Ik kan je tijd geven. Wat je ook maar nodig hebt. Heb je liever dat ik het niet meer tegen je zeg?'

'Nee.' Hij kwam dichterbij tot onze borstkassen elkaar raakten. 'Zeg het nog eens?'

'Ik hou van je.'

Hij streek de losse krul van mijn voorhoofd. 'Ik voelde iets voor je op het moment dat je mijn kantoor binnenliep. Op het moment dat je mijn hand schudde. Een energie. Zoals ik me hier op het eiland voel. Alsof ik erbij hoor. Alsof we bij elkaar horen.' Hij glimlachte, een mondhoek hoger dan de ander. 'Mijn woorden komen er niet goed uit. Wat ik wil zeggen is dat ik die eerste dag voor je begon te vallen en sindsdien elke dag een beetje meer.'

'Elke dag?' Ik legde mijn handen op zijn borst en voelde zijn hart snel kloppen. 'Zelfs die dag dat ik zo kattig was omdat je die bedrijfsbrede bijeenkomst met één dag van tevoren aankondigde?'

'Vooral die dag. Je was een generaal die het team verzamelde en het voor elkaar kreeg. En het verliep vlekkeloos. Ik verdiende elke boze blik die je me toegooide. Maar pas toen je hier naar het eiland kwam en me hielp afkicken en shirts voor me kocht' – hij plukte aan het shirt met schelpenprint dat hij droeg – 'dacht ik...'

Ik zou flauwvallen van de druk die zich in mijn borst opbouwde. 'Dat je wat dacht?'

'Dat je misschien hetzelfde voelde. Dat we samen konden zijn. In een relatie. Vriendjes, hoewel ik me door dat woord ongeveer vijftien voel.'

Alles viel op zijn plek alsof Mjölnir in de hand van Thor schoot. Cooper voelde hetzelfde als ik. Hij kon het alleen nog niet zeggen. Ik boog voorover en kuste hem, een zachte streling van lippen. 'Ik wil je vriendje wel zijn, Cooper Fallon.'

De vlam in zijn blauwe ogen was de enige waarschuwing die ik kreeg voordat mijn rug de kussens van de bank raakte, mijn polsen vastgepind tegen de armleuning, zijn heupen tussen mijn benen geklemd. Ik hapte naar adem in zijn mond. Hij kuste me, agressief, bestraffend, wanhopig als een soldaat die naar het front vertrekt. Het schuren van zijn korte broek tegen de voorkant van mijn boxershort veroorzaakte een warme tinteling die uitstraalde tot in mijn tenen, die ik om zijn gespierde kuiten klemde.

Kreunend kuste ik van zijn gladde kaaklijn naar zijn nek.

Hij trok zich terug om zijn mond op de mijne te laten neer-komen en ik opende me voor hem, liet hem mijn mond binnendringen als de assertieve directeur die hij was. Hij smaakte naar macht. En naar genegenheid. Ik geloofde in hem. Hij had de macht om het goed te maken voor ons. Hij zou blijven als het moeilijk werd.

Ik liet mijn hand van zijn knie naar de bobbel in zijn korte broek glijden. 'Slaapkamer.'

'Jezus Christus, ja.' Hij stond op, stak zijn hand uit en trok me overeind. Met zijn hand in de mijne leidde ik hem naar de slaapkamer en ging op de rand van het onopgemaakte bed zitten. Hij kwam naast me zitten, zijn dij tegen de mijne gedrukt. Zijn kussen waren dit keer zachter, bijna lief.

Maar ik wilde niet lief. Ik wilde zweterig en vies. Claimen en geclaimd worden. We stonden op het punt ons eilandparadijs te verlaten en terug te keren naar de koude stad waar de dingen anders zouden zijn. Ik was niet van plan hem ongemerkt, onveranderd te laten terugkeren. Misschien kon ik niet met hem de bestuurskamers in, maar hij zou zich mij herinneren als hij daar was.

Schrijlings op hem duwde ik hem op zijn rug. Ik tilde de zoom van mijn shirt op.

'Nee', blafte hij. 'Laat het aan. Ik vind het geweldig om je in mijn shirt te zien.'

Ik trok een mondhoek op in een grijns. Dus hij wilde mij ook claimen. 'Goed. Maar jouw shirt gaat uit.'

Hij begon bovenaan met knopen losmaken en ik werkte van onderaf tot we zijn borst ontblootten. Al die spieren. Helemaal van mij. Ik volgde met een vinger van het kuiltje in zijn sleutelbeen naar zijn borstbeen, waar zijn haar goud glinsterde in het vroege middaglicht. Ik liet mijn vinger lager gaan, over de bobbels van zijn buikspieren, die zich bij mijn aanraking aanspanden. Toen ik met mijn vinger door zijn schaamhaar draaide, kromp hij ineen, die buikspieren bolden op.

Ik drukte hem neer met een vinger op zijn borstbeen. 'Ik denk erover na waar ik je ga merken. Niet te hoog. Ik wil die mooie nek van je niet verpesten en je dwingen het te verbergen met je boord dichtgeknoopt. Hoewel ik je graag in een stropdas zie.' Ik maalde tegen zijn bekken. Ooit zouden we de liefde bedrijven terwijl hij een van zijn zijden stropdassen droeg. Misschien zou ik er zijn polsen mee vastbinden. Of hij de mijne.

'Merk me', kreunde hij en stootte omhoog. 'Ik ben van jou.'

Ik wilde hem op dat moment uitkleden en mijn mond ergens plaatsen waar ik hem niet zou merken. Nog niet.

Met mijn vingertop cirkelde ik een plek net boven zijn heup. 'Hier? Of hier?' Ik tekende een cirkel rond zijn navel. Vervolgens omhoog over zijn ribben, waar zijn huid rimpelde, tot net onder zijn linker borstspier. 'Hier?' Ik tikte met mijn vinger over zijn tepel naar het vlezige deel van zijn bovenste borstspier.

Hij stootte opnieuw met zijn heupen.

'Daar, denk ik.' Maar ik deed het nog niet. Ik kuste eerst zijn hongerige lippen, een harde druk en een spel van tongen. Toen hij kreunde, bewoog ik langs zijn kaak naar zijn nek. Zijn pols klopte en wenkte me, maar Cooper Fallon, COO, kon niet terug naar kantoor met een zuigzoen in zijn nek als een tiener. Ik liet mijn lippen naar zijn tepel glijden en kuste die, nam toen het harde knopje tussen mijn tanden en zoog eraan.

Hij maalde met zijn heupen tegen de mijne. 'Alsjeblieft.'

Mijn huid knetterde door de kracht van zijn smeekbede. Eindelijk trok ik met mijn tong een lijn over zijn borstspier en cirkelde een, twee keer om mijn doelwit heen, voordat ik mijn lippen over zijn huid sloot en zoog. Hij boog onder me op en kreunde.

Ik liet een hand tussen ons in glijden en legde die op de voorkant van zijn korte broek. Hij siste. Ik likte om de plek te verzachten en daalde toen weer af, zuigend en knabbelend tot ik tevreden was dat hij de herinnering mee terug zou nemen naar Californië. Ik kuste de plek en verslond toen zijn lippen. Toen ik me oprichtte, jaagde hij mijn kus na.

Ik stapte van hem af en ging op de vloer tussen zijn gespreide knieën staan. Ik begon bij zijn nek en trok een lijn naar beneden over zijn borst, het midden van zijn platte buik, zijn navel. Toen ik zijn korte broek en ondergoed uittrok, deinde zijn erectie, rood en wanhopig.

Ik daalde af naar zijn ballen en ademde de mix van zeep en muskus in. Toen likte ik mijn weg omhoog en cirkelde om de eikel. Zijn lichaam spande zich aan en hij greep het laken vast.

Ik zoog hem zo diep als comfortabel was en begon hem verder te bewerken toen hij mijn haar vastgreep. 'Nee.'

Ik deinsde terug en hield zijn erectie bij de basis vast. 'Nee?'

'Ik wil...' Hij hees zich op zijn ellebogen en bewoog zijn mond. 'Ik wil dat je me neukt.'

Mijn hart sloeg op hol. 'Wil je me neuken?' Dat was wat ik al de hele week wilde. Al maanden, eigenlijk. Mijn kontgat spande zich aan.

Hij schudde zijn hoofd. 'Nee. Ik wil dat jij het doet. Neuk me.'

Mijn ogen werden groot. Ik had Cooper altijd als een top gezien. Zijn norse houding, zijn beschermende instincten, zelfs zijn verdomde 'Chief' in zijn titel wezen allemaal op een dominante man. Ik kneep mijn ogen samen. 'Dit is niet je eerste keer met een man, of wel?'

'Nee. Hoewel het de eerste keer in lange tijd is.'

Ik zuchtte door mijn neus. 'Je bedoelt, het is de eerste keer sinds je Jackson Jones hebt ontmoet?'

Hij keek weg. 'Ja.'

Verdomde, breedgeschouderde Jackson Jones. Hij wilde Cooper niet eens, niet op de manier zoals ik dat deed, en toch vulde zijn aanwezigheid de slaapkamer.

'Weet je dit zeker? Ik bedoel, ik ben niet enorm, maar het is heel wat om iemands ontmaagding te zijn. Of opnieuw te ontmaagden na zoveel jaar, denk ik.' Ik kromp ineen. Waarom deed ik hier zo vervelend over? Jackson was hier niet. Ik wel. En Cooper vroeg me om hem te neuken.

'Ik gebruik speeltjes. Ik denk dat je wel zult merken dat ik je aankan.' Hij staarde me recht in de ogen, een uitdaging. 'De spullen die je nodig hebt, liggen in het nachtkastje.'

Ik liep naar het nachtkastje en opende de bovenste lade. En

jawel, er lag een flesje glijmiddel, een ongeopend doosje condooms en een reeks speeltjes. Een vibrator, een dildo en een set buttplugs van verschillende groottes, waarvan een de grootste was die ik ooit in het echt had gezien.

Ik haalde het uit de lade. Het was een monster, zo groot als mijn vuist. 'Heb je deze gebruikt?'

'Ja.'

'Hmm.' De volgende keer zouden we zijn speeltjes erbij pakken en spelen.

Maar hij wilde geen speeltje. Hij wilde mij. Tenminste, dat dacht hij. Penetrerende seks veranderde soms dingen. En mijn relatie met Cooper balanceerde op het scherpst van de snede. Hij had net voorgesteld om mij hier achter te laten terwijl hij terug-ging naar Californië. Ik wilde niet dat een ongemakkelijke eerste keer nog een reden voor hem zou zijn om zich weer af te sluiten.

'Weet je dit zeker? Het hoeft niet. Ik ben blij met wat we tot nu toe hebben gedaan.'

'Ik wil jou, Ben. Ik weet het verdomd zeker.'

De spanning in mijn borst nam af. Hij had gezegd wat hij wilde en ik zou het hem geven. Ik opende het doosje condooms en haalde er een uit. Ik zette het flesje glijmiddel op het bed.

Ik stapte weer tussen zijn knieën. Terwijl ik zijn blik vasthield, knoopte ik de zoom van mijn T-shirt op om het uit de weg te houden en wurmde me toen met zoveel mogelijk bravoure uit mijn onderbroek.

Dit was het: de claim die ik had gewild. Wat ik ook had gezegd over het niet nodig hebben, het oermansdeel van mijn brein stond erop dat we het deden. Een paar druppels voorvocht parelden op het topje van mijn pik.

'Ben, stop met denken en neuk me. Ik heb je nodig.' Cooper legde zijn handen achter zijn knieën en tilde zijn benen op, zich voor me openend.

Ik scheurde de condoomverpakking open en rolde het latex af. 'Je weet het zeker.'

'Verdomme, Ben, loop me niet zo te kloten.'

Ik glimlachte. Daar was hij. Hij was misschien fysiek aan het bottomen voor me, maar hij had nog steeds de leiding.

Ik goot het glijmiddel in mijn hand en liet het een paar seconden opwarmen. Toen smeerde ik het over zijn pik en streelde hem tot hij zuchtte en zijn gespannen spieren ontspande. Ten slotte smeerde ik het over zijn kontgaatje en cirkelde eromheen met een glibberige vinger. 'Oké?'

'Mmm. Ja.'

Ik werkte een vinger naar binnen, toen twee, terwijl ik hem lome trekbewegingen bleef geven met mijn andere hand. 'Wil je eerst klaarkomen? Misschien ontspan je dan.'

'Nee, ik wil klaarkomen terwijl je in me zit, als dat lukt.'

'Zo'n romanticus.' Ik klakte met mijn tong. Maar dat was ook wat mijn romantische hart wilde. Ik wrong een derde vinger bij hem naar binnen en vond zijn prostaat. Zachtjes wreef ik erover en hij begon te kronkelen. Ik stopte met bewegen met mijn vingers. 'Voelt het goed?'

'J-ja. Stop niet.'

'Nee, lief.' Ik werkte mijn vingers in hem en keek naar zijn gezicht. Zijn lippen vielen open en zijn ogen sloten zich. Toen ik mijn beweging versnelde, beefden zijn benen. Dat was mijn signaal.

Ik haalde mijn vingers eruit, deed glijmiddel op mezelf en ging voor zijn opening staan. 'Kijk me aan, lief.'

Toen hij zijn ogen opende, duwde ik naar binnen. Hij spande zich niet aan, dus ik ging door tot ik volledig in hem zat, de strakke omhelzing vonken rechtstreeks naar mijn ruggengraat stuurde. Ik pauzeerde. 'Oké?'

Hij knikte, zonder zijn blik te verbreken. Terwijl ik me terugtrok en opnieuw naar binnen stootte, verdronk ik in de ijsblauwe poelen van zijn ogen. Ik was zo verkocht aan deze man. Hoe kon hij er ook maar aan denken om zonder mij terug te gaan naar Californië? Ik was er niet zeker van of ik hem zelfs alleen naar kantoor kon laten gaan. Ik wilde deze verbinding, de elektriciteit die door me heen stroomde elke keer als ik hem aanraakte, nooit verbreken.

Hitte vonkte langs mijn ruggengraat en spoorde me aan om sneller te gaan, maar ik hield een gemeten tempo aan. Mijn hart hamerde in mijn borst terwijl ik naar hem keek, zijn kaak slap en zijn ogen onscherp. Huid klapte tegen huid. Een paar druppels voorvocht druppelden op zijn buik. Ik doopte een vinger erin en smeerde de vloeistof over de eikel van zijn pik. 'Is dit oké?'

'God, ja, ik...' Hij sloot zijn ogen abrupt terwijl zijn hele lichaam schokte en zijn zaad over mijn hand en op zijn buikspieren spoot.

Ik versnelde mijn stoten terwijl ik toekeek hoe zijn pik tegen zijn buik schokte. Mijn eigen orgasme schoot op me af. Ik trok me terug, rukte het condoom af en een paar halen later spatte mijn zaad naast het zijne op zijn borst.

Ik steunde met een hand op zijn knie, vlekken dansten voor mijn ogen en mijn borstkas rees en daalde.

Toen mijn zicht opklaarde, keek ik naar Cooper. Zijn ogen waren weer open, zacht en wazig. Hij veegde met een vinger over zijn plakkerige borst. 'Dat was... ongelooflijk.'

Mijn borst zwol op. De oerman in me danste bij het zien van mijn minnaar bedekt met ons genot. De zachtere, moderne man was klaar voor een knuffel.

'Ik ben zo terug.' Ik pakte een handdoek uit de badkamer, maakte ons schoon en gooide de handdoek in de wasmand. Toen nestelden Cooper en ik ons weer in bed en trokken de dekens op. 'Nog steeds goed?' mompelde ik tegen zijn borst.

'Zo goed.' Hij kuste de bovenkant van mijn hoofd en legde zijn zware arm over mijn zij. 'Jij?'

Ik duwde mijn voet tussen zijn benen en haakte hem dichterbij. 'Perfect.'

En gedurende dat glorieuze uur waren we met z'n tweeën in de slaapkamer. Geen Synergy, geen Jackson Jones. Alleen ik en mijn vriend.

29

BEN

COOPER STAARDE NAAR de hond die tussen ons in op de achterbank van de terreinwagen zat. 'Ik denk dat hij gelukkiger zou zijn als hij op het eiland zou blijven.'

Hij dacht dat ik ook gelukkiger zou zijn als ik achterbleef. Niet zonder hem. En ik wist dat Coco er hetzelfde over dacht. Ik pakte Coco op en hield hem dicht tegen mijn borst gedrukt. Hij likte aan mijn oorlel. 'Hij gaat waar ik ga.' *En ik ga waar jij gaat.*

Coopers lippen krulden op in die neutrale glimlach waar ik in Californië aan gewend was geraakt. 'Oké. Wat jij wilt.'

Mateo stopte de auto precies op het tarmac van een deel van het vliegveld dat ik bij aankomst niet had gezien. De bedrijfsjet van Synergy stond zo'n dertig meter verderop geparkeerd, fel wit tegen de donkere wolken die voor de kust samenpakten.

Ik had het vliegtuig al een paar keer eerder gezien, als Cooper me op het vliegveld nodig had om hem iets te brengen of om hem voor of na een vlucht te briefen, maar – ik slikte – ik had er nog nooit in gevlogen. Het was niet groter dan het kleine vliegtuigje waar ik vanuit Charlotte Amalie mee was gekomen, het vliegtuig waarin ik had moeten overgeven. En we moesten ermee door die dichte, turbulente wolken vliegen en dan het hele land door. Ik klemde Coco steviger vast.

Alsof hij mijn gedachten kon lezen, zei Cooper: 'Maak je geen zorgen. Emily vliegt wel om de storm heen. Het is maar goed dat we ervandoor gaan voordat hij losbarst.'

Mateo draaide zich om in de bestuurdersstoel. 'Weet je zeker dat je me niet nodig hebt, Lito?'

'Ik weet zeker dat degene die Ben heeft aangevallen het heeft opgegeven of op het eiland blijft. Ik heb een beveiligingsteam in San Francisco. We redden ons wel.'

Mateo knikte, maar zijn ogen fonkelden niet zoals ze gewoonlijk deden.

'Dank je.' Cooper reikte naar de voorstoel en pakte de schouder van zijn neef vast. 'Bedankt dat je ons hebt beschermd. Je kunt ons opzoeken in San Francisco als we besluiten te blijven.'

Aan de gespannen klank in zijn stem te horen was blijven wel het laatste wat Cooper wilde.

Mateo had het vast niet gehoord. Hij grijnsde. 'Dat zou ik leuk vinden.'

'Misschien zijn we alweer terug voordat je de kans krijgt om op bezoek te komen.' Coopers stem was nors, zoals hij in Californië altijd klonk. Ik miste de ontspannen melodie waar ik op het eiland al te zeer aan gewend was geraakt.

Ik pakte Coopers hand. 'We praten erover als je alles hebt opgelost bij Synergy.' Er stond ons een belangrijk gesprek te wachten. Maar we zouden er wel uit komen. Als ik hem ertoe kon overhalen vaker op vakantie te gaan, kon hij van de zon genieten en de druk van thuis loslaten. Potverdorie, hij zou met pensioen kunnen gaan als hij dat wilde. Ik zou ons nooit op het niveau kunnen onderhouden waaraan Cooper gewend was, maar zodra ik afgestudeerd was, kon ik een baan vinden die ervoor zorgde dat er brood op de plank kwam. En Coopers ruime spaargeld en beleggingsinkomsten konden voor de rest zorgen.

'Laten we gaan.' Cooper opende het portier en stapte uit.

Ik liet Coco los. Hij sprong uit de terreinwagen en schudde zich uit terwijl ik naar buiten klauterde en me schrap zette tegen de vlaag van de wind. Ik greep het uiteinde van zijn riem en liet de wind me naar de achterkant van de auto blazen om mijn koffer te pakken.

Mateo tilde beide koffers op alsof het een paar laptoptassen waren. 'Deze heb ik. Gaat u maar alvast naar boven.'

Cooper wachtte een paar passen verderop op me, met mijn laptoptas over zijn schouder. De zon was verscholen achter de dreigende wolken die vaag in zijn zonnebril werden weerspiegeld. Zonder het felle zonlicht waaraan ik gewend was geraakt, zag hij er matter, valer uit, zoals hij er vroeger op kantoor had uitgezien.

Hij stak zijn hand uit en dankbaar pakte ik die vast. Hij had nauwelijks last van de gierende wind en liep vlot naar de vliegtuigtrap en ging naar boven. Ik liep achter hem aan en klampte me aan de leuning vast terwijl ik de steile treden beklom. Bovenaan ademde ik voor de laatste keer de frisse eilandlucht in. Ons paradijs, waar ik eindelijk verliefd was geworden op een man die ook van mij hield, zelfs als hij de woorden niet kon uitspreken.

We doken het vliegtuig in. Koele, droge lucht en een warmgrijs interieur verwelkomden ons. Aan de ene kant was een bank, compleet met blauwe sierkussens. Die stond tegenover een tafel met daarboven een groot televisiescherm. Achter in het vliegtuig stonden groepjes zachte leren fauteuils, ook in neutrale grijstinten.

Cooper liep langs de bank naar een tweetal stoelen die tegenover elkaar stonden aan de linkerkant. Hij ging met zijn gezicht naar voren zitten en ik nam de stoel tegenover hem. Coco snuffelde aan de stoel en sprong toen naast me.

De steward kwam naar ons toe. 'Mr. Fallon. Mr. Levy-Walters. Wat mag het voor u zijn? Bourbon? Sap?'

Het was nog geen negen uur 's ochtends. Ik trok een wenkbrauw op naar Cooper. Bourbon?

'Water voor mij, alstublieft. Ben?'

'Sinaasappelsap.'

De steward zei: 'We hebben ook guavesap, als u dat liever heeft.'

'Ja, graag.' Ik wist me net lang genoeg in te houden totdat de steward in de kombuis was verdwenen, voordat ik me met grote ogen tot Cooper wendde. 'Heb jij ze guavesap voor mij laten halen?'

'Het is een privévliegtuig. Ze hebben op voorraad waar ik om vraag.'

Cooper Fallon leefde heel anders dan ik. Waar zou ik nog meer aan moeten wennen?

De steward kwam terug met onze drankjes. 'Kan ik u verder nog ergens mee van dienst zijn?'

Cooper keek me stilzwijgend aan en zei toen: 'Nee, dank u wel. En we zijn klaar voor vertrek als de piloot dat ook is.'

'Dat zal ik haar laten weten.' De steward liep door een deur voor in het vliegtuig.

Ik deed mijn gordel om. Tegenover me fronste Cooper naar zijn telefoon.

'Is alles in orde op kantoor?'

Hij veegde iets weg en legde hem toen op de tafel tussen ons in. 'Weston heeft vanmiddag vroeg een vergadering gepland. Ik zal er direct naartoe moeten.'

'En Jackson?' Ik haatte het om te vragen, maar ik moest ook hun relatie begrijpen. De gedachte dat Cooper en Jackson samenwerkten, samen rondhingen – godverdomme, samen dronken – terwijl Cooper opnieuw in de ban van Jackson Jones raakte, stak me recht in mijn hart. Zou hij nog om me geven als Jackson in de buurt was?

'Wat is er met Jackson?'

'Vind je niet dat je de lucht moet klaren?' Ik hield mijn adem in.

'Het doet er niet meer toe. Hij heeft iets met Alicia. En ik heb iets met jou.'

Mijn lippen wilden opkrullen. *Ik heb iets met jou.* Maar...

'Je zou hem moeten vertellen wat je voelt. Voelde. Jullie zijn beste vrienden en het is niet eerlijk om zoiets achter te houden.'

'Ik' – hij fronste zijn wenkbrauwen – 'oké. Misschien niet vandaag, maar binnenkort.'

Ik moest het accepteren. Het was zijn vriendschap. Zijn relatie. En ik moest aan mijn eigen relatie werken.

'Dus als jij naar kantoor gaat, dan zal ik...' Shit. Zover had ik nog niet nagedacht.

'Ik regel wel een andere auto die je naar... ah, brengt.'

Ik wist niet of de rilling die door mijn nek ging vreugde was omdat hij bijna had gezegd dat de auto me naar zijn huis zou brengen, of een waarschuwing dat we te snel gingen, dat hij de controle probeerde te grijpen. 'Nee, ik ga met je mee naar kantoor. Ik overleg even met Marlee. Er zijn vast een paar dingen die ik moet regelen voordat ik... voordat ik mijn bureau leegmaak.' Ik zou Synergy missen, maar bij Cooper zijn was het waard om mijn baan op te geven.

'En daarna?'

Ik had beter moeten weten dan te denken dat hij me dat gesprek zou laten uitstellen.

'Ik denk dat ik terug moet naar mijn zus. Vind je niet?' Mijn stem was zo hoog als die van Mickey Mouse. Ik nam een grote slok van mijn sap.

'Als je je spullen moet halen. Of ik kan iemand sturen om ze voor je op te halen.'

'Nogal bazig, vind je niet?' Maar ik verpestte mijn snedige opmerking door de armleuningen vast te grijpen toen het vliegtuig begon te bewegen. Mijn hart ging tekeer.

'Dat ben ik, en daar kun je maar beter aan wennen.'

Verdomme. Ik had een waaier nodig. En een reispilletje. Ik slikte. Het vliegtuig schokte toen het van de startbaan opsteeg. Koude tintelingen gleden over mijn huid.

'Gaat het?' Cooper wurmde zich in de stoel naast me en zette Coco op zijn lege plek.

'Moet jij geen gordel om?' Ik greep zijn hand en richtte mijn blik op de tafel, overal behalve uit het raam waar de jet door de zwarte wolken scheurde.

'Je hebt me niet verteld dat je vliegangst hebt.' Hij wreef over mijn hand.

'Ik denk dat ik het niet wist. De eerste keer dat ik ooit vloog was toen ik hiernaartoe kwam.' De voorkant van mijn shirt trilde door mijn hartslag.

Hij trok zijn hand uit mijn greep. 'Ik ben zo terug.'

'Nee, je mag niet door de cabine lopen!'

Maar hij was al weg. Even later was hij terug met een fles wodka. Hij schonk een flinke scheut in mijn glas sap. 'Drink maar op.'

Mijn vingers trilden toen ik het glas pakte. Maar ik deed wat hij vroeg en zoog het zoete sap op dat de smaak van de alcohol maskeerde.

Toen ik het tot aan de ijsblokjes had opgedronken, sloeg hij zijn arm om me heen en liet mijn hoofd op zijn schouder rusten. 'Alles komt goed. Emily maakt deze reis de hele tijd. Kijk naar buiten. We zijn de storm voor. Voel je hoe stabiel het nu is, nu we op kruishoogte zijn? Zo blijft het de hele weg naar Californië.'

Ik wreef over mijn borst, in de hoop mijn razende hart te kunnen kalmeren. 'Beloofd?'

'Beloofd. Het wordt een rustige vlucht tot in Californië.'

Ik ademde uit. In. 'En dan?'

'Misschien een hobbel of twee op weg naar beneden.' Hij kuste de bovenkant van mijn hoofd. 'Maar het komt goed met ons.'

'Ik hou van je, Cooper.' Ik draaide mijn gezicht naar hem toe.

Hij kuste me, een geruststellende druk van zijn lippen. Maar hij zei het niet terug. Dat was oké. Voor nu.

De steward schraapte zijn keel. 'Nog meer sap?'

'Graag.' Cooper kuste me opnieuw, iets tederder.

De steward nam mijn glas van de tafel en vertrok.

'Je hebt me net gekust voor de neus van een Synergy-medewerker, weet je,' mompelde ik tegen zijn lippen.

'O ja?' De hoek van zijn mond krulde omhoog. 'Wen er maar aan dat ik je overal kus.'

'Overal, Mr. Fallon?' Mijn lippen voelden verdoofd en slap.

'Overal.' Hij boog zijn hoofd en drukte een zuigende kus net onder mijn kaak.

Ik rilde. 'Daar zou ik aan kunnen wennen.'

30

COOPER

WE WAREN TE laat omdat ik de hond was vergeten.

Ik was hem niet echt vergeten; hij was de hele vlucht bij ons. Met de hulp van een van Sara's vrienden, een dierenarts, had ik in allerijl injecties en papieren geregeld om Coco de V.S. in te krijgen. De moeite en het feit dat ik nog dieper bij Sara in het krijt stond, waren het allemaal waard geweest voor de stralende blik op Bens gezicht toen hij zich met Coco in de vliegtuigstoel nestelde.

Nadat Ben op mijn schouder in slaap was gevallen, sprong Coco op, half op de stoel en half op Ben, en wierp me een boze blik toe die ik nog nooit bij hem had gezien. Die bruine ogen lieten me niet los, zelfs niet om te slapen, totdat we in San Francisco landden.

Toen besefte ik dat we een aparte auto nodig hadden. Voor de hond. Want we mochten dan wel een vooruitstrevend bedrijf zijn, maar honden waren niet toegestaan op kantoor.

De auto heeft het nooit gered vanwege de verkeerschaos in San Francisco, dus reden we met Coco naar kantoor.

Toen Ben op een van de chartreuse stoelen in de lobby ging zitten, plofte Coco aan zijn voeten neer. 'Maak je geen zorgen om ons', zei Ben. 'We wachten hier wel op je.' Hij had zijn telefoon al in zijn hand, klaar om zijn zus of een van zijn vele vrienden bij Synergy te appen.

'Waarom ga je niet gewoon...' Ik schraapte mijn keel. Ik wilde *thuis* zeggen. Mijn thuis. Maar Ben had de hele vlucht geslapen en we hadden geen tijd gehad om onze woonsituatie uit te werken. Ik bekeek de hond. Misschien zou hij een troef zijn in die onderhandelingen. Liet het appartementencomplex van zijn zus honden toe? Natuurlijk zou het weer typisch mijn geluk zijn als Ben nog niet klaar was om bij me in te trekken en ik op de een of andere manier opgescheept zou raken met een hond waar ik niet op zat te wachten.

'We wachten wel. Ik kijk wel of Marlee hierheen kan komen.'

'Oké. Ik app je wel als het lang duurt.' Weston was karig met details over onze vergadering geweest. Het had me niet moeten verbazen. Hij liet nooit het achterste van zijn tong zien. Zijn ego was nog groter dan het mijne.

Boven liep ik rechtstreeks naar Westons kantoor aan de zonnige kant van het gebouw, aan de andere kant van de verdieping dan dat van Jackson. Ik had geen tijd om even bij Jacksons kantoor binnen te wippen, zelfs al had ik het gewild.

Wilde ik dat? Sinds we hadden gepraat, leek het niet meer zo erg. Tot ik me herinnerde wat ik volgens Ben moest opbiechten.

Daar zou ik me later wel zorgen over maken, als ik niet te laat was voor een vergadering met de CEO.

Julie keek op van haar scherm. Ze wierp een blik op de klok en perste haar lippen op elkaar. 'Hij verwacht u.'

Ik haatte het om te laat te komen. Maar ik kon er niets aan doen. Dus klopte ik op de deur, draaide de klink om en liep naar binnen.

'Cooper.' Weston zat aan zijn bureau, zijn witte overhemd open bij de kraag, waardoor een nek tevoorschijn kwam die bijna net zo gebruind was als de mijne. Hij moest er onlangs opuit zijn geweest met zijn boot. Zoals gewoonlijk was zijn haar perfect geknipt, niet warrig zoals het mijne vaak was doordat ik er met mijn vingers doorheen ging, of platgedrukt zoals dat van Jackson door zijn koptelefoon.

'Harris.' Ik stak het zachte zijden tapijt over en schudde zijn hand. Die was koel, zoals gewoonlijk. Maar zijn glimlach was warm als altijd, en de spanning tussen mijn schouderbladen nam af.

'Ga zitten.' Hij wees naar de leren stoelen met siernagels voor zijn bureau.

Ik nam plaats op het stugge kussen en leunde voorover, mijn ellebogen op mijn knieën. 'Wat hoor ik nou over...'

Hij praatte door me heen. 'Vakantie staat u goed. Hebt u genoten op het eiland?'

'Jazeker.' Gewoonlijk kwam Weston net als ik liever meteen ter zake, maar het was logisch om even bij te praten, aangezien ik hem drie weken niet had gezien. 'Wat is er niet leuk aan? Een beetje zon, zand en cocktails met een parasolletje.' Ik had hem nooit verteld dat mijn familie daar woonde. Dat was niet iets wat ik gewoonlijk deelde. Laat iedereen maar denken dat ik daar een toerist was, eentje met een blanke, welgestelde, suburbane achtergrond zoals de meeste tech-directeuren die ik tegenkwam. Zoals Weston zelf.

'Ik maak me zorgen om u, Cooper.' Zijn wenkbrauwen gingen omlaag, hoewel zijn voorhoofd niet fronste. Hij mocht dan de grijze haren bij zijn slapen laten zien, maar ik had nog nooit een rimpel op het gezicht van Harris Weston gezien. 'De afgelopen paar jaar leek u niet zo gelukkig als toen ik u en Jones voor het eerst ontmoette.'

Misschien had botox het makkelijker gemaakt om mijn gezicht uitdrukkingsloos te houden. Vorig jaar rond deze tijd wist ik al dat Jackson nooit van me zou houden zoals ik van hem hield. Maar dat deed er nu allemaal niet meer toe. Niet nu Ben beneden op me wachtte.

'Het gaat nu beter met me. De tijd weg heeft me perspectief gegeven.'

'Dat had u duidelijk nodig na het incident in uw kantoor. Gaat het goed met uw hand?'

Julie moest het hem verteld hebben. De hitte begon bij mijn kruin en verspreidde zich over mijn gezicht. Ik schonk hem een geforceerde glimlach en hield mijn rechterhand omhoog. Er stonden slechts een paar rode strepen op. 'Het was maar een schrammetje. Geen reden tot paniek.'

Hij hield zijn hoofd schuin. Met zijn Romeinse neus deed hij me aan een havik denken. 'Ik denk dat de mensen hier erg gealarmeerd waren. Vooral Jones. En nog meer toen u uw Synergy-aandelen verkocht.'

De hitte brandde door tot in mijn borst. Ik wilde mijn kraag losknopen, maar dat kon niet, niet onder zijn haviksblik. Ik bleef zo stil als een veldmuis.

'Gelukkig had ik wat middelen beschikbaar en kon ik ze veiligstellen. Dus ze zijn binnen de Synergy-familie gebleven.' Hij opende zijn handpalmen in een welwillend gebaar.

Koele opluchting stroomde door mijn aderen. Mijn aandelen waren niet in de klauwen van Gurusoft beland. Ik had het bedrijf geen overnamedoelwit gemaakt. Weston had oorspronkelijk een kleiner belang dan Jackson of ik, maar nu zouden hij en ik ongeveer evenveel van het bedrijf bezitten, waarbij Jackson het grootste deel in handen had. Samen hadden we met z'n drieën nog steeds een gezonde meerderheid. Ik leunde achterover in de stoel. 'Ik ben blij dat u dat hebt gedaan. Ik dacht niet helder na toen ik de verkoop in gang zette, anders had ik het met u besproken.'

'Interessant dat u er ook niet met Jones over hebt gesproken. Hij leek niet te weten dat u aan het afstoten was.'

Ik kromp ineen. 'Ik, eh... Zoals ik al zei, ik dacht niet helder na.' Hoewel ik straalbezopen was geweest toen ik die verkoop had gestart, was ik helder van geest geweest, denkend aan mijn pensioen met Ben, toen ik hem het volgende deel had geschonken. Als we hier voorbij waren, zou ik een rationele beslissing nemen over de rest van mijn aandelen. Als ik besloot te verkopen, zou ik ze aan Jackson of Weston aanbieden.

'Ik veronderstel dat er goede dingen kunnen voortkomen uit overhaaste beslissingen.' Maar hij krulde zijn lip. Ik betwijfelde of Weston ooit een overhaaste beslissing had genomen. En ik had hem nog nooit, maar dan ook nooit, dronken gezien. Zelfs niet de avond nadat het bedrijf naar de beurs ging en we allemaal in één klap multimiljonair werden.

'Ja. Dat kan.' Als ik niet mijn verstand had verloren en naar het eiland was gevlucht, zou Ben me niet gevolgd zijn. Dan waren we baas en werknemer gebleven, zonder elkaar ooit aan te raken, zonder ooit het vuur te voelen dat tussen ons vonkte, de aantrekkingskracht die ik op dat moment naar hem voelde, vijf verdiepingen lager.

'En er is iets heel goeds voortgekomen uit uw beslissing om uw aandelen te verkopen.' Weston leunde achterover in zijn stoel en vouwde zijn vingers in een torentje op zijn borst. 'We hebben een overnamebod van Gurusoft ontvangen. En Jones heeft niet genoeg aandelen om het te blokkeren.'

Een rilling liep over mijn huid. 'Een... wat?'

'Een buitengewoon aantrekkelijk overnamebod. Contant geld plus aandelen. U wordt een zeer vermogend man.' Hij grinnikte. 'Een nóg vermogender man.'

Gal steeg op in mijn keel. Ik had Jackson beloofd dat ik ons meerderheidsblok zou behouden, juist om deze reden. En nu had ik het verpest, en zou Synergy in de klauwen van Gurusoft belanden. Alles wat we samen hadden opgebouwd, zou worden opgeslokt door het grotere bedrijf, de software – Jacksons geesteskind – uit elkaar gehaald en in die van hen ingebouwd, of anders volledig afgedankt. Precies wat er met het bedrijf van zijn vader was gebeurd. De werknemers, van Marlee tot Bens zus tot de nieuwste, meest junior ontwikkelaar, zouden een ontslagvergoeding krijgen en op straat worden gezet. Alleen een paar sterspelers, zoals Jacksons protegé, Tyler Young, zouden waardevol genoeg zijn voor Gurusoft om te behouden. Ik slikte.

'Maakt u zich geen zorgen.' Hij schonk me een vaderlijke glimlach. 'U zult van uw pensioen genieten. En als dat niet zo is, kunt u een nieuw bedrijf beginnen, zolang het maar niet in strijd is met het concurrentiebeding.'

Een verdomd concurrentiebeding. Gurusoft zou ook de juridische macht hebben om dat af te dwingen. Ze zouden ons nooit een nieuw softwarebedrijf laten starten uit de as van Synergy. Jackson zou woedend zijn. En dat verdiende ik. Mijn egoïsme had zojuist alles vernietigd wat we samen hadden opgebouwd. Toen ik de aandelen verkocht, wilde ik klaar zijn met Synergy. Maar niet op deze manier. De bekende woede kookte in mijn maag.

'Nee!' Ik sprong op uit de stoel en ging staan. 'Ik... ik wil dat nicht. Niet nu.'

Zijn wenkbrauwen gingen een fractie omhoog. 'Het is het beste voor u. En voor het bedrijf. U en Jones können dan weer vrienden zijn zonder al die' – hij maakte een wuivend gebaar – 'narigheid tussen jullie.'

Narigheid. Zo noemde hij Jacksons en mijn stormachtige – hoewel uiterst effectieve – partnerschap. Synergy, het miljardenbedrijf dat we in onze studentenkamer hadden opgebouwd, was *narigheid* geworden.

Ik haalde diep adem, zoals ik had geoefend met dr. Pradhi. Maar ondanks het verraad van mijn mentor, was de woede die gewoonlijk net onder de oppervlakte kookte er niet. Zeker, er was hitte en pijn, maar mijn beruchte temperament was nog steeds op vakantie.

'Nee', zei ik nogmaals, standvastiger. 'Jackson en ik zullen dit aanvechten. We zullen met het bestuur praten...'

'Cooper, wees redelijk. Het is het beste voor ons allemaal.' Hij tilde zijn armen op om zijn kantoor, de zesde verdieping, het historische gebouw te omvatten. 'We pakken allemaal onze afkoopsom en gaan door naar de volgende onderneming. U zult meer tijd hebben om met uw dierbaren door te brengen. Wij allemaal.' Hij liet zijn blik naar de ingelijste foto op zijn bureau dwalen, die van hemzelf, zijn dochter Phoebe, en haar paard.

De mensen van wie ik hield, waren afhankelijk van Synergy. Zelfs als Ben mijn assistent niet meer was, kon ik niemand van hen, en zeker zijn zus niet, werkloos achterlaten. Ik ijsbeerde een paar passen van zijn bureau vandaan en weer terug om voor hem te gaan staan. 'Ik kan het niet. Ik kan u niet laten doen.'

Weston zette zijn kaken op elkaar. 'U zult het doen. Het is het juiste om te doen.'

Mijn woede bleef opgerold in een balletje in me, zoals Coco als hij een dutje deed. Ik zette mijn handen in mijn zij en maakte gebruik van mijn postuur. Maar ik hield mijn stem zacht. 'Dat doe ik niet.'

Hij schudde zijn hoofd, en een uitdrukking die bijna op spijt leek, verscheen op zijn gezicht. 'Dat zult u wel. Ik heb nogal wat stimulansen om u mijn denkwijze te laten inzien.'

'Stimulansen?' Wat kon hij me in hemelsnaam bieden dat me van gedachten zou doen veranderen?

'U hebt gehoord van de wortel en de stok. Ik geloof dat u al een wortel hebt. U wilt mijn stok niet zien.'

'Een wortel?'

Een lichte glimlach verscheen op zijn lippen. 'U beschouwt uw knappe jonge man toch zeker als een wortel? Hij leek u behoorlijk gelukkig te maken.'

Een rilling joeg door mijn ruggengraat. Ik stopte mijn gevoelloze vingers in mijn broekzakken. 'W-wat?'

'Ik heb een video ontvangen die documenteert hoe u uw voorjaarsvakantie hebt doorgebracht.' Hij tikte een toetsenreeks op zijn toetsenbord en draaide zijn monitor naar me toe. De video was stil en korrelig, maar mijn gezicht was duidelijk te herkennen, mijn mond open van extase terwijl Ben, met zijn rug naar de camera, in me stootte.

Mijn adem stokte in mijn borst. Dat prachtige moment dat we hadden gedeeld, de intimiteit die we hadden ervaren, de kwetsbaarheid die ik Ben met zoveel moeite had gegeven, alles was daar in grof zwart-wit voor Weston om te onderzoeken en te beoordelen.

'Meneer Levy-Walters is uw assistent, nietwaar?' Hij rekte zijn nek om de video te bekijken, zijn gezicht onbewogen. 'Ik vraag me af wat het bestuur van uw argumenten zal vinden als ze dit zien.'

'Hij heeft ontslag genomen. Daarvóór.' Ik wuifde met een trillende hand naar het scherm en rukte toen mijn ogen ervan los. Hoe de fuck was hij aan die video gekomen? Er kwam nooit iemand in mijn huis, zelfs de huishouding niet. Had Ben...? Ik slikte. Nee. Ben zou nooit camera's in de bungalow hebben geplaatst. Nooit. Maar wie dan?

Weston keek nog een paar seconden naar het scherm. 'Maakt dat echt uit?'

Dat deed het niet. In die video was ik een bevoorrechte man die misbruik maakte van een ondergeschikte, ongeacht of ik nog steeds zijn werkgever was. 'Bent u... chanteert u me?' Ik zakte in de stoel. Zonder de stalen kern van mijn woede had ik niets om me overeind te houden.

Hij hield zijn hoofd weer schuin. 'Ik deel slechts alle feiten met u.'

Het was chantage, puur en simpel. Maar als ik hem ermee confronteerde, zou de video openbaar worden. En hij had waarschijnlijk meer. Weston kwam nooit onvoorbereid naar een onderhandeling.

Het deed er niet toe. Waar het om ging, was hoe ik op zijn dreigement reageerde. Langzaam stond ik op. 'Ik ben verliefd op Ben. Ik ben trots op onze relatie.'

Weston tuitte zijn lippen. 'U bent de Chief Operating Officer, verantwoordelijk voor personeelszaken bij dit bedrijf. Het doen met uw secretaresse – of door hem gedaan worden – staat niet goed.'

'U hebt gelijk.' Ik slikte. Ik dacht dat onze relatie, nadat Ben ontslag had genomen, acceptabel was. Maar de zwart-witvideo bewees mijn ongelijk. Ik had alle macht. Ik had Ben praktisch gedwongen ontslag te nemen. Het stond niet goed voor de COO, die verantwoordelijk is voor de relaties met werknemers.

'Ik zal een verklaring afleggen aan de werknemers', zei ik. 'Het bestuur zal beslissen over de gevolgen van mijn acties. Als ze besluiten mij te ontslaan, het zij zo.' Het was wat ik verdiende. En niet zo heel anders dan wat ik wilde. Hoewel Ben woedend zou zijn over de schending van onze privacy. God, ik was het ook. 'Hoe bent u aan die video gekomen?'

Hij pauzeerde het afspelen en doorboorde me met een harde blik. 'Maakt dat uit?'

Dat deed het niet. Ben zou nog meer van streek zijn als Synergy aan Gurusoft werd verkocht en iedereen om wie hij gaf zijn baan verloor.

Ik had me vergist, zo vergist in Weston. Jackson had al die tijd gelijk gehad. Niemand die om me gaf, die me respecteerde, zou zo'n video gebruiken om zijn zin te krijgen.

Ik had hem als een vaderfiguur gezien. Maar net als mijn echte vader kon het hem geen reet schelen.

Ik leunde met een hand op de achterkant van de stoel voor steun. 'Publiceer het maar als het moet. Ik wijk niet van mijn standpunt.'

Hij zette zijn kaken op elkaar. 'Ik heb nog een troef achter de hand. Ik wilde dit niet doen, maar u laat me geen keus.' Hij keek bijna spijtig, pakte zijn bureautelefoon en drukte op een knop. 'Julie, wilt u onze nieuwe bewaker binnenlaten?'

'Bewaker? Wat is dit voor onzin, Weston?' Zou hij me uit mijn eigen gebouw laten begeleiden? Omdat ik seks met wederzijds goedvinden had? Omdat ik het niet met hem eens was? De woede, heet en vertrouwd, ontwaakte eindelijk en roerde zich in mijn maag. Mijn vuist balde zich, verlangend om iets kapot te slaan. Ik drukte hem tegen mijn dij.

De kantoordeur ging open en de laatste persoon die ik had verwacht te zien, glipte naar binnen. Hij droeg een vervaagde marineblauwe polo. Zijn kaki broek had nog nooit een strijkijzer gezien, en hij was te kort voor zijn lange benen, waardoor een paar centimeter smoezelige grijze sportsokken te zien waren. Hij was nog steeds pezig en fit, alsof hij zijn boksregime had volgehouden, maar zijn haar en de stoppels op zijn kaak waren volledig wit geworden, en zijn gezicht was meer getekend dan toen ik hem voor het laatst had gezien.

Hij was onmiskenbaar mijn vader.

Hij keek nors, en die uitdrukking verving mijn woede door een golf van koude angst, zelfs na al die jaren.

Ik deinsde achteruit tot de achterkanten van mijn dijen Westons bureau raakten. 'Wat...?'

Weston stond op, en zijn stem klonk bij mijn oor. 'Is het niet toevallig dat zijn achternaam ook Fallon is? Ik vond dat interessant genoeg om hem hierheen te laten komen om u te ontmoeten.'

'Mikey. Dat is lang geleden. Hoe is het met je ma?'

Mamá. Als Weston mijn vader had gevonden, wist hij waarschijnlijk ook van mijn moeder. Er was maar een klein foutje voor nodig – opzettelijk of niet – en Mick zou weten waar ze woonde. En als hij wist waar ze woonde, zou het niet uitmaken dat ik een klein leger had om haar te beschermen. Hij zou zich naar binnen wurmen en haar pijn doen.

Ik duwde mezelf van Westons bureau af en deed een stap naar mijn vader. 'Wat doe jij hier in godsnaam, Mick?'

Hij keek me grijnzend aan. 'Is dat een manier om tegen je ouwe heer te praten?'

Een schok van buiten de deur. En ja hoor, Mick had de deur opengelaten, en drie mensen, Julie, Marlee en – fuck – Ben, stonden verzameld rond Julies bureau, hun monden openhangend als Mamá voor een van haar telenovelas.

Door samengeklemde tanden mompelde ik: 'Doe de deur dicht.'

Hij negeerde me en stapte verder het kantoor in. 'Is dat porno?' Hij wees naar het scherm naast me. 'Homo porno? Wat de fuck gebeurt hier?'

'Beveiligingsbeelden van uw zoon en zijn assistent.' Ik was vergeten dat Weston er nog was.

'Voormalig assistent', gromde ik. Mijn handen balden zich tot vuisten. Wat als Mick Ben ook zou bedreigen?

Mick grinnikte. 'Je doet het met je assistent?' Hij hield zijn hoofd schuin. 'Of hij doet het met jou. Ik had moeten weten dat je zo zou worden. Zacht. Net als je ma.'

'Hou je verdomde mond.' Mijn stem was zo laag dat ik hem bijna niet herkende. 'Ik ben niet zacht, en zij ook niet.'

'Ik denk het nicht.' Hij snotterde naar de video achter me. 'Niet als het op je vriendje aankomt.'

Fuck, als hij Ben pijn zou doen, zoals die man hem op het eiland pijn had gedaan – nee. Ik kon hem die macht niet geven. Ik kon hem niet in de buurt van Ben laten. Ik kon hem niet laten weten hoe speciaal Ben voor me was.

Mijn woede kroop terug naar de plek waar hij zich altijd had verstopt als mijn vader me bedreigde. Mijn vuisten ontspanden zich en mijn handen hingen slap langs mijn zij. 'Hij is mijn vriendje niet.'

Weer een gesmoorde kreet van de andere kant van de open deur. Ik hield mijn ineenkrimpen voor me. Ik zou het later uitleggen. Als hij me de kans gaf.

'Wat is dit in godsnaam für een tent, Weston?' Toen Mick een stap dichterbij deed, rook ik de whisky. Was hij dronken in mijn gebouw? Ik kon niet toestaan dat Mick Fallon mijn andere werknemers ook in gevaar bracht. Toen we een gezin waren, had ik Mamá nooit kunnen beschermen. Maar ik was nu ouder, en ik had de macht van mijn positie en mijn rijkdom. Ik zou alles doen wat nodig was om mijn Synergy-familie te beschermen, vooral Ben.

'Nee.' Ik draaide me om naar Weston, terwijl ik mijn vader in het oog hield. Ik had lang geleden geleerd om hem nooit de rug toe te keren. 'Nee.'

Westons glimlach was geforceerd, alsof het hele drama dat zich hier afspeelde zelfs voor hem te veel was. 'Het spijt me dat het zover moest komen. Maar ik ben blij dat u tot rede komt, Cooper.'

Voetstappen stampten weg, en toen ik langs mijn vader keek, waren alleen Marlee en Julie nog over, starend naar de puinhoop die ik van mijn geluk had gemaakt.

31

BEN

ZIJN VERDOMDE VRIENDJE NIET. Ik had gevreesd dat onze relatie de druk van de directiekamers niet zou overleven, maar ik had niet voorspeld dat het minder dan een uur zou duren voordat Cooper zou bezwijken.

Ik gooide mijn tissuedoos in de kartonnen verhuisdoos op mijn bureau. Ik zou hem niet nodig hebben. Mijn ogen waren droog, vlammend van woede. Woede op Cooper, maar ook op mezelf. Ik had gehoopt dat hij mij had gezien en hield van wat hij zag. Maar dat was alles wat het was: hoop.

Het getik van hakken klonk op de vloer en ik rook de geur van Marlees parfum. 'Doe dit niet, Ben. Blijf en praat met hem.'

'O, ik ga zeker met hem praten.' Ik staarde naar de deur van Westons kantoor, die iemand eindelijk het verstand had gehad om dicht te doen.

'Dus het is waar? Jullie hebben iets met elkaar?'

Ik verstijfde, mijn hand reikend naar het kleine cactusje dat ik op mijn bureau had staan. Verdomme, ik was haar oude verliefdheid op mijn baas vergeten. En hun kus. Langzaam draaide ik me naar haar om. 'We hadden iets.'

'O, Ben.' Haar ogen vulden zich met tranen. 'Blijf. Praat het uit.'

'Je hebt hem gehoord. Hij is mijn vriendje niet. Er valt niets meer uit te praten.' Ik draaide me abrupt om en greep naar de cactus, maar miste. Een pijnscheut ging door mijn vinger en er welde een druppel bloed op waar de stekel me had geraakt.

Een paar sportschoenen kraakten en toen schalde Jacksons stem door de stille ruimte. 'Wauw, de spanning is hier om te snijden. Coop is vast terug.'

'Nu niet, Jackson.' Marlee legde een hand op de mijne. 'Zet die doos weg.'

'Wacht, wat is er aan de hand?' Jacksons blik bleef op de verhuisdoos hangen. 'Ben, je gaat toch niet weg, hè? Dat kun je niet maken. Cooper draait helemaal door.'

'Echt, Jackson, nu niet. Ga terug naar je kantoor. Ik leg het je later allemaal wel uit.' Marlees stem was zacht als een golf aan het strand, maar met de kracht van de oceaan erachter.

'Maar Ben kan niet...'

'Dat kan ik wel.' Ik nestelde de cactus naast de tissuedoos en klemde de andere kant vast met mijn noodvoorraad mueslirepen. 'En dat ga ik ook doen.' Ik zou Coco ophalen bij José in de lobby en hem dan weer Mimi's huis in smokkelen. Ik zou niet naar Coopers weelderige huis gaan, het huis waarvan ik had gefantaseerd dat ik het met hem en onze hond zou delen. Hij was voor de allereerste test van onze relatie gezakt. Hij hield niet van me. Hij zou nooit van me houden.

'Ben.' Alsof ik hem met die gedachte had opgeroepen, stond hij daar, zich tussen Marlee en Jackson in dringend. 'Stop.'

Ik greep in de la, maar die was leeg. Ik smeet hem dicht. 'Nee.'

'Coop, wat is hier in hemelsnaam aan de hand?' Jackson blies zich op, breed en stekelig. 'Je kunt Ben niet zo koeioneren als die andere assistenten. Je hebt hem nodig.'

'Dat is het hem juist, Jackson,' zei ik. 'Ik heb mijn ontslag al ingediend. Dus ik ga weg.' Een vluchtige spijt over het studieprogramma, mijn loon en de rest van mijn twintiger jaren op Mimi's bank slapen, flitste door mijn brein. Maar ik had mijn hart weer onbeschermd gelaten, en nu had Cooper het verbrijzeld als het glas op zijn bureau. Ik kon niet blijven.

'Ik heb je nodig, Ben.' Coopers stem was zacht en zijn blauwe ogen waren milder dan ik ze ooit had gezien. 'Ik hou van je.'

Jacksons mond viel open.

Ik staarde in Coopers ogen. 'Zeg je dat *nu?* Nadat je me hebt verloochend?' Ik had weer eens te hoog gegrepen. Hij had de woorden gezegd, maar zijn daden vertelden een ander verhaal. Cooper Fallon zou nooit van me kunnen houden op de manier waarop ik het nodig had.

'Laat het me uitleggen.'

'Wat is hier verdomme aan de hand?', fluisterde Jackson schor. 'Cooper, ben je... homo?'

'Hou je mond, Jackson', fluisterde Marlee scherp. 'Cooper, Ben, los jullie drama op in je kantoor. De hele verdieping luistert mee.'

Het maakte mij niet uit; ik ging weg. Maar voor Synergy's bestwil moest Cooper zijn gezicht redden. Zonder een woord te zeggen, draaide ik me om en stormde zijn kantoor binnen.

Cooper volgde me. Langzaam deed hij de deur dicht en nam toen een minuut de tijd om de lamellen voor de binnenramen te openen.

'Maak je geen zorgen. Ik ben niet van plan je ooit nog aan te raken.' Ik plofte in de stoel waar ik gewoonlijk zat, aan de andere kant van zijn bureau, wanneer ik hem zijn dagelijkse update gaf en zijn instructies aannam. Toen sprong ik op. Er was niets normaals aan deze situatie. En ik was zijn assistent niet meer. Dat had hij zelf gezegd. Ik liep naar zijn zitgedeelte en liet me in een oorfauteuil zakken.

Toen hij klaar was met het gefriemel aan de lamellen, draaide hij zich om. Alsof hij het gewicht van het gebouw op zijn schou-ders droeg, sjokte hij naar het zitgedeelte en liet zich op de twee-zitsbank naast mijn stoel vallen.

Hij haalde zijn beide handen door zijn zandkleurige golven,

die golven die ik ooit mocht aanraken, en staarde naar het plafond. 'Ik heb alles verpest.'

Ik snoof. 'Vertel mij wat.' Heilige verontwaardiging rechtte mijn rug en ik keek hem woedend aan. 'Hoe kon je niet weten dat er een beveiligingscamera in je slaapkamer hing? Je moet die opname vernietigen.'

'Vanzelfsprekend.' Hij wreef over zijn hoofdhuid. 'Ik heb het bedrijf in gevaar gebracht. Ik heb mijn belofte aan Jackson gebroken...'

Hij praatte verder, maar ik stopte met luisteren toen hij Jacksons naam noemde. Een rode waas vertroebelde mijn zicht. Hij had iedereen verteld dat ik zijn vriendje niet was. Het moois tussen ons was gereduceerd tot een verdomde sekstape. Na alles wat we op het eiland hadden gezegd, zijn tederheid in het vliegtuig vanochtend nog, betekende het niets voor hem. Zijn *ik hou van je* was betekenisloos. Ik was de idioot die het voor meer had aangezien. Die zijn verdomde *baan* voor hem had opgegeven.

Hoewel hij nog steeds aan het praten was, stond ik op. 'Ik hoef niet meer te horen.'

'Maar ik heb je gezegd dat ik van je hou, Ben. Betekent dat dan niets?' Hij ging staan, torende zoals gewoonlijk boven me uit, en het enige wat ik wilde doen was tegen hem aan leunen.

Maar ik kon het niet. 'Dat blijf je maar zeggen. Ik weet niet zeker of jij en ik hetzelfde idee hebben van wat dat betekent.'

'Het betekent dat ik voor je zal zorgen. Altijd. Ga naar mijn huis. Neem een duik in het zwembad. Of een lekker lang bad in de kuip. Norma maakt wel iets te eten voor je. Voor Coco ook. En als ik hier de schadebeperking heb afgerond, kom ik naar huis en dan praten we.'

'Schadebeperking?' Hij kromp ineen door hoe hoog en luid mijn stem was geworden. 'Ben ik schadebeperking voor jou? Nee, bedankt. Zorg jij maar voor die verdomde opname. Ik heb je al gezegd dat ik voor mezelf kan zorgen.' Ik stak mijn kin vooruit en keek hem woedend aan.

Zijn handen balden zich tot vuisten. 'Ik weet dat je dat kunt, maar dat is wat ik doe voor de mensen van wie ik hou.'

'Mensen die van mij houden, zijn bereid dat in het openbaar toe te geven.'

Coopers gezicht werd rood, maar zijn stem was beheerst. 'Je moet me nog een kans geven.'

'Nee. Dat hoef ik niet.' Ik snelde langs hem heen en opende de deur. Ik pakte mijn doos en liep met opgeheven hoofd naar de liften.

Ik stopte toen ik bij Marlees bureau aankwam. Zij en Jackson stonden in zijn kantoor, hun stemmen een zacht gemurmel. Ik greep in mijn doos en haalde het pak mueslirepen tevoorschijn. Zij zou wel weten wat ze ermee moest doen als Cooper het te druk kreeg en vergat te eten.

Ik draaide me om en smeet de deur naar het trappenhuis open. Ik ging vandaag niet op de lift wachten. Ik was klaar met Synergy. Klaar met Cooper Fallon.

Ik kende het riedeltje. Ik zou naar huis gaan, huilen en mijn verdriet wegeten. Net als altijd. De enige complicatie dit keer was dat ik nu ook werkloos was.

32

COOPER

STRALEN IN SORBETKLEUREN vielen door het raam van mijn kantoor, waardoor mijn hart pijn deed van verlangen naar de vele zonsondergangen die Ben en ik vanaf het terras van de bungalow hadden gezien. Maar ik kon niet achter hem aan. Nog niet. Eerst moest ik uitzoeken wat ik in godsnaam met mijn bedrijf ging doen, want als ik Gurusoft zou laten overnemen en al zijn vrienden zou laten ontslaan, zou Ben me dat nooit vergeven. Hij was verdomme twee keer in een vliegtuig gestapt om het te voorkomen. Ik kon hem daarin niet óók nog eens teleurstellen.

Ik beet op mijn lip en staarde naar de rozerode wolken. Op het eiland had Ben een poloshirt in die kleur gedragen. Het was de eerste keer dat ik zijn blote armen zag. Zou ik ze ooit nog zien? Misschien niet, nadat ik precies had gedaan waar ik bang voor was geweest. Ik had hem gekwetst.

Ik schrok op van een klop op de deur, en mijn beste vriend stak zijn hoofd mijn kantoor binnen. 'Ben je er klaar voor om te praten over' — hij maakte een zwaaiend gebaar — 'alles?'

Ik schonk hem een grimmige, gesloten glimlach die de leegte

binnenin verborg. 'Over alles weet ik niet zeker. Maar we moeten wel praten.'

Die frons die altijd op zijn voorhoofd verscheen als zijn gevoelens gekwetst waren, kwam tevoorschijn. Hij deed de deur dicht. 'We zijn beste vrienden. We praatten vroeger over alles.'

Ik liep om mijn bureau heen en ging zitten, niet op de loveseat waar ik had gezeten toen Ben me de koude schouder gaf, maar aan de andere kant van de salontafel in de hoek van de chaise longue. Ik streek met een hand over mijn gezicht. 'Jay, ik heb je nooit alles verteld.' Ik was nooit open geweest, zelfs niet tegen mijn beste vriend.

Niet tot Ben. En tegen hem was ik niet eerlijk genoeg geweest.

Hij plofte neer op het uiteinde van de chaise longue. 'Je hebt me nooit verteld dat je homo was.'

Ik zuchtte diep. 'Ik ben biseksueel. Altijd al geweest.'

'Waarom heb je me dat niet verteld?' De frons werd dieper.

'Omdat ik… het was ingewikkeld.'

'Hoezo ingewikkeld?'

Verdomme, ik was net uit de kast gekomen voor de CEO, mijn homofobe vader en de halve zesde verdieping. Waarom zou ik dit voor hem achterhouden?

'Omdat ik verliefd op je was. En ik wilde je niet ongemakkelijk laten voelen. Ik wilde onze vriendschap niet in gevaar brengen.' De bekentenis, die zo lang op zich had laten wachten, maakte me niet lichter. Ik schrapte me voor zijn reactie.

De frons verdween. Hij opende zijn mond en haalde adem. Toen sloot hij hem weer.

Zeg iets. Nu het te laat was, wilde ik dat hij me zag. Zag wat ik had doorgemaakt.

Eindelijk sprak hij. 'Verliefd op *mij?* Maar je was altijd tegen me aan het schreeuwen.'

Ik zakte dieper weg in de hoek. 'Mijn therapeut denkt dat ik mijn ongepaste genegenheid verplaatste naar woede. En dat ik dacht dat ik verliefd op je was omdat je veilig was. Jij zou mijn gevoelens nooit beantwoorden, dus ik zou mezelf nooit kwetsbaar hoeven te maken. Klassieke sublimatie.'

Hij fronste zijn voorhoofd. 'Je hebt hier veel over nagedacht. Je hebt er met je therapeut over gepraat. En toch heb je nooit een woord tegen mij gezegd. Je had me verdomme een kans kunnen geven.'

'Jay.' Ik maakte mijn stem zachter. 'Ik waardeer het dat je denkt dat onze vriendschap sterk genoeg is om een liefdesbekentenis te doorstaan, maar je had die liefde nooit kunnen beantwoorden. Wat voor nut had het gehad?'

Hij reikte naar mijn hand en klemde die tussen zijn ruwe palmen. 'Je weet dat ik van je hou, man—'

Ik legde mijn hand boven op de zijne. 'Dat weet ik. Maar ik heb dat allemaal losgelaten toen Valentine werd geboren. Ik wist dat je had wat je nodig had. Je was compleet. Je was zo gelukkig. Je bent zo gelukkig.'

Hij kneep in mijn hand en trok zich toen terug. 'Dus verkocht je je aandelen.'

Spijt sneed door me heen, koud en scherp. 'Ik heb niet gezegd dat ik niet jaloers was. Gekwetst. En boos.'

'Wil je niet meer met me samenwerken? Ik dacht dat dit — Synergy' — hij zwaaide met zijn handen naar het kantoor — 'was waar je het meest om gaf.'

'Ik gaf om jou. En om wat we samen hebben opgebouwd. En toen, toen werd het te veel. Toen het leek alsof jij er niet meer om gaf.'

'Verdomme, Cooper.' Hij wreef over zijn borst. 'Het is niet dat ik er niet om gaf. Ik moest mijn prioriteiten gewoon even anders stellen.'

Ik klemde een hand om mijn vuist en liet de spanning eruit los. 'En het voelde alsof onze vriendschap — ik — de laagste prioriteit was.'

'Blijf die granaten maar gooien, Coop. Gooi het er allemaal maar uit.'

Ik keek hem boos aan. 'Maak je nu een grapje?'

'Nee, het is verdomme mijn ernst. Ik ben blij dat je me eindelijk vertelt hoe je je echt voelt. Misschien ben ik hierna een verpulverde hoop emoties, maar het zal het waard zijn.'

'Oké.' Ik wreef over mijn knokkels. 'Oké.'

'Dit is misschien makkelijker met alcohol. Wil je ergens naartoe?'

'Nee, ik—' Ik rolde mijn schouders naar achteren. 'Ik ben gestopt met drinken.'

Hij knipperde met grote ogen. 'Wat zeg je me nou?'

'Ik was een puinhoop toen ik op het eiland aankwam. Ik heb me laveloos gezopen en ben zo gebleven. Totdat Ben me liet stoppen. En ik… ik vind mezelf leuker zonder. In plaats daarvan gaan hardlopen?'

'Ja. Oké. Over vijf minuten op de gang?'

'Weet je zeker dat je tijd hebt? Heb je geen vrouw en kinderen waar je naartoe moet?'

'Coop.' Hij reikte opnieuw naar me en pakte mijn hand. 'Jij hebt me nodig. Jij bent nu mijn topprioriteit.'

Mijn ogen prikten. 'Vijf minuten.'

'Absoluut.' Hij draaide zich om om te gaan.

Ik pakte zijn pols. 'Wacht. Nog één ding. Weston heeft die… die opname. Van Ben en mij. Die moet weg.'

Er verscheen een glinstering in zijn bruine ogen en hij kraakte zijn knokkels. 'Ik heb daar misschien wel net het juiste stukje code voor. Geef me tien minuten om het in te stellen. Het kan zijn werk doen terwijl wij hardlopen.'

Hoe minder vragen ik stelde over waarom hij die code had liggen, hoe beter. 'Dank je. Je bent de beste.'

'Het is waar, ik ben de beste codeur. Aan het beste-vriend-gedeelte werk ik nog.'

Mijn stem was schor en kwam moeizaam uit mijn dichtgeknepen keel. 'Dan zijn we met z'n tweeën. En maak nu dat je wegkomt.'

———

ONZE SPORTSCHOENEN STAMPTEN op het asfalt, onze stappen gesynchroniseerd, terwijl we het centrum achter ons lieten en richting het pad gingen dat langs de baai liep.

'Dus, wat wil je doen met het bedrijf?' Jay keek me van opzij aan.

'Wat wil jij ermee doen? Het laten gaan, of ga je er vol voor?'

De frons was terug. 'Natuurlijk ga ik er vol voor.'

'Echt? Weston zei dat je…' Verdomme. Weston.

'Weston? Na wat die eikel je vandaag heeft aangedaan, hoe kun je dan nog iets geloven wat hij zegt?'

'Je hebt gelijk. Het spijt me. Ik had met je moeten praten.'

Jay staarde naar het pad voor hem. Ik was blij dat hij niet zei wat hij dacht.

Ik verlengde mijn pas. 'Dit gaat ontzettend veel werk kosten. En we zullen diep door het stof moeten gaan.'

'Door het stof gaan? Jij bent de oen die zijn aandelen aan Weston heeft verkocht.'

Ik kromp ineen. 'Niet aan hem. Aan de raad van bestuur.'

'Oh. Dan doe ik mee, denk ik.' Hij ontweek een kuierend stel Yorkies aan een dubbele lijn. 'Denk je dat we genoeg door het stof kunnen gaan om ze morgen tijdens de vergadering aan onze kant te krijgen?'

Als we niet praktisch aan het sprinten waren, had ik gezucht. Maar, als de competitieveling die ik was, had ik het tempo te hoog gelegd en daar had ik geen adem voor. 'Het enige wat we tijdens de bestuursvergadering van morgen kunnen doen, is de beslissing uitstellen. Ik noem het al een overwinning als we een week krijgen om onze magie te laten werken.'

'Misschien is het aanbod van Gurusoft niet zo geweldig.' Jay keek me hoopvol aan. 'Misschien is het makkelijk af te wijzen.'

'Dat betwijfel ik. Weston noemde het buitengewoon. Hij zal ervoor gezorgd hebben dat ze met hun beste bod komen.'

'Weston.' Jay spuugde op het gras naast het pad. 'Wat hij je heeft aangedaan was laag. We moeten hem er nu uitwerken.'

'Als we hem eruit duwen, zijn we met z'n tweeën totdat we

iemand anders kunnen aannemen. Dat is veel werk om op ons te nemen. Ik kan het niet alleen. Jij zult jouw deel moeten dragen.'

'Ik neem meer hulp aan. Over een maand, als de school in Texas uit is, kunnen we de moeders van Alicia vragen om de zomer bij ons en de kinderen door te brengen.' Hij staarde naar het pad. 'Maar als ik het verpest – en dat zal gebeuren – zul je niet stilletjes mijn steekjes oprapen. Dan zeg je het tegen me, ja? En dan doen we het werk samen. Of we delegeren het.' Hij wierp me een snelle blik toe.

Ik ontspande mijn schouders en schudde mijn handen los. 'Ja.'

'Oké dan. We bepleiten onze zaak bij de raad. En dan?'

Ik versnelde om een langzamer paar joggers in te halen. 'Bidden dat ze het op onze manier zien.'

'Je weet dat ik atheïst ben.'

'Dan kun je maar beter extra diep door het stof gaan.'

'Over door het stof gaan gesproken' — hij keek me van opzij aan — 'wat ga je aan Ben doen?'

'Ik weet het niet. Ik heb het behoorlijk verknald.' Ik kon de schok en pijn op zijn gezicht nog steeds zien, zijn snik horen toen ik onze relatie ontkende. 'Ik probeerde hem te bellen voordat we vertrokken, maar hij nam niet op. Ik weet niet zeker of hij vindt dat ik het waard ben.'

Ben was slim dat hij niet opnam. Dat hij niets met me te maken wilde hebben. Dat hij me geen nieuwe kans wilde geven om hem te kwetsen.

Ik wou dat ik slim genoeg was om hem niet terug te willen.

Jay week naar rechts om tegen mijn schouder te duwen. 'Je bent het waard. Als ik homo was, zou ik er helemaal op vallen.' Hij zwaaide met zijn hand van mijn bezwete gezicht naar mijn shirt, dat aan mijn borst plakte en rook naar angst en wanhoop.

'O ja, echt waar.' Ik lachte voor het eerst sinds ik Synergy eerder was binnengelopen. 'Ik denk dat Ben hogere eisen stelt.'

'Serieus. Hij zou niet zo gekwetst zijn geweest als hij er niet om gaf.'

Mijn longen verkrampten. Toen ik geconfronteerd werd met

Mick Fallon, wilde ik alleen Ben beschermen — en mezelf. Net als al die andere keren verstijfde ik. Ik had voor mezelf moeten opkomen. Voor Ben. Ik verdiende hem niet.

'Je weet wat je nu te doen staat, hè?' Gelukkig dempte hij zijn grijns.

Ik versnelde en hij paste zijn pas aan de mijne aan. Ik kreunde.

'Een groots gebaar, schat. Marlee heeft zo'n stapel boeken.' Hij gebaarde boven zijn hoofd.

'Nee.' Ik maakte een snijdend gebaar met mijn hand door de lucht. 'Geen verdomde liefdesromans.'

Hij haalde zijn schouders op. 'Jouw verlies. Sommige zijn behoorlijk geil. En ze heeft er een paar met alleen maar mannen die' — hij schraapte zijn keel — 'niet zo slecht zijn.'

'Dat grootse gebaar. Vat het eens voor me samen.'

'Aan uw linkerkant!' Een fietser zoefde langs ons.

Jay vertraagde, en ik ook. 'Het punt is, je moet je kwetsbaar opstellen. Iets van die' — hij zwaaide weer met zijn hand over me — 'die trots opofferen. Die zelfbeheersing. Laat hem zien dat je van hem houdt. Want na wat je hebt gedaan, zijn woorden niet genoeg.'

Ik kneep even mijn ogen dicht. 'Wanneer ben jij zo verdomd slim geworden?'

'Nadat ik mijn problemen met Alicia had opgelost. Jij komt er ook wel. Het vergt gewoon oefening.'

'Oefening? Bedoel je dat ik meerdere grootse gebaren moet maken?' Ik wist niet hoe ik er één moest maken. Hoe kon ik er meer doen?

'Nee, jij grote nerd.' Hij tikte met zijn handpalm tegen mijn achterhoofd. 'Een relatie is verdomd hard werken. Je doet altijd wel iets waarvoor je je excuses moet aanbieden. En je leert om je eroverheen te zetten en je excuses aan te bieden.'

Als onze tijd op het eiland een indicatie was, had hij gelijk. Hoe vaak had ik me wel niet verontschuldigd bij Ben? Toch was hij gebleven. Totdat ik onze relatie in het openbaar had ontkend.

En dat bewees dat ik niet het beste voor hem was.

Ik verdiende Ben niet. Het slimste — het vriendelijkste — was om ver bij hem uit de buurt te blijven.

'Geen grootse gebaren,' pufte ik. 'Laten we werken aan onze strategie om ons bedrijf te redden.'

'Je bedoelt dat je eerst voor Synergy zorgt, toch? En dan voor Ben?'

'Ik bedoel, rot op met je bemoeienis met mijn liefdesleven. We hebben werk te doen.'

33

BEN

'SCHAT, WE ZIJN THUIS.'

Ik deed de deur achter me dicht en zette de wiebelende plunjezak neer die ik had gebruikt om Coco Mimi's gebouw binnen te smokkelen. Hij sprong uit de tas, schudde zich uit en begon langs de randen van de kamer te snuffelen.

Ik snoof hoopvol, maar er kwamen geen etensgeuren uit de keuken. Ik had iets moeten meenemen, maar zonder baan en met het collegegeld voor het volgende semester dat over een paar maanden betaald moest worden – en zonder salaris, laat staan een programma van het bedrijf om het te betalen – haatte ik de gedachte om geld uit te geven aan duur afhaaleten.

Ik gooide mijn rugzak op de bank – ook wel bekend als mijn bed – en draaide me naar de keuken. Mimi stond bij het aanrecht en gooide een allergiepil achterover. Verlicht door het licht van de afzuigkap zag ze er net zo uitgeput uit als ik me voelde.

'Heb je overgewerkt?' Ik liep de keuken in en goot vers water in Coco's bak.

'Ja. Ze laten ons allerlei extra rapporten opstellen. Ik neem aan voor de overname.'

'Je hebt er toch met niemand over gesproken?' Ik had een geheimhoudingsovereenkomst getekend toen ik bij Synergy in dienst kwam. Dat deden we allemaal. Mimi iets vertellen wat ik op de zesde verdieping hoorde was verboden, maar gisteravond was alles eruit gefloept toen ik binnenkwam met mijn doos. En mijn hond. En een flesje Benadryl voor mijn zus.

Coco draafde de keuken in en slurpte luid water uit zijn bak.

'Natuurlijk niet. Ik gedraag me als een brave kleine accountant en steek mijn neus niet in zaken die me niet aangaan.' Ze zette het glas in de gootsteen en gaf me een emotieloze blik. Natuurlijk ging de overname haar aan. Overhead-afdelingen zoals de boekhouding en marketing waren meestal de eerste die werden ontslagen.

'Jackson en C-Cooper gaan ertegen vechten. Dat weet ik zeker.' Als hij niet van plan was geweest zich tegen de overname te verzetten, had hij niet de moeite genomen om te zeggen dat ik niet zijn vriendje was. Hij had zijn uitbetaling kunnen nemen en daar met zijn intacte geheimen kunnen weglopen. Met onze relatie intact.

Niet dat onze relatie belangrijker was dan Synergy. De banen van mijn vrienden waren afhankelijk van het intact houden van het bedrijf. Ik veronderstelde dat hij dat ook wist. Ook al had hij mijn hart tot stof vermalen, ik moest hem nog steeds een beetje bewonderen.

'Je hebt hem vandaag niet gezien, hè?' De vraag floepte eruit voordat ik hem kon tegenhouden.

'Nee. Vandaag was de bestuursvergadering. Ik weet zeker dat hij was afgezonderd op de zesde verdieping.' Ze liep naar het aanrecht aan de andere kant waar we de post bewaarden en pakte een grote, stijve envelop van de onderkant van de stapel. 'Deze kwam voor je binnen toen je weg was.'

Ze gaf hem aan mij en ik keek naar het retouradres. Synergy. Ik veronderstelde dat het papierwerk over mijn ontslag kon zijn. Beter om het af te handelen terwijl ik me rot voelde. Wat was nog een steek in mijn lege borstkas? Ik schoof mijn vinger onder de flap en haalde een paar vellen papier met een kartonnen achterkant tevoorschijn. Een begeleidende brief. En een aandelencertificaat. Voor een duizelingwekkend aantal aandelen.

'Shit.' Hij had me verteld over de aandelenoverdracht, maar het zien van die gegraveerde certificaten maakte het echt. Ik duwde de papieren terug in de envelop. Ik haatte de gedachte ze te accepteren. Ik zou ze moeten versnipperen en ze in reepjes terugsturen naar Cooper. Maar ik zou het geld nodig hebben als ik niet snel een baan vond.

'Wat is het?' vroeg Mimi.

'Een cadeau.'

Mijn zus trok haar wenkbrauwen op.

'We waren samen toen hij het deed. Het betekent nu niets meer.'

Ze wenkte naar de envelop en haalde het certificaat eruit. Ze floot zachtjes. 'Zo'n nietsbetekenend cadeau zou ik op elk moment wel willen aannemen. Dit is, zeg maar, geld voor een appartement. *En* geld voor een Europese sportwagen.' Altijd de praktisch ingestelde accountant, kneep ze haar ogen tot spleetjes. 'Ik bedoel, pensioengeld. En nu heeft Cooper je nodig.'

'Hij heeft me niet nodig.' Ik was voor hem gewoon speelgoed, iets om mee te spelen wanneer het hem uitkwam en om aan de kant te gooien wanneer het hem niet beviel.

'Synergy heeft je nodig. *Ik* heb je nodig. Als het op een aandeelhoudersstemming aankomt, moet je tegen de verkoop stemmen.'

'Mijn stem zal er niet toe doen. De directieleden hebben zoveel aandelen, het zal op hen aankomen.'

'Benny, dit gaat zwaar bevochten worden. Elke stem telt. Doe het voor het bedrijf. Doe het voor mij.'

Ze had gelijk. Zij, Marlee en al mijn andere vrienden hadden me nodig. 'Voor jou. Maar niet voor hem.'

'Oké. We openen een rekening voor je om die op te zetten. En dan kom je niet in de verleiding om ze te verminken.'

'Je bedoelt, oeps, ze zijn per ongeluk in de versnipperaar gevallen?'

'Precies. Dat is een flinke smak geld. Dat zul je nodig hebben als...'

'Ja.' Zonder een aanbeveling van mijn vorige werkgever, met nog een raar gat in mijn werkervaring, zou het vinden van een nieuwe baan een uitdaging worden. 'Nu ik mijn laatste tentamen heb gedaan, ga ik morgen beginnen met zoeken.'

Ze gaf me een sombere glimlach. 'Misschien begin ik ook wel. Voor het geval dat.'

Mijn borstkas kromp ineen. 'Mimi, het spijt me.'

'Het is oké. Ik ben in ieder geval van tevoren gewaarschuwd. Ik wil al een tijdje iets anders doen.'

'Iets anders? Waarom hebben we het hier niet over gehad?'

Ze haalde haar schouders op. 'Je had je handen vol. En ik wilde niet dat mam zich zorgen zou maken.'

Dat deed me een beetje glimlachen. 'Mam maakt zich altijd zorgen.'

'Ja.'

'Iets anders?' Ik porde in haar arm.

'Een non-profitorganisatie, denk ik. Jouw vrijwilligerswerk heeft me altijd geïnspireerd.'

'Een non-profitorganisatie? Mam zal zich zorgen maken.'

'Het komt wel goed', zei ze. 'Je weet hoe voorzichtig ik ben.'

'Ja.' Had ik maar een greintje van haar voorzichtigheid, dan was ik nooit voor mijn baas gevallen. Dan had ik Cooper kunnen overtuigen eerder terug te keren naar kantoor, zodat Weston niet zoveel tijd had gehad om zijn plan in elkaar te zetten. Als ik zoals Mimi was, had ik mijn werk gedaan en mijn hart niet verloren.

'Laten we het vieren', zei ze. 'Pizza?'

'Wat de hel vieren we?' Ik slikte, maar de brok in mijn keel bleef.

'Je hebt een kleine buffer.' Ze zwaaide met de envelop. 'Oké, hij is niet zo klein. Een lekker vette buffer. En per vandaag heb ik een baan. We zijn allebei gezond, we hebben een dak boven ons hoofd' – we keken allebei op naar de gele watervlek op het plafond; werd die groter? – 'en we hebben een fruitige chianti om erbij te drinken.'

Dus, ondanks mijn lage banksaldo en die naderende college-geldbetaling, bestelden we pizza. En, zittend op mijn bank-die-ook-mijn-bed-is, dronken we de chianti. Na te veel wijn en niet genoeg pizza zei ik: 'Mimi. Mimi. Kijk me aan.'

Ze knipperde met bloeddoorlopen ogen naar me. Een lage alcoholtolerantie was een familietrekje. 'Ja, Benny?'

'Ik ben klaar met de liefde. Hoor je me? Geen liefde meer. Jij gaat iemand vinden en een paar kinderen krijgen, en ik word de coole oom en woon ernaast.'

'Je weet dat je daar niet gelukkig van wordt, lieverd. Als er ooit iemand liefde en een paar kinderen nodig had, dan ben jij het wel.'

'Liefde nodig?' Ik lachte bitter. 'Niet meer. Ik hou van deze hond.' Ik krabde Coco tussen zijn oren. 'Ik hou van jou. En ik zal van jouw man houden. Als een broer, bedoel ik, niet als een rare driehoeksverhouding. En ik zal van je kinderen houden. En van mam en pap. Dat is genoeg.'

Het moest genoeg zijn. Want ik had het gevoel dat mijn hart zich dit keer niet meer zou herstellen, niet zoals na de breuk met Trey.

'Maar hoe zit het met' – ze zwaaide met haar pizzapunt rich-ting mijn kruis – 'gezelschap?'

'O, ik neuk iedereen die me wil hebben. Maar geen liefde meer. Dat beloof ik. Sterker nog, ik ga nu meteen iemand zoeken om te neuken.' Ik stond op, maar het was te snel. Ik wankelde en plofte terug op de bank, en het glas wijn in mijn hand klotste over, waar-door ik en de bank onder de wijn kwamen te zitten. 'Fuck, het spijt me.' Ik pakte een servet van de stapel op de salontafel en depte eraan.

'Maak je geen zorgen. De stof is donker. Je ziet het niet. Het is sowieso een kutbank.'

'Geloof me, dat weet ik.'

We lachten, op een manier die ik niet meer had gedaan sinds ik het eiland had verlaten. Sinds hij mijn hart had gebroken. En het lachen gaf me hoop dat ik over Cooper Fallon heen kon komen. Dat ik mijn leven kon leiden met mijn hart veilig opgeborgen waar het hoorde, en niet iedereen die ik ontmoette er een stukje van kon laten afbreken.

Coco leek te weten wat ik nodig had. Hij rolde zich naast me op, zijn kop op mijn knie, en keek me aan met zijn zielvolle bruine ogen. *Cooper is weg,* leek hij me te vertellen, *maar je hebt mij nog.*

Het zou genoeg moeten zijn.

34

COOPER

'GA ZITTEN.'

Eén woord was al genoeg om te weten hoe mijn gesprek met Jamila zou verlopen. Ik liet me zakken in de rieten stoel met kussens op haar veranda met uitzicht op de oceaan. Ze ging op de stoel naast me zitten en schonk een hete kop van de kamillethee waar zij zo van hield voor me in. Het rook naar aarde en de verkeerde soort bloemen, bleek en klein.

Ze bracht haar eigen mok naar haar lippen en zei: 'Ik neem aan dat dit bezoek zakelijk is en niet persoonlijk?'

'Ja.' Jackson en ik hadden de raad van bestuur onderling verdeeld. Hij had zijn stiefvader, Charles, die ook de voorzitter was, en de helft die het meest geneigd was naar hem te luisteren voor zijn rekening genomen. Hij dacht dat hij Charles naar onze kant kon overhalen.

Ik had Jamila en de andere helft op me genomen. De moeilijke helft. Geen van mijn andere bezoeken was succesvol geweest. Of Weston was me voor geweest, of ze hadden hun vertrouwen in Jackson en mij verloren. Misschien wel allebei. Ik was ervan uitgegaan dat Jamila een makkie zou zijn, dus ik had haar voor het laatst bewaard. Gezien onze jarenlange vriendschap had ze het met me eens moeten zijn. Maar de frons op haar dieppaarse lippen snoerde mijn borstkas samen.

'Luister, Jamila...'

'Kom bij mij niet aan met "luister, Jamila". Ik ben lid van de raad van bestuur van Synergy. Ik moet stemmen voor wat het beste is voor de aandeelhouders. Weston, de klootzak die hij is, kwam laatst met een sterk argument. En ik ben er niet zo zeker van dat Synergy onafhankelijk houden de beste zet is voor jou, mijn vriend.'

'Wat?' Ik zette de gloeiend hete thee neer. Ondanks de kille ochtendlucht werd mijn lichaam warm. 'Ik heb dit bedrijf opge-bouwd. Waarom zou ik willen dat het door Gurusoft uit elkaar wordt getrokken?'

Ze nam een slok van haar thee en zette haar mok neer. Ze trok haar wenkbrauwen op. 'Ik meen me te herinneren dat we op een andere veranda zaten en het over jouw toekomst bij het bedrijf hadden. De Cooper met wie ik toen sprak was opgebrand. Gekwetst. Klaar met Jackson. En Synergy. Toen zong je een heel ander liedje.'

Shit, ik herinnerde het me ook. De pijn. De uitputting. De hopeloosheid. Wat was er veranderd? Om te beginnen had ik drie weken vrij genomen. En ik had een goed gesprek met Jackson gehad. Tot nu toe deed hij zijn deel, hij had precies het soort inter-acties waar hij een hekel aan had met de bestuursleden, slijmen en over cijfers praten, terwijl hij eigenlijk alleen maar code wilde schrijven.

Maar het grootste verschil was Ben. Hij had me eraan herin-nerd dat het bedrijf niet alleen van mij en Jackson was. Het was groter dan wij tweeën. Mensen om wie ik gaf waren ervan afhan-kelijk, geloofden erin. Het was egoïstisch van me geweest om alleen aan mezelf te denken.

'Ik kan... we kunnen... onze werknemers niet in de steek laten. Als Gurusoft het overneemt, hebben degenen die ontslagen worden nog geluk. Je weet hoe giftig hun werkomgeving is.'

Ze beet op haar lip. 'Ik heb dingen gehoord. Iedereen. Maar weet je zeker dat je bereid bent te blijven, de controle van Weston terug te nemen en je te gedragen als de oprichter van het bedrijf die ze nodig hebben?'

Mijn antwoord kwam automatisch. 'Dat ben ik.'

'Niet zo snel, Coop.' Ze leunde over het bijzettafeltje dat ons scheidde. 'Het gaat niet alleen om de aandeelhouders. Ik geef ook om jou. Heb je je therapeut gesproken sinds je terug bent?'

'Ik ben vijf dagen terug, en de meeste tijd daarvan ben ik druk geweest met het ontmoeten van aandeelhouders. Wanneer zou ik tijd hebben om met haar te praten?'

'Maak tijd. Je krijgt mijn stem niet voordat je dat doet. En wat met Ben?'

Zijn naam op haar lippen deed me om het gat in mijn borst willen krullen. Ik vertelde haar wat er dinsdag op kantoor was gebeurd. De opname die Weston me liet zien. Hoe hij mijn vader erbij sleepte en de oude angst terug was gestroomd tot ik dingen zei die ik niet meende.

'Die slang!' barstte Jamila uit. 'Ik wou dat ik dat tijdens de bestuursvergadering had geweten. Weston is zo laag dat hij omhoog moet kijken om de hel te zien.' Ze veegde over haar parelkleurige pantalon alsof ze zijn handdruk kon afvegen. 'Heb je hulp nodig om die opname te wissen?'

'Jay heeft het geregeld. Maar dat was alleen het fysieke bewijs. Ik had nooit met mijn assistent naar bed mogen gaan.'

'Technisch gezien...'

'Technisch gezien niets. Als COO was het fout van me om zo misbruik van hem te maken. Ik hoor een voorbeeld te stellen. Zodra we hier doorheen zijn, zal ik een verklaring afleggen aan de werknemers.'

'Cooper.' Haar stem was zacht. 'Je kunt niet altijd de COO zijn. Je moet ook een mens zijn. Mensen worden verliefd.'

'Ik dacht niet dat ik het kon. Mezelf toestaan van iemand te houden die ook van mij kon houden. Maar uiteindelijk was ik een beter mens met Ben. Door Ben.'

'Uiteindelijk? De Cooper Fallon die ik ken, geeft niet op.'

'Mila, hij is met zijn spullen vertrokken en heeft niet omgeke-
ken. Bovendien ben ik giftig. Hij is beter af zonder mij.'

'Giftig? Wat dramatisch, zeg.' Ze glimlachte spottend. 'Ik geef
toe, het zal hard werken worden om je man terug te krijgen nadat
je die rottigheid hebt uitgehaald. Maar ik heb je nog nooit hard
werk zien schuwen.'

Jackson had hetzelfde tegen me gezegd. Maar ik wist niet hoe
ik dat soort werk moest doen. Geef me een stapel spreadsheets en
ik werk ze door. Presentaties? Die kon ik ter plekke bedenken.
Maar ik had nooit een goed voorbeeld gezien van mensen die
werk steken in een relatie. Ik huiverde, me het huwelijk van mijn
ouders herinnerend. De constante angst in mijn moeders ogen.

'Wat als ik… wat als hij me niet terug wil?' Ik pakte de mok
thee en nam een slok om het trillen van mijn lippen te verbergen.
De thee was weerzinwekkend, en ik spuugde de helft terug in de
mok en hoestte de andere helft in mijn elleboog.

Ze lachte. Om mij. Maar de woede steeg niet op in mijn borst
zoals gewoonlijk op de zeldzame momenten dat iemand – meestal
Jackson – me bespotte. Mijn hart deed te veel pijn.

'Natuurlijk wil hij je terug. Hij was stapelverliefd op je toen ik
jullie op het eiland zag. Hij heeft het nodig dat je bewijst dat je om
hem geeft.'

'Jay zei dat ik een groots gebaar moet maken.'

Ze snoof. 'Dat weet ik zo net nog niet. Je moet bewijzen dat je
het serieus met hem meent.'

'Ik meen het heel serieus. Maar ik moet ook denken aan wat
het beste voor hém is. Wat als ik dat niet ben?'

Ze wuifde met haar hand alsof mijn tekortkomingen licht
genoeg waren om weg te waaien op de zeebries. Ik wist wel beter.
Ze waren enorm. Zwaar. Ze hadden me jarenlang terneergedrukt.
Ik kon niet toelaten dat ze Ben ook zouden verpletteren. Wat ik
vorige week op kantoor had gedaan, had hem verpletterd. Dat
verdiende hij niet.

'We gaan naar binnen.' Jamila stond op. 'We halen wat te

drinken en te eten voor je. Dan kun je beter nadenken. En we maken een plan voor Synergy en voor Ben. Als je het doorzet, als je belooft meer vakanties te nemen en regelmatig naar je therapeut te gaan, dan stem ik tegen de fusie.'

Met Jamila's stem zouden we misschien een meerderheid hebben. Ik had minder vertrouwen in haar hulp met Ben. Zij had zelfs meer nietszeggende relaties gehad dan ik. 'Geen kamille meer.'

Ze stond op en trok me overeind. Haar armen gingen om me heen en ik ontspande me in haar knuffel. Ik had me niet zo veilig gevoeld sinds ik onder Ben vandaan was gekropen op onze laatste ochtend op het eiland. 'Oké.'

Ik liet me door haar mee naar binnen nemen. Want één ding dat ik door dit alles had geleerd, was dat de enige manier waarop ik de controle over mijn leven kon terugkrijgen, was door de controle op te geven.

———

DIE MIDDAG SPOORDE ik mijn moeder op. Als ik me had herinnerd dat het zondag was, had ik niet de moeite genomen haar beveiligingsteam te bellen. Er was maar één plek waar ze zou zijn.

Hoewel de mis al uren voorbij was, hing de geur van wierook als klimop aan de bomen op het eiland aan het gebouw vast. Bitter keerde ik me af van de deuren van de kerkzaal. God had ons niet gered van Mick Fallon. Zijn Kerk had ons niet gered. Ik had ons allebei gered.

Ik vond haar in de donatiekast. Een magere jonge Latina met een ingebakerde baby tegen haar borst geklemd stond vlakbij, haar grote ogen op mijn moeder gericht terwijl ze door plastic zakken met kleding groef. Een blauw oog zwol op de getinte huid van de vrouw.

Mamá kwam uit de zak tevoorschijn en hield een zwarte broek en een opzichtig gebloemde blouse omhoog alsof ze de remedie tegen kanker had gevonden. 'Pruébate estos, querida.' Ze reikte ze aan de jonge vrouw.

Toen zag ze me.

'Lito! Je bent hier!'

Ze wist dat ik terug was gekomen; ik had haar de avond van onze terugkeer gebeld.

'Word niet te enthousiast. Ik ben niet op zoek naar verlossing. Ik ben op zoek naar jou.'

Ze hield een vinger naar me op. Zachtjes nam ze de baby van de vrouw over en gaf haar de kledingset. 'Pruébate estos.' Ze knikte naar de kleren die de vrouw vastklemde.

Met de baby in haar armen stapte Mamá de gang in, en ik volgde haar. Tekeningen van Maria Magdalena die de steen van Jezus' graf wegrolt, fel ingekleurd met waskrijt door de kinderen van de catechese, wapperden aan de muren.

Mamá hield haar hoofd schuin naar me, zoals Coco dat soms ook deed. 'Je ziet er niet gelukkig uit. Isobel zei dat je gelukkig was.'

'Jezus, Mamá. Hallo, jij ook.'

Ze bedekte met één hand het oor van de slapende baby. 'Gebruik je de naam van de Heer ijdel in de kerk, Miguel? Ik heb je beter opgevoed.'

Mijn huid werd warm, zoals altijd wanneer ik dacht aan de man naar wie ze me had vernoemd. 'Hij heeft u niet lastiggevallen, hè?' De beveiligers hadden gemeld dat hij niet had geprobeerd haar te zien, maar ze hielden haar telefoon niet in de gaten. Dat liet ze me niet doen.

'Nee. Heeft hij jou proberen te zien?'

'Niet sinds dinsdag, toen ik hem op het werk zag.' Ik wenste dat ik het haar niet had hoeven vertellen, maar ik had het voor haar eigen veiligheid gedaan.

'Goed. Maar vertel me, waarom ben je niet gelukkig? Komt het door hem?'

Ik leunde tegen de witgeverfde sintelblokkenmuur. 'Nee. Werk en… andere dingen.'

'Ah. Isobel vertelde me over tu novio. Ben. Wat is er gebeurd?'

'Ik... de CEO confronteerde me met een... een video. Van Ben en mij. Toen haalde hij pa... Mick erbij. Het was veel, en ik reageerde slecht.'

'Heb je er met je therapeut over gesproken?'

'Je...' Ik slikte het in. Ze klonk precies als Jamila. 'Ik heb deze week een afspraak.'

'Goed. Ik wou...' Ze keek neer in het gezichtje van de slapende baby en frunnikte aan zijn dekentje.

Ik raakte haar schouder aan. 'Wat wou je, Mamá?'

'Dat ik sterker was geweest toen je klein was. Dat ik tegen hem was opgestaan.'

De met wierook doordrenkte lucht was te zwaar om te ademen. 'Mamá, nee. Je hebt je best gedaan.'

'En jij ook, Lito. Ik ben trots op je.'

'Ik ben nooit tegen hem opgestaan. Niet zoals ik had gemoeten.' Al die keren dat ik hen in hun kamer hoorde, had ik naar binnen moeten stormen. Iets moeten doen. Wat dan ook. Maar ik had nooit de moed.

'Nee, nee. Wat ik nodig had, was dat je groter werd dan hij. En dat ben je geworden.'

'Dat zijn gewoon genen...'

'Nee.' Ze legde haar hand op haar hart. 'Hier groter.'

Mijn eigen zwartgeblakerde hart bonkte. 'Maar dat ben ik niet.'

De jonge vrouw verscheen in de deuropening. De blouse, hoe oogverblindend ook, stond haar goed en bracht de rode highlights in haar haar naar voren.

Mamá gaf haar de baby. 'Un minuto, querida.'

Toen de vrouw terugging naar de kast, keek Mamá me strak in de ogen. 'Je bent een goed mens.'

Ik sleepte met mijn nette schoen over de groezelige linoleumtegel. 'Ben ik dat wel?' Ik somde de dingen op mijn vingers op. 'Ik heb mijn beste vriend bijna geslagen. Ik heb mijn aandelen verkocht, ook al had ik Jay beloofd dat ik dat niet zou doen, en dat bracht mijn bedrijf en al mijn werknemers in gevaar. En toen,

toen het moeilijk werd, zei ik dat Ben mijn vriend niet was. Ook al wilde ik dat wel. Ik heb hem pas verteld dat ik van hem hield toen het te laat was.' Ik kneep mijn ogen dicht zodat ik de afkeer op haar gezicht niet kon zien.

'Lito.' Ze reikte omhoog om mijn kin op te tillen zodat ik haar in de ogen zou kijken. 'Iedereen maakt fouten. Soms maken ze er een heleboel achter elkaar. Maar luister, je bent niet zoals je vader. Ik kende hem op zijn best en op zijn slechtst. En zelfs op je slechtste dag ben je beter dan hij op zijn beste dag was.'

'Echt? Want toen ik mijn bureau kapotsloeg, voelde ik me verdomd veel als hem.'

'Echt.' Ze legde haar door werk ruw geworden handpalm op mijn wang. 'Jij geeft erom het juiste te doen voor andere mensen. Voor je familie. Voor de mensen van wie je houdt.'

'Maar dat deed ik niet, Mamá. Ik heb alles ver... verpest.'

'Maar je bent aan het werk om het beter te maken, toch?'

Ik zuchtte. 'Ik heb mijn excuses aangeboden aan Jay. En ik doe er alles aan om het bedrijf te redden.'

'En Ben?'

'Hij is beter af zonder mij.'

'Naar wat jij zei, denkt hij daar anders over. Hij houdt van je. En wie ben jij om die beslissing voor hem te nemen?'

Ik kneep mijn ogen dicht. 'Hou op zo wijs te zijn.'

'Lito. Ik heb deze wijsheid verdiend. Door heel, heel veel fouten te maken.' Ze aaide over mijn wang. 'Ik wil dat jij betere keuzes maakt. Bied hem je excuses aan. Laat hem zien dat je van hem houdt. Als hij nog steeds van je houdt, is dat alles wat nodig is. Je verdient geluk.'

'Mamá. Zo makkelijk is het niet.' Volgens Jackson en Jamila had ik iets meer nodig om Ben terug te winnen. Jacksons ideeën voor een groots gebaar waren waardeloos. En Jamila was misschien geweldig in het plannen van app-ontwikkeling, maar haar 'krijg-Ben-terug'-plan grensde aan stalking en ontvoering en zou me eerder in de gevangenis doen belanden dan Bens hart verzachten.

'Voor jou? Nee, het is niet gemakkelijk.' Ze aaide over mijn wang. 'Je moet eerst die muren van je laten zakken. Voor jou is dàt het moeilijkste deel.'

De ijskoude rilling in mijn maag vertelde me dat ze gelijk had. 'En dan?'

Ze glimlachte. 'Dan laat je hem zien wat voor man je bent. Vanbinnen.' Ze legde een hand op mijn hart.

Laat hem zien klonk verdacht veel als Jacksons verdomde grootse gebaar. En ik wist wie de expert was om me te begeleiden.

35

COOPER

KOFFIE KLOTSTE OVER de rand van miJn beker en spatte op het aanrecht in de personeelskantine op de zesde verdieping.

Jackson sprong op om te helpen met een prop keukenpapier. 'BliJf achteruit! Je kunt de bestuursvergadering niet binnenlopen met koffie op Je pak.'

'Godverdomme, dat weet ik,' gromde ik, terwijl ik een stap achteruit deed van de waterval van koffie over het aanrecht en probeerde te verbergen hoe mijn handen trilden. 'Meer keukenpapier.'

'Jongens! Weg bij die plas,' blafte Marlee van achter ons. Ze zuchtte, met de last van de wereld in haar stem. 'Ik ruim dat wel op. Hier.' Ze gaf me een groene smoothie. 'Drink dit maar.'

'Bedankt.' Ik schonk haar een flauwe glimlach.

'We kunnen niet hebben dat onze sterspeler zijn antioxidanten of wat dan ook misloopt.' Haar toon was gekscherend, maar haar bezorgdheid was te zien aan de gespannen trek om haar mond. Haar baan hing af van mijn prestatie in de vergaderzaal vanochtend. Als Gurusoft het zou overnemen, zouden Jay en ik — en zijn assistente — de eersten zijn die de laan uit werden gestuurd.

'Ik zal mijn best doen.' Ik wou dat ik kon zeggen dat ik ze niet zou teleurstellen, maar ik wist niet zeker of we de stemmen hadden. Omdat ik Jamila's 'win-Ben-terug'-plan niet had gevolgd, had ze niet toegezegd tegen de overname te stemmen. En minstens een van Charles' blok van twee stemmers zou beïnvloed worden als zij dat niet deed. Weston had drie bestuursleden stevig aan zijn kant.

Als Jay nog maar in het bestuur zat, zou ik me beter voelen. Maar Westons eerste machtsgreep een paar jaar geleden was geweest om hem eruit te stemmen nadat Jackson te veel bestuursvergaderingen had gemist. Oké, hij had ze allemaal gemist, maar ik had hard voor mijn vriend gevochten.

Jay klopte me op de schouder. 'Ik weet dat je het kunt. Hup, opdrinken en dan gaan we.'

Ik stak het rietje door het deksel en nam een diepe slok van de groene smoothie. Net als de andere die Marlee me deze week had gehaald, smaakte hij naar gras en aarde. Ben moet over een soort smoothiemagie beschikt hebben die gewone stervelingen niet konden nabootsen. De gedachte aan hem maakte het gat in mijn maag groter. Ik legde mijn hand erop.

'Hoe is de smoothie?' vroeg Marlee, terwijl ze het met koffie doordrenkte keukenpapier in de gft-bak gooide.

'Heerlijk. Dank je.' Ze zou wel goed terechtkomen. Ik zou ervoor zorgen dat zij en Ben hierna een baan hadden, zelfs als er geen Synergy meer was om hen in dienst te nemen. *Ben.* 'Heb je, ah...?'

'Ik heb hem uitgenodigd voor de lunch. We gaan in de kantine beneden eten, dus je zult ons kunnen vinden. Je *weet* toch wel waar de personeelskantine is?' Ze trok een wenkbrauw op.

'Jazeker. Ik eet er alleen niet. Onze medewerkers hebben een schokkend slecht idee van voeding. Maar ik zie jullie daar. Na afloop.'

'Kom op. Ik loop met je mee naar de deur.' Jay bood zijn elleboog aan.

Ik keek er met afkeer naar.

Hij knipoogde, een gewoonte die hij vorig jaar in Texas had opgepikt. 'Te vroeg?'

'Dat zal altijd te vroeg zijn, klootzak.'

Hij grijnsde. 'Daar is mijn Cooper Fallon. Maar serieus, loop met me mee.'

Hij liep voorop de kantine uit, en we liepen naast elkaar richting de vergaderzaal, voor mogelijk de laatste keer. De vergaderzaal was iets weelderiger dan de andere conferentieruimtes, met onze meest comfortabele stoelen en beste videoconferentieapparatuur. Ik wist zeker dat onze schoonmaakploeg na elke vergadering zwoegde om de vingerafdrukken van de gladde glazen tafel te vegen. Weston had hem uitgekozen, vermoedelijk omdat hij elk deel van iemands lichaam wilde kunnen bestuderen, van hun zweterige handen die onder de tafel geklemd waren tot hun nerveus tikkende tenen.

Bij de deur rechtte ik mijn rug. Jay veegde een denkbeeldig pluisje van de schouder van mijn colbert. 'Pak ze.'

Hij hoefde niets meer te zeggen. Ik wist aan de stijfheid van zijn houding, de spanning in zijn stem, dat wat er in de vergaderzaal gebeurde belangrijk voor hem was. En ik was niet van plan mijn vriend in de steek te laten.

Ik knikte en liep door de deur. De andere bestuursleden waren al binnen. Sommigen zaten aan tafel en lazen de papieren die Julie bij elke plaats had neergelegd. Anderen stonden bij het dressoir, vulden hun borden met gebakjes of schonken hun koffie bij. Weston zat alleen aan het hoofd van de tafel. Hij ving mijn blik en glimlachte. Voorheen zou ik zijn glimlach zelfverzekerd hebben genoemd. Vertrouwenwekkend. Sinds dat fiasco in zijn kantoor, toen hij al mijn demonen in mijn gezicht had gesmeten, zag zijn glimlach er geheimzinnig uit. Zelfvoldaan.

Ik draaide me om voor nog een geruststellende blik op Jackson, maar dat was niet wie er bij de deur stond. De man was potig. En hij kwam me bekend voor. Waar kende ik hem van? De manier waarop het te kleine Synergy-veiligheidsshirt bij de knopen spande, herinnerde me aan een ander slecht passend uniform. Ik hapte naar adem. De huishoudster in mijn bungalow. Ik wist het zeker toen hij zich omdraaide en mank wegliep.

Wat verdomme deed hij in mijn gebouw? Ik beende de deur door. Ik zou hem confronteren. Zijn ID vragen. 'Jay, pak...'

Mijn stem stierf weg in mijn plotseling droge keel. De laatste persoon die ik ooit nog wilde zien stond in de gang. Ik vloekte zachtjes en mijn hart ging als een razende tekeer.

In tegenstelling tot bij de andere man, paste zijn overhemd met het Synergy-logo wel om zijn slanke, gespierde lijf. Maar zijn donkere broek, zonder riem, zakte af op zijn heupen. En zijn zwarte schoenen waren afgetrapt en versleten bij de tenen.

'Ga je ergens heen, zoon?' Mijn vader sloeg zijn armen over elkaar.

Jackson liep richting zijn kantoor, maar bij het geluid van mijn vaders stem, draaide hij zich abrupt om. 'Wat de hel? Wat doe jij hier?'

'Beveiliging.' Mick Fallon zoog minachtend op zijn tanden.

Mijn hand balde zich tot een vuist, maar Jackson stapte tussen ons in. 'Dan heb je zelf verdomme beveiliging nodig hierboven als ik...'

'Is er een probleem?' Weston gleed de directiekamer uit met een grijns op zijn gezicht.

'Wat de hel, Weston?' barstte Jackson uit. 'Je kunt hem hier niet heen brengen.'

Mijn vader werd stekelig en ik kromp ineen. Ik was net zo lang als hij en zwaarder, maar een dozijn jaar als zijn boksbal had me te goed getraind.

Met een breder wordende glimlach leunde Weston in de deuropening. 'Ik denk het wel.'

'Laat maar, Jay,' mompelde ik.

'Maar...'

'Het is goed.' Het was allesbehalve goed, en dat wist Jackson. Weston had mijn vader hierheen gehaald om met mijn kop te fokken. Ook als dreigement. Hij zou onthullen dat ik de zoon van een gewelddadige dronkaard was, een arme, zo anders dan de meeste rijke bestuursleden. Ik trok een pijnlijk gezicht. Zouden de bestuursleden die we aan onze kant hadden gekregen van gedachten veranderen als ze wisten dat ik niet een van hen was? Als ze wisten dat als het niet voor de aanmoediging van mijn moeder en een heleboel studiebeurzen was geweest, ik had kunnen eindigen als hun tuinman of hun chauffeur?

De geuren van zuur zweet en whisky overspoelden mijn neus. Ik gooide mijn plastic smoothiebeker in de prullenbak. 'Het is goed,' zei ik, meer tegen mezelf dan tegen iemand anders.

'Ik denk dat het tijd is voor u om weer aan het werk te gaan, Jones.' Weston zette zijn handen in zijn zij.

Mijn beste vriend staarde me in de ogen. 'Coop, ben je...'

'Het komt wel goed. Ik laat je weten wat er gebeurt.'

Hij keek boos naar mijn vader en daarna naar Weston. Toen beende hij weg, richting zijn kantoor.

'U kunt hier buiten wachten, meneer Fallon,' zei Weston tegen mijn vader. 'Ik roep u als we u nodig hebben.'

Bedoelde hij als het rumoerig werd in de vergaderzaal, of als hij mijn vader weer in mijn gezicht moest wrijven? Ik rechtte mijn schouders. Het maakte niet uit. Of het zou niet moeten uitmaken. Ik had een taak te volbrengen. *Focus.*

'Wacht,' zei ik.

Weston draaide zich om en trok zijn wenkbrauwen op.

'Er was hier nog een man. Een man die mank liep. Wie was hij?'

'Ik heb geen idee.' Westons gezicht was een masker. Maar zijn diepblauwe ogen schoten zo snel opzij dat als ik hem niet aandachtig had geobserveerd, ik het gemist zou hebben. Hij kende de man. Waarom was hij nu een bewaker bij Synergy?

Maar voordat ik hem onder druk kon zetten, zei Weston: 'Het is tijd dat de vergadering begint. U weet hoe we over stiptheid denken.'

Hij had gelijk. Ik stond al op achterstand. Het laatste wat ik nodig had, was dat het bestuur nog een reden had om tegen me te stemmen.

Verdoofd volgde ik Weston de kamer in. De bestuursleden hadden hun gebruikelijke plaatsen rond de tafel ingenomen. Charles Hayes zat aan het hoofd, en de stoelen rechts en links van hem waren gereserveerd voor Weston en mij. Jamila zat in de leren stoel links van mij; de secretaris, Rod Sanchez, boog over zijn laptop aan het voeteneind van de tafel, en de rest was langs de zijkanten gerangschikt.

Weston sloot de deur achter me. De klik van het slot voelde alsof ik in een kooi was opgesloten om voor mijn leven te vechten. Ik dwong een glimlach op mijn gezicht en begroette elk van de bestuursleden, die plotseling minder als mijn team en meer als mijn tegenstanders voelden. Zelfs Jamila, die het trillen van mijn vingers niet miste toen ze mijn hand schudde.

'Gaat het?' vroeg ze, haar grote, bruine ogen wijd van bezorgdheid.

'Het gaat goed. Ik heb gisteren met Dr. Pradhi gesproken,' fluisterde ik. Ze had me niet beter laten voelen, maar het was tenminste een uur geweest dat ik me geen zorgen maakte over het lot van mijn bedrijf. Ik had grotere demonen te confronteren.

En nu bedreigde een van die demonen, mijn vader, me van buiten de vergaderzaal. En de mysterieuze man — Westons man, die *in mijn huis* was geweest — liep vrij rond in de gangen.

Ze fluisterde: 'En hoe zit het met...'

Ik schudde mijn hoofd. Ik moest wachten tot de vergadering voorbij was om mijn wanhoopspoging te doen. Als Ben vanmiddag niet naar me wilde luisteren, was ik klaar. Geen kansen meer.

Ik nam plaats en terwijl Charles de vergadering opende en de agenda doornam, wiebelde ik met mijn knie onder de tafel. Weston grijnsde erom door het glas, maar ik kon niet stoppen. Ik wilde elk bestuurslid door elkaar schudden. Ze zouden hier niet zijn zonder Jay en mij. Ze moesten inzien dat we een nieuwe kans verdienden om de aandeelhouders — en ieder van hen — miljoenen dollars rijker te maken. Ik keek op de klok. Zouden we op tijd klaar zijn zodat ik naar beneden kon racen om Ben te ontmoeten? En zou ik goed of slecht nieuws hebben om met hem en Marlee te delen?

Eindelijk ging Charles over tot het hoofdonderwerp. 'Eerste punt. Zoals we in de vergadering van vorige week hebben besproken, hebben we een overnamebod van Gurusoft ontvangen. We zijn overeengekomen vandaag bijeen te komen om te stemmen of we het bod accepteren of afwijzen. Als we accepteren, roepen we een aandeelhoudersvergadering bijeen ter bevestiging. Ik open nu de vloer voor discussie. Harris, ik geloof dat u als eerste wilde?'

Weston stond op. 'Dank u, Charles.' Hij liep langzaam om de tafel heen. 'Ik geloof dat sommigen van u benaderd zijn om te vragen uw stem uit te brengen tegen de fusie. Ik begrijp dat er emotionele argumenten zijn gebruikt om u aan te moedigen de kant van meneer Fallon te kiezen, die recentelijk van gedachten lijkt te zijn veranderd over het bedrijf.

'U ziet, meneer Fallon' — ik kromp elke keer ineen als hij mijn achternaam gebruikte, me herinnerend dat ik die deelde met de verachtelijke mens aan de andere kant van de deur — 'heeft onlangs een aanzienlijk aantal van zijn Klasse A-aandelen in het bedrijf verkocht met de bedoeling zijn positie te verlaten. Nu heeft hij plotseling weer interesse om het bedrijf onafhankelijk te houden. Waarom?' Weston spreidde zijn handen. 'Misschien vertelt hij het ons als het zijn beurt is om te spreken. Misschien heeft het te maken met wat meneer Fallon heeft uitgespookt tijdens zijn verlof.'

IJzige herkenning stroomde door mijn aderen. Dat was het.

Westons man, de zogenaamde huishouder en nu zogenaamde bewaker, had camera's in mijn huis geplaatst en aan Weston gerapporteerd *wat ik had uitgespookt*. Mijn brein vertroebelde van woede, maar ik vocht erdoorheen om helder te denken. Waar had ik hem nog meer gezien? Misschien in de bar, maar ik was te dronken geweest om mijn geheugen te vertrouwen. In het restaurant met Ben die avond? Er was een man die alleen at, en hij had een vergelijkbare bouw. De dag dat we gingen winkelen? Ik kon het niet met zekerheid zeggen. Ik had die dag alleen oog voor Ben. En ik had me zorgen gemaakt om zijn enkel.

Zijn enkel.

Ben zei dat een potige kerel hem had besprongen en dat Coco hem had gebeten. Was dat waarom hij mank liep? Was hij de man die Ben had aangevallen?

Mijn zicht werd rood.

Naast me schraapte Jamila haar keel. Ze kneep haar ogen samen naar de pen in mijn vuist. Ik had hem gebogen door de kracht van mijn greep, en karmozijnrode inkt druppelde over de rug van mijn hand. Ik griste een servet en depte het droog.

Focus.

'Hoe dan ook, de' — Weston aarzelde en spuugde het volgende woord uit alsof het vies smaakte — 'instabiliteit van meneer Fallon zou een reden tot zorg moeten zijn voor dit bedrijf en dit bestuur. We hebben allemaal oprichters gezien met emotionele banden met hun bedrijven die niet inzien wat in het beste belang van de aandeelhouders is. Ik vrees dat we nu in die situatie verkeren. Meneer Fallon lijkt een emotionele verstrengeling te hebben' — zijn blauwogige blik ving de mijne en hield die vast — 'die hem ervan kan weerhouden helder te zien dat een verkoop het beste is voor Synergy.'

Naast me verschoof Jamila. Ondanks de duidelijke tekenen dat ik aan het breken was — ik veegde nog meer rode inkt weg — kon ze het toch niet met hem eens zijn? Ik keek haar aan, maar ze hield haar blik op Weston gericht.

Hij ging verder: 'Ik spoor u allen aan om dit gulle aanbod van Gurusoft te overwegen. Het mag voor sommigen het einde van een tijdperk betekenen, maar het zal zeker nieuwe kansen voor succes voor het bedrijf en nieuwe rijkdom voor zijn aandeelhouders brengen.'

Er klonk gemompel van instemming aan Westons kant van de tafel. Nadat Weston ging zitten, wendde Charles zich tot mij. 'Cooper, ik geloof dat u een paar woorden wilt zeggen?'

'Inderdaad.' Ik stond op en ijsbeerde achter mijn stoel, terwijl ik mijn emoties probeerde te kalmeren. Hoeveel ik ook van Synergy hield, vandaag draaide het om logica, niet om emoties. 'Harris heeft gelijk dat ik een paar weken geleden opgebrand was. Ontmoedigd. Klaar om Synergy achter me te laten. Ik vertrok abrupt, en liet Harris en anderen achter om de rommel op te ruimen. En daarvoor bied ik mijn excuses aan.'

'Ik heb ook een aanzienlijk deel van mijn belang in het bedrijf verkocht, met de volledige intentie Synergy te verlaten zoals Harris zei.' Meer gemompel barstte los aan de andere kant van de tafel. Ik liep om die kant heen om ze tot bedaren te brengen.

'Echter, in mijn tijd weg van Synergy, heb ik wat dingen over mezelf geleerd.' Aan deze kant van de tafel kon ik Jamila's gezicht zien, maar ze hield haar uitdrukking neutraal. 'Ik ben altijd een harde werker geweest. Niet velen van u weten dit, maar ik kom uit armoede. We hadden nooit veel, maar mijn moeder moedigde me aan om te studeren en hard te werken zodat ik mezelf kon verheffen boven wat ik altijd had gekend.'

Westons schouders verstrakten, maar hij draaide zich niet om.

'Mijn harde werk en de genialiteit van Jackson Jones hebben dit bedrijf gecreëerd. We hebben het alles gegeven wat we hadden: ons geld, onze inspanning, onze tijd. Ik zal Jackson, onze eerste medewerkers en dit bestuur, die hebben geholpen Synergy te vormen tot een succes dat alles overtreft wat die jongen die van de hand in de tand leefde, die het geluk had lang en sterk genoeg te zijn om zijn eerste baan in de bouw te krijgen op zijn veertiende, zich had kunnen voorstellen, altijd dankbaar zijn.'

'Ik was zo trots op wat we hadden opgebouwd, zo geïnvesteerd in het succes ervan, dat ik nauwelijks een pauze nam vanaf de oprichting van het bedrijf anderhalf decennium geleden tot nu.' Ik keek naar Jamila. 'Ik weet nu dat dat een fout was. Dat ik mijn eigen geestelijke gezondheid negeerde omwille van het succes van het bedrijf.'

'Toen ik een onverwachte reactie had op een meningsverschil met Jackson, realiseerde ik me dat ik een pauze nodig had. En in mijn emotionele toestand dacht ik dat ik die pauze permanent moest maken. Ik wist niet zeker of ik daarna nog op een positieve manier aan het bedrijf kon bijdragen.'

'Maar terwijl ik weg was, sprak een goede vriendin' — ik ving Jamila's blik en hield die vast — 'met mij over balans. Ik hoef niet altijd degene te zijn die de leiding heeft. Ik heb sterke partners in Jackson, in het bestuur, en in de vele sterke medewerkers die we hebben aangenomen om de last te delen. Ik ben van plan voortaan regelmatig vakantie te nemen. Af en toe afstand nemen zal me een betere leider maken.'

Ik vervolgde mijn ronde om de tafel. 'Iemand om wie ik geef, vertelde me hoeveel het bedrijf voor hem betekent. Andere medewerkers hebben me deze week in de gangen benaderd om hetzelfde te doen. In de loop der jaren hebben we hard gewerkt om van Synergy een plek te maken waar iedereen zich welkom voelt. Waar ons diverse personeelsbestand zich verbonden voelt met het bedrijf, met behoud van een gezonde werk-privébalans. Nou ja' — ik grinnikte — 'behalve de COO, en zoals ik jullie vertelde, neem ik stappen om dat te veranderen.'

Jamila's stenen gezichtsuitdrukking brak in een grijns.

'Ik denk dat we ons er allemaal van bewust zijn dat Gurusoft onze bedrijfswaarden niet deelt. Artikel na artikel heeft hun giftige werkcultuur benadrukt. Van verplicht overwerk tot pesten en intimidatie, tot een teleurstellend homogeen bestuur, Gurusoft runt hun bedrijf heel anders dan wat wij proberen te doen bij Synergy.' Zeker, Synergy kon diverser zijn, maar we probeerden het. Gurusoft leek dat niet te doen. 'We zijn het er allemaal over eens dat diversiteit van medewerkers en leiders leidt tot diversiteit van ideeën en innovatie. Ik denk dat Synergy afzonderlijk Gurusoft in de komende vijf jaar kan overtreffen.'

'Maar dat zullen we nooit weten als we vandaag stemmen om Gurusoft het over te laten nemen. Synergy's producten, onze innovatieve cultuur en onze briljante ideeën zullen een langzame dood sterven binnen onze concurrent. Ik hoop dat jullie je allemaal bij mij aansluiten door tegen de overname te stemmen.'

Ik stond nog, maar Weston stond op uit zijn stoel, zijn uitdrukking niet langer vaderlijk maar boos. 'Dit is een financiële beslissing. Ik moedig u allen aan om uw fiduciaire verantwoordelijkheid jegens de organisatie te overwegen, in plaats van uw emoties.' Hij tuitte zijn lippen. 'Meneer Fallon heeft zich, terwijl hij het over Synergy's *waarden* heeft, ingelaten met zijn assistent. Hij is niet zo nobel als hij u wil doen geloven.'

Leer kraakte toen de bestuursleden zich in hun stoelen omdraaiden. Een paar hapten naar adem. Alle ogen waren op mij gericht.

Nou, fuck. Ik had gehoopt het bestuur buiten mijn slaapkamer te houden, maar Weston had de deur opengegooid en de lichten aangedaan.

'Het is waar dat ik een romantische relatie ben aangegaan met mijn voormalige assistent. Ik hou van hem. En ik zal alles doen wat nodig is om bij hem te zijn.'

'Ik hou ook van dit bedrijf. Ben nam ontslag voordat we onze relatie begonnen. Hij was een aanwinst voor het bedrijf, en als hij ooit besluit terug te komen om bij Synergy te werken, zullen Personeelszaken en ik samenwerken om ervoor te zorgen dat er geen onfatsoenlijkheid is met zijn aanstelling, dat we een goed voorbeeld stellen voor andere relaties binnen het bedrijf. Ik denk dat ik het aan Ben en de andere Synergy-medewerkers verplicht ben om eerlijk te zijn over wie ik ben en van wie ik hou.'

Het andere eind van de tafel morde.

'Maar mijn persoonlijke relaties zijn niet waar het vandaag om gaat. De overname van Synergy is dat wel. Synergy zal sterker zijn zonder het gewicht van Gurusoft en zijn verderfelijke bedrijfspraktijken. Ik hoop dat u het met me eens bent en vandaag nee stemt.'

Ik ging zitten en na een lang moment deed Weston dat ook. Ik keek de tafel rond. Charles gaf me een subtiel knikje. Alsof hij trots op me was. Aan mijn andere kant klopte Jamila op mijn schouder. De twee bestuursleden links van haar hielden hun gezichten neutraal, maar hun ogen schoten heen en weer tussen Charles en mij. Aan het eind van de tafel typte Sanchez verwoed de notulen in zijn laptop terwijl Westons cohort fronste. Weston zelf staarde me aan, zijn saffieren ogen vlammend en zijn kaken op elkaar geklemd onder zijn grijze sik.

'Wenst iemand anders het woord?' vroeg Charles. Toen niemand sprak, zei hij: 'Goed dan. Wie stelt voor om te stemmen over de kwestie van het bod van Gurusoft om Synergy te kopen?'

36

BEN

DE FLUORESCEREND GELE bezoekersbadge die aan mijn borstzak was geklemd, zorgde ervoor dat ik geen hap meer door mijn keel kreeg. Terwijl ik in de personeelskantine van Synergy zat, prikte ik wat in mijn salade terwijl mijn voormalige collega's naar onze tafel kwamen, soms alleen, soms in groepen. Sommigen waren verrast dat ik er niet meer werkte. Anderen hadden gehoord dat ik ontslag had genomen – niemand leek verbaasd dat ik de notoir veeleisende Cooper Fallon had verlaten – en vroegen waar ik nu werkte. *Ik ben mijn opties nog aan het overwegen*, vertelde ik ze, alsof ik een half dozijn aanbiedingen had en niet nul. *Ik neem wat tijd om over mijn volgende stappen na te denken*, zei ik, wat dichter bij de waarheid lag.

Het enige goede aan het afspreken met Marlee voor de lunch in de kantine was dat er geen kans bestond dat ik Cooper daar tegen het lijf zou lopen. De werknemers stemden over de menu's, en ze hielden van vet en koolhydraten. Als je wist dat je de heerlijk vette hamburgergrill voorbij moest lopen, waren er genoeg gezonde opties. Maar Cooper meed de kantine alsof hij tien kilo zou aankomen als hij er alleen al naar keek.

'Ben.' Marlee zei mijn naam luid, alsof het niet de eerste keer was. 'Hallo, Ben, ben je daar nog?'

'Sorry.' Ik spietste een stukje sla en een bosbes aan mijn vork. 'Het is gewoon raar om hier weer te zijn.'

'Ik weet het. Ik mis je.'

'Ik mis jou ook.' Ik miste mijn baan en mijn voormalige collega's. Mijn cv bijwerken en het naar elk vacatureplatform spammen dat ik kon vinden was pijnlijker dan ik had verwacht. Vooral toen ik een einddatum voor mijn dienstverband bij Synergy moest invoeren. Ik kon me de vragen die ze erover zouden stellen al voorstellen. *Waarom bent u na zes maanden vertrokken?* En het antwoord dat ik niet kon geven: *Ik ben verliefd geworden op mijn baas. Jammer genoeg voelde hij niet hetzelfde voor mij.*

'Ik hoorde dat je zijn telefoontjes en appjes niet hebt beantwoord?'

Ik haalde een stukje sla door een plasje vinaigrette. 'Ik heb zijn nummer geblokkeerd.'

'O, schat.' Haar stem zat vol medeleven.

Het voelde goed toen ik het deed. De definitieve verbreking van de communicatie. Ik was in de verleiding gekomen om zijn voicemailberichten te beluisteren, maar die heb ik ook gewist. Als hij me in het openbaar niet kon erkennen, zou ik in het privé ook niet naar hem luisteren. 'Het is oké. Het komt wel goed met me. Ik weet nu beter.'

'Je weet beter?' Ze schoof haar eigen salade wat over haar bord.

'Beter dan opnieuw verliefd te worden.'

'Je verdient liefde, weet je.'

Ah, Marlee en haar romantische ideeën. 'Liefde verdienen en bereid zijn om mezelf weer kwetsbaar op te stellen zijn twee totaal verschillende dingen.' Ik legde mijn vork neer.

Ik keek over de tafel naar Marlee en haar nog volle slakom. Shit, ik was een egocentrische klootzak. Er zat haar ook iets dwars. 'Marlee, wat is er met jou aan de hand? Alles oké met Tyler?'

'O.' Haar ogen werden daar zacht van. 'Ja, met ons gaat het goed. We gaan dit weekend zelfs samen weg. Een soort grote verrassing.' Ze maakte jazz hands.

'En je vader?'

Haar glimlach vervaagde. 'Met hem gaat het goed. Ongeveer hetzelfde. Maar hetzelfde is beter dan slechter, denk ik.'

Ik reikte over de tafel en klopte op haar hand. 'Je zorgt voor uitstekende zorg voor hem. Hetzelfde is goed. Is dat wat je dwarszit?'

Ze draaide haar hand om en kneep erin. 'Niet precies. Vandaag is de dag' – ze verlaagde haar stem tot een fluistering – 'dat ze gaan stemmen.'

'Is dat vandaag?' Het zou me niet moeten kunnen schelen. Het raakte me helemaal niet meer. Maar de adem stokte in mijn keel. Zou Cooper in staat zijn om zijn bedrijf te redden, alles waar hij zo hard voor had gewerkt? Of zou hij krijgen wat hij zei dat hij wilde, een verlengde vakantie, met pensioen gaan? Hoe idyllisch onze tijd op het eiland ook was geweest, ik kon me niet voor-stellen dat hij dag na dag op het strand zou liggen. Hoewel op het strand liggen – en in bed – met hem iets was wat ik ooit had gewild. Ik was zeven dagen terug van het eiland, maar het leek alsof een heel leven me scheidde van die perfecte weken met Cooper.

Ik voelde het voordat ik het hoorde. Een prikkeling langs mijn armen deed mijn haren overeind staan. Toen nam het geroeze-moes in de kantine af.

Marlee, die met haar gezicht naar de ingang zat, keek op en knipperde met grote ogen. Ik draaide me om op mijn stoel.

Cooper stond een paar meter binnen bij de ingang en scande de gezichten in de kantine.

'Shit!' Ik draaide me abrupt om, met mijn rug naar hem toe. Van alle dagen dat Cooper een staatsbezoek aan de kantine kon brengen, moest ik daar als een stalker zitten.

Marlee zwaaide met haar arm naar hem.

'Nee! Doe dat niet!' fluisterde ik.

Ze trok een wenkbrauw op en bleef zwaaien. 'Ik wil weten hoe de stemming is verlopen. En jullie twee moeten praten.'

Krijg de klere. Het was allemaal een list geweest. 'Onze vriendschap is voorbij. Ik zal niet de liefhebbende homoseksuele oom van je schattige kinderen zijn.'

Haar wangen kregen een blos. 'Doe eens redelijk. Je houdt van hem. Je kunt hem niet voor altijd ontlopen.'

Ze liet haar hand zakken, en ik voelde hem, lang en onbuigzaam, naast ons staan. 'Vinden jullie het goed als ik erbij kom zitten?'

Een onnatuurlijke stilte omringde ons als stilstaand water in een lagune. Ik knikte. Hij zou hier zeker niets zeggen, midden in de drukke kantine, omringd door werknemers die probeerden te achterhalen waarom de COO plotseling een voorliefde had ontwikkeld voor de sloppy-joe-special.

Hij liet zijn lange gestalte in de stoel naast me zakken, maar hij keek me niet aan. Hij keek naar Marlee en zei: 'Het is onze kant op gegaan. Geen verkoop.'

Een deel van de spanning verliet me, en ik zakte onderuit tegen de plastic rugleuning van mijn stoel.

Ze gilde en klapte in haar handen. 'Ik wist dat het je zou lukken! Heb je het Jackson verteld?'

'Hij liep buiten de directiekamer te ijsberen.'

'En Weston?' fluisterde ze.

'Hij ligt eruit. En zijn lakeien met hem. Inclusief mijn vader.' Zijn lippen verstrakten. 'Ik heb de raad verteld over Westons gedrag om mij over te halen de verkoop te steunen. Ze hebben hem zijn plaats in de raad ontnomen. Hij was niet tevreden.'

Dat was waarschijnlijk een understatement. Ik kon me Weston voorstellen, vol kille woede en lafhartige wraakplannen. Ik rilde. Tenminste zou ik daar niet de dupe van worden.

Hij draaide zich naar mij toe. 'Ik heb hem zijn troefkaart afgenomen. Ik heb ze verteld wat ik voor je voel.'

'Dat heb je niet gedaan,' zei ik, mijn stem vlak en ongelovig. Hij had onze relatie tegenover Weston ontkend. In geen geval zou hij het onthullen aan de raad, die hem net als Jackson kon ontslaan.

'Jawel. Ben, het spijt me dat ik het ontkende toen we terugkwamen. Toen ik mijn vader zag, raakte ik in paniek. Hij heeft me zo lang pijn gedaan, en ik wilde niet dat hij dacht dat hij me kon kwetsen door jou te kwetsen.'

Ik smolt als cheddar op de hamburgerspecial. 'Cooper, dat is... dat is...'

'Het was laf, en het spijt me. Ik wou dat ik het over kon doen, maar dat kan niet. Ik wil je terugwinnen als je me toelaat.' Hij glimlachte. 'Charles heeft me achteraf gefeliciteerd. Hij, eh.' Die scherpe jukbeenderen werden roze. 'Hij denkt dat het makkelijk zal zijn. Dat je zomaar in mijn armen zult vallen. Ik weet dat dat niet zo is.'

'O. Ehm.' Marlee schoof haar stoel naar achteren. 'Ik denk dat ik jullie even...'

'Het is goed, Marlee. Het kan me niet schelen wie het hoort.' Zijn staalblauwe ogen sneden me open. 'Ik hou van je, Ben,' zei hij, met een stem die net luid genoeg was voor mij om te horen.

Cooper Fallon, COO, vertelde me dat hij van me hield in een overvolle kantine. De dichtstbijzijnde tafels lazen waarschijnlijk de woorden van zijn lippen. Mijn hart fladderde en probeerde over de tafel naar hem toe te springen. Ik schonk hem een flirterige glimlach. 'Wil je dat misschien iets harder zeggen zodat de rest van de klas het kan horen?'

Hij grijnsde en toonde dat prachtige kuiltje in zijn linkerwang. 'Oké, Ben.'

Hij schraapte zijn stoel naar achteren, de metalen poten krijsend over de tegels. Hij stond op.

'Shit, wacht.' Ik wapperde met mijn hand en probeerde hem weer te laten zitten als een redelijk persoon.

Hij negeerde het. Met de dragende stem die hij gebruikte om tot helemaal achterin te klinken tijdens onze personeelsvergaderingen, een stem die zelfs door de kantinemedewerkers te horen was terwijl ze met borden rammelden en voedsel op de sissende grill gooiden, zei hij: 'Ben Levy-Walters, ik hou van je. Ik weet dat je nu boos op me bent omdat ik je gekwetst heb. Ik had het fout. Ik was een lafaard, en het spijt me. Ik zal mijn best doen om je nooit meer pijn te doen.'

Als ik dacht dat de kantine daarvoor stil was, was dat niets vergeleken met de stilte die over de grote ruimte neerdaalde. Zelfs de grill leek stil te vallen. Iemand riep in de achterkamer van de keuken, en hij werd tot stilte gemaand.

'Ik... wat?' Ik was verdwaald in de blauwe poelen van zijn ogen.

Hij glimlachte met beide kanten van zijn mond. Niet helemaal de ontspannen grijns die hij me op het eiland had gegeven, maar een tedere glimlach die paste bij de warmte in zijn ogen. 'Ben, ik hou van je. Wil je me vergeven en overwegen me terug te nemen?' Hij stak zijn hand uit.

Ik nam hem aan en liet hem me overeind trekken. Ik nam een seconde de tijd om rond te kijken naar de werknemers die niet langer deden alsof ze aten, maar naar ons staarden, met open ogen en monden.

'Je hoefde *dit* niet te doen,' fluisterde ik. 'Het enige wat ik wilde, was dat je zei dat je van me hield en me je vriend noemde. In het privé. Niet in de verdomde personeelskantine.'

'Ben,' zei hij, nog steeds projecterend naar de achterkant van de keuken. 'Ik zal mijn liefde overal verkondigen. Omdat ik van je hou en ik wil dat de hele wereld het weet.'

Ik kneep mijn ogen dicht. 'Je bent niet eens dronken. Hier krijg je morgen spijt van.'

'Ik denk niet dat ik ooit spijt zou kunnen hebben van iets wat met jou te maken heeft. Behalve van wat ik deed om je te kwetsen. Neem je me terug?'

De kantine was stil. Ik denk dat niemand durfde te kauwen. Of te ademen. Konden ze mijn hart horen bonzen in mijn borst? Voor Cooper. Het klopte voor hem.

Ik beet op mijn lip en knikte. Zachtjes zei ik: 'Ik hou van je, Cooper Fallon.'

'Wat zeg je?' Hij hield zijn hand als een kommetje bij zijn oor. 'Ik denk niet dat ze je in de verste hoek hebben gehoord.'

Ik haalde diep adem en projecteerde mijn stem, niet zo goed als Cooper had gedaan, maar zo luid als ik kon. 'Ik hou van je, jij grote eikel. Ik neem je terug.'

Gemompel verspreidde zich door de kantine. Eén persoon klapte.

Cooper gaf me een brede grijns met twee kuiltjes die me bijna een stap achteruit deed deinzen.

'En nu?' Als ik onze blik had kunnen verbreken, had ik naar Marlee gekeken voor het stappenplan na het grote gebaar.

'Ik ga je nu kussen, Ben,' gromde hij, zijn stem verlagend tot een register dat ik tot achter in mijn kiezen en in mijn buik kon horen.

'Wat, hier?'

Zijn lippen landden op de mijne. Zelfs over het gebonk van mijn pols in mijn oren heen, hoorde ik het gejuich overal om ons heen. Cooper Fallon kuste me. In het openbaar.

Ik sloeg mijn armen om zijn schouders en hield me stevig vast. Maar toen hij zijn mond opende om mijn lippen met zijn tong te plagen, leunde ik ademloos achterover. 'Hé, nu even niet. Niks daarvan. We zijn op ons werk, in godsnaam.'

Zijn wangen waren rood en zijn borst ging ook op en neer. 'Misschien kunnen we een voorraadkast vinden zodat ik je kan laten zien hoe erg ik je gemist heb?'

Ik was blij dat ik mijn wijdere spijkerbroek aanhad, die niet zou laten zien hoezeer dat idee me aansprak. 'Na het werk kun je het me ergens in het privé laten zien. Zoals in je slaapkamer.'

'Dat klinkt goed. Maar eerst gaan we op date. Uit eten en een film.'

'Een date in San Francisco met Cooper Fallon? Wat zullen de roddelbladen zeggen?'

'Maakt dat wat uit?'

'Goed. Eten. Haal me om zeven uur op. Maar ik zal geen geduld hebben voor een film. Ik kijk liever je slaapkamer na.'

Hij gaf me een kusje op mijn lippen. 'Ik haal je om zes uur op. Draag de strakke spijkerbroek.' Hij sloeg niet op mijn kont, maar zijn hete blik zei dat hij dat later zou doen.

Ik likte mijn lippen. 'Oké. Het maakt me niet uit wat je draagt. Ik trek het toch zo snel mogelijk uit.'

'Jongens?' Ik was vergeten dat Marlee recht tegenover ons zat. 'Misschien bewaren jullie dat voor jullie date.'

Hij pakte mijn hand en kneep erin. 'Ik moet terug naar boven om de reactie op Gurusoft goed te keuren.'

'Vergeet niet te eten.' Ik pakte zijn hand en liet hem los. 'Ik zie je om zes uur.'

Met een laatste blik die voelde als een steekvlam, draaide hij zich om en liep weg. Ja, ik keek naar zijn kont. Net als de halve kantine.

Toen ik me omdraaide naar Marlee, stond ze op. Haar wangen waren roze. 'Kom. Ik loop met je mee naar buiten. Dan ga ik Tyler zoeken. En een voorraadkast.'

37

BEN

OP DATE GAAN met Cooper Fallon was ingewikkelder dan ik had voorspeld. Hij haalde me stipt om zes uur op. Dat was niet het ingewikkelde deel, hoewel Mimi hem een van haar kenmerkende, dreigende grote-zusblikken gaf toen hij aan de deur kwam. Hij reed ons in zijn strakke, grijze, elektrische Porsche naar een van de chique restaurants met uitzicht op de baai.

Wat het ingewikkeld maakte, waren de starende blikken en de flitsen van de camera's. Cooper was het gezicht van Synergy en de mensen kenden die hoge jukbeenderen, die doordringende blauwe ogen. Zelfs als ze zijn gezicht niet kenden, liet niemand zich voor de gek houden door te denken dat zijn kleren van het rek kwamen. Zijn broek had die dure glans en zijn hemd vloeide moeiteloos over zijn gespierde torso. Hij straalde macht en rijkdom uit en hoofden draaiden zich om toen we langsliepen.

Hij hield mijn hand vast toen we het restaurant binnenliepen en het gefluister begon. Toen ik iemand zijn naam hoorde zeggen, draaide ik me om – hij niet – en dat was het moment waarop iemands camera me vastlegde terwijl ik met open mond stond te staren, als een onhandelbaar kind dat Cooper op sleeptouw had.

De foto verscheen de volgende dag op een lokale celebrityblog, waar ik werd bestempeld als 'Cooper Fallons Naughty Boy Toy'.

Ik vond het niet erg.

De gastheer wees ons een tafel toe op een privébalkon met uitzicht op het water. Het had me kunnen herinneren aan de maaltijden die we op Coopers veranda op het eiland hadden, maar de bries vanaf het water bezorgde me kippenvel op mijn armen – of misschien kwam dat doordat ik zo dicht bij Cooper was. Hoe dan ook, ik droeg mijn jasje en Cooper ook. Ik miste het zien van zijn huid.

Geduld, Ben.

Het diner zelf was geweldig. Op het menu stonden geen prijzen en toen ik de duidelijk à la carte voorgerechten en salades probeerde over te slaan, zei Cooper dat ik moest ophouden met die onzin, anders zou hij mijn eten wel bestellen. Daar ging een golf van opwinding door me heen, maar toen herinnerde ik me het gezonde eten waar Cooper de voorkeur aan gaf en bestelde ik alles wat heerlijk klonk.

Uiteindelijk, tijdens het hoofdgerecht – vis voor ons allebei, maar die van mij was gefrituurd en die van hem gegrild, zonder boter – vatte ik de moed om naar Synergy te vragen.

'Hoe boos was Weston? Heeft de beveiliging hem naar de uitgang begeleid?'

'Boos? Dat is moeilijk te zeggen. Hij heeft altijd de controle. Hij is vrijwillig weggelopen. Kalm. Ik wou dat ik zo kon zijn.'

'Nee.' Ik zag Cooper voor me zoals hij soms was voordat je hem leerde kennen, ijzig en afstandelijk. Wat maakte het uit als hij soms een beetje opvliegend werd? Ik kon het aan. Hij ook. 'Ik hou van je precies zoals je bent.'

Hij schraapte zijn keel. 'Ik heb mijn vader wel door de beveiliging naar buiten laten begeleiden. Daar raakte ik een beetje… verhit van. En het was maar goed ook dat ik die vent die jou op het eiland aanviel niet heb gevonden. Die verborgen camera's in onze slaapkamer had verstopt.'

Ik knipperde met mijn ogen. 'Wacht, wat?'

'Ik zag hem in het gebouw voor de bestuursvergadering. De huishoudster die we zagen op de dag dat we terugkwamen uit de stad. Ik confronteerde Weston na de vergadering en hij gaf toe dat hij hem had ingehuurd om me te volgen. Hij zei dat het niet de bedoeling was dat die vent je zou aanvallen. Alleen om informatie door te geven. Weston zei dat het was omdat hij zich zorgen maakte over mijn geestelijke gezondheid.' Hij klemde zijn vork met een kracht die een van Mimi's slappe vorken zou hebben verbogen.

Ik wilde ook iets breken. 'Die klootzak.'

'Ik heb mijn beveiligers laten weten dat hij in San Francisco is. Ze zullen hem vinden als ze kunnen.'

'O, mijn God. Dat allemaal, en daarbovenop heeft Weston je ook nog eens met je vader geconfronteerd. Gaat het met je?'

Hij legde zijn vork op zijn bord en reikte over het witte tafelkleed om mijn hand vast te houden. 'Nu wel.'

Ik boog voorover en kuste zijn wang. 'Dus, de overname?'

'Gebeurt niet. Maar ik denk niet dat dit het laatste was dat we van het fusiegesprek gehoord hebben. Sommige bestuursleden, niet alleen Weston, vonden het de beste weg voor de toekomst van Synergy. Voor onze veiligheid. We zullen zijn ongelijk bewijzen.' Hij keek op, zijn ogen vurig.

Ik slikte. 'Ik sta volledig achter je.'

Hij wist zonder dat ik het hoefde te zeggen dat ik niet terug zou gaan naar Synergy. Niet als zijn assistent. Zelfs niet op de marketingafdeling nadat ik mijn diploma had. 'En jij dan? Wat ga jij doen?'

'Blijven zoeken naar een baan. Ik kan nu tenminste mijn collegegeld betalen, dankzij jouw geschenk.'

'Je kunt die aandelen niet verkopen om je collegegeld te betalen. De koers gaat door het dak schieten. Wacht maar af.' Zijn wangen gloeiden van zelfvertrouwen. Ik rilde.

'Luister naar me, Ben. Luister echt.' Hij wachtte tot ik zijn blik beantwoordde. 'Ik weet dat je van niemand afhankelijk wilt zijn, maar laat me dit voor je doen. Laat mij je collegegeld betalen. Ga voltijds studeren. Hoe lang zou het duren om je diploma te halen als je dat deed?'

'Ervan uitgaande dat ik de lessen kan krijgen die ik nodig heb, nog maar één semester. Maar ik betaal per les, dus...'

'Maak je geen zorgen over het geld,' gromde hij. 'Ik weet hoe waardevol een goede opleiding is. Ik heb ook connecties bij een aantal stichtingen die kinderen helpen. Dat is toch waar je interesse in hebt?'

Shit, hij had het onthouden. Ik knipperde om de brandende tranen in mijn ogen tegen te houden. 'Ja.'

'Ik zou je een deeltijdstage kunnen bezorgen bij een van hen terwijl je studeert. Het zou een vaste baan kunnen worden nadat je bent afgestudeerd.'

'Jij... ik... dat kun je niet doen.'

'Waarom niet? Je bent een uitstekende werknemer. Beschouw het als een investering in de jeugd van San Francisco. In de toekomstige beroepsbevolking van Synergy.'

'Wauw.' Ik legde mijn vork neer. 'Dat is nog eens een manier om je zeer gulle aanbod onromantisch te laten klinken.' Maar het was een leugen. Cooper zorgde voor degenen van wie hij hield, en nu behoorde ik tot de groep geliefden voor wie hij zorgde.

Hij leunde achterover in zijn stoel, zijn blauwe ogen glinsterend. 'Ik ben nog niet eens aan het romantische deel begonnen. Je vroeg naar zaken, dus gaf ik je zaken. Wil je mijn aanbod overwegen?'

'Ja.' Ik zou gek zijn om het af te slaan. En zodra ik een baan in mijn vakgebied had, kon ik hem het collegegeld terugbetalen.

'Oké, dan.' Hij schoof zijn bord een stukje van zich af en onze oplettende ober nam het vliegensvlug mee, samen met het mijne. 'Ik wil graag dat je vanavond met me mee naar huis komt.'

Ik gaf hem een ondeugende glimlach. 'Volgens mij had ik daar al mee ingestemd. Weet je nog, we doen Netflix en chill zonder de Netflix?'

Hij gaf me een *blik* en ik rilde. Ik kon me voorstellen hoe hij me zo zou aankijken terwijl ik voor hem knielde en zijn rits opendeed.

'Ik zou graag willen dat je met me mee naar huis komt en blijft. Ik heb meer dan genoeg ruimte in dat huis. Zeven slaapkamers, en je mag kiezen welke. Al hoop ik' – hij plukte een kruimel van het tafelkleed – 'dat je de mijne kiest.'

'Wat, en Mimi's afgetrapte bank opgeven?' Ik wachtte op een glimlach, die niet kwam. Oké, ik schatte in dat er met Cooper Fallon over sommige dingen geen grapjes te maken vielen. 'Grapje. Ja, laten we het doen. Op proef, in ieder geval. Misschien haat je het wel dat ik mijn sokken op de grond gooi.'

Zijn linkeroog trilde. Hij zou het zeker haten dat ik mijn sokken op de grond gooide. Daar zou ik mee moeten stoppen... uiteindelijk.

'Maar ik moet wel voor sommige dingen betalen.' Cooper had zijn landhuis waarschijnlijk contant betaald, dus hij zou geen hypotheek hebben die ik met hem kon delen – niet dat ik me *dat* ooit zou kunnen veroorloven. 'Boodschappen. Avondjes uit. Maar niets zo decadent als vanavond.' Ik wierp een blik naar binnen, naar de kristallen kroonluchter die de grote eetzaal domineerde.

'Ik laat jou mijn smoothies betalen. Ze waren niet hetzelfde toen jij er niet was.'

Blauwe bessen lag op het puntje van mijn tong. Maar ik hield het voor me. Beter om wat geheimen te bewaren, zodat hij me nog steeds nodig had.

'En' – hij keek me vanonder zijn wimpers aan en mijn hart maakte een enorme sprong – 'ik laat jou de helft van ons verlovingsfeest betalen. Nou ja, de helft min de waarde van de tijd die je in de planning steekt.'

'Ver-verloving?' Mijn lippen waren te verdoofd om goed te functioneren. 'Vraag je me ten huwelijk? Vanavond?'

'Nee.' Hij leunde achterover in zijn stoel, vol zelfvoldane nonchalance. 'Niet vanavond. Maar binnenkort.'

'We hebben minder dan een maand een relatie. We kunnen niet trouwen.'

'Natuurlijk wel. Ik ben al maanden verliefd op je.' Hij trok zijn wenkbrauwen op.

'Maanden? Sinds ik voor je begon te werken?'

'Nou.' Hij keek naar het tafelkleed. 'Sinds ik mijn kop uit mijn reet trok over...' Hij schudde zijn hoofd. 'Ik zie aan je gefronste wenkbrauwen dat het te veel is voor nu. Ik kan geduldig zijn.' Hij boog voorover en bracht zijn lippen vlak bij mijn oor. 'In sommige dingen.'

Hij leunde achterover om me grijnzend aan te kijken, net op het moment dat de ober met de dessertmenu's naderde.

'Willen de heren misschien...'

'Alleen de rekening, alstublieft.' Mijn stem was te hoog en mijn wangen kleurden rood.

'Natuurlijk.' Hij verdween.

'Geen dessert?' Coopers hand landde op mijn knie onder de tafel.

'Ik wacht wel tot we thuis zijn.'

'Dat hoor ik graag. Thuis.' En hij kuste me, met gesloten lippen en zoet. Maar het hield de belofte van meer in. Meer nachten als deze, waarin we hand in hand liepen en elkaar in het openbaar kusten. En meer nachten alleen, met de lakens om ons heen verstrengeld. Meer jaren samen nadat ik leerde mijn sokken op te ruimen en nadat hij het leuk leerde vinden om mijn sokken op zijn vloer te zien.

Die kus op de veranda betekende voor altijd.

EPILOOG

COOPER

Zes maanden later

IK HAD NIET trotser kunnen zijn.

Ben droeg nog steeds zijn afstudeerhoed van de diploma-uitreiking van eerder die dag, het kwastje hing aan de linkerkant. Hij stond ingeklemd tussen zijn ouders voor het tuinhuisje, terwijl zijn zus, Mimi, een foto maakte met haar telefoon.

Met mijn glas bruiswater in mijn hand, liep ik naar hen toe. Mimi moest ook op de foto.

'Cooper, kom hier, kom hier.' Ben zette zijn hoed af, duwde hem op Mimi's hoofd en trok me dicht tegen zich aan. 'Tijd voor de verlovingsfoto.' Na een paar uur feesten in en rond de verwarmde tent in onze achtertuin, rook zijn adem naar bier.

'Ik dacht erover om een foto van jullie vieren te maken.' Maar ik ging met mijn vingers door zijn haar en bracht het in model waar de hoed het plat had gedrukt.

'O. Dat ook. Maar eerst dit.' Hij sloeg een arm om mijn middel en draaide ons naar Mimi toe.

'Eén, twee, drie.' Mimi drukte op de knop. 'Jullie zien er geweldig uit. Ik hoefde u er niet eens aan te herinneren om te lachen, Cooper. Mam en pap, kom er ook maar bij.' Het had een paar maanden geduurd

waarin ik me had moeten bewijzen, maar Mimi had me eindelijk in hun leven geaccepteerd.

Het had misschien iets te maken met het feit dat ik haar had voorgesteld aan de directeur van de stichting. Het leek erop dat Ben niet de enige Levy-Walters was die zich voor goede doelen voor kinderen wilde inzetten.

'Wacht. Ik haal Mamá erbij. Dan wordt het een familieportret.' Ik liet mijn blik over de gasten op ons gazon glijden. Mijn moeder en Mateo leunden op de brug over de koivijver. Coco zat aan hun voeten. 'Mamá! Mateo!' wenkte ik hen. Ik had Mateo uitgenodigd om bij ons te komen wonen en de beveiliging te coördineren. Met Westons voormalige spion en Mick Fallon op vrije voeten, kon ik niet voorzichtig genoeg zijn.

Ik verdrong de gedachten aan mijn vader. Hij hoorde niet thuis op dit heuglijke moment.

Toen mijn neef mijn moeder naar ons toe leidde, met Coco keffend en dansend naast hen, zei ik: 'Mateo, neem jij de foto. Mimi, kom hier maar staan.'

'Voorzichtig', snauwde Mimi toen Mateo haar telefoon bijna liet vallen. Hij, die altijd zo vlot en charmant was, was onhandig geworden sinds hij bij ons in de Verenigde Staten was. Vooral in de buurt van Mimi.

Zijn gezicht werd rood. 'Nu heb ik hem goed vast.'

Ben tilde Coco op. Ik legde mijn handen op de schouders van mijn moeder en positioneerde haar voor me. Bens ouders stonden aan weerszijden van ons en Mimi stond aan het uiteinde. Mateo gebaarde dat we dichter bij elkaar moesten komen en ik sloeg mijn arm om Ben heen en draaide me naar hem toe.

De sluiter klikte, maar ik zag alleen Bens knappe gezicht. Nu alle stress van de universiteit achter hem lag, nu zijn stage bij de stichting was veranderd in een fulltimebaan, precies zoals ik had voorspeld, zag hij er ontspannen uit en waren de lijntjes rond zijn ogen verzacht. Ik boog voorover en kuste hem zachtjes. Hij smaakte scherp zuur naar de IPA die hij had gedronken. Coco kronkelde en sprong op de grond.

'Heb je tot nu toe een leuke dag?' vroeg ik mijn verloofde toen de groep zich begon op te splitsen.

Hij sloeg zijn armen om mijn nek. 'De beste.'

'Vind je het niet jammer dat je je grote dag met mij moet delen?' Ik had geprobeerd hem over te halen om aparte feesten te geven voor zijn afstuderen en onze verloving. Maar, altijd denkend aan de financiën, zei hij dat het efficiënter was om ze te combineren. En hij had gelijk: het plannen van één feest was makkelijker geweest dan twee. Ik was beter geworden in het bewaren van de balans tussen werk en privé, maar ik reisde nog steeds veel voor Synergy.

'Mijn afstuderen is net zo goed jouw mijlpaal als de mijne. Zonder jou was ik hier niet geweest.'

'Natuurlijk wel. Het had je alleen langer gekost.' Ik streek met mijn hand over zijn rug, gewoon omdat het kon.

'Nee.' Hij schudde zijn hoofd. 'Het was één ding om de Cooper Fallon-beurs te hebben. Maar ik heb altijd tegen je opgekeken. Zelfs voordat ik je ontmoette. Je bent een verdomde inspiratie, liefste.'

Ik verborg mijn rode gezicht in zijn schouder. 'Dank je.'

Hij kuste mijn wang en trok zich zachtjes terug. 'Hé, Marlee. Tyler.'

Bens ouders waren met mijn moeder weggelopen. Mimi en Mateo waren verdwenen. En voor ons stonden Marlee en Tyler, hand in hand.

'Gefeliciteerd, Ben. Gefeliciteerd, allebei.' Marlee leunde naar voren en omhelsde eerst Ben en toen mij. 'Kom maar op.'

'Kom maar op waarmee?' vroeg ik, terwijl ik Tylers hand schudde.

'Jullie romantische verlovingsverhaal.'

'Dat heb ik je verteld op het werk, direct nadat we terug waren. Weet je dat niet meer?'

Ze rolde met haar ogen. 'Ik wil het van Ben horen. Jouw versie was niet romantisch genoeg.'

Ik knipperde met mijn ogen. Ik dacht dat mijn aanzoek erg romantisch was geweest. En ik had haar het verhaal verteld en de meeste van haar vragen beantwoord.

'Bovendien wil Tyler het ook horen. Toch, schat?'

Nadat ik een relatie met Ben had gekregen, was Tyler eindelijk gestopt met boos naar me kijken.

'Zeker', zei hij grijnzend. 'Ik hoor het graag, Ben.'

'Oké, dus we gingen naar het eiland voor Thanksgiving. We namen Rosa ook mee om de familie te zien. Dus ik verwachtte niks, snap je? Ik dacht dat als hij me met oudejaarsavond nog niet had gevraagd, ik hem dan ten huwelijk zou vragen.'

'Jij wilde mij ten huwelijk vragen?' onderbrak ik hem.

'Heb je niet gemerkt dat ik probeerde je ringmaat te achterhalen?'

'Ik dacht dat dat was om de larimarring die ik had gebarsten te vervangen.'

Hij tikte tegen zijn slaap. 'Sluw als een vos. Maar je was me voor. Hoe dan ook' — hij wendde zich tot Tyler, alsof het verhaal Tyler ook maar iets kon schelen — 'Rosa bleef op een avond na het eten bij *tía abuela* Isobel en Cooper en ik gingen alleen terug naar ons huis. Hij vroeg me wat ik wilde doen en ik zei dat ik een strandwandeling wilde maken. Het was die nacht volle maan en het was zo prachtig op het water.'

Ik herinnerde me ook hoe het maanlicht op zijn donkere haar glinsterde. Ik raakte een glanzende krul aan die bordeauxrood schitterde in het middagzonlicht.

'We waren aan het wandelen en ik vertelde hem iets wat ik in mijn psychologieles had geleerd. Wat was het ook alweer?'

'Gedragsgenetica', mompelde ik.

'Dat klopt. En ineens stopte hij, ik draaide me om en hij zat op één knie.'

'Heilige Frank Kameny! Ik dacht niet dat u ook maar een

greintje romantiek in uw lijf had, Cooper Fallon.' Marlee sloeg me op mijn arm.

'Blijkbaar wel.' Ik haalde mijn schouders op. 'Dat is wat je wilde, toch, Ben?'

'Maanlicht en mijn man op zijn knieën. Precies wat ik wilde. En toen, *toen*, hield hij een toespraak.'

'Wacht, Cooper Fallon op zijn knieën in het zand die een toespraak houdt? Ik zei het toch, Cooper, je hebt alle goede stukken weggelaten.'

'Die toespraak was persoonlijk.' Ik keek Ben boos aan, maar ik kon het niet helpen dat ik ook glimlachte. Er hadden zilveren tranen op zijn wangen geglinsterd.

'Het was het meest romantische ooit.' Ben sloeg zijn arm om mijn middel en mijn hand landde op de holte van zijn rug, precies waar hij thuishoorde.

'Zie je? Ik wist wel dat er een beter verhaal was dan wat je me vertelde.' Marlee deed mijn stem na met een lage toon. "We gingen naar het eiland en hebben ons verloofd." Ze rolde met haar ogen. 'Ik ben blij dat jij me begrijpt.' Ze kuste Tyler op zijn wang. 'Jij zou me nooit zo'n verhaal vertellen.'

Ben trok me dichter tegen zich aan en gaf me een geheimzinnige glimlach. Hij begreep dat ik mijn romantische momenten bewaarde voor als het ertoe deed, alleen voor hem.

'Gefeliciteerd, jongens', zei Tyler. 'En bedankt voor de uitnodiging. Ik denk dat Marlee nog een drankje kan gebruiken.'

'Of een vrijpartij achter de garage', mompelde Ben. Het was me niet ontgaan hoe haar lippen een haarbreedte van die van haar verloofde waren blijven hangen.

'Benny!' Mimi fladderde tegen Bens schouder aan, haar donkere krullen in de war. 'Sorry, ik moet gaan. Gefeliciteerd, jullie twee.'

'Waar ga je naartoe?' vroeg Ben. Ik had het tijdens de foto's niet doorgehad, maar Mimi wankelde op haar benen en haar ogen waren wazig.

'Meidenavond! Dat heb ik je verteld, Benny, weet je nog?'

'Dat weet ik nog. Weet je zeker dat je uit wilt gaan? Het lijkt erop dat je al genoeg gedronken hebt.'

Ze glimlachte naar hem, maar het bereikte haar ogen niet. 'Ik heb het beloofd. En het komt goed met me. Eén glas water voor elk drankje.'

Zelfs dat zou haar niet nuchter maken. 'Wees voorzichtig, oké? Heb je vervoer?'

'Ja—' Ze slikte de rest van haar woorden in. Dat deed ze vaak in mijn bijzijn. Ik wou dat ze me kon zien als de verloofde van haar broer en niet als haar baas, die meerdere niveaus boven haar stond.

'Veel plezier. En voorzichtig.' Ben omhelsde haar en ze liep met kleine, overdreven voorzichtige pasjes weg, die ik me herinnerde uit de tijd dat ik dronk.

'Wil je dat ik—?'

'Ja, alsjeblieft.' Hij beet op zijn lip.

'Mateo!' blafte ik.

Verrassend genoeg stond hij in een oogwenk naast me. 'Ja, Lito?'

'Ken je Bens zus, Mimi?'

Hij knikte, met een ondoorgrondelijke uitdrukking op zijn gezicht.

'Houd haar alsjeblieft in de gaten. Van een afstandje. Zorg ervoor dat ze veilig thuiskomt. En alleen.'

'Begrepen.' Hij sloeg Ben op zijn rug. 'Gefeliciteerd, Benny. En ik hou je zus veilig.'

'Dank je.' Hij sloeg een arm om de schouder van mijn neef. Mateo sloop weg op die katachtige manier van hem.

'Eindelijk alleen', zuchtte Ben.

'We zijn op een feest met honderd van onze beste vrienden en familieleden en jij verwachtte alleen te zijn?' Maar ik trok hem tegen me aan, het kon me niet schelen wie het zag.

'Niet echt. Maar dat is het beste aan het combineren van mijn afstudeerfeest met ons verlovingsfeest.'

'Wat dan?'

'Dat ik dit kan doen.' Hij ging op zijn tenen staan en kuste me, en ik liet hem toe zijn tong tegen de mijne te laten glijden. Om ons heen werd gefloten en werden glazen geklonken, maar het kon me niet schelen. Het enige dat telde, was dat deze man, Ben, van mij was om te kussen. Dat hij de rest van zijn leven alleen mij wilde kussen.

'Ik neem aan dat er niet getongzoend wordt op een afstudeerfeest?' mompelde ik tegen zijn lippen.

'Lang niet zoveel als op een verlovingsfeest.' Hij liet zich op zijn hielen zakken en zorgde ervoor dat hij tegen me aan schuurde terwijl hij naar beneden ging.

Ik hield hem dicht tegen me aan om de bobbel in mijn pantalon te verbergen. 'Waar kunnen we nog meer mee wegkomen op een verlovingsfeest?' fluisterde ik, mijn lippen streelden de schelp van zijn oor.

Hij rilde. 'Ik denk dat een korte verdwijning van het verloofde stel niet ongepast zou zijn.'

'Ga me voor, liefste. Ik kom direct achter je aan.'

Onze verdwijning was niet zo kort als had gemoeten. Maar het feest ging zonder ons door. En later, toen we terugkwamen met onze verkreukelde kleren en door kussen gezwollen lippen, begreep iedereen het. Tenminste, iedereen die wist hoe het was om de liefde van je leven te hebben ontmoet en uit te kijken naar een toekomst voor altijd met hem.

BONUS EPILOOG
VALENTIJNSDAG

BEN

TOEN DE DOUCHE AANGING, trok ik mijn hoofd onder het kussen vandaan en ging ik rechtop zitten. Coco tilde zijn kop op van mijn scheenbeen. Hij mocht niet op bed. Coopers regels.

Ik krabde hem tussen zijn oren. 'Tijd om op te staan, maatje. Heb je honger?'

Hij liet zijn kin weer op mijn been vallen. Cooper moest hem al eten hebben gegeven. Hij beweerde dat Coco mijn hond was, maar hij deed minstens vijftig procent van het werk, van zijn ontbijt geven tot hem meenemen op zijn hardlooprondjes.

Daarover gesproken, Cooper zette meestal de koffie na zijn training. Ik zou naar beneden glippen voor een paar mokken en proberen hem terug naar bed te lokken om te knuffelen.

Luie zaterdagochtenden in bed met mijn verloofde waren mijn favoriet. Ik wou dat ik de hele dag in bed kon doorbrengen met champagne, aardbeien met chocolade en hem – het was tenslotte onze eerste Valentijnsdag samen – maar Cooper had een tafel gekocht voor het benefietgala van Jackson.

Wie de hel plant er nou een verdomd *gala* op Valentijnsdag? Alleen die pretbederver, Jackson Jones.

Hoewel een paar uur met een in smoking geklede Cooper Fallon aan mijn arm niet de slechtste manier was om de avond door te brengen. En later kon ik zijn smoking van hem afpellen en mijn gang met hem gaan.

Maar eerst, koffie. Ik stond op en rekte me uit, toen vond ik mijn onderbroek op het tapijt en trok die aan. Coco sprong op de vloer en rolde zich op in zijn hondenmand in de hoek.

'Brave hond. Laat Cooper je maar niet op het bed zien.'

De slaapkamer was kil en ik kreeg kippenvel op mijn armen, dus ik liep naar Coopers kledingkast om een sweatshirt te pakken. Niet Coopers kledingkast. *Onze* kledingkast. Ook al was die net zo groot als het appartement dat ik had voordat ik bij Mimi introk.

Cooper had veel kleren, voornamelijk maatpakken, donkere, op maat gemaakte pantalons en een scala aan overhemden, maar hij had ze op elkaar gepropt en de helft ervan voor mij bestemd. Tío José María stuurde me elke maand een paar prachtige nieuwe kledingstukken en mijn kant begon er minder kaal uit te zien.

Het leven was goed.

Met het sweatshirt in mijn hand kon ik mijn blik niet afwenden van de ladekast in het midden van de kledingkast.

Specifiek, naar de bovenste la.

Ik keek de deur uit, maar er was geen spoor van Cooper. De douche liep nog steeds.

Ik liep terug naar de kast en trok voorzichtig de bovenste la open. Het was een brede, platte la, bedoeld voor sieraden. Cooper droeg niet veel sieraden – zijn horloges hadden een eigen plank – maar naast zijn bescheiden manchetknopencollectie lagen er twee sieraden. Twee ringen.

Onze trouwringen.

Die hadden we uitgezocht tijdens een trip naar New York met Oud en Nieuw. Die van Cooper was een simpele platina band, breed en plat. Professioneel. Ingetogen.

De mijne was allesbehalve ingetogen. Hij was ook van platina, maar had een rij fonkelende diamanten in het midden, helemaal rondom. Toen we ze in de winkel hadden gepast, schrok ik telkens als ik mijn hand bewoog van de flits van het weerkaatste licht.

Ik was er dol op.

Vandaag paste ik hem niet, maar ik streek over beide ringen in hun fluwelen nestje.

We hadden het erover gehad om een datum te prikken, maar Coopers reisschema was zo moordend dat ik hem niet had willen pushen. Het was misschien logischer om op een middag gewoon naar het stadhuis te gaan. Dat zou bij Coopers persoonlijkheid passen. Eropaf, afhandelen. Geen gedoe, geen poespas.

Maar elke keer als ik daaraan dacht, kromp ik ineen.

Ik wilde het gedoe. En de poespas. Ik wilde de grote bruiloft met Mimi naast me. En als Cooper Jackson naast zich wilde hebben staan, vond ik dat prima. Ik zou dan zelfvoldaan naar hem kijken. Cooper was nu helemaal van mij.

Oké, misschien was dat een beetje kleinzielig.

Maar verdomme, ik had het recht om kleinzielig te zijn op mijn trouwdag.

Ik hoorde de douche uitgaan, mijn signaal om te stoppen met het zwijmelen bij de ringen. Voorzichtig schoof ik de la dicht.

Toen ik het sweatshirt over mijn hoofd trok, viel mijn oog op iets onverwachts aan mijn kant van de kast.

Met het sweatshirt vast aan één arm, sloop ik eropaf alsof het een slapende tijger was.

Maar het was maar een smoking.

Ik hapte naar adem. Niet zomaar een smoking. Een *Tom Ford*-smoking. Ik zou eruitzien als fucking Daniel Craig.

Oké, misschien zou ik er meer uitzien als Tom Holland die zich verkleedt om op Daniel Craig te lijken, maar toch. Ik streek met een vinger langs de zijdezachte satijnen revers. Zou ik kunnen voorkomen dat ik er eten op zou morsen op het benefiet-gala? Misschien was het beter om niets te eten – of te drinken. Zeker niet eten. Dan zou ik mijn wangen intrekken en eruitzien als een acteur op een rode loper.

'Vind je hem mooi?'

Ik sprong een halve meter de lucht in van Coopers stem.

'Fuck! Je liet me schrikken!' Ik legde een hand op mijn razende hart en draaide me naar hem om.

Mijn arme hart maakte geen schijn van kans. Cooper leunde tegen de deurpost, waterdruppels parelden van zijn haarpunten en lekten op zijn blote borst. De druppels vormden kleine riviertjes die hun weg vonden door het woud van zijn donkerblonde borsthaar, helemaal naar beneden tot aan de witte handdoek die om zijn heupen was geslagen.

Dood. Ik was dood.

'Dus… vind je hem mooi?'

Mijn mond was te droog om te spreken. Ik likte mijn lippen, maar mijn stem kwam er nog steeds schor en ademloos uit. 'Ik vind hem mooi.'

Eén mondhoek van hem krulde omhoog. 'Ik bedoelde de smoking.'

'O.' Ik draaide mijn hoofd om ernaar te kijken, en toen besefte ik dat ik mijn sweatshirt nog half aanhad, opgepropt bij mijn nek. Ik trok het over mijn hoofd en liet het op de grond vallen. Ik had het niet koud meer. 'Hij is prachtig.'

'Jij bent prachtig.' Hij sloop op me af. 'En je zult er vanavond verbluffend uitzien in die smoking.'

'Verbluffend?' Een mist van lust wervelde in mijn brein toen hij dichterbij kwam, mijn blik gericht op de plek waar de handdoek zijn heupen omklemde.

Hij boog zijn hoofd en kuste me, zijn adem muntachtig en zijn tong die langzaam tegen de mijne gleed. Cooper kussen was het beste wat er was. Hij kuste me zoals hij alles deed, met zelfvertrouwen, nooit terugdeinzend, alsof hij iets te bewijzen had. Maar daaronder zat een vleugje aarzeling, van het vermoeden dat hij het niet verdiende, het niet zou moeten doen. Ik opende me voor hem, verwelkomde hem, liet hem zien dat ik niets anders wilde dan hem. Ik klampte me vast aan zijn schouders om mezelf staande te houden en joeg zijn lippen na toen hij zich terugtrok.

'Verbluffend,' herhaalde hij.

'Jij ook.' Ik liet mijn blik van zijn blauwe ogen naar zijn harde kaak glijden, naar de heerlijke spieren van zijn borst en buik, naar zijn smalle heupen en de bobbel daartussen. Toen trok ik mijn blik weer omhoog naar zijn gezicht. 'Fijne Valentijnsdag.'

'Fijne Valentijnsdag. Ik wou dat we vanavond niet naar dit gala hoefden.'

'O, echt?' Ik beet op mijn lip. 'Wat zou je liever doen?'

Hij streek met een vinger van mijn wang naar mijn kaak. 'De hele dag doorbrengen met jou laten zien hoeveel ik van je hou.'

Ik draaide mijn hoofd om zijn handpalm te kussen. 'Dat kun je doen en nog steeds naar het gala gaan. Bewijsstuk A, die prachtige smoking. Bewijsstuk B...'

Achter me stond een bankje waar we soms op zaten om onze schoenen aan te trekken. Ik liet me erop zakken, waardoor ik op ooghoogte was met de bobbel onder zijn handdoek. Er was maar één harde ruk voor nodig, en de handdoek viel op de grond. Zijn pik veerde op, rood en stijf. En helemaal van mij.

'Hallo, bewijsstuk B,' zei ik net voordat ik langs de eikel likte.

Hij kreunde en stapte dichterbij, de handdoek opzij schoppend.

Dat hulpeloze gekreun van mijn stijve directeur, die me de macht gaf hem te plezieren, veranderde mijn verlangen in een vreugdevuur. Ik zonk mijn vingers in zijn gespierde bil en zoog hem zo diep als ik kon naar binnen. Met mijn andere hand wiegde ik zijn ballen zoals hij het fijn vond, waarbij ik met mijn vingertoppen richting zijn perineum bewoog.

Hij nam een wijdere houding aan, maar ik maakte er nog geen misbruik van. Langzaam bewoog ik op en neer over zijn lengte, terwijl ik met mijn tong de ader aan de onderkant volgde. Zijn borstkas ging op en neer, en vanbinnen kraaide ik van plezier. Mijn man verloor de controle.

Fuck, ik ook. Ik haalde een hand van hem af en omvatte mijn eigen erectie door mijn onderbroek. *Nog niet.*

Ik draaide mijn tong om zijn eikel en ging voor meer, holde

mijn wangen om hem de druk te geven die hij nodig had. Toen ik eindelijk zijn opening met mijn vingertop aanraakte, hield hij zijn adem in. Hij was er bijna.

Maar in plaats van mijn wang aan te raken zoals hij gewoonlijk deed om een signaal te geven, trok hij zich terug.

'Bed,' gromde hij.

Hij trok me van het bankje omhoog en leidde me de kast uit, terug naar ons onopgemaakte bed. Hij ging op de rand zitten en trok mijn onderbroek uit. Zijn lippen likkend, zocht hij mijn blik, stilzwijgend om toestemming vragend.

'Wacht,' zei ik. 'Ga liggen.'

Een glimlach speelde om zijn mondhoek, maar hij gehoorzaamde, en ik ging achterstevoren op hem zitten, schoof omhoog tot mijn heupen boven zijn gezicht zweefden en ik neerkeek op zijn pik, die nog glom van mijn speeksel.

'Oké?' vroeg ik.

Hij reageerde niet, verzwolg me alleen met de warme natheid van zijn mond.

Vonken schoten door mijn ruggengraat. 'Oké dan,' zei ik.

Ik likte langs zijn pik naar zijn ballen, nog zeepfris van zijn douche. Ik volgde ze met mijn tong terwijl ik zijn pik met mijn hand aftrok. Het genot van zijn aandacht voor mijn pik rolde zich op in mijn onderrug.

Ik probeerde me te concentreren op Coopers keiharde pik, op de manier waarop zijn buikspieren zich onder me aanspanden, maar mijn zicht vernauwde. Het enige wat ik kon doen was mijn mond weer op hem zetten en me vasthouden, schokkerig op en neer bewegend terwijl de extase mijn gewrichten losmaakte en mijn hersenen benevelde.

Ik tikte op zijn heup om hem te laten weten dat ik het niet meer kon houden. Hij stootte omhoog in mijn mond en pulseerde, zijn zaad schoot mijn mond in.

Godzijdank. Ik liet mijn zwakke greep op mijn eigen orgasme los en kwam klaar, trillend boven hem. Ik merkte nauwelijks dat hij mijn heupen opzij schoof, zodat ik naast hem kon liggen, mijn hoofd rustend op zijn dij.

Lange minuten later lag ik onder de dekens en was Cooper achter me gekruld.

Ik had wat ik wilde: knuffelen op zaterdagochtend. Ik zuchtte en liet mijn ogen dichtzakken.

Maar iets kriebelde achter in mijn gedachten. 'Cooper?'

'Mmm?' Hij klonk net zo verdoofd door de seks als ik me voelde.

'Nu ik die prachtige smoking heb, moeten we misschien eens nadenken over het prikken van een datum. Voor onze bruiloft.'

Ik voelde zijn spieren om me heen spannen. 'Moeten we dat?'

O, fuck. Ik schoof van hem af en rolde om zodat ik hem aankeek. 'Wil je dat dan niet?'

Hij wiegde mijn kaak in zijn grote hand en kuste me, met gesloten mond en lief. 'Natuurlijk wel. Maar—'

'Maar?' Mijn vingertoppen tintelden en ik kon mijn voeten niet voelen. Maar wat?

'Ik hoopte dat we minder formeel konden trouwen.'

Mijn maag zonk naar mijn schoenen. Stadhuis. Een gehaaste trouwambtenaar in een tijdslot van dertig minuten. Twee getuigen. Geen smokings. Een snelle, kuise kus terwijl ze ons naar buiten haastten, zodat het volgende stel onze plaats kon innemen. Ik probeerde mijn stem luchtig te houden. 'Minder formeel.'

Hij streek met een vinger door het schaarse haar op mijn borst. 'Op het eiland. Met mijn familie erbij. We zouden de andere gasten kunnen invliegen. Jouw familie, onze vrienden hier. Ik heb met Luis gepraat—'

'Heb je dat gedaan?' Dat klonk een stuk beter dan het gerechtsgebouw. Had hij dit gepland?

Hij glimlachte, gespannen en nerveus. 'Ja. Hij kan ons pas in november een blok kamers geven. Zou dat oké zijn?'

'November? Dat is pas over negen maanden. Ik weet niet of ik—'

'Maak je er geen zorgen over.' Hij streek een krul van mijn voorhoofd. 'Luis heeft een weddingplanner die alles zal regelen.'

'Niet alles.' Ik liet mijn onderlip hangen. 'Ik wil het plannen.'

'Natuurlijk.' Hij liet zijn hand van mijn schouder over mijn arm glijden en verstrengelde zijn vingers met de mijne. 'Alles wat je wilt.'

Wamte vulde mijn borst. 'Alles?'

'Alles.'

'Bijpassende overhemden met leguaanprint?' vroeg ik met een plagende glimlach.

Zijn wenkbrauwen fronsten even, maar toen klaarde zijn voorhoofd op. 'Alles wat je wilt. Zolang ik maar met jou getrouwd eindig.'

Ik schoof dichterbij en begroef mijn gezicht in de holte van zijn nek. Hij zei niet altijd het juiste, maar deze keer wel. 'Ik hou van je.'

Zijn armen kwamen om mijn rug en trokken me dicht tegen zich aan. 'Ik hou ook van jou.'

Ik ademde hem in. We hadden de ringen of de bruiloft niet nodig. Hij was mijn man, en ik was de zijne. Ik voelde onze connectie elke keer als we samen waren, in zijn zachte aanraking en in de verwondering in zijn stem die me vertelde dat hij nog steeds niet geloofde dat hij zoveel geluk had gehad om iemand – mij – te vinden om van hem terug te houden.

Niet dat we niet soms ruzie maakten. Hij was nog steeds Cooper Fallon met zijn opvliegende karakter. Maar hij hield van me door de stormen heen. En ik moest er nog een riskeren om met hem te praten.

Ik schoof naar achteren tot ik zijn gezicht kon zien, ontspannen en vredig. 'Dus, over het gala—'

'Heb je besloten dat we niet hoeven te gaan?' Met een krachtige beweging duwde hij me plat op mijn rug en plankte met zijn onderarmen boven me. Zijn heerlijke biceps balden zich naast mijn schouders. Zijn harder wordende pik nestelde zich tegen de mijne.

'Rustig aan.' Ik grinnikte. 'We moeten gaan. Het is niet alleen het goede doel van Jackson, maar dit is Mimi's kindje. Ze zou me vermoorden als we niet kwamen opdagen. Maar, eh...' Fuck, hoe kon ik hem iets vertellen waar hij absoluut niet aan wilde denken?

Hij kuste me en rolde opzij, zijn warmte met zich meenemend. Ik volgde hem, krulde me in zijn ribben en legde mijn hoofd op zijn borst. Het zou voor ons beiden makkelijker zijn als ik zijn gezicht niet zag.

'Je weet toch van Mimi en Mateo?'

'Waar heb je het over? Natuurlijk ken ik je zus en mijn neef.'

'Ik bedoel' – ik streek met een vinger door de ruwe haren op zijn borst – 'ze hebben iets met elkaar. Of hadden iets met elkaar.'

'Hmm.'

Coopers relatie met zijn neef was... ingewikkeld. Maar wat ze ook zei, Mimi had dit nodig.

'Ze hebben een duwtje nodig.'

'Een duwtje? Dat klinkt me niet goed in de oren.'

'Ze zijn perfect voor elkaar.'

'Perfect? Ze vechten als Coco en die psychotische Maltezer verderop in de straat.'

'Ze vechten omdat ze van elkaar houden.'

Hij snoof. 'Zei Mimi dat?'

'Niet precies.' Ik hoefde niet te delen wat ze over zijn neef had gezegd. Ze meende het niet. Tenminste, dat dacht ik niet.

'Dus... een duwtje?' Cooper streek met een hand over mijn rug.

'Jij zou met Mateo moeten praten. Hem vragen om vanavond naar het gala te komen en met haar te praten.'

'Je weet dat het tweeduizend dollar per couvert is.'

'Het geld gaat naar het goede doel van Jackson. En is het geluk van Mateo je geen tweeduizend dollar waard?'

Toen hij zijn schouders ophaalde, beet ik in zijn borstspier.

'Au!' Hij trok me omhoog zodat ik hem in de ogen keek. 'Ik wil het nu niet over mijn neef hebben. Jouw geluk is het waard. En als het jou gelukkig maakt, doe ik het.'

'Het maakt me gelukkig.' Ik kuste zijn lippen. 'Dank je.'

Coco's halsband rammelde en toen voelde ik een verschuiving op het bed toen hij erop sprong. Hij snoof aan mijn haar en zuchtte toen hij zich naast Cooper oprolde.

'Je hond ligt weer op bed,' zei hij, terwijl hij zijn vingers door mijn krullen draaide.

'Jij houdt van mijn hond,' mompelde ik.

'Ik hou van jou. Je hond—'

Coco legde zijn kop op Coopers borst en likte mijn neus.

Cooper krabde hem tussen de oren. 'Ik denk dat ik ook van hem hou.'

———

Heel erg bedankt voor het lezen van *Baas me!* Overweeg alsjeblieft om een recensie te plaatsen bij je favoriete verkoper, BookBub, of Goodreads. Recensies helpen andere lezers nieuwe auteurs zoals ik te vinden.

Gaat Bens duwtje werken bij Mimi en Mateo? Het volgende boek in de serie, *Vergeet me Niet,* is een romantische komedie over nepdaten en tegenpolen met een leuke draai aan de amnesie-trope. Het gaat over een stijve accountant en een leeghoofd die zich in haar buurt niet kan beheersen. Het kan als een opzichzelf-staand verhaal worden gelezen en is het vijfde boek in de Synergy Werkplek Roman-serie. Lees verder voor een voorproefje.

VERGEET ME NIET, SYNERGY BOEK 5
HOOFDSTUK 1

MIMI

IK WAS ALLES VERGETEN. Behalve zijn mooie ogen.

Blauw en rond, hoewel de tequila de details had doen vervagen. Ik kon me de precieze tint niet herinneren, of dat er spikkels in zaten. Alleen blauw. En een bril. Een Clark Kent-bril. De hanglamp die boven ons hing schitterde op de glazen.

De vorm en kleur van het montuur waren vaag in mijn herinnering, maar ik was tweeënnegentig procent zeker dat het geen ronde, metalen was, zoals die van Byron. Zelfs zo dronken als ik was, zou ik de andere kant op zijn gerend.

Hoe lang had ik in zijn ogen gestaard terwijl we in die bar in Divisadero Street zaten? Het voelde als uren, maar de tequila. Zoveel tequila.

Een flits van een herinnering: blauwe ogen die zich bezorgd samenknepen en een grote hand die mijn arm vastgreep om me op de barkruk in evenwicht te houden. En nog een flits, hoewel die aan me voorbij fladderde, net buiten bereik. Zijn blik die zich in me boorde, serieus en intens. Iets werd in mijn hand gedrukt.

Ik keek naar mijn handpalm alsof het er nog zou zijn. Maar er was niets, behalve een lelijke plastic ring met een oplichtende nep-diamant zo groot als een walnoot. Toen ik erop tikte, flikkerde hij zwak in neonroze. Als getuige van Bree had ik de regel ingesteld: geen vulgair prullaria op haar vrijgezellenfeest. Maar een van Bree's andere vriendinnen had een zak vol plastic troep meegenomen. En na een paar shotjes tequila kon de regel me niet meer schelen. Ik trok de ring van mijn vinger en liet hem op het aanrecht vallen.

Vervloekte kater. Ik wreef over mijn slaap, maar dat deed niets om de strakke band om mijn hersenen te verzachten.

Hoewel ik me niet veel van zijn uiterlijk herinnerde, wist ik nog wel hoe de mysterieuze man van gisteravond me had laten voelen. Interessant. Verzorgd. Veilig. En ik had zo hard gelachen dat mijn buikspieren nog steeds een beetje pijn deden.

Al zou dat ook van het overgeven kunnen komen.

Het gezoem van mijn telefoon tegen mijn keukenaanrecht veroorzaakte een nieuwe pijnscheut ergens in de buurt van mijn kiezen.

Ik plukte de goedkope, fuchsia sjerp eraf – de tekst erop was 'Hot Mess', en was *dat* even waar gebleken? – en gooide hem opzij. Ik graaide de telefoon van het aanrecht en kneep één oog dicht om naar het scherm te kijken. Bree. Ik ramde op de opneemknop.

'Waarom ben je al zo vroeg wakker?'

Ze kreunde, haar stem klonk schor. 'Ik moest de pot omhelzen. Jij hebt net zoveel gedronken als ik. Hoe is het met jou?'

'Hetzelfde.' Hoe was mijn adem? Ik kon niet bij mijn presentatie aankomen met een walm van uitgebraakte tequila. Ik hield mijn hand voor mijn mond, ademde uit en snoof. Muntachtig fris. Ik propte een cupje in het koffiezetapparaat en drukte op de startknop.

'Mimi,' jammerde mijn beste vriendin, 'was dit niet makkelijker toen we in de twintig waren?'

'Het drink Gedeelte of het katergedeelte?'

'Allebei. Ik herinner me dat ik op zaterdagavond uitging en dan op zondag mimosa's dronk tijdens de brunch. Als ik nu alleen al aan champagne denk – of aan sinaasappelsap – wil ik alweer kotsen.'

'Ik denk dat een heleboel dingen anders zijn nu we boven de dertig zijn.' Zoals de rare huiduitslag rond mijn mond die ik had moeten bedekken met een extra laag foundation. Het leek verdacht veel op baardschurft, hoewel ik me absoluut niet herinnerde dat ik met iemand had gezoend. 'Hé, herinner je je nog veel van gisteravond?'

'Ugh, niet echt. Zeker niet na de derde ronde tequilashots.'

Derde ronde? Ik pijnigde mijn trage geheugen, maar het was een waas van Bree's hoofd achterover in de lach, het gegiechel van de andere meiden, en die bril met daarachter een paar twinkelende blauwe ogen.

Het lampje van het koffiezetapparaat ging uit en ik pakte mijn mok. De bittere geur ervan deed mijn maag verkrampen. Ik zette hem terug op het aanrecht. 'Heb je een leuke tijd gehad?'

'Ja. Bedankt dat je er was. Ik weet dat je het druk had met het verlovingsfeest van je broer gisteren.'

'Ik zou je vrijgezellenfeest voor geen goud hebben willen missen. Daarvoor zijn we al te lang vriendinnen.' We waren beste vriendinnen sinds we elkaar hadden ontmoet in de bioscoop bij *The Incredibles*. Beide families hadden geweigerd om met ons mee te gaan. Voor mij was het de derde keer, voor haar de vijfde. We hadden een band geschept omdat we ons allebei zo met Violet identificeerden, ook al wisten we toen nog niet hoe we dat moesten verwoorden. Naarmate onze vriendschap zich verdiepte, raakten we geobsedeerd door Spider-Man, Henry Cavills Superman en alle Avengers.

Dus ook al verspilde ik normaal gesproken geen tijd op feestjes, ik had mijn hele weekend omgegooid om zowel op Ben's feestje als op dat van haar te kunnen zijn, en had ik op vrijdagavond doorgewerkt om mijn presentatie af te maken.

'Godzijdank hebben we een dag om bij te komen voordat we weer aan het werk moeten,' zei ze.

Ik mompelde en haalde mijn presentatie uit mijn tas, om het

nog een laatste keer te controleren. De strakke cirkeldiagrammen, de lijngrafieken met mijn prognoses. Er was niets waar de perfecte Larissa een vinger op kon leggen, en we zouden haar baas, Jackson Jones, helemaal inpakken. Die toevallig ook een hoge pief was bij Synergy, waar ik werkte.

'Oh, nee,' zei Bree. 'Dat is geen ik-ga-terug-naar-bed-*hmm*. Dat is een ik-ga-tien-mijl-hardlopen-*hmm*.'

Ik grinnikte. 'Je weet dat ik een hekel heb aan hardlopen. Ik moet vandaag eigenlijk werken.'

'Op een zondag?'

'Het is voor de stichting. We hebben over een halfuur een brunchvergadering in de Missie en ik presenteer het budget voor volgend jaar aan Jackson Jones.'

'Wacht, je wordt hier niet eens *voor betaald*?'

'Nee.' Hoewel, als ik ooit mijn broertje zou kopiëren en van mijn passie mijn betaalde baan zou maken, ik af en toe een dag vrij zou kunnen hebben. 'Hustle-cultuur, je weet wel.'

'Ugh, kom bij mij niet aan met die onzin. Je bent een mensch. Je doet het voor... voor de kinderen.'

Ik wist dat ze bijna *voor mij* had gezegd. Het was waar dat ik als vrijwilliger bij de stichting was begonnen voor mijn beste vriendin. Sinds die keer dat ik die eikel, Anthony Anker, haar op onze eerste dag in de brugklas Knipoog Barbie hoorde noemen. Ik had hem op zijn gezicht willen slaan, de stoot willen uitproberen die mijn broer me de zomer ervoor had geleerd, en er *absoluut* zeker van willen zijn dat Anthony de tic van mijn vriendin nooit meer belachelijk zou maken, maar Bree had me tegengehouden, ze had gezegd dat hij het niet waard was om voor na te blijven. Maar al die jaren later was ik mijn vrijwilligerswerk blijven doen omdat ik echt hield van het werk dat de stichting deed voor kinderen met Tourette. Kinderen zoals Bree was geweest.

Ik stond net op het punt mijn mond open te doen om de spanning met een grapje te doorbreken toen ze zei: 'Heb je nagedacht over wat we gisteravond hebben besproken?'

Terwijl ik naar mijn poster van Doctor Strange staarde, zocht ik naar een herinnering aan iets anders dan tequila, schaterlachen en dansen. Dansen? 'Je zult mijn geheugen even moeten opfrissen.'

'Je herinnert het je niet?' Shit, ze klonk gekwetst. 'We hadden het erover dat jij de laatste vrijgezel bent in onze vriendengroep. Je beloofde te proberen om—'

'Dat betwijfel ik.' Ik draaide mijn mok op het aanrecht tot het handvat in een precieze hoek van vijfenveertig graden stond. 'Je weet hoe gefocust ik nu op mijn carrière ben. En op de stichting. Ik heb geen tijd voor afleiding.'

'Een afleiding zoals Byron, bedoel je? Die vent was een enorme eikel. Er zijn massa's goede mannen, Mimi. Mannen die je helpen en niet je promotie stelen.'

'Ik heb geen hulp nodig. Ik kan het helemaal alleen redden.' De woorden kwamen er scherper uit dan ik had bedoeld.

'Ik weet het, ik weet het. Alles wat je nodig hebt, is slimheid, gedrevenheid...'

'En zelfvertrouwen,' maakten we samen af. Mijn moeder had die woorden ongeveer een miljoen keer gezegd.

'Je moeder is getrouwd,' zei Bree.

'Zij is de beste milieuadvocaat van de staat. Ik zou mezelf nooit met haar vergelijken. En alleen omdat jij over een week het jawoord geeft, betekent niet dat het voor iedereen geschikt is. Ik wil me eerst in mijn carrière bewijzen.'

'En die jeuk stillen met onenightstands?'

Ik hief mijn kin, ook al kon ze me niet zien. 'Er is niets mis met mijn vrijblijvende avontuurtjes. Ik krijg alle voordelen, geen ruzie over naar wiens werkborrel we moeten gaan en waar we de feestdagen doorbrengen.'

'Het is best fijn om iemand te hebben om de feestdagen mee door te brengen, weet je.'

Ik leunde met mijn heup tegen het aanrecht. Het was me niet ontgaan hoe zacht de ogen van mijn moeder werden toen mijn broer op haar Chanoekafeest verscheen met zijn verloofde. Ze droegen bijpassende lelijke Chanoeka-truien. Zelfs mijn koude, zwarte hart smolt een beetje bij hoe schattig ze samen waren.

Ik? Ik kon moeilijk een van mijn avontuurtjes vragen om naar het feest van mijn ouders te komen nadat ik voor zonsopgang uit zijn appartement was geglipt en niet meer op zijn appjes had gereageerd.

'Wat, wil je dat ik met een plus één naar je bruiloft kom?'

'Nee!' Haar lach was hoog en geforceerd. 'We hebben het definitieve aantal al doorgegeven aan de cateraar. Maar je ontwijkt het onderwerp. Zelfs Ben—'

De intercom zoemde, wat me redde van de toespraak van mijn beste vriendin over hoe zelfs mijn broertje eindelijk de ware liefde had gevonden. Ze had gelijk over al dat gekoppel. Er ging geen week voorbij zonder een uitnodiging voor een bruiloft, een vrijgezellenfeest of een verlovingspartij. Als iemand me een geboortekaartje zou sturen, zou ik weer gaan kotsen.

'Sorry, Bree. Er staat iemand voor de deur.' Het was waarschijnlijk Ben die even langskwam om te kijken hoe het met me ging. Al was hij, toen ik hem gistermiddag voor het laatst zag op zijn verlovingsfeest, zelf ook behoorlijk aangeschoten.

'Succes met je grote presentatie. Ik weet dat je het gaat rocken. Bel me daarna?' Ze maakte een kusgeluidje voordat ik verbrak.

Ik liep naar de intercom. Het was typisch Ben om me een zak ontbijtbroodjes te brengen om de alcohol op te nemen. Mijn maag borrelde.

'Hé,' zei ik in de speaker terwijl ik hem binnenliet.

Ik opende de deur op een kier en liep terug naar de keuken om mijn presentatie in mijn tas te stoppen. Toen verstijfde ik. Ben had nog een sleutel. Waarom zou hij de zoemer gebruiken?

Toen ik me omdraaide, vulde het antwoord mijn deuropening. Bijna twee meter aan gebruinde huid, blond haar, een gladgeschoren kaaklijn die glas kon snijden, en ogen zo blauw als de Grote Oceaan op een zeldzame zonnige dag. Mateo, de vriend van Ben en de neef van zijn verloofde. Ik staarde naar zijn gespierde schouder waar zijn te strakke zwarte T-shirt aan vastklampte. Naar zijn gezicht kijken was als in de zon staren. Oogverblindend helder en mooi. Te knap om echt te zijn. En vandaag had ik geen afleiding nodig in de vorm van een flirterige dubbelganger van Thor.

'Goedemorgen, bella,' zei hij en stapte mijn appartement binnen.

Ik rimpelde mijn neus bij de vage geur van sigarettenrook die met hem mee naar binnen zweefde. Ik kende Mateo lang genoeg om geen vlinders in mijn buik te voelen. Iedereen in zijn wereld – man, vrouw, oud, jong – kreeg een flirterige bijnaam. Hij was een speler voor iedereen, en het betekende niets.

Bewijs hiervan: gisteren op Bens feestje had hij een praatje gemaakt met Marlee, Bens beste vriendin op het werk. Ze was de mooiste vrouw die ik ooit had ontmoet, met haar gladde, honing-kleurige haar en gevoel voor mode. Maar ze was bezet, en dat wist Mateo. Toch had ik hem een paar keer over haar hoofd naar me zien kijken. Alsof hij wilde dat ik merkte met wat voor soort persoon hij omging. Nooit met iemand zoals ik. Tegen mij was hij stil en afstandelijk.

Waarom was hij hier eigenlijk vanochtend? Hij was nog nooit bij mij thuis geweest, zelfs niet met Ben.

'Waarom ben je hier?' Ik sloeg mijn armen over elkaar. 'Zijn de zwemkledingmodellen die je nog moet verleiden op?'

Zijn sprankelende grijns zakte in. Hij leek... gekwetst? 'Ik kwam kijken hoe het met je ging. Voel je je goed vanochtend?'

'Prima,' zei ik. 'Hoewel ik eigenlijk haast heb— wacht. Wat weet jij van gisteravond?'

Zijn donkerblonde wenkbrauwen fronsten. 'Herinner je het je niet?'

Ik dacht terug aan gisteren. Ik was al aangeschoten toen ik gehaast van Bens verlovingsfeest naar het vrijgezellenfeest van Bree was gegaan, dat al aan de gang was. Had Ben dat gemerkt en Mateo gestuurd om op me te letten? Dat was typisch iets wat mijn broertje zou doen.

Ik herinnerde me niet dat ik Mateo in de eerste bar had gezien.

Of de tweede. Ik herinnerde me de hoekbank, de ronde tafel bezaaid met shotglazen, Bree's schaterlach, sprankelende plastic tiara's, knipperende kerstlichtjes rond het raam, en de kamer die om me heen draaide terwijl de drankjes maar bleven komen.

'Nee. Waarom? Was je erbij?'

Zijn mondhoeken krulden naar beneden. 'Herinner je het je niet?'

'Zou dat moeten?' Ik zou het me zeker hebben herinnerd als hij in de bar was geweest. Bree's vriendinnen zouden hem tot koning van hun hof hebben gemaakt. Ze zouden hem hebben gevleid, hem hebben aangeraakt, met hem hebben geflirt op een manier die me de kriebels bezorgde. Ze kenden Mateo niet zoals ik. Hij mag dan wel zo knap zijn als een fitnessmodel, maar hij was zo diep als een plas water.

Hij leek in te zakken. Toen plakte hij een schaduw van zijn gebruikelijke plagerige glimlach op zijn gezicht en hield een witte bakkerszak omhoog. 'Ik heb ontbijt voor je meegenomen.'

Mijn maag keerde om. 'Nee, bedankt. Kater. Ik heb koffie nodig.'

'Nee.' Hij liep langs me heen. 'Je hebt koolhydraten nodig. Suiker. Heb je gemberthee?'

Ik haastte me om hem bij te houden, maar zijn brede schouders en de stank van sigaretten vulden mijn hele keukentje. Mijn keel brandde. Ik had geen tijd voor nog een bezoek aan het toilet. Ik wapperde met mijn hand voor mijn gezicht. 'Sorry, maar je ruikt naar rook, en' – ik slikte – 'ik ben bang dat mijn maag daar niet tegen kan. Bedankt voor het langskomen, maar...'

Zijn gezicht betrok, maar hij zette de zak op het aanrecht voordat hij het keukenraam openduwde. Goh. Ik dacht dat het dichtgeverfd zat.

'Beter zo?' Hij bleef er even naast staan, alsof hij zichzelf kon luchten.

Ik haalde diep adem, de koude, frisse lucht inademend. 'Beter. Bedankt.'

'Nu, voor je maag.' Hij opende een bovenkastje. 'Je hebt iets met gember nodig. Of cactusvijg?'

Cactusvijg? 'Nee. Ik leef in de echte wereld waar we koffie drinken als we een kater hebben. Bedankt voor je komst, maar ik moet me klaarmaken.'

'Klaarmaken?' Hij deed het kastje dicht en draaide zich naar me toe. 'Je ziet er perfect uit.'

'Dank je.' De woorden kwamen er vlak en automatisch uit. Dat soort dingen zei hij tegen iedereen. In mijn oversized zwarte trui en spijkerbroek was ik allesbehalve perfect, zeker niet vergeleken met een halfgod als Mateo. Het was duidelijk dat hij zijn lichaamsbouw onderhield met dagelijkse trainingen. Hij was het type man dat boerenkoolsmoothies zou drinken met zijn even knappe ondergoedmodel-partner. Die sprak over supplementen en herhalingen en het omgooien van cactusvijg.

Niet dat daar iets mis mee was. Het was gewoon anders. Ik trainde liever mijn hersenen met spreadsheets, aangedreven door een zak chips met zout en azijn. Boerenkool sloeg ik over.

'Ik moet gaan. Naar een vergadering. Ik eet daar wel.' Ik wrong me langs hem heen de keuken in om hem weg te jagen.

'Ja, je vergadering met Larissa en Jackson. Moet je niet eerst eten?'

'Mijn... mijn wat? Hoe weet jij daarvan?'

Hij keek naar de zak en mompelde iets.

Juist. Ben moet het gisteren op het feestje hebben genoemd. Geef hem een paar drankjes en niets was meer geheim. Niet dat mijn vergadering voor de stichting een geheim was, maar het waren absoluut niet Mateo's zaken.

'Oké, goed gesprek, maar ik weet zeker dat jij wat spieren hebt die nog vormgegeven moeten worden.' Dat was niet zo. Ze waren absoluut perfect, maar zijn ego had geen streling van mij nodig. 'En ik moet weg.'

'Je kunt het gezeik van Larissa beter aan als je niet met een hongerklop aankomt. Probeer deze. Ze zijn heerlijk.' Hij pakte de bakkerszak, maar toen zijn arm de mijne schampte, schrok hij op.

De zak stootte tegen mijn kop koffie en gooide hem om. Donkerbruine vloeistof gutste over het aanrecht, recht op mijn papieren af.

'Nee!' Ik sprong op om ze te pakken, maar Mateo's stevige lichaam blokkeerde de weg. Koffie trok in de papieren, smolt mijn perfecte cirkeldiagrammen en veegde mijn prachtige lijngrafieken uit. 'Shit, Mateo. Dat is mijn presentatie voor' – ik keek op de klok aan de muur – 'voor mijn vergadering die over een kwartier begint!'

'Kun je nieuwe printen?' Hij pakte de theedoek en depte op de papieren, maar het enige wat dat deed was de vlek overbrengen op mijn smetteloze ecru theedoek. Paniek kneep mijn keel dicht.

'Niet doen! Stop.' Toen ik zijn arm pakte, deinsde hij achteruit. Het natte papier scheurde.

Zelfs als ik het papier op magische wijze binnen een kwartier droog kon krijgen, zou een cirkeldiagram dat met plakband aan elkaar hing niemand imponeren. Mijn presentatie, en mijn kans om indruk te maken op Jackson Jones, was verpest.

'H-het spijt me, Miriam.'

Mijn lichaam werd heet en mijn woede kookte over. 'Verdomme, Mateo. Ik kom te laat en nu heb ik geen presentatie. Ga uit de weg.' Ik gooide de papieren in de prullenbak. Ik had geen tijd om naar kantoor te gaan en ze opnieuw te printen. Ik zou het op het scherm moeten laten zien. Behalve—

Tot mijn afgrijzen keek ik naar de koffie. Het had mijn tas bereikt. Met mijn laptop erin. Toen ik hem eruit trok, droop er koffie uit de hoek.

'Shit!' Ik rukte de verpeste handdoek uit Mateo's handen en depte langs de rand. *Alsjeblieft, alsjeblieft,* alsjeblieft, *start op.* Ik zette mijn laptop op een droog deel van het aanrecht, klapte hem open en drukte op de aan-uitknop. Een paar pixels lichtten op, daarna werd het scherm zwart.

Ik ramde op de aan-uitknop en dit keer gebeurde er helemaal niets. 'Godverdomme!'

Zijn gezicht was bleker dan mijn theedoek. 'Kan ik iets doen?'

Ik klemde mijn kiezen op elkaar. 'Ga. Weg.'

'Ik... ik kan Lito vragen... ik bedoel Cooper... om je een nieuwe laptop te bezorgen—'

'Nee!' Hij mocht dan Mateo's favoriete neef Miguelito zijn, maar voor mij was hij Cooper Fallon, de baas van de baas van mijn baas. Geen haar op mijn hoofd die eraan dacht hem te laten weten dat ik mijn Synergy-laptop had verpest. Zijn humeur was legendarisch en zelfs zijn aanstaande schoonzus was misschien niet veilig voor een van zijn beruchte uitbranders. 'Ga gewoon weg.'

'Maar ik—'

'Weg!' Ik wees naar de deur.

Hij kromp ineen en schuifelde weg. Mijn appartementsdeur klikte dicht terwijl ik mijn overleden laptop in mijn doorweekte tas propte.

Wanhopig keek ik weer naar de klok. Ik zou zeker te laat komen. Zowel Larissa als Jackson Jones zouden niet onder de indruk zijn. En morgen zou ik mijn baas om een nieuwe laptop moeten vragen.

Bedankt, Mateo.

———

Vergeet me Niet is in paperback verkrijgbaar bij je favoriete verkoper.

OVER DE AUTEUR

Michelle McCraw houdt van het lezen van romantische boeken en werken in de technologie. Op een dag besloot ze haar twee interesses te combineren, en nu schrijft ze pikante, nerdy hedendaagse romance die je misschien wel aan het lachen maakt. Haar boeken bevatten personages die zonder schaamte houden van wetenschap, techniek en technologie.

Als Amerikaanse auteur en geboren Texaan heeft Michelle sneeuw geschept tijdens sneeuwstormen in New England en is ze overgestapt op een sneeuwblazer in het Midwesten. Ze woont nu in Georgia, waar ze de sneeuw HELEMAAL NIET mist. Ze houdt van lezen, reizen, bourbon drinken en haar buitengewoon slecht opgevoede maar schattige hond verwennen. Ze is finaliste geweest in de RWA Vivian Contest, de Contemporary Romance Writers' Stiletto Contest en de Windy City Romance Writers' Four Seasons Contest.

facebook.com/MichelleMcCrawAuthor

instagram.com/MMOWriter

amazon.com/author/michellemccraw

goodreads.com/MichelleMcCraw

bookbub.com/authors/michelle-mccraw

BOEKEN VAN MICHELLE MCCRAW

Synergy Series

Werk met Mij

Doe Alsof met Mij

Reis met Mij

Baas me

Vergeet me Niet

Daag me Uit

40 and Fabulous

Fashion and Passion

Frenemies and Lovers

Books and Hookups

Conspiracies and Chemistry

Advances and Retreats

Marriage and Trouble

Sugar and Spice